Lacrimae

Du même auteur

La Bostonienne, Éditions du Masque, 1991.
Elle qui chante quand la mort vient, Éditions du Masque, 1993.
La Petite Fille au chien jaune, Éditions du Masque, 1993.
Meurtres sur le réseau, Éditions du Masque, 1994.
La Femelle de l'espèce, Éditions du Masque, 1996 ; Le Livre de poche, 1997.
La Parabole du tueur, Éditions du Masque, 1996.
Le Sacrifice du papillon, Éditions du Masque, 1997 ; Le Livre de poche, 1999.
Autopsie d'un petit singe, Éditions du Masque, 1998.
Histoires masquées : Alien Base, Hachette jeunesse, 1998.
Le Septième Cercle, Flammarion, 1998 ; J'ai lu, 1999.
Dans l'œil de l'ange, Éditions du Masque, 1998.
Délires en noir (avec Thierry Hoquet et Romain Mason), Éditions du Masque, 1998.
La Voyageuse, Flammarion, 1999 ; J'ai lu, 2001.
La Raison des femmes, Éditions du Masque, 1999.
Entretiens avec une tueuse, Éditions du Masque, 1999 ; Le Livre de poche, 2001.
Le Silence des survivants, Éditions du Masque, 1999 ; Le Livre de poche, 1999.
Intégrale, Volume I, Éditions du Masque, 2000
Et le désert…, Flammarion, 2000 ; J'ai lu, 2002
Petits meurtres entre femmes, inédit, J'ai lu, 2001.
Le Ventre des lucioles, Flammarion, 2001 ; J'ai lu, 2002.
De l'autre, le chasseur, Éditions du Masque, 2002.
La Dormeuse en rouge et autres nouvelles, J'ai lu, coll. « Librio noir », 2002.
Portrait de femmes de tueur (avec Katou), EP Éditions, 2002.
Le Denier de chair, Flammarion, 2002 ; J'ai lu, 2004.
Contes d'amour et de rage, Éditions du Masque, 2002.
Un violent désir de paix, Éditions du Masque, 2003 ; Le Livre de poche, 2006.
Le Syndrome de Münchhausen (avec Katou), EP Éditions, 2003.
La Saison barbare, Flammarion, 2003 ; J'ai lu, 2005
Enfin un long voyage paisible, Flammarion, 2005.
Sang premier, Calmann-Lévy, 2005 ; Le Livre de poche, 2006.
La Dame sans terre, tome I, *Les Chemins de la bête*, Calmann-Lévy, 2006 ; Le Livre de poche, 2007.
La Dame sans terre, tome II, *Le Souffle de la rose*, Calmann-Lévy, 2006 ; Le Livre de poche, 2007.
La Dame sans terre, tome III, *Le Sang de grâce*, Calmann-Lévy, 2006 ; Le Livre de poche, 2007.
Monestarium, Calmann-Lévy, 2007 ; Le Livre de poche, 2009.
Un jour, je vous ai croisés, nouvelles, Calmann-Lévy, 2007.
La Dame sans terre, tome IV, *Le Combat des ombres*, Calmann-Lévy, 2008 ; Le Livre de poche, 2009.
La Croix de perdition, Calmann-Lévy, 2008.
Dans la tête, le venin, Calmann-Lévy, 2009.
Cinq Filles, Trois Cadavres, mais plus de volant, Marabout, 2009.
Une ombre plus pâle, Calmann-Lévy, 2009.
La Mort, simplement, Calmann-Lévy, 2010
Les Mystères de Druon de Brévaux, tome I, *Aesculapius*, Flammarion, 2010.

Andrea H. Japp

Lacrimae

Les Mystères de Druon de Brévaux[1]

LE GRAND LIVRE DU MOIS

1. Voir annexe : « Moyen Âge, une période "douce" ? »

ISBN : 978-2-286-06928-5

« Si je me trompe, j'existe. »

Saint Augustin
(354-430)

Liste des personnages principaux
Druon de Brévaux 2

Druon de Brévaux, anciennement Héluise Fauvel, mire itinérant.

Jehan Fauvel, mire, père de Druon.

Foulques de Sevrin, évêque d'Alençon, ami de Jehan.

Huguelin, jeune garçon, aide de Druon.

Éloi Silage, dominicain inquisiteur.

Alard Héritier, espion de M. de Nogaret.

Hugues de Plisans, chevalier templier, conseil de M. de Nogaret.

Michel Loiselle, condamné par l'évêque Foulques de Sevrin.

Au village et alentour :

Cécile, dite maîtresse Borgne, tenancière de l'auberge du Chat-Borgne.

Nicol, « simple » recueilli par Cécile.

Agnès Grosjean, servante du mercier Martin Borée.

Robert, jeune paysan libre.

Leonnet Charon, secrétaire du bailli.

Louis d'Avre, bailli de Nogent-le-Rotrou.

Igraine, mage.

En l'abbaye de Thiron-Gardais :
CONSTANT DE VERMALAIS, seigneur abbé.
Frère ÉTIENNE, semainier.
Frère GERVAIS, boursier.
Frère SABIN, portier.

Saint-Denis-d'Authou :
PHILIPPE, seigneur de Saint-Denis-d'Authou.
IVINE, son épouse.
AMÂTRE et CYR, les deux fils de Philippe.
AUDE et HÉLÈNE, les dames d'entourage d'Ivine.

Résumé du tome I, *Aesculapius*

Avril 1306, Alençon. Jehan Fauvel, mire de talent, est jeté dans les geôles de l'Inquisition pour avoir pratiqué des accouchements sans douleur à l'aide d'opium. Fauvel sait que l'accusation n'est qu'un prétexte afin de lui extorquer l'objet de la quête qu'il poursuit depuis des années avec son ami de toujours l'évêque Foulques de Sevrin, quête qui passe par une pierre rouge ayant fait couler beaucoup de sang. Nul ne sait ce qu'elle signifie ni où elle mène, mais tous la convoitent, notamment Rome et le roi de France Philippe le Bel. La pierre a été remise à Jehan Fauvel par son cousin agonisant, moine en l'abbaye de Tiron. Le mire l'a ensuite confiée à l'évêque. Pourtant, alors que la Question commence, il comprend que son ami de toujours l'a trahi.

À Brévaux, Héluise Fauvel, fille adorée de Jehan qui lui a transmis en secret tout son savoir, apprend que son père est soumis à la torture. Elle le fait assassiner par un garde afin de lui éviter d'atroces souffrances. Obéissant au dernier message de son père, elle se travestit en jeune homme et part sur les routes afin de fuir l'Inquisition. C'est ainsi que naît Druon de Brévaux, jeune mire itinérant. Druon, ayant deviné le rôle ignoble joué par l'évêque, veut découvrir la vérité sur l'arrestation de son père, et se dirige vers Alençon. Chemin faisant, il recueille le jeune Huguelin, un petit miséreux vendu à une répugnante aubergiste.

Habitué à se débrouiller, Huguelin braconne sur les terres de la baronne Béatrice d'Antigny, dite la Baronne rouge, dont la patience et la clémence ne sont certes pas les vertus principales. Condamnés à mort, Huguelin et Druon sont jetés dans une prison du château de Béatrice, prison dont le confort les étonne. Règne une ambiance de peur et de désastre dans la bourgade voisine de Saint-Ouen-en-Pail, dirigée par un conseil de village que préside Jean Lemercier, dit le Sage, riche bourgeois. Une bête immonde, énorme d'après les témoignages et à n'en point douter démoniaque, ravage la région et met en pièces ceux qui ont l'infortune de croiser sa route. En dépit de ses tentatives et de celles de son neveu et suzerain direct, Herbert d'Antigny, Béatrice n'est pas parvenue à abattre la bête. Des voix commencent à s'élever contre elle au village, exigeant sa destitution.

Le marché que propose la baronne à Druon est simple : leurs vies sauves à tous deux contre la bête. Druon rencontre alors une étrange mage, Igraine, au service de la baronne, qui avait prévu sa venue. Igraine poursuit un but très personnel et très confidentiel.

Druon enquête, recueille des témoignages, observe et analyse en tentant de démêler vérité et superstitions. Il comprend bien vite que la bête est un homme, un effroyable tueur sadique. Il découvre également l'identité de la personne qui se trouve derrière les machinations visant la baronne.

Igraine révèle à Druon que sa quête se poursuit à l'est, qu'il doit chercher une pierre rouge et se méfier d'une femme très belle.

Le meurtrier arrêté par Béatrice et Léon, son homme de confiance, la paix revenue dans ce petit coin de terre, Druon et Huguelin reprennent leur route vers l'est.

I

Tiron, octobre 1306

Une nuit très douce pour la saison, bien qu'humide, s'était peu à peu couchée sur ce coin de terre. L'homme avait patienté une bonne heure, surveillant la lueur parcimonieuse d'une esconce[1], encore atténuée par la peau huilée[2] qui tendait une fenêtre. Martin Borée, ce bon vieux mercier[3], ladre[4] tel un pou, ne s'octroyait pas de bougies[5], préférant se crever les yeux, éclairé d'un piètre lumignon. Bah, à quoi lui servaient ses yeux, si ce n'était à aligner des colonnes de chiffres qui le ravissaient, lui prouvant un jour qu'il était encore plus riche que la veille et un peu moins que le lendemain ?

1. Sorte de petites lanternes, en métal ou en bois, dans lesquelles on plaçait une bougie ou une lampe à huile, pour les protéger des courants d'air.

2. Les fenêtres en verre étaient encore réservées aux plus riches. On occultait donc les ouvertures avec des peaux huilées et des volets.

3. Très riche corporation, considérée, qui devait rapidement rejoindre la caste des bourgeois.

4. Le terme désigna longtemps les lépreux. La lèpre occasionnant des pertes de sensibilités physiques, on utilisa ensuite le terme pour indiquer un manque de sensibilité de cœur, de générosité, puis l'avarice.

5. Elles étaient très chères à l'époque

L'homme se décida enfin et gratta la peau huilée, ainsi que convenu. Aussitôt, un raclement de pieds de chaise, un écho de pas précipités. Borée avait flairé la bonne affaire, comme un freux[1] la charogne. N'est-elle pas savoureuse, cette manie de l'homme d'illustrer les pires vices de son espèce en les attribuant aux animaux ? Avare tel un rat ou un pou. Mauvais comme une gale[2]. Bête tel un loup[3]. Pleutre telle une hyène. Sournois comme un serpent. Une façon de nous absoudre de nos fautes, en prétendant en avoir hérité d'êtres inférieurs. Or l'homme qui attendait savait que le vice n'est qu'humain, puisque seul l'homme est capable de juger ses actions.

Un large sourire aux lèvres, il pénétra derrière le mercier qui le mena en sa pièce d'étude. Il affecta une mine sereine, aimable. Il convient de ne pas paraître trop pauvre lorsqu'on emprunte de l'argent, au risque d'inquiéter le créancier au sujet des futurs remboursements.

— Alors l'ami, m'avez-vous porté votre acte de propriété ? s'enquit le mercier en se frottant la panse d'un geste cupide mais inconscient.

— Oui-da, maître Borée, déclara l'autre en le lui tendant.

D'une voix ferme et affable, de nature à rassurer le mercier, il précisa :

— Il s'agit de vignobles, de joli rendement, que je possède non loin de Toulouse.

Borée s'en saisit avec avidité et le parcourut avant de passer derrière son bureau. Il tendit une feuille noircie d'une minuscule écriture, annonçant d'un ton patelin :

---

1. Ce que nous appelons corbeaux et qui sont, en fait, des corneilles.

2. Provoquée par un acarien.

3. Bien qu'il provoque la terreur à l'époque, il est considérer comme bête et glouton.

— Une reconnaissance de dettes, rien de plus coutumier. Vous y engagez votre bien en cas de non-remboursement du prêt, intérêts et principal.

— Fort bien.

L'homme se leva afin d'apposer sa signature, remarquant que le taux d'usure s'élevait à quarante-cinq pour cent l'an. Les pires saigneurs parisiens n'osaient guère excéder les quarante pour cent[1].

Afin de détourner son attention de sa lecture et de s'épargner des discussions, Martin Borée annonça, jovial, en désignant une grosse pile de pièces posées sur sa table de travail :

— Voyez, l'argent est prêt. Il vous suffit de vérifier la somme. Les bons comptes font les bons amis !

— Oh, j'ai confiance en vous, maître Borée. Vous n'iriez pas me voler d'un petit-royal*.

— Ah cela ! Probité et honneur sont maîtres mots dans mon vocabulaire, affirma le mercier qui aurait volontiers vendu sa mère s'il avait pu en tirer un denier*.

L'homme signa la reconnaissance que Borée empocha prestement et ramassa la somme qu'il fourra dans la large bourse de cuir pendue à sa ceinture, en concluant :

— Affaire rondement conclue ! À vous revoir bien vite pour la première échéance du remboursement. Avec votre permission, je préfère ne pas m'attarder céans[2] au risque

1. Les chrétiens prêtant de l'argent avec intérêt étaient frappés par les condamnations canoniques. Un débiteur pouvait donc porter plainte et faire annuler purement et simplement sa dette. Peu avaient pourtant recours à cette possibilité puisqu'elle leur coupait ensuite toute possibilité de crédit. Le taux d'usure pouvait être supérieur à quarante pour cent l'an dans ces cas. La ruse utilisée par les prêteurs chrétiens pour éviter les foudres de l'Église consistait à faire signer une reconnaissance de dette d'un montant très supérieur à celui prêté, de sorte que l'intérêt n'apparaisse pas dans les écritures comptables.

2. Ici, dedans.

d'être surpris par un membre de votre domesticité. Ces… encombres[1] pécuniaires sont fort gênants, même lorsqu'ils sont passagers. Mieux vaut donc qu'ils demeurent discrets.

— Vous avez belle raison. Je vous raccompagne.

Borée contourna son bureau et s'avança vers la porte, suivi de l'homme. Il lui fallut une fraction de seconde pour comprendre d'où surgissait cette effroyable douleur qui lui traversait le corps.

Un sourire radieux aux lèvres, l'homme poussa davantage la large lame de son coutelas entre les omoplates du mercier qui s'effondra sur le tapis en gémissant, incapable de hurler. Une autre fraction de seconde : Borée sut qu'il mourait. Une ultime fraction de seconde durant laquelle la terreur de l'après noya la peur du maintenant dans son esprit qui s'obscurcissait. Le mercier avait toujours pensé qu'il rachèterait ses innombrables fautes sur le tard, lorsqu'il se serait enrichi au point de ne plus pouvoir compter sa fortune, en distribuant de belles offrandes aux monastères, s'épargnant ainsi l'enfer. Trop tard.

Satisfait, l'homme le poussa du pied. Il récupéra la reconnaissance de dette dans la poche de Borée et restitua la grasse somme qu'il venait de ramasser, faisant une pile des pièces sur la table de travail.

Il n'était pas voleur. Borée avait amplement mérité de mourir.

1. Gêne, difficulté, embarras.

II

Tiron, octobre 1306

A Agnès Grosjean, un plateau chargé de mistembecs[1], de pâtes de pomme au miel et d'un gobelet d'infusion de verveine et de mauve en équilibre sur le plat de la main, frappa à la porte de la pièce d'étude de son maître, Martin Borée. Le riche mercier avait travaillé à ses livres comptables toute la nuit, une habitude.

✣

Il aimait additionner ses sous* et vérifier encore et encore le total, toujours plus joufflu. Chaque livre* encaissée le faisait frémir d'un délice presque sensuel. Martin Borée avait en revanche la bourse liée. Un avaricieux sans scrupule. Certes, à la grande surprise d'Agnès, il lui avait offert un remède pour apaiser la douleur que lui causaient ses mains, tordues par une maladie de vieillerie, remède qu'elle n'aurait pu se procurer sans cette inhabituelle

1. Sorte de beignets à la pâte levée, sucrés de miel.

générosité. Cependant, la servante avait vite senti qu'elle le devait remercier avec effusion et ceci durant des semaines, allant jusqu'à prétendre que l'onguent en question agissait à merveille quand elle n'en voyait guère l'effet. La vieille femme ne se nourrissait toutefois pas d'illusions : si elle peinait trop à la tâche, Martin Borée se déferait d'elle au plus preste, ainsi qu'il l'avait fait trois ans plus tôt, sans hésitation, de l'homme de peine, Marchaud. Martyrisant d'inquiétude son bonnet de feutre entre ses doigts, le pauvre vieux avait retenu ses larmes, tenté de défendre sa cause, rappelant qu'il servait son maître sans faillir depuis des années, était sans le sou, sans famille, mais la plate réponse de Borée n'avait pas tardé :

— Eh oui, mon bon, mais que veux-tu ? Je ne puis dilapider mon argent à nourrir une bouche inutile. Je t'ai mis en garde. Cependant, le travail ne suit plus. Il te faut maintenant double temps pour débiter une pauvre corde[1]. Prépare ton frusquin[2].

Sans doute Agnès avait-elle été la seule de la domesticité à s'offusquer de ce manque de charité, tout en se gardant bien de le montrer. Les autres, eux, avaient été soulagés de conserver leur emploi. Elle repensait parfois à ce Marchaud, se demandant ce qu'il était devenu, puisqu'on ne l'avait jamais revu.

Comme elle regrettait feu Mme Borée, décédée cinq ans plus tôt, une maîtresse autoritaire certes, exigeante aussi, mais juste ! À cette époque, le gros Martin filait doux, sa femme ne ratant pas une occasion de lui rappeler qu'il avait monté son commerce grâce à sa dot. Borée n'avait depuis jamais repris épouse : l'argent comblait ses désirs et suffisait à ses émois. Du moins s'il y ajoutait

1. L'équivalent de trois stères de bois.
2. Ensemble des biens. A donné « saint-frusquin ».

quelques brèves liaisons, dont l'objet n'excédait pas l'apaisement des sens. Qu'avait-il à faire d'une bonne femme, qui pourrait se révéler d'aussi ombrageux caractère que la première, et l'empêcherait de se livrer tout entier à son unique passion : l'argent ?

À la méfiance qu'Agnès Grosjean éprouvait vis-à-vis du mercier s'était dès lors mêlé le mépris. Elle avait décidé de jouer plus finement que Marchaud et de n'attendre aucune compassion. Après tout, si le maître avait acheté ce baume, c'était pour qu'elle puisse travailler davantage. Elle avait donc commencé à préparer son renvoi, prévisible dans quelques petites années, en le volant avec une finauderie qu'elle ne s'était jamais soupçonnée, et dont elle éprouvait un vif contentement. Il y avait, en effet, une justice certaine à plumer un voleur. Jamais d'argent puisqu'il connaissait sa fortune au fretin[1] près, non, elle subtilisait des aunes* de ruban ou de passementerie, des aiguilles de couture, des perles à broder qu'elle revendait en discrétion. Petit larcin après petit larcin, elle avait amassé en trois ans une somme joliette[2] qui lui permettrait de ne pas finir ses jours mendiante aux caquetoires[3] des églises. Connaissant sa probité depuis belle heurette[4], Martin Borée ignorait l'identité du « gredin », du « vilain coquin » qui le détroussait, soupçonnant les membres de sa mesnie[5], les insultant, les menaçant. Sauf elle. La servante s'offusquait d'ailleurs avec une belle application en sa présence, vitupérant contre cette « mauvaise âme qui pillait un si bon maître », jurant

1. Quart d'un denier. Pièce de menue valeur. A donné « menu fretin ».
2. Diminutif de « joli », qui ne sera plus employé plus tard qu'au féminin.
3. Porche principal où les gens se réunissaient pour bavarder.
4. A donné « lurette ».
5. Maisonnée au sens large, du seigneur aux serviteurs logés.

que l'infâme serait puni par Dieu, tout en se délectant *in petto* de sa fourberie.

✣

Nulle réponse. Songeant qu'il s'était peut-être assoupi, repu par son festin de chiffres, la vieille femme frappa à nouveau, plus fort cette fois. Intriguée, elle colla l'oreille au battant de bois, ne percevant aucun bruit à l'intérieur. Elle hésita. Mais le maître lui avait bien ordonné de porter une collation dès avant prime* et de l'éveiller, le cas échéant. Elle pénétra donc.

Et retint de justesse le hurlement qui lui monta dans la gorge avant de se ruer vers la table de travail pour déposer son plateau. Elle fonça ensuite refermer la porte. Réfléchir, vite et bien. Le gros cadavre du mercier était affalé sur le sol, reposant sur le ventre, le manche d'un poignard fait de plaquettes de bois réunies par une corde tressée dépassant de son dos. Un détail répugnant la fit soudain déglutir : la main droite de maître Borée avait été tranchée et gisait à quelques pieds* de lui. Le sang avait coulé à profusion et formait une large nappe rouge marron sur le tapis et le dos de son chainse[1].

✣

Le regard d'Agnès abandonna le peu ragoûtant spectacle et se posa sur la pile de pièces que le maître n'avait, à l'évidence, pu remettre dans son sac de toile puis dans sa cachette. Dieu du ciel, combien de petits-royaux* et de sous contenait cet appétissant monticule ? Agnès ne savait

1. Chemise longue que l'on portait à même le corps.

lire que les chiffres. Elle s'approcha, contourna la table et se pencha vers le grand registre, déchiffrant les colonnes. Deux montants bien ronds retinrent son attention : trente petits-royaux et vingt-huit sous[1]. Pourquoi se priver ? Elle préleva donc trente petits-royaux de la pile, dénoua la mince bande de lin qui retenait son bas de grosse laine sous le genou et les fit glisser sous son pied en gloussant. Le bonheur de marcher sur de l'argent !

D'une plume délicate, elle raya la somme portée sur le registre, ainsi que le faisait parfois feu Borée lorsqu'il commettait une erreur.

Elle entrouvrit ensuite la porte, épia le couloir et ressortit, son plateau en équilibre sur la main. Puis, elle asséna un coup sonore contre le battant en criant :

— Notre bon maître ? Prime approche.

Elle pénétra à nouveau et força un hurlement en lâchant le plateau qui chut avec fracas. L'écho d'une cavalcade retentit aussitôt, comme tous les autres serviteurs se précipitaient. Mimant la terreur avec un joli talent, la vieille femme bredouilla :

— Doux Jésus, doux Jésus… Quelle épouvante… notre maître… Faites quérir le secrétaire du bailli… Car il n'a pas trépassé bellement…

Profitant de la panique qui s'ensuivit, prétextant une soudaine faiblesse de cœur due à l'émotion, Agnès monta dans sa chambrette située au deuxième étage de la demeure du mercier cacher son butin, jugulant avec peine sa satisfaction. Elle eut alors une pensée attristée pour Marchaud. Si le vieux avait encore été dans les parages, elle lui aurait bien glissé deux ou trois petits-royaux dans la poche.

---

1. Des sommes déjà importantes.

III

Alençon, octobre 1306

Foulques de Sevrin, évêque d'Alençon, s'étonnait. Depuis quelques instants, il avait le sentiment d'être habité par un autre, un autre qui ne craignait rien alors que lui en était venu à redouter jusqu'à son ombre.

Quel terrifiant renversement de situation ! Lui, l'homme d'Église, si désireux dans sa prime jeunesse de servir son Dieu, avait menti, triché, trahi. Il avait même envoyé au supplice et au bûcher Jehan Fauvel, son ami d'âme, celui sans lequel sa vie ne signifiait plus grand-chose. Le mire prodigieux, l'insolent penseur, l'homme de véritable foi et d'immense érudition avait trépassé après d'affreux tourments. Par la faute de Foulques. À cause de sa lâcheté, de sa couardise. Son âme s'était flétrie, desséchée au point que l'évêque n'était plus certain d'en toujours posséder une. Quel amer et affligeant résultat ! Durant toutes ces années, il s'était aveuglé, bafouant les seuls jolis souvenirs de son existence, se damnant dans l'espoir de fuir le danger. Et voilà que, néanmoins, les mâchoires implacables de l'Inquisition se refermaient peu à peu sur lui. Et voilà qu'Éloi Silage, dominicain[1] dont Foulques

1. L'Inquisition fut surtout confiée aux Dominicains.

était convaincu qu'il espionnait au profit du Vatican, le visitait à nouveau.

✣

L'évêque s'était pourtant montré convaincant lors de sa convocation en la maison de l'Inquisition d'Alençon, quelques semaines auparavant. Il avait feint de ne pas y déceler de menace. Une menace pourtant évidente, Silage ayant réuni pour cette « causerie » quatre frères d'ordre et un franciscain. En outre, il n'avait à coup sûr pas choisi par aisance ni hasard la grande salle sinistre d'interrogatoire dans laquelle les interminables tortures de tant d'hommes et de femmes avaient été ordonnées. Silage voulait donner à Foulques le goût de la peur afin de le conduire aux confidences. Une erreur de finesse et de jugement, tant Foulques de Sevrin connaissait chaque nuance de la peur. Elle rampait sous sa peau depuis si longtemps qu'elle était devenue la monstrueuse jumelle de son sang. L'évêque avait donc menti avec une facilité qui l'avait lui-même dérouté. Il avait répété d'un ton un peu étonné, un peu désolé, avoir perdu de vue depuis des années son vieil ami Jehan Fauvel, affirmant que celui-ci n'avait jamais mentionné une « quête », quelle qu'elle fût. Fauvel se révélant un passionné de médecine, était-ce la « quête » que mentionnaient ses bons frères ? Il avait évité leurs pièges, répondant avec une sorte de lassitude courtoise qui le stupéfiait encore aujourd'hui. Que croyaient-ils, ces pauvres benêts ? Qu'un évêque aussi retors que lui n'était pas au fait des ruses et chausse-trapes de l'Inquisition* ?

✣

Il jeta un regard amène au dominicain installé de l'autre côté de son luxueux bureau. Celui-ci reposa son gobelet d'infusion de thym et de verveine, avant de reprendre avec douceur :

— De grâce, Éminence, pardonnez mon insistance et entendez mon encombre[1]. Vous nous dites et répétez que vos liens avec Fauvel s'étaient si distendus que vous n'aviez plus guère eu de nouvelles de sa fille tant aimée Héluise, que vous considériez auparavant, et je vous cite, « à l'instar d'une filleule[2] ».

— À la vérité, mon bon frère.

— Pourtant, qu'ouïs-je ? Que vous dépêchâtes, il y a peu, deux cavaliers à Brévaux afin de vous enquérir d'elle ?

Foulques de Sevrin lui adressa un regard d'étonnement, comme s'il ne comprenait pas sa question, et déclara d'un ton d'habile incertitude :

— Certes... Je ne... Héluise a dix-neuf ans. J'en conserve le souvenir d'une donzelle[3] avenante, joliment douée pour la musique, de paisible mais joyeuse disposition. Le décès de son père la rend orpheline. Je suis bien certain, sans réserve, que les charges retenues contre lui par notre belle Inquisition étaient sensées, justes et qu'on lui offrit toutes possibilités de s'amender, ce qu'il refusa au point de commettre un acte impardonnable en avalant sa langue afin de s'occire lui-même...

Vous l'avez torturé d'ignoble façon pour lui arracher son secret, qu'il a tu jusqu'au bout, songea l'évêque. Jehan, Jehan, ton courage n'avait d'égal que ton obstination et ta pureté. Mais qui peut survivre à la pureté ? Tu me manques tellement. Comment la disparition d'un seul être parvient-elle à dépeupler une autre existence, à

1. Gêne, embarras.

2. La parenté baptismale était extrêmement importante et sérieuse à l'époque puisque un parrain était, par exemple, coupable d'inceste s'il se livrait à des attouchements sur sa filleule.

3. À l'époque, jeune fille ou femme de qualité.

la réduire à un douloureux désert ? Il reprit de la même voix peinée et onctueuse :

— Quoi, mon bon frère ! Si je ne l'ai pas véritablement portée sur les fonts baptismaux, je me suis, en effet, toujours considéré tel son parrain – lequel a trépassé il y a fort longtemps – son père après son père, devant Dieu. Héluise est sans le sou. Jehan ne possédait aucun bien hormis la maison de Brévaux, saisie par l'Inquisition[1]. Ainsi que je vous l'ai répété, il s'agit d'une excellente chrétienne, une jeune femme pieuse et obéissante. J'ai donc, en pitié, formé le projet de la marier à l'un de mes bons paroissiens afin que sa vie ne soit pas gâchée par le terrible forfait de son père. S'expliquent les messagers que j'ai dépêchés.

— À votre honneur, Éminence, à votre honneur. Toutefois, la donzelle a disparu, dès le répugnant suicide de son père.

— De fait.

— N'est-ce pas là manifestation de culpabilité ? insista Éloi Silage.

— Que nenni. (D'une voix dont il força le gentil mépris, il ajouta :) Vous connaissez les filles. Elles prennent peur pour un mouvement d'air dans une tenture ou un craquement de poutre ! Au demeurant, nul ne leur demande d'être braves. Sans doute Héluise s'est-elle mis en tête qu'elle était menacée, sans comprendre l'immense mansuétude de l'Inquisition envers qui admet ses fautes, celles de ses parents et voisins[2].

Silage le détailla un instant, tentant d'évaluer sa sincérité. Le dominicain plissa les lèvres et joignit ses mains en prière sous son menton. L'évêque lui adressa un regard

1. L'Inquisiteur se payait le plus souvent sur les biens du condamné.

2. La délation était vivement encouragée par l'Inquisition qui y voyait une preuve de repentir de la part de l'inculpé.

d'amitié et d'innocence. Au fond, il l'admettait : il prenait un plaisir certain à ses roueries. Les procès inquisitoires étant tissés de mensonges* déhontés, les battre sur leur propre terrain l'exaltait, lui redonnant le goût de cette vie qui s'effilochait depuis des mois.

Jehan, tu ne serais cependant pas même fier de moi, toi qui opterais pour une joute honnête, à visière levée. Et tu aurais grand tort.

— Justement, Éminence. La damoiselle Héluise n'est plus si jeunette que cela. Nombre de femmes sont avec enfants – ou, à tout le moins, enfançons – à son âge...

— À l'évidence... Un autre reproche que l'on peut adresser à Jehan Fauvel. Je crois qu'il a agi tels certains pères envers leur unique enfante. Il n'avait qu'elle. Sans doute, l'idée de ses épousailles ne le réjouissait-il pas.

— Encore un péché !

Héluise n'avait aucune intention de se marier, de se retrouver reléguée entre la cuisine et le lit. Comment elle, la plus prodigieuse élève de son père qui ne cessait de s'émerveiller de son intelligence, de sa capacité de réflexion, pourrait-elle s'enfermer ainsi ? Il lui avait appris, dans le plus grand secret, la chimie, la médecine, les mathématiques, l'astronomie, l'herboristerie, la chirurgie, le latin, le grec, tant d'autres choses, dont l'art des lames. Il lui avait recommandé mille fois de prétendre que, hormis son psautier, la broderie, la cuisine et la musique, elle était une parfaite donzelle, ne connaissant rien des merveilles de la science, de la nature et encore moins de l'épée. Sa survie se jouait à ce prix.

— Je suis en accord. Toutefois, que voulez-vous... certains pères vieillissants deviennent égoïstes et n'éprouvent nulle envie de confier leurs filles aux bras d'autres hommes.

— Vos cavaliers ont-ils recueilli des témoignages... des indications quant à sa destination ?

— Non pas, et j'en suis fort marri. D'autant qu'elle aurait eu le choix : trois de mes fortunés paroissiens auraient fait fi, par charité, de la fin ignominieuse de son père que je ne pouvais leur taire. Ils étaient prêts à épouser Héluise si elle les charmait. Quel gâchis, doux Jésus, quel affreux gâchis ! Mes cavaliers ont interrogé diverses personnes, dont Pierre, le serviteur de confiance de Jehan. Il en avait les sangs retournés. Il avait eu beau interdire l'accès des écuries à Héluise qu'il a vue naître, pressentant qu'une humeur de fille lui ferait perdre le sens, elle a scellé Brise, sa jument de Perche, à la nuit et… pfft, s'est volatilisée.

— Une madrée ?

— Oh, je ne le crois pas, contra l'évêque. Une couarde, une charmante bécasse sautant d'une idée à l'autre, se mettant des folies en tête…

— Hum… une femelle…

— Hum… J'espère juste que…

— Prions pour qu'il ne lui soit rien arrivé de fâcheux, déclara Éloi Silage d'une voix dont il ne parvint pas à dissimuler la totale indifférence.

— En effet, prions, approuva Foulques de Sevrin, joignant les mains et abaissant les paupières.

✣

Il lui fallait retrouver Héluise avant eux, afin de la mettre à l'abri. Comment procéder ? Il n'avait pas la moindre idée du lieu où la jeune femme se terrait et ne se berçait d'aucune illusion : protéger Héluise ne laverait pas son âme de ses souillures. Cependant, lui était peu à peu venu un bien étrange sentiment. Résister à la force considérable que représentait ce dominicain faussement débonnaire, installé en face de lui, mieux, vaincre sur lui serait sans doute l'unique grandeur de sa vie. Or il en éprouvait un besoin désespéré.

Il devait aussi rejoindre Héluise afin de lui remettre la large pierre rouge, rouge du sang qu'elle avait fait verser. Jehan était mort à cause de cette pierre précieuse, elle qui avait déjà causé l'enherbement[1] d'Agnan Fauvel, son cousin, portier en l'abbaye de Tiron[2] *.

Non, Jehan avait été occis à cause de lui, Foulques.

L'évêque avait caché la pierre remise par le mire lors de leur dernière rencontre en l'église Saint-Pierre-de-Montsort, par une nuit glaciale de février[3]. Une pierre précieuse de belle taille, rectangulaire, à l'eau parfaite, dont le secret restait entier. Jehan n'avait jamais su d'où elle provenait, où elle menait, ni ce qu'elle signifiait. Pourtant, tant l'avaient convoitée au point de tuer ou mourir pour sa possession ! À l'évidence, Silage la cherchait. Pour qui ? Rome ? Pourquoi ? L'arrestation de Jehan Fauvel, son incarcération en la maison de l'Inquisition d'Alençon, la Question qu'il avait subie, permises par la trahison de l'évêque, n'avaient eu d'autre mobile.

Que savait Héluise de la quête de son père ? Jehan lui avait-il confié ses avancées au risque de la mettre à son tour en danger ?

✠

Le raclement de gorge d'Éloi Silage le ramena ici et maintenant.

---

1. Empoisonnement
2. Ancienne orthographe de Thiron (devenu Thiron-Gardais).
3. Plantée en face d'Alençon, sur l'autre rive de la Sarthe, elle dépendait du diocèse du Mans. Très ancienne, elle fut détruite au XIXe siècle.

Lèvres serrées de déplaisir, le dominicain demanda de son éternelle voix suave :

— Si la damoiselle Héluise retrouvait son sens et vous venait solliciter de l'aider… il serait bon, Éminence, que vous nous en avertissiez. Nulle crainte ! Nous ne pensons pas que les germes de… l'hérésie de son père aient trouvé terreau propice en elle. Toutefois… nous souhaiterions nous entretenir avec elle.

— Bien sûr, bien sûr… Le cas échéant, je vous ferai prévenir aussitôt.

IV

Verrières, octobre 1306

Huguelin boudait un peu en préparant la bougette[1] et le grand sac d'épaule de son maître, le jeune mire Druon de Brévaux. Depuis que Druon l'avait sauvé de la tenancière lubrique du Chat-Huant, le garçonnet de dix ans s'était convaincu qu'une volonté divine avait présidé à leur improbable rencontre. Lui, l'enfant efflanqué cédé par son père contre quelques deniers à cette truie en chaleur, le moins que rien, malmené plus vilainement qu'un animal, trimant toute la journée et contraint d'apaiser au soir les ardeurs répugnantes de cette outre gonflée, avait été sauvé par l'arrivée providentielle de Druon en l'auberge. Depuis leur départ du Chat-Huant, ou plutôt leur fuite, Huguelin avait été traité en créature humaine, une découverte à ses yeux. Druon lui avait appris à lire et à écrire, et même si son tracé demeurait encore maladroit, il parvenait à transcrire des phrases entières sous la dictée. Surtout, le mire lui avait enseigné la façon de se servir de son esprit, « d'observer, d'analyser, de comparer et de déduire » ainsi que le serinait autre fois

1. Sac de voyage, souvent en cuir, que l'on portait en bandoulière.

Jehan Fauvel. Une autre révélation, une merveille. Et puis, le mire avait partagé sa pitance, même lorsqu'elle se faisait maigre. Se mêlait donc maintenant, à la reconnaissance de l'enfant, une vive tendresse pour le jeune homme. Enfin, pas un « jeune homme », mais une donzelle, ainsi que le garçon l'avait surpris alors qu'ils étaient les « invités » très involontaires de la baronne Béatrice d'Antigny, dite la Baronne rouge[1]. Dieu qu'il avait eu peur pour leurs vies alors qu'il attendait son maître, bouclé dans cette confortable geôle des souterrains du château ! Le seigneur d'Antigny avait prononcé à leur encontre la peine de mort pour braconnage. Le marché proposé à Druon était simple : la vie sauve pour eux deux contre la dépouille de l'horrible bête démoniaque qui mettait ses gens en pièces. Le mire n'avait jamais ajouté foi à la nature maléfique de l'animal et avait débrouillé la monstrueuse charade pour la baronne, découvrant aussi que l'on s'appliquait à l'enherber. Durant les investigations de son jeune maître, Huguelin, rongé d'inquiétude, s'était occupé comme il le pouvait. Il avait donc entrepris de ranger le grand sac du mire et découvert, au fond, des bandes de lin souillées de sang. Celles qu'utilisait son maître – sa maîtresse – chaque mois. Il avait fini par avouer sa trouvaille, de crainte que Druon ne voie dans son silence une vile menterie. « Ne me mens jamais, Huguelin », la seule condition mise à leur compagnonnage. D'abord choqué par ce travestissement[2], il l'avait ensuite compris, sachant Druon orphelin, ou plutôt orpheline. Que pouvait espérer une jeune fille dans sa situation, même d'assez bonne naissance et d'érudition ? Les maisons lupanardes ou le couvent. Aussi le garçonnet avait-il

1. Voir *Aesculapius*, Flammarion, février 2010.

2. Il était proscrit à l'époque par l'Église. Le vêtement devait indiquer sans équivoque le genre, mais également le rang social. Les prostituées avaient ainsi obligation de se vêtir de sorte qu'on ne puisse les confondre avec des femmes de « bien ».

décidé qu'au fond le genre de Druon importait peu. Cependant, il attendait toujours que la miresse lui confie son histoire et lui offre son vrai prénom. Héluise Fauvel, fille aimante de feu Jehan Fauvel, une vérité qu'Héluise, devenue Druon, taisait afin de préserver l'enfant, et elle.

✣

— Je te sens d'humeur chagrine, lança Druon de Brévaux en levant le nez de l'ouvrage de médecine qu'il consultait.

Huguelin lâcha un long soupir puis admit :

— C'est que, mon maître, nous sommes en aise ici. (Désignant la vaste chambre confortable que le seigneur Roland de Verrières avait mise à leur disposition, il poursuivit :) Voyez... Un lieu agréablement chauffé, des lits protégés de tentures, où on... euh, votre pardon... nous pourrions dormir douillettement à l'hiver qui approche... Le seigneur Roland vous tient en grand respect, p't'êt... peut-être même en amitié, grâce à votre admirable science qui a allégé ses affreuses douleurs de membres et soigné d'autres de sa mesnie. Nous sommes rassasiés de plaisants mets, au point que nos ventres sont rebondis... Pourquoi partir ? Nous pourrions passer la mauvaise saison ici, à l'abri.

Druon réprima un sourire. La misère avait été la plus coriace compagne d'Huguelin depuis sa naissance. Dès lors, il la connaissait si bien qu'il la redoutait plus que tout. Il aurait aimé rester en ce château – où, de fait, on les traitait avec égards – jusqu'à la fin de ses jours. Mais Druon ne le pouvait. Du moins ce choix était-il exclu pour l'autre face du mire itinérant : Héluise Fauvel. Il lui fallait découvrir le secret expliquant que l'Inquisition se soit acharnée sur son pauvre père et si, véritablement, l'évêque d'Alençon, qu'elle avait toujours considéré à l'instar d'un bon parrain, se révélait l'odieux traître à l'origine des tortures endurées par Jehan, non qu'elle eût encore beaucoup d'illusions à ce sujet. Cependant, Igraine, l'étrange mage sans âge qui avait veillé sur la Baronne rouge, lui avait conseillé d'aller à l'est afin de traquer la vérité ? À l'opposé d'Alençon, donc.

« Quant à vous, jeune miresse, vous cherchez une large pierre, d'une eau incomparable, aussi rouge que le sang qu'elle a fait verser… dont celui de votre père. Vous la trouverez un jour et ce jour-là, prenez garde à vous. Méfiez-vous de la femme très belle, très malfaisante. Surtout, méfiez-vous de vous-même. Allez à l'est, c'est de là que votre quête se poursuivra. J'insiste : méfiez-vous de vous-même ! Vous êtes votre pire ennemi. »

Étrangement, aucun doute n'habitait Druon : la prédiction d'Igraine était véritable, en dépit du fait que la mage avait admis l'affaiblissement de ses pouvoirs qu'elle imputait à ce monde peu fait pour elle et qu'il lui fallait quitter. Elle s'était d'ailleurs enfoncée peu après dans un brasier rugissant, par ses soins allumé.

Lorsqu'elle avait un jour mentionné les anciens dieux, avec lesquels elle entretenait un prudent commerce, le jeune mire avait soudain compris qu'elle était une des dernières descendantes des druides. Cette révélation l'avait effarée. Certes, Jehan Fauvel avait parfois évoqué ces païens disparus, regrettant que leurs immenses connaissances de la nature, de la médecine, des mathématiques et de l'astronomie se soient à jamais perdues. Cependant, jamais Druon n'avait soupçonné la persistance de ces savants, philosophes et administrateurs que l'on prétendait aussi magiciens.

✠

Soudain, Druon songea qu'en voulant partir il faisait acte d'égoïsme. Il avait sauvé Huguelin des griffes de la tenancière du Chat-Huant, un devoir. L'enfant n'était donc pas son débiteur. Pourquoi l'arracher à l'aisance de ce lieu, le traîner par les routes peu sûres, à l'hiver, pour une quête de vérité qui ne le concernait pas et dont Druon savait qu'elle recelait des dangers pour l'instant indéfinissables ? Un peu honteux, il suggéra :

— Huguelin, pourquoi ne demeurerais-tu pas céans ?

L'enfant se méprit et sautilla de satisfaction en s'exclamant :

— Ah que voilà une sage et belle décision, mon maître ! Nous attendons la fin des frimas et nous r'... repartirons.

— Non, je me dois de poursuivre ma route, par devoir et infinie tendresse envers mon défunt père, le détrompa Druon.

La joie peinte sur le visage enfantin disparut aussitôt, remplacée par ce qui ressemblait à de la crainte.

— Que nenni. À moins que vous ne souhaitiez plus ma présence à vos côtés, ce qui me causerait grande affliction, je vous suis.

— Huguelin, tu ne me dois rien. Mon futur est hasardeux, au plus faste. Je ne puis t'encourager à épouser ma cause dont tu ignores tout. Je ne sais où me mèneront mes pas. Reste, je t'en conjure.

Huguelin hocha la tête en signe de dénégation et Druon sentit qu'il luttait contre les larmes. Il bredouilla :

— Non, à moins que vous ne vouliez plus de moi.

— Oh, certes pas. Tu me donnes bravoure et cœur à la tâche, avoua le jeune mire dans un sourire triste.

Le garçonnet fondit sur lui telle une trombe et lui enserra la taille de ses bras, frissonnant de soulagement.

Druon disait vrai. Il s'était attaché au garçonnet au point d'en venir parfois à le considérer à l'instar d'un petit frère, presque d'un fils. Deux solitudes, deux malmenés qui s'étaient trouvés, se blottissant âme contre âme pour sembler moins vulnérables. L'existence réserve parfois de jolis tours. Rarement, aussi faut-il les savourer à leur juste valeur.

— Sommes-nous bientôt prêts ?

— Oui, mon maître.

— Il me faut donc prendre un dernier congé de notre protecteur, le seigneur Roland, lui faire part de notre reconnaissance et de notre regret de le devoir quitter. Donne-moi les fioles que nous avons élaborées.

Huguelin sortit avec un luxe de précaution les préparations du cabinet[1] aux vantaux sculptés de scènes champêtres de leur chambre.

— Quel merveilleux pouvoir que celui de cette écorce de saule que nous avons fait macérer durant des jours, puis évaporer par tiédissement, puisque vous m'avez expliqué que l'on concentrait ainsi nombre de principes bénéfiques ! Est-ce parce que certains de ces arbres sont tordus qu'ils soignent les douleurs de membres ?

— Défais-toi de ces sornettes de médecine analogique[2]. Je n'en ai jamais constaté l'efficacité, loin s'en faut, exagéra Druon puisqu'il s'agissait en vérité des observations de son père. Ainsi, d'autres arbres présentent des branches et des troncs tortueux, et ne soignent pas les articulations roides. Quant au coquelicot, tu pourras l'appliquer aussi longtemps que tu le voudras sur le torse d'un malade, la couleur rouge de la fleur ne le guérira pas de sa faiblesse de sang. À l'identique avec ces balivernes de médecine astrologique ! Ainsi, notre accueillant seigneur Roland est né au plein de l'été. Mes doctes confrères ne prétendent-ils pas que la goutte et les rhumatismes s'acharnent surtout sur les natifs du Capricorne ?

---

1. Armoire montée sur quatre pieds, fermée de deux vantaux et dont l'intérieur était équipé d'une multitude de tiroirs.

2. Très pratiquée à l'époque, comme la médecine astrologique, d'autant moins pertinente qu'on ignorait l'existence de nombre de planètes – Uranus, Neptune et Pluton – et que l'on croyait la Terre immobile, le Soleil tournant autour.

Huguelin ne s'étonna pas de cet emportement qu'il avait maintes fois entendu dans la bouche du jeune mire, et qui le réjouissait maintenant.

— Je ne sais au juste, mais il existe dans cette écorce-là un principe qui apaise la douleur et la fièvre[1]. La provision que nous avons préparée devrait soulager notre protecteur durant tout l'hiver, conclut le mire.

Serrant avec délicatesse les fioles entre ses mains, il se dirigea vers la porte. Huguelin hésita, puis :

— Pensez-vous parfois au seigneur Béatrice d'Antigny ?

— Oui-da ! Elle fait partie de ces êtres que l'on n'oublie guère.

— Euh… mon maître… la trouviez-vous… de belle allure ?

Druon réprima un sourire. Le garçon passait peu à peu à l'âge d'homme et les femmes commençaient de le troubler sans qu'il ne comprenne encore tout à fait la raison de ses émois.

— Dans un genre très différent de Sidonie, sa servante, qui avait eu l'heur de te bien plaire, en effet. Une des plus belles représentantes de la douce gent que j'ai rencontrée… Enfin… « douce gent » n'est certes pas le qualificatif adapté dans son cas.

— Elle était pourtant fort vieille.

— Vingt-huit, vingt-neuf ans, tout au plus, sourit-il. Cela étant, l'âge peut se montrer très clément envers certaines créatures.

✠

Druon et Huguelin se mirent en route peu après, en dépit des prières à peine déguisées d'autorité du seigneur

1. L'acide acétylsalicylique (aspirine). Les vertus médicinales du saule, qui en renferme, sont connues depuis l'Antiquité.

Roland, qui voyait d'un mauvais œil, et surtout d'un œil inquiet, le départ de son excellent mire qu'il avait espéré convaincre de demeurer à son service. Déjà vieillard, cet ancien guerrier de soixante ans considérait les ravages des ans à la manière d'une injustice flagrante et personnelle, au point qu'on aurait pu croire qu'ils ne s'acharnaient que sur lui. Les hommes de vaillance et de force tolèrent mal le travail de sape de l'âge. Druon lui avait permis de remonter en selle, de chevaucher, sans excès toutefois, de ferrailler contre le maître d'armes de ses petits-fils, et de retrouver plus de goût pour la couche des dames, bref les plaisirs qui avaient jadis comblé ce seigneur que la vie avait toujours traité avec complaisance, pour sembler l'abandonner ensuite. Toutefois, Roland de Verrières avait fini par accepter les explications de son mire, dès que celui-ci avait mentionné une tâche d'honneur à mener à bien.

✣

Menant Brise, la magnifique jument de Perche, par la bride, Huguelin soupirait parfois. Cependant, sa bouderie s'était envolée. Bah, il faisait confiance à son jeune maître qui leur dénicherait gîte et mangerie[1]. La décision du garçonnet était prise, même s'il la taisait encore : il deviendrait mire, un *aesculapius*[2] tel Druon. À la réflexion, les malades, donc les clients, ne manquaient pas. Certes, la plupart se montraient des fesse-mathieux[3] et redoublaient de geignardises et de menteries dès qu'il

1. Repas abondant.
2. Médecin exceptionnel. Esculape ou Askalapios (grec) était le demi-dieu de la médecine, fils d'Apollon et de la mortelle Coronis.
3. Avares.

fallait délier bourse. D'autant que le mage, le prêtre, le vendeur d'amulettes et de potions magiques appelés à leur chevet ou à celui d'un proche, les avaient déjà plumés. Tous tenaient la médecine en piètre estime et en suspicion, non sans raison. Huguelin qui avait toujours été seul et vulnérable, abandonné de tous, dont le futur se limitait à sa subsistance du demain, se délectait de l'avenir qu'il s'écrivait et se réécrivait depuis des semaines. Or donc, il deviendrait médecin et chirurgien. Un remarquable même. Sa notoriété se propagerait à cent lieues à la ronde et on le viendrait consulter de loin. Tous, seigneurs et manants[1]. Cette perspective le réjouissait. Le petit gueux d'avant sa rencontre miraculeuse avec le mire deviendrait une sommité, dont les succès se répandraient à la vitesse d'un cheval au galop. Il allait redoubler d'assiduité, suivre chaque geste de son modèle, apprendre, encore et toujours. Que de chemin à parcourir, mais quelle tâche grisante ! Du coup, les vestiges de son regret à devoir quitter le château de Verrières se volatilisèrent.

Un peu inquiet, il demanda toutefois :

— Mon maître... Pensez-vous... Enfin, je r'... euh... redoute d'être bien impertinent et bien fat... me pensez-vous capable, non pas de vous égaler dans votre art, mais de vous imiter un jour ?

— Nul n'est insolent ou vaniteux à se vouloir améliorer, à se passionner pour la connaissance, trancha Druon. Le peux-tu ? (Le mire fit mine de soupeser la question, tant l'impatience du garçonnet l'amusait.) Certes. Tu es intelligent, as bonne mémoire, ne ménages pas ta peine...

— Oh, mon maître, je suis bien aise de votre jugement, qui me réchauffe le cœur et...

1. À l'origine, le terme n'avait aucune connotation péjorative et désigne juste un habitant d'un manoir.

— Mais… l'interrompit Druon, la science est maîtresse difficile. Elle exige tant et ne s'offre qu'avec réticence et parcimonie ! S'il s'agissait d'un caprice de ta part, d'une envie du moment, renonces-y pour ton bien. Considère l'ampleur des efforts que tu devras fournir, les années de labeur qu'il te faudra consentir. Réfléchis.

Pourtant, au fond d'elle, Héluise était conquise par cette possibilité. Son père lui avait transmis son précieux savoir et l'idée que celui-ci se perde un jour lui était intolérable. Un élève vif d'esprit serait l'idéal réceptacle afin que l'ignorance, la superstition ne triomphent pas davantage.

— Oh, je réfléchis depuis des semaines, rétorqua le garçon. Y a… Il y a belle récompense à cette difficile science. On soigne des créatures, parfois des puissants, et l'on est traité avec respect. Ainsi, n'eût été votre devoir filial que je fais mien, par tendresse et reconnaissance envers vous, vous auriez pu devenir le mire choyé de la baronne Béatrice ou celui du seigneur Roland.

— Bien, commenta Druon, assez satisfait. Te voilà donc officiellement mon apprenti.

— Merci, grand merci, mon maître ! Ah, fichtre, vous êtes juste et bon et magnifique, et généreux et talentueux et valeureux et… Quelle joie ! exulta l'enfant qui se voyait déjà arborant la petite tonsure[1], son museau[2] et ses gants de cuir pendus à sa ceinture.

Le mire réprima de justesse le rire que faisait naître cette énumération de vertus, et revint à sa préoccupation du moment :

1. Qu'adoptaient clercs et laïcs afin de marquer leur dévotion.

2. Dont les médecins se couvraient le nez et la bouche pour approcher leurs malades. Rappelons que si les micro-organismes n'étaient pas connus, l'idée de la contagion était présente dans les esprits. Ainsi, la pratique de la quarantaine est très ancienne.

— Allons, il nous faut avancer au lieu de traîner tels des limaçons[1].

— Fort bien, fort bien. Vers l'est, je suppose.

— Si fait. À l'est.

1. Escargots.

V

Abbaye royale de la Sainte-Trinité de Tiron,
octobre 1306

Au soir échu, le jeune frère Étienne, semainier[1] pitancier[2], de l'abbaye royale de la Sainte-Trinité, de l'ordre de Tiron[3], s'immobilisa sur la berge de l'étang creusé par ses frères afin d'alimenter le moulin et de servir de vivier. Il fixa l'eau sombre, puis leva le regard vers l'enceinte de l'abbaye. Il n'avait pas assisté à vêpres* ni à complies*, et son absence en cuisine avait dû être remarquée.

La même question le harcelait depuis des heures : l'intention était-elle plus coupable que l'acte ? Au fond, qu'importait, puisque son intention lui avait été inspirée par la vanité. Pis : par un insensé besoin de se placer au-dessus des autres. Il avait péché, gravement péché. Il serait puni. Certes, il redoutait cette punition, pourtant méritée

1. Frère désigné pour accomplir une tâche durant une semaine.
2. Cuisinier
3. Bien qu'issu de la règle de saint Benoît, le fondateur du monastère de Tiron, saint Bernard de Ponthieu, en a durci les exigences pour l'ordre qu'il fonda. On évoque très souvent la grande austérité de cette règle de saint Benoît. Toutefois, il convient de la remettre dans le contexte de l'époque, une époque très rude, pour se rendre compte qu'elle n'était pas si sévère que cela.

à ses yeux. Mais il était fautif, très fautif. Un sanglot sec lui arracha une quinte de toux et il lutta contre les larmes.

Lorsque enfin on l'avait admis dans l'ordre de Tiron, sa joie, sa satisfaction, son exaltation auraient dû aviver sa méfiance envers lui-même. Il aurait dû se défier de ce qu'il refusait d'admettre : son incommensurable orgueil. Lui, le sans-le-sou, le rien-du-tout, le bâtard rejoignait enfin la sainteté en pénétrant dans ce cloître. Il s'était délecté de l'écrasante austérité de l'ordre. Ayant rêvé de pauvreté, de privations, de corvées afin de se rapprocher de Dieu, il dut d'abord déchanter. Bernard de Ponthieu était trépassé depuis bien longtemps et l'opulence avait remplacé le goût du labeur acharné, s'étalant au point que l'abbaye était vertement critiquée et qu'on l'accusait de ne remplir qu'à contrecœur son devoir d'écuelles[1]. Ne prétendait-on pas que « les moines mangeaient des fromages mous et de gros poissons[2] » ? Toutefois, un des frères copistes, avec qui Étienne avait sympathisé, l'avait peu à peu rassuré. Ils devaient être puissants, donc riches, dans le seul but de résister au roi Philippe le Bel*, à ses envies de réforme, à sa volonté de se défaire de l'ingérence papale dans les affaires du royaume et de museler l'Église de France. Ils devaient être riches pour continuer d'amasser des trésors de connaissances qui ne pouvaient tomber entre viles mains. Ils devaient rester indispensables. Et puis, Dieu lui-même n'avait-il pas souhaité leur belle aisance ? Dans le cas contraire, ne l'aurait-Il pas fait savoir ? Or, ne constatait-on pas que la maladie s'abattait surtout sur les pauvres, preuve éclatante que Dieu ne leur tenait nulle rigueur de leurs différents commerces ? Enfin, eux seuls étaient l'authentique

1. Offrir à manger aux pauvres les plus démunis.
2. Dans le *Roman de Renart* vers 1178. De fait, on trouve la trace de rentes en « milliers de harengs ».

intermédiaire entre le Seigneur et les nantis. Allaient-ils refuser aux généreux de monnayer un sauf-conduit vers le paradis, ceux dont l'innocence avait été écornée ? Se justifiaient donc les dons et les héritages qui affluaient en l'abbaye. Étienne s'était rendu au raisonnement.

La griserie de se savoir enfin fort, ou, du moins, l'un des maillons d'une prodigieuse puissance. La sensation de plus en plus urgente, presque pesante, qu'il devait tout à son ordre, qu'il ne pourrait plus respirer au dehors. L'idée de se surpasser en tout pour s'acquitter de l'ineffable privilège d'avoir été admis céans.

Tout avait commencé ainsi… à moins qu'il ne se cherchât de bonnes, mais menteuses, excuses.

✣

Un frisson le secoua et une houle de peur le suffoqua. Le mieux. Il avait voulu le mieux, incapable de se satisfaire du bon. Et il s'était laissé happer par le pire.

— Mon frère ?

Étienne sursauta et se retourna vers Gervais, le frère boursier[1]. Incapable de prononcer un mot tant il craignait que les larmes le rattrapent, il demeura figé, l'air hagard.

— Allez-vous tout à fait ? Nous nous inquiétions de votre absence.

Étienne se reprit assez pour déclarer :

— Si fait, bien aimable à vous. Une difficulté de digestion que j'éprouve depuis ce midi. Rien de grave.

— Notre frère apothicaire arrangera cet inconfort grâce à l'une de ses infusions.

1. Frère chargé de régler les achats et de surveiller les paiements.

— Je comptais m'en remettre à son art, mais l'air de la nuit et… un peu de solitude m'apaisent les intérieurs.

L'autre comprit l'allusion et conclut sur un sourire un peu embarrassé :

— Fort bien. Je m'en voudrais de la gâcher. À vous revoir en meilleure forme.

Gervais disparut par la porterie ménagée entre le grenier et le pressoir.

Étienne s'en voulut. Sans doute venait-il de froisser un gentil frère qui ne souhaitait que s'enquérir de son état. Ce détail, pourtant de piètre importance, le fit glisser tout à fait dans l'abîme de chagrin au bord duquel il était parvenu à s'arrêter plus tôt. Il se laissa tomber à genoux sur la berge et accueillit sans plus lutter les sanglots qui menaçaient depuis si longtemps.

Il ne sut combien de temps il resta ainsi, les genoux plantés dans la boue détrempée quand, reprenant ses esprits, il s'essuya le visage d'un revers de manche et se redressa avec peine. Il lui fallait avouer ses odieux méfaits à l'abbé, réclamer son terrible châtiment et implorer le pardon. Alors qu'il allait se précipiter vers le logement de celui-ci, requérir audience immédiate, le doute et la peur le rattrapèrent. La peur de tout perdre. Mais la vérité n'éclaterait-elle pas un jour ou l'autre ?

VI

Murienne, presque onze ans, soufflait en tirant derrière elle le lourd fagot de bois tombé[1]. Un jour brumeux achevait de se lever. Elle avait hâte de rentrer, d'avaler une écuelle de soupe. D'habitude, son frère Robert, aîné de trois ans et demi, déjà fort comme un homme, l'accompagnait, allégeant la corvée. Et puis, elle se sentait plus faraude en sa présence, la proximité de l'abbaye ne la rassurant pas tout à fait. Mais Robert devait nettoyer l'étable et le poulailler, alors…

Elle lâcha la sangle qui retenait le fagot, lui permettant de le tirer, et entreprit de ramasser les branchages autour d'elle. Et soudain, elle pila. Son cœur s'emballa avant même qu'elle ne comprenne ce qu'elle voyait.

Que faisait ce moine assis contre un arbre, le torse incliné vers l'avant, les poignets croisés sur le haut de ses cuisses comme s'il dormait ?

Elle avança de quelques pas prudents. Les rames qu'elle tenait entre ses bras churent. Des images se succédèrent, sans prendre aussitôt de signification. Autour du manche

1. Le seul qu'on avait le droit de ramasser.

d'un coutelas fiché entre les deux omoplates, une large tache de sang fonçait la laine grise du dos de la robe du religieux. Une autre, bien plus modeste, endeuillait l'ourlet de sa tenue sur le devant. Ce qu'elle apercevait de son visage avait pris le gris cendré des trépassés. Il semblait assez jeune, un peu frêle. Surtout, sa main droite avait été sectionnée à hauteur du poignet.

Le regard de Murienne balaya la terre autour du corps. Pas de main ; du sang avait coulé de son dos et fonçait les maigres touffes d'herbe derrière lui, du moins pour ce qu'elle en distinguait, et il était hors de question qu'elle s'approche davantage du cadavre.

Que faire ? Courir prévenir l'abbaye ? Ces moines l'impressionnaient tant qu'elle n'oserait jamais parler à l'un d'eux. Rentrer plutôt. Relater sa découverte à Robert qui saurait agir. Elle s'inquiéta de laisser son fagot qui la retarderait. Et si un coquin[1] profitait de son absence pour le voler et s'épargner le labeur de le récolter ? Bah, un homme était quand même mort. Un moine, de surcroît. Elle courut.

1. Le mot était très fort à l'époque et signifiait un « voyou, lâche, paresseux ».

VII

En réponse aux coups de poings hargneux de Robert contre les panneaux de la porterie d'honneur, le frère tourier[1] finit par entrouvrir le judas. D'abord, il ne comprit pas ce que lui criait l'enfant, et lui fit répéter à trois reprises son horrible nouvelle. Enfin, le raclement des lourdes traverses qui barricadaient la porte, puis celui d'un fort verrou.

Frère Sabin tira Robert par sa tunique avec tant de brutalité que le jeune garçon s'affala presque sur son torse.

— Que dis-tu ? Que dis-tu ? cria le portier.

Robert, preste d'esprit, songea qu'il ne devait pas mentionner Murienne dans cette découverte. Elle était trop jeune et s'apeurait vite.

— Un moine, dans la forêt, qu'a l'air ben occis. C'est nous qu'on l'a trouvé.

— Mais qui, mais qui ? Ah, mon Dieu ? Es-tu bien sûr ?

1. Le frère tourier accueillait les messagers au tour. Il pouvait être également chargé de collecter les offrandes de généreux donateurs ou de ceux contraints à l'aumône par jugement de leurs fautes.

— On sait pas qui. Et pour sûr qu'on est sûr. L'est ben mort puisqu'il a un couteau planté dans l'dos et plein de sang sur sa robe. Et pis : il lui manque une main. Hein, Murienne ?

Intimidée, craintive, la gamine hocha la tête en signe d'acquiescement.

— Une main ? Oh, juste ciel !

Cette précision sembla accabler le moine au point qu'il resta bouche entrouverte, planté devant les deux enfants.

— Faudrait prévenir, l'faire quérir avant que les bêtes… J'sais pas… suggéra le garçon.

Frère Sabin parut reprendre ses sens. Il leur intima l'ordre de ne pas bouger et partit telle une flèche vers la demeure de l'abbé située non loin.

✠

Poussé par la curiosité, Robert avança de quelques pas, malgré les mises en garde de sa cadette. Juste à sa droite, le prétoire, la prison publique et la chambre du portier. À sa gauche les bouquetiers[1] du camérier[2]. En face de lui, l'imposante basilique faite de grison[3] qui lui bouchait la vue de la bibliothèque, du réfectoire et des dortoirs entourant le cloître.

— R'viens, Robert. On va s'faire tirer les oreilles, murmura Murienne.

Robert obéit tant il la sentait inquiète.

1. Jardin strictement ornemental, de taille en général modeste. Il fournissait des fleurs destinées à l'agrément et au fleurissement des autels.

2. Officier de la chambre du pape ou d'un cardinal.

3. Conglomérat naturel de silex, de quartz, d'argile et de minerai de fer de couleur noirâtre.

Le frère et la sœur patientèrent durant ce qui leur parut un long moment. Trois moines apparurent enfin, fonçant vers eux, dont le tourier. L'un se maintenait avec peine à hauteur des deux autres, son gros ventre, souligné par la cordelette de sa robe, ballottant au rythme de sa course, ses joues grasses s'empourprant sous l'effort. Le plus âgé des trois, un grand homme au visage émacié, au regard bleu pâle, ordonna d'une voix péremptoire :

— Contez-moi votre découverte.

Robert s'exécuta à nouveau. Lorsqu'il précisa :

— Et puis, on lui a coupé la main droite… comme l'cas du mercier Borée, qu'a été trucidé y' a pas dix jours, comme on l'fait pour…

Le grand homme l'interrompit d'un geste autoritaire et lâcha d'une voix peu amène :

— Ne parle pas de ce que tu ignores ! Ton sentiment n'est pas requis.

Robert se tut. Le grand moine demanda :

— Et donc, il aurait été frappé par-derrière ? Un vil meurtre ! Contre un homme de Dieu !

Robert reprit son récit, accompagné par les gémissements du gros moine, au point que l'homme émacié fit taire celui-ci d'un :

— Fils portier[1], l'heure n'est pas encore aux lamentations. Nous devons d'abord vérifier les dires de ce garçon.

— Mon père, mon père…

Robert en déduisit que le grand homme était le seigneur abbé, Constant de Vermalais. Se tournant vers le tourier, celui-ci demanda :

— Mon fils, faites mander quatre serviteurs laïcs équipés d'une civière. (Pointant Robert et sa sœur d'un index méprisant, il asséna :) Eux nous mèneront.

1. Frère qui détient les clefs de l'abbaye et surveille les entrées et les parloirs.

Soulevant le bas de sa robe des deux mains, frère Sabin repartit au galop, escorté par le claquement de ses socques[1] sur le gravier, vers les ateliers des domestiques situés à proximité des écuries qui donnaient sur la cour intérieure de l'abbaye.

1. Chaussures à semelles de bois.

VIII

Nul n'avait échangé un mot durant le périple dans la forêt. Murienne menait la marche, silhouette maigrelette qui avançait d'un bon pas. Robert, lui, s'était un peu étonné de la volonté du seigneur abbé de les accompagner. Toutefois, il avait été soulagé que celui-ci écarte d'un prétexte courtois le frère portier, dont les couinements d'effroi portaient sur les nerfs. Ils s'immobilisèrent à une demi-toise* du cadavre. Robert en profita pour détailler à nouveau celui-ci, et le manche du beau coutelas de chasse.

Quelques freux sautillèrent avant de s'envoler à contrecœur. Ils surveillaient les parages avant de se ruer sans crainte sur ce qui n'était pour eux qu'un autre festin de charogne.

Tous se signèrent, surveillant à la dérobée Constant de Vermalais, le seigneur abbé, attendant ses ordres ou ses commentaires. Ils furent brefs :

— Notre gentil frère Étienne… Impie ! tonna-t-il, d'un ton de rage. Trucider de la sorte un moine… un fils qui n'était que piété envers Dieu et attachement envers son ordre. Maudit ! (Se tournant vers les serviteurs laïcs qui avaient ôté leur bonnet en signe de respect, il commanda :) Allongez Étienne sur le brancard. Sur le flanc, nigauds, pas sur le dos ! Qu'on le ramène à l'instant en l'abbaye, à l'infirmerie, et que l'on fasse quérir au plus vite notre médecin.

✠

Les quatre hommes s'exécutèrent avec une fébrilité qui fit craindre à Robert qu'ils lâchent le pauvre corps, que la rigidité cadavérique rendait peu coopératif, avant de parvenir à le transporter sur le brancard fait de deux longs branchages auxquels était retenue une toile épaisse. Les quatre serviteurs s'éloignèrent ensuite en direction de l'abbaye. Les deux enfants firent mine de s'écarter à leur tour, après un respectueux salut aux moines. La voix sèche de l'abbé les retint :

— Halte ! Vous autres petits chenapans[1], nul mot de tout ceci à quiconque. Pas de clabaudages. M'entendez ? Cette horreur ne concerne que l'abbaye. Gare si vous désobéissiez.

Il tourna les talons, aussitôt suivi du frère tourier qui adressa un discret sourire, un peu contrit, aux deux enfants.

1. Le terme est fort à l'époque et signifie « vauriens » ou « bandits ».

IX

Robert aida Murienne à nouer le fagot et passa la sangle autour de ses épaules. Il vérifia d'un regard que les autres s'étaient assez éloignés et ne pouvaient l'entendre avant d'émettre un petit sifflement acide en grommelant :

— Vos remerciements nous réchauffent le cœur, messire abbé !

— Allons, tais-toi, murmura Murienne, apeurée.

— Eh quoi ? On mont' les prévenir, on les accompagne, mais pas une parole suave, pas un denier* d'récompense... Déjà qu'y nous saignent avec la grosse dîme[1], les dîmes menues[2], la dîme de carnage[3], sans oublier le casuel[4], qu'y

1. Impôt dû au clergé sur le blé. Les dîmes étaient en général d'1/12e des revenus des récoltes et des animaux. Elles s'ajoutaient à tous les impôts seigneuriaux et royaux.

2. Impôt dû au clergé sur les récoltes d'autres céréales et de légumes.

3. Ou « dîme de charnage ». Impôt dû au clergé sur les brebis, les porcs et les animaux de basse-cour.

4. Redevance due au clergé pour les baptêmes, les mariages et les enterrements.

nous forcent à sortir ce qui reste de not'bourse pour les offrandes[1]...

— Tais-toi, malheureux, geignit sa petite sœur en regardant autour d'elle, l'air effrayé.

— J'ai raison et tous le pensent même si personne ose ouvrir son bec, s'énerva Robert. Il nous reste si peu au bout du compte qu'on s'demande à quoi sert de s'échiner d'la sorte !

— Robert, Robert... j't'en prie. Nous sommes des paysans libres. On a un peu d'terre, un toit au-d'sus d'nos têtes, quec' animaux, nous ne mourons pas de faim... C'est bien mieux qu'tant d'autres...

— Foutre ! Sauf que l'père, l'a crevé à la tâche tout'sa vie !

— Mais on s'a tous deux. Les autres petiots ont passé les uns derrière les autres. On vit, nous. Et y a la mère, argumenta-t-elle, au bord des larmes.

Il s'en voulut de son emportement qui faisait peur à sa jeune sœur. Lorsque son père avait rendu l'âme deux ans plus tôt d'une fièvre pulmonaire, il lui avait ordonné de s'occuper « des femmes ». Robert ne rétorqua donc pas que la mère n'en avait plus pour longtemps. La femme probe, courageuse et qui ne s'était jamais plainte se pliait parfois, lorsqu'elle pensait qu'on ne la voyait pas. De petites

1. Si la foi est générale à l'époque, de vives (mais prudentes) critiques montèrent contre le clergé que l'on accusait d'accumuler une considérable richesse sur le dos des pauvres. On en trouve de multiples traces dans la littérature de l'époque, notamment dans le *Roman de la rose*. Ces critiques seront encore plus virulentes quelques années plus tard, lorsque des famines dues aux mauvaises conditions météorologiques dévasteront les campagnes.

douleurs de ventre, des maux de femelle sans gravité, prétextait-elle. Le seul soulagement du garçon venait de sa récente majorité. Il pourrait reprendre leurs maigres biens et s'occuperait de sa sœur.

Il s'avança à nouveau vers l'arbre auquel le moine avait été adossé, et étudia le sol alentour. Du sang avait coulé sur l'herbe qui poussait à la base du tronc. Assez peu. Par acquit de conscience, il fouilla à nouveau les buissons non loin. Rien, pas de main. Il caressa la joue de la fillette, donna un coup d'épaule pour faire glisser le lourd fagot et proposa :

— Viens, Murienne, on rentre. J'grogne plus.

✣

Et pourtant, la morgue de l'abbé lui restait en travers du gosier. C'est qu'il s'en racontait de vilaines histoires dans les tavernes avoisinantes sur les scandaleux privilèges dont jouissaient les moines de Tiron, sur la fortune qu'ils avaient amassée, fretin après fretin arrachés aux pauvres et aux moins pauvres ! Quant aux miséreux, mieux valait qu'ils ne comptent pas trop sur leur générosité. La porterie ne s'entrouvrait que rarement pour une distribution de pain du pauvre[1]. Il se souvint de la virulente sortie de cette femme, une chènevière[2], qui avait sans doute abusé du cruchon, mais à la langue bien pendue :

— C'est-y pas pitié qui s'engraissent tels des gorets sur nous autres qui grattons la terre pour nourrir not' marmaille ?

---

1. Fait d'orge et de seigle peu tamisés.

2. Personne un peu difforme et accoutrée de façon étrange. Dérivé de l'épouvantail qui servait à éloigner les oiseaux dans les champs de chanvre. On cultivait déjà le chanvre en France à l'époque romaine, peut-être même depuis l'âge de fer.

Et qu'est-ce qu'y ont fait, y a deux ans, quand tant sont morts de c'te fièvre pulmonaire ? Y ont barricadé toutes les porteries, des fois qu'on leur amène la maladie. Paraît qu'y auraient dit une messe. Le bel emplâtre que ça nous a fait ! Au moins, not' seigneur, qui se bourre aussi les poches sur not' dos, a envoyé un fardier avec du pain, un peu de lard et de fromage, bref, de quoi pas crever de famine.

Tous avaient opiné du bonnet dans la gargote, celle du Chat-Borgne. Le langage n'était guère châtié, les plaisanteries peu relevées et le vin aigre. Cependant, il y régnait une ambiance chaleureuse et plutôt bon enfant – maîtresse Borgne[1] n'étant pas gargotière à s'en laisser compter, d'autant qu'elle était capable d'assommer un bœuf sur un coup de sang.

Robert se rappelait très bien. Son père aussi avait trépassé. Tant étaient morts qu'on avait creusé une fosse à la hâte pour y jeter les cadavres, qu'on ne parvenait plus à enterrer séparément, et les recouvrir de chaux vive afin de limiter autant que se pouvait la propagation du fléau. Au-delà de ce décès, le garçonnet qu'il était encore à l'époque avait eu le sentiment que le monde s'écroulait. Il était bien jeunet, que pouvait-il faire, qui leur viendrait en aide ?

Sa hargne contre l'arrogant abbé crût encore. Quoi, on les gavait alors qu'on manquait de tout. Et ils étaient incapables de tendre la main, de rendre un peu de cette parole d'amour inscrite dans les quatre Évangiles ? Coquins, vils coquins, et ni leur robe ni leurs cantiques ne feraient changer d'avis le garçon. Ils n'œuvraient que pour eux. Dieu, dans Son immense mansuétude, n'avait pas voulu cela ! Le Doux Berger divin n'avait jamais souhaité que la plupart de Ses agneaux crèvent pour remplir la panse de quelques

1. Les taverniers étaient nommés d'après leur enseigne.

madrés qui avaient su se placer du bon côté de la porterie d'honneur.

✣

Le garçon ne décoléra pas de tout le chemin, bien que s'efforçant de faire rire sa cadette dans le seul but de la rassurer. Si Murienne n'avait pas été sa charge d'âme, peut-être aurait-il rejoint une de ces bandes de coupe-jarrets, de stipendiaires[1] ou de ribauds[2], à l'instar de nombreux très jeunes, abandonnés par des parents qui ne parvenaient pas à les nourrir. Ceux-là n'hésitaient pas à s'en prendre aux moines ou aux puissants. Dans sa candeur, Robert songea que jamais il ne volerait aux pauvres. Ceux-là étaient véritablement libres puisqu'ils ne craignaient ni la robe ni l'épée. Certes, la plupart finissaient sur le chafaud[3]. Néanmoins, des contes se ressassaient sur d'autres bandits de grand chemin, plus rusés, qui avaient amassé un beau magot et filaient des jours paisibles.

✣

Lorsqu'ils parvinrent devant leur chaumière que Robert s'appliquait à consolider chaque été, comme son père avant lui, il expliqua à sa sœur :

— Rentre, mange un peu. Moi, j'vas aller faire un tour au Chat-Borgne. Ça m'rafraîchira les sangs.

---

1. Mercenaires.
2. Soldats à pied qui précédaient la cavalerie et dont le comportement grossier explique l'évolution du mot.
3. A donné « échafaud ». À l'époque, il s'agissait d'une plateforme montée sur de hauts tréteaux. Le terme pouvait aussi désigner un grenier à foin.

L'inquiétude envahit à nouveau Murienne. Elle agrippa la manche du chainse de son aîné et supplia :

— Robert, tiens-toi coi au sujet d'ce moine, çui d'la forêt. Désobéis pas au seigneur abbé. Songe à c'qu'y pourraient nous faire si ça leur r'venait aux oreilles.

— Mais non, bécasse. J'veux juste boire un p'tit gorgeon, mentit le garçon.

Il avait la ferme intention de narrer son aventure, une autre pierre dans les beaux jardins des moines de Tiron. Cependant, il prétendrait avoir découvert le cadavre, de sorte que rien de fâcheux ne puisse échoir à sa cadette. Il comptait sur les clabaudages pour que l'histoire se répande à la vitesse de l'éclair, si possible en enflant davantage. Car si on avait coupé la main droite de ce moine, c'est qu'il s'agissait d'un voleur. Venant d'un des religieux de l'abbaye, la chose conforterait tout le monde dans sa certitude que ces hommes de robe-là ne pensaient qu'à remplir leur bourse déjà bien rebondie. D'autant que le supplice identique infligé quelques jours plus tôt à Borée, ce fessemathieu, cette vilaine verrue, n'avait surpris personne. C'est que le Borée ne se gênait jamais pour égruger[1] les faibles. Quant à espérer un peu de crédit chez lui, autant rêver qu'il pleuve des deniers*.

1. Réduire en grains, écraser.

X

Maîtresse Borgne, Cécile de son petit nom que nul n'utilisait plus, hormis sa proche famille, depuis son bref mariage à maître Borgne, décédé quelques mois après les épousailles, accueillit le garçon avec plaisir. Elle lui claqua deux baisers sonores sur les joues et lui servit un gobelet de son « meilleur », une piquette aigrelette dont elle affirmait toujours :

— Bah, après cinq gorgées, on l'sent plus et ça réchauffe !

En dépit de l'heure encore matinale, une bonne dizaine d'habitués était attablée, et les plaisanteries, les ragots ricochaient de place en place. On se délassait les membres devant un cruchon ou une tisane après les travaux du début de jour et avant de reprendre le labeur. Robert remarqua aussitôt la présence de Clotilde et de son aîné, Raymond, à l'habitude la mine sérieuse, pour ne pas dire fermée. Il avala la moitié du gobelet de vin pour se donner du courage et se planta au milieu de la salle. Le silence se fit progressivement. Tous se tournèrent vers lui, attendant la suite. Il raconta « sa » découverte macabre par le menu, insistant lourdement sur l'étrange attitude du seigneur abbé et son arrogance.

✣

Il s'écoula quelques secondes, tous se consultant du regard, hochant la tête d'un air entendu, puis une commère[1] lâcha d'un ton ferme :

— Ça m'étonne guère d'la part de ceux autres !

Aussitôt, vingt commentaires s'entrecroisèrent, chacun y allant d'une anecdote fâcheuse au sujet des moines. Robert se rengorgea.

La voix de stentor de maîtresse Borgne surnagea :

— Quand même, y a du louche là-d'ssous ! Non qu'ça me surprenne non plus. Et donc, y t'a ordonné de fermer ton clapet quand t'as mentionné Martin Borée et le supplice réservé aux voleurs ?

— En vérité !

Sylvestre, le hongreur[2], un homme de parlé lent mais de jugeote, déclara alors :

— Moi, j'dis... quand deux meurtres sont si semblables, c'est qu'c'est la même main qu'est derrière ! Faudrait qu'on prévienne l'secrétaire du bailli, qu'est gars plutôt plaisant.

— Sauf que l'abbaye dépend pas d'la justice séculaire, remarqua Agnès Grosjean qui prenait soin de ne pas étaler sa soudaine richesse, bien mal acquise, en ne s'offrant qu'une tisane alors qu'un bon gorgeon accompagné d'une collation l'aurait fort tentée.

Agnès, ex-servante de feu le mercier Borée, hésitait encore. En larmes, affirmant qu'elle ne resterait plus dans la demeure de son pauvre maître assassiné de si

1. Tout comme « compère », le terme n'avait à l'époque rien de péjoratif. Il signifia d'abord « seconde mère », marraine, puis devint un terme amical désignant de plaisants voisins.

2. Qui castrait les chevaux.

horrible manière, elle avait quitté son service. Elle avait expliqué qu'un minuscule héritage, ajouté à ses maigres économies, lui permettrait de survivre. Toutefois, elle s'interrogeait. Entre ses petits larcins de rubans et autres babioles et son gros vol, elle avait amassé une bourse joliette. Elle pouvait en vivre, certes pas en bourgeoise, mais en modeste commerçante retirée des affaires dans une autre ville où nul ne la connaîtrait. Si elle demeurait à Tiron ou même à Saint-Denis-d'Authou, très proche, il lui faudrait toujours être prudente, ne jamais laisser soupçonner qu'elle possédait plus de bien qu'elle ne l'avouait. Nul ne croirait qu'elle ait pu économiser une telle somme au service du mercier. Cependant, Agnès Grosjean n'était plus dans sa prime jeunesse, loin s'en fallait. Aussi la perspective d'abandonner sa bourgade, de s'installer ailleurs, où elle ne connaîtrait personne, l'effrayait un peu.

— Fort juste, reprit Sylvestre avec lenteur. Mais ça r'montera jusqu'au bailli. (Une lueur futée éclaira son visage.) C'est not' devoir de bons chrétiens de prévenir qu'un horrible assassin a déjà frappé deux fois et qu'l'envie de r'commencer pourrait l'démanger à nouveau. De quec' façon, on deviendrait complices. D'autant que… tout c'qui peut aigrir la bile de c'seigneur abbé nous est plutôt distrayant.

Des rires et des applaudissements saluèrent cette sortie. Il se rengorgea et poursuivit :

— J'hongre leurs bourrins[1] d'puis trente ans. Faut supplier pour être payé et encore, y'rognent toujours. Bah, c'tait encore pis du temps d'l'autre abbé, c'ui qu'a passé y a six, sept ans. Paraît que Dieu m'le rendra au centuple.

La tenancière s'esclaffa :

1. De bourrique, du latin *burricus.*

— Pour sûr, mon gars ! Encore faut-il qu'tu montes au paradis – et j'parierais pas mon prochain cruchon là-dessus – et qu'y ait des chevaux à châtrer là-haut !

L'hilarité se propagea à l'assemblée.

✣

Robert n'était pas peu fier, d'autant que Clotilde et son frère Raymond semblaient eux aussi réjouis. Elle était avenante, très à son goût et depuis longtemps, Clotilde. Gironde ce qu'il fallait, de courte taille avec de beaux cheveux couleur de blé mûr, des yeux d'un étrange bleu-gris, un petit nez si mignon qu'on l'aurait volontiers croqué. On la disait prompte au rire, mais de belle piété, et aucune ombre de légèreté de cuisse ne ternissait sa réputation. Au fond, selon Robert, les seuls gros défauts de Clotilde se nommaient Raymond, son frère qui la surveillait tel le lait sur le feu, et maître Ghislain Loquet, leur père, fermier à Saint-Denis-d'Authou. Une ferme un peu importante, rien à voir avec la masure de la famille de Robert, ni avec le lopin de terre qu'ils cultivaient. Ghislain Loquet avait bonne réputation. Toutefois, Robert doutait qu'il offre la main de son unique donzelle à un jeune paysan sans fortune, aussi courageux et probe fût-il. Il intercepta le regard appuyé, mi-amusé, mi-attendri que lui destinait la jeune fille, et se sentit rougir jusqu'à la racine des cheveux. Benêt, il baissa la tête.

— Cependant, Sylvestre a grande raison, poursuivit Cécile, dite maîtresse Borgne, en pouffant. Ce s'rait pas chrétien d'permettre à un vil assassin d'poursuivre ses œuvres ! Faut causer au secrétaire du bailli… D'autant qu'y vient parfois s'rincer l'gosier céans.

XI

Une bourrasque de vent s'engouffra soudain dans la taverne, faisant vaciller les torches de résineux qui éclairaient la salle sombre, même durant le jour. Prudente, la gargotière se tut. Tous, brusquement inquiets, tournèrent le visage vers les nouveaux arrivants. Et si ces inconnus les avaient entendus ? Mieux valait se méfier des étrangers.

— Le bonjour à vous, gens de bonne compagnie ! lança Druon à la cantonade en s'appliquant à renforcer les graves de sa voix ainsi qu'il le faisait depuis des mois, depuis qu'Héluise s'était transformée afin d'échapper aux griffes de l'Inquisition. Mon apprenti et moi aimerions nous restaurer un peu.

Ils s'installèrent dans le silence, escortés par la curiosité sans animosité mais prudente des habitués.

✠

Maîtresse Borgne, décidée à savoir qui fréquentait son établissement, s'approcha et débita la courte liste de ce qu'elle pouvait leur proposer : des truites marinées au vin aigre[1] qui lui restaient de la veille, jour maigre[2], de la langue de bœuf rôtie au lard gras, un « délice qu'on ne voyait guère que sur les tables de noblesse[3] » ou, moins onéreux, une généreuse omelette au lard, en plus du pain et du fromage à satiété, inclus dans le prix du repas.

En la découvrant/Quand elle la découvrit, la petite tonsure de Druon ne lui dit rien qui vaille. Un clerc invité de l'abbaye ? Il lui fallait le découvrir au plus preste. Certes, on brocardait volontiers les moines de Tiron, toutefois l'abbé avait droit de haute, moyenne et basse justices. Nul n'avait envie d'être bastonné, ou pire, pour outrage envers l'Église.

— Vous rendez-vous en not' bonne abbaye ? s'enquit-elle, feignant une indifférence affable.

— Non pas. Je suis chevalier mire itinérant. Nous parcourons les chemins, nous arrêtant là où mon art est souhaité.

Il sembla à Druon que la femme se détendait et que son sourire devenait moins forcé. D'ailleurs, les échanges reprirent, à voix basse afin qu'il ne puisse les surprendre.

— Nous avons passé la nuit à la belle étoile, poursuivit le mire. Nous sommes affamés et encore refroidis jusqu'aux os.

Druon avait sagement décidé de faire durer le plus longtemps possible la bourse offerte par le seigneur de Verrières à leur départ, en ne dormant qu'une nuit sur deux dans des auberges, jusqu'à ce que le froid les en dissuade.

— Un cruchon de cidre. Quant à l'omelette au lard, elle me fait saliver d'avance, conclut Druon, conscient que leur

1. Vinaigre.

2. On mangeait maigre les mercredis, vendredis, samedis, les veilles de fête ainsi que durant les quarante jours du carême et les quatre semaines de l'avent.

3. Le bœuf était une viande de luxe.

entrée avait dû interrompre une conversation importante. Huguelin, qu'en dis-tu ?

— Certes, mon maître, certes.

Maîtresse Borgne disparut par un couloir situé en diagonale de la salle pour reparaître peu après, ayant donné ses ordres à un aide de cuisine qui devait s'affairer à préparer leur repas. Quand elle se planta devant leur table, désireuse d'en apprendre plus à leur sujet, Druon décida de ne pas s'offusquer de sa curiosité.

— Un vent particulier vous a-t-il mené par chez nous, seigneur mire ? demanda-t-elle d'un ton futé.

— Non pas. Ici ou ailleurs, quelle importance ? Nous venons de Verrières où nous étions les hôtes du seigneur Roland.

— On l'dit bien souffrant.

— Il l'était avant notre arrivée. Il monte à nouveau et chasse un peu. Certes, je n'ai que l'art de soigner, pas le pouvoir de rajeunir.

Une lueur admirative, quoique méfiante, dans le regard, la tavernière commenta :

— Fichtre ! Si vous soignez les seigneurs, vot' science doit êt'e fort chère.

Druon aurait pu réciter la suite. Elle, ou une sienne amie, ou un sien parent, souffraient d'un mal étrange et persistant, mais n'étaient que de pauvres gens. D'autant que le mage, les amulettes, les potions charlatanes de l'astrologue et le prêtre leur avaient déjà coûté de bonnes pièces. Tous, ou presque, servaient le même refrain pour s'épargner quelques fretins. Le manque d'argent n'expliquait pas tout. L'avarice, si. Druon sourit et répéta à son habitude :

— Ma science se paye car il m'a fallu de très longues années d'études et d'observations pour l'acquérir. Si je vous annonçais soudain que je suis démuni et ne pourrai régler notre manger, que vous êtes bonne et généreuse et me l'allez offrir, qu'en feriez-vous ?

— J'vous ferais rosser par Nicol, le souillon de cuisine, qui est bien laid, borné, mais d'dissuasive carrure. (Maîtresse Borgne, en revanche, avait oublié d'être sotte. Elle contre-attaqua :) Voilà d'ben convaincantes paroles, messire. Toutefois, mon omelette est ben réelle, faite avec de véritables œufs, et du lard provenant d'un cochon digne d'ce nom. Mon cidre, mon pain, mon fromage, tout ça s'mange à vous remplir agréablement la panse. Mais votre art, qui m'dit qu'il est pas que billevesées, ainsi que celui d'nombre de ceux d'vous autres qui passez par not' coin ?

— Une habile repartie, pleine de sens, dame Borgne. Toutefois, l'un doit bien commencer à faire confiance à l'autre.

Les autres clients suivaient l'échange, un sourire aux lèvres, approuvant la verve de la gargotière. Celui qui lui claquerait le bec n'était pas né.

Huguelin, qui s'était tenu coi jusque-là, déclara d'un ton docte :

— Maîtresse Borgne, mon maître est le plus grand des *aesculapius* du royaume. Je le jure sur les quatre Évangiles et sur la tombe de ma mère.

Étrangement, cette déclaration eut l'air de troubler la tenancière, qui jaugea du regard Druon avant de déclarer :

— Muguette… Ma belle-sœur… Elle approche d'la délivrance. On a ben cru qu'elle pondrait l'marmot[1] hier. L'a failli passer ses cinq précédentes grossesses. Pendant et après. Une gentille commère, courageuse, travailleuse, honnête. Pourtant, l'a peur. L'a souffert chaque fois des

1. Marmotte au féminin. À l'origine le mot désignait le singe, donc des êtres au visage vilain. Puis, il fut utilisé en plaisanterie pour les jeunes enfants.

heures, pire qu'une bête à l'agonie. Elle a pissé l'sang quand la ventrière[1] du château de Saint-Denis-d'Authou l'a incisée. Elle gueulait, malgré l'épuisement, Dieu qu'elle beuglait ! L'mire de Saint-Denis, qu'était venu assister pour une belle somme, l'a ensuite saignée pour rétablir ses quatre humeurs[2]. Ça, l'a failli passer. Il a crevé assez jeune. L'mire, j'veux dire. Y'devait pas êt'e si talentueux q'ça. Mon frère a payé la ventrière du château cette fois encore. Mais j'ai pas confiance. Après tout, elle est incapable de faire tomber grosse la dame Ivine, qu'est ben jeune et d'belle santé, à c'qui s'raconte. Paraît pourtant que l'seigneur Philippe s'démène de ce côté du lit ! pouffa la tenancière. Et pis, la première épouse est morte en couches, avec son petit. J'ai pas confiance, répéta-t-elle en hochant la tête. J'l'aime bien, la Muguette. Elle est d'bon service, jamais une méchanterie à la bouche. J'voudrais pas qu'elle passe. Non, ça m'occasionnerait du chagrin.

Druon sentit la réelle inquiétude de cette femme sous son discours trop ferme, presque agressif. Une sorte de tendresse lui vint. Ils étaient rares les êtres qui se préoccupaient des autres. Rares et précieux. Cependant, le mire cherchait avec fébrilité un prétexte recevable pour ne pas aider cette Muguette dans sa délivrance. Bien que son père lui ait expliqué en détail le déroulement d'un accouchement, les gestes nécessaires et leur justification, qu'il ait assisté à celui d'une de leurs servantes, son savoir demeurait théorique. D'ailleurs, on faisait appel à des matrones[3], des voisines, ne requérant la présence d'un mire ou d'un

1. Sage-femme qui entourait également toute la grossesse et les « relevailles » de la mère, voire « aidait à la conception ».
2. Sang, bile jaune, bile noire, eau.
3. Sage-femme du commun. Les matrones « jurées » étaient assermentées et pouvaient témoigner dans les procès.

médecin qu'en survenue de graves difficultés, et en général trop tard. Maîtresse Borgne lui faucha l'herbe sous le pied[1] en poursuivant :

— Tous vous l'diront. Pas d'dettes chez moi, mais on a l'argent franc dans la famille. On paye c'que qu'on doit. Décidons d'un prix d'vant témoins et topons-la. Truie que j'serais et honte à ma famille si on s'en dédie.

Tous le dévisageaient et Druon sut qu'il ne pouvait plus reculer, au risque que l'on soupçonne l'imposture.

— Je n'ai pas encore rencontré la patiente, madame, et ignore la difficulté de la délivrance.

— L'est robuste, comme moi. Sans quoi, l'aurait passé les dernières fois.

— Fort bien, approuva Druon dont le cœur battait la chamade.

✣

Le souillon de cuisine, le fameux Nicol, arriva vers la table en traînant des pieds et balança devant eux leurs généreuses parts d'omelette servies sur un tranchoir[2]. De fait, l'homme, encore bien jeune, ressemblait à un taureau ou à un ours et Druon songea qu'il aurait détesté se frotter à lui.

— Combien ?

— Douze deniers tournois.

— Quoi ! cria la femme. C't'une fortune !

---

1. Ou « couper ». L'expression est très ancienne, « herbe » à l'époque désignant tous les légumes à feuilles. Comme toutes les expressions ayant trait à la nourriture en ces périodes de presque disette, elle était forte.

2. Épaisse tranche de pain rassis qui servait d'assiette. Dans les maisons fortunées, on donnait ensuite le pain imbibé de sucs de viande ou de poisson aux pauvres ou on en nourrissait les chiens.

Il s'agissait, en effet, d'une somme. Sa dernière parade puisqu'il espérait ainsi que maîtresse Borgne refuse son assistance.

— C'est le juste prix de mon art.

— J'peux vous offrir la nuit, deux nuits... allez, trois nuits, le manger et l'boire, tenta-t-elle de négocier.

— Oh, mais j'y compte. Jusqu'à la délivrance de Muguette et l'accompagnement du premier jour de relevailles[1]. Plus douze deniers.

— Elle vivra ? L'enfant vivra ?

Il sut qu'il avait perdu la partie, qu'elle irait au bout de sa générosité, et une certaine tendresse pour cette femme de caractère se mêla à son appréhension.

— Je m'y emploierai de toute ma force et de toute ma science. De plus, elle ne souffrira guère le temps de l'accouchement.

— C't impossible.

— Je dis vrai. Muguette vivra un joli moment : une naissance sans terreur et sans souffrance, ou presque.

La gargotière le considéra quelques instants, dans le silence massif de la salle qui attendait sa décision, puis lâcha :

— Mire, j'm'engage à ce que vous receviez c'que vous demandez, sans faillir. Dans le cas où vos promesses seraient menteries, où Muguette passerait, où elle beuglerait tel un veau qu'on égorge, j'vous fais bastonner, en discrétion. (Pointant de l'index vers Huguelin, tétanisé, elle ajouta :) J'épargnerai l'enfant. J'suis pas mauvaise femme. J'vas faire prévenir l'frère. Pas la peine de débourser en plus pour la ventrière.

— Bien, voilà une affaire conclue, commenta Druon en tentant de dissimuler sa tension. Rangez votre gourdin, vous n'en aurez nul besoin.

1. Elles duraient trente à quarante jours.

Mais le mire était bien loin de ressentir la tranquillité qu'il affichait.

Jehan Fauvel, son père, avait été un des rares mires ou médecins de sa connaissance à assister souvent les femmes lors de leur délivrance, regrettant que cette tâche ne fût pas confiée aux miresses que l'on avait exclues de la médecine[1]. Jehan vitupérait : « Eh quoi ! la plupart réduisait les femmes à leur capacité d'enfanter et les médecins évitaient de les aider à donner la vie ! »

1. L'exclusion des femmes de la médecine fut progressive et atteignit son terme vers 1220 où un édit fit défense d'exercer la médecine à ceux qui n'appartenaient pas à la Faculté, c'est-à-dire des hommes non mariés. Curieusement, cet édit ne gêna guère la pratique des mires. En 1344, la faculté de médecine de Paris intenta un procès à une dame Jacobe Félicie pour « avoir acquis des connaissances médicales et donné des preuves excellentes dans sa pratique ». Elle fut condamnée en dépit du nombre de témoignages de patients qu'elle avait guéris.

XII

Saint-Denis-d'Authou, environs de Tiron, octobre 1306

Dame Ivine frappa dans ses mains de délice en considérant le mignon manteau orfraisé[1], doublé de loutre, que ses deux dames d'entourage avaient confectionné pour Drostan[2], son petit chien de compagnie[3], dernier cadeau de son époux, le seigneur Philippe. La tendresse, la vivacité et les pitreries de la petite bête la mettaient en joie. De cette voix lente, grave, teintée d'un léger accent, dame Ivine remercia, ravie :

— Mes mies[4], ne dirait-on pas un courtisan en parade ? Fière allure en vérité ! Les chiens de lièvre[5] de mon doux époux en gémiront d'envie. Et ce ruban mignon qui maintient la housse[6] sur la queue. L'astucieux détail. Ainsi, Drostan pourra caracoler sans risquer de la perdre.

---

1. Bordé de passementerie, ou brodé au fil d'or.
2. Probablement l'origine celte du prénom Tristan. Animaux nobles, les chiens et les chevaux étaient nommés.
3. Les dames avaient l'habitude d'habiller leurs animaux de compagnie afin de les protéger du froid depuis le XIVe siècle.
4. Le terme, à l'époque, signale tout autant l'amitié ou l'amour.
5. Lévriers.
6. Manteau sans manches.

Ses deux dames de compagnie saluèrent le compliment d'un sourire de satisfaction.

Hélène, la plus âgée, annonça d'un ton de confidence :

— J'ai ouï dire, madame, par votre bibliothécaire, que notre seigneur avait acheté pléthore de nouveaux ouvrages, pour vous plaire. Vous siérait-il de les venir découvrir ?

Ivine sourit à l'avenant visage qui se fanait. Elle appréciait fort Hélène. Surtout, elle sentait sa peur sous son enjouement. Veuve sans biens, quoique de jolie naissance, jetée dehors par les enfants de son mari dès après le trépas de celui-ci, la seule possibilité qui lui restait, hormis le couvent, était d'assez plaire à une dame de qualité afin de rejoindre son entourage. Ivine avait parfois tenté, à mi-mots, de la rassurer, de lui indiquer qu'elle ne se séparerait jamais d'elle. Néanmoins, la crainte sous-jacente d'Hélène d'être remerciée se ressentait. Une peine diffuse envahit la dame.

— Ma toute bonne, la lecture me procure de violentes céphalées. Quelle punition ! Il y a tant de bonheur, d'apaisement à consulter toutes ces œuvres.

✣

Un mensonge déhonté. Toutefois, elle se doutait du genre de romans qu'avait sélectionnés son époux. Une gente dame, brodant telle une fée, soupirait en attendant son aimé sans peur ni reproche. Elle parlait aux colombes et aux fleurs, guettant l'écho des sabots qui l'avertirait que son doux époux lui revenait après s'être couvert de gloire. La prose alambiquée et trop sentimentale de ces romans courtois ennuyait Ivine, qui leur préférait des œuvres tel *Le Roman de Renart*[1].

---

1. Il s'agit d'une réunion de récits dont les premiers dateraient du milieu du XIIe siècle, d'autres s'y ajoutant jusqu'au milieu du XIIIe siècle.

Au demeurant, elle luttait pied à pied contre l'ennui, et seuls Drostan et Aude, son autre dame de compagnie, parvenaient à la faire rire et à lui occuper assez l'esprit pour que les heures lui fassent la grâce de passer un peu plus vite. Sa terre natale, la Sapaudia[1], lui manquait : ses chevauchées à bride abattue avec ses frères, leurs parties de chasse au loup aussi... Surtout, son frère aîné, André, ne lui quittait pas l'esprit. Comme ils s'étaient amusés ensemble ! André ne savait rien refuser à sa petite sœur, qu'il choyait à l'instar d'une princesse, la couvrant de petits cadeaux, la défendant avec fougue même lorsqu'il la savait coupable d'une bêtise. Il lui avait appris à tirer à l'arc, à lancer les épieux de chasse, à achever sa proie en l'égorgeant, à faire un feu de quelques brindilles, à forcer son cheval à plein galop, à sauter des obstacles. Grâce à lui, elle reconnaissait tous les signes, les sons d'une forêt, d'une rivière ou d'une plaine.

Son regard fit le tour de sa jolie chambre semée d'élégants meubles, aux murs tapissés de dorsaux[2]. Philippe ne savait qu'inventer, que ramener de ses voyages pour lui plaire et la surprendre. Lorsqu'il la rejoignait et s'installait à ses genoux, tel un vassal, et la suppliait de lui dire ce qui aurait l'heur de la satisfaire, elle répondait invariablement : « Des nouvelles de mon père et de mon frère, mon aimé », le cadet de la famille, Lubin, ayant trépassé depuis son départ de Sapaudia.

Les personnages sont des animaux, dont Renart le goupil, bien sûr. Volontairement comique et sans prétention, il s'agit aussi d'une critique sociale qui prend également pour cible les ordres mendiants, en faisant une sorte de pendant plus « populaire » au *Roman de la Rose*.

1. Savoie.

2. Tapisseries que l'on suspendait aux murs afin de décorer et de préserver du froid et de l'humidité.

Elle refoula les larmes qui lui montaient aux yeux et s'admonesta : bah ! elle était maintenant en royaume de France. Autant s'en accommoder.

✣

De trente ans son aîné, Philippe, seigneur de Saint-Denis-d'Authou, l'avait ramenée alors qu'elle n'avait pas quinze ans. La passion et le désir le tenaient tant qu'il l'avait épousée sitôt rentré son domaine.

Elle se souvenait de cet interminable voyage en fardier couvert, tiré par des bœufs, puis par de lourds chevaux de trait, de leur arrivée dans ce pays étrange, humide, sans montagnes, dont elle parlait approximativement la langue. Elle avait vécu l'empressement des gens de Philippe autour d'elle comme une sorte de rêve éveillé, la concernant à peine. Tout l'avait surprise. Rien ne l'avait conquise. Mais après tout, nul ne requérait d'elle son sentiment. Hormis Philippe, qui l'interrogeait sans cesse sur ses états de cœur.

La magnifique Ivine était de tout temps destinée à un mariage de raison. Peu importait le prétendant, même si elle l'espérait encore valide, plaisant, et sans répugnante maladie. Jeune donzelle, il ne lui serait pas venu à l'esprit de se rebeller contre la volonté de son père. Pourtant, elle éprouvait maintenant un réel ressentiment envers lui. Son père ne s'était pas préoccupé une seconde du futur de sa fille tant l'affaire qu'il avait conclue l'avait satisfait. Philippe était homme de guerre, violent, féroce, soudard aussi. Elle l'entendait parfois hurler des obscénités jusqu'à point d'heure lorsqu'il se saoulait dans la salle d'armes avec ses compagnons. Pourtant, dès qu'il passait la porte des appartements de son épouse, il se transformait en agneau, quémandant des caresses et des mots doux, des compliments, des remerciements.

À dix-neuf ans tout juste échus, Ivine se savait une des plus belles créatures de leur province, peut-être même du royaume. Elle était grande, élancée, de beau maintien, de peau pâle et transparente, la bouche menue mais pulpeuse, le petit nez droit. Son haut front bombé ne nécessitait pas d'épilation[1] afin d'être prolongé, et ses cheveux d'un blond argenté lui tombaient aux genoux. Ses yeux bleu pâle étaient étirés en longue amande vers les tempes.

Tout en elle fascinait et retenait le regard. Philippe était déchiré entre sa fierté de posséder si parfaite créature et sa bouillante jalousie, que parvenait à peine à apaiser le manque évident d'intérêt de la jeune femme pour les damoiseaux ou hommes de maturité. L'amour de son époux était si puissant, si absolu, qu'il ne lui tenait pas même rigueur de ne pas lui avoir donné de descendants, même s'il le déplorait. Au demeurant, Ivine se sentait déchargée du devoir de produire un hoir[2] puisque Philippe avait eu deux fils d'un premier mariage, Amâtre et Cyr, tous deux plus âgés qu'elle.

Les relations entre le père et les fils s'étaient délabrées après l'arrivée d'Ivine au château. En dépit de leur prudence, il était peu à peu devenu évident que la tendresse qu'ils éprouvaient pour leur très jeune belle-mère ne devait pas qu'à leur lien d'alliance. Plus subtil que son aîné, au fait des redoutables emportements de son père, Cyr était parvenu à dissimuler le sentiment qu'il avait formé pour Ivine. La jeune femme se souvenait de l'effroyable altercation entre Philippe et Amâtre, survenue presque trois ans plus tôt. Main sur la garde de leur dague, les deux hommes s'étaient couverts d'injures et d'imprécations. Fou furieux, Philippe avait asséné un coup de poing à son fils, lui brisant le nez.

1. Le front haut étant un critère de beauté, les dames s'épilaient souvent.

2. Héritier.

Amâtre avait quitté le château dès le lendemain, entassant ses maigres possessions sur la croupe de son destrier. Il n'avait jamais fait parvenir de nouvelles à son père. Celui-ci ignorait, et Ivine le lui tairait toujours afin de ne pas attiser davantage sa terrible jalousie, que le jeune homme était passé lui donner l'à Dieu juste avant son départ. Un genou en terre, il avait déclaré sa dévorante flamme, jurant qu'elle ne s'éteindrait jamais. Il avait également proféré d'affreuses paroles, au point qu'elle avait exigé qu'il prenne congé. Il souhaitait son père trépassé, revenir en maître et épouser la jeune veuve. Sans doute Cyr n'était-il pas loin d'abriter des pensées aussi sombres que son frère. Cependant, il avait compris que sa survie au château dépendait de sa discrétion. Il s'ingéniait donc à ne jamais croiser Ivine lorsqu'elle était seule, s'absentait des jours entiers, parfois des semaines, en prétendues chasses, et tenait l'échine basse devant son père.

La sinistre pesanteur que faisait régner la folie amoureuse de Philippe autour d'elle ajoutait au constant malaise de la jeune femme. Elle regrettait tant les rires, les chants, les gentils excès de vitalité de son enfance !

✣

Drostan grogna, une crête rageuse de poils se formant le long de son épine dorsale, et bondit vers le lit de sa maîtresse. Les dames de compagnie se figèrent, tournant le regard vers la lourde porte qui fermait les appartements d'Ivine. Philippe pénétra. À sa mine réjouie, au feu qui empourprait ses joues hirsutes d'un début de barbe, Ivine sut qu'il avait passé la nuit en beuveries avec ses compagnons. Elle congédia ses dames d'un geste léger et adressa un long regard à Aude. Celle-ci comprit aussitôt et souleva le petit chien, l'emmenant avec elle afin de lui éviter l'énervement d'ivrogne de Philippe, énervement qui se traduisait le plus souvent par des coups de pied hargneux. Ivine se leva et, mains tendues, se porta à la rencontre de son époux qui bronchait[1].

— Mon doux, quelle magnifique surprise de vous voir si tôt matin !

— Avez-vous passé une agréable nuit, ma tendre mie ? parvint à articuler Philippe d'une voix lourde et incertaine en lui entourant la taille de son bras.

Son haleine avinée, mêlée à des relents de vieille sueur, leva le cœur d'Ivine. Elle sourit :

— Si fait.

La grosse main sans vergogne de Philippe se posa sur ses seins. Elle retint de justesse le soupir écœuré qui lui venait et l'entraîna vers le lit, songeant qu'il s'écroulerait bien vite étant entendu son ébriété.

Ivine repoussa peu après le lourd corps inconscient, à moitié affalé sur sa poitrine, et se leva. Elle détailla le gros homme, sa peau blême fripée, les veines verdâtres enchevêtrées en nœuds qui formaient des bosses sur ses mollets et ses cuisses. Un chagrin lui vint : sa peau de jeune fille, puis de jeune femme, n'aurait jamais frotté que celle d'un vieillard. Un imbécile chagrin. Ainsi en allait-il de toutes les femmes mariées en marché. Du moins Philippe la traitait-il avec courtoisie, générosité, même si son débordant amour, son désir, qui ne s'épuisait toujours pas, l'effrayait parfois. Elle se souvint de sa mère, morte alors qu'elle avait neuf ans. L'enfante Ivine s'était étonnée de la placidité de cette femme tendre face aux incartades galantes de son père. Elle comprenait maintenant et regrettait que Philippe ne porte pas ses ardeurs amoureuses ailleurs.

1. Trébucher.

Elle passa dans sa penderie semi-circulaire, ménagée dans l'angle d'un mur, dans laquelle était installé son restrait[1], et qui ouvrait sur l'extérieur par une meurtrière. Elle procéda à ses ablutions, nettoyant avec soin l'intérieur de ses cuisses et son intimité grâce à une eau parfumée de mélisse puis elle se revêtit. Prenant garde à ne faire aucun bruit, elle sortit ensuite de sa chambre. Qu'il dorme le plus longtemps possible.

1. Lieu d'aisance.

XIII

Forêt de Montlandon, environs de Saint-Denis-d'Authou, octobre 1306

D None* ne tarderait pas. Cyr avait imité le cri peu plaisant du pic épeiche, ainsi que convenu.

Il démonta et noua les rênes de son cheval autour d'une branche basse. Tendant l'oreille, il poussa à nouveau le cri. Une vague appréhension l'habitait. Dans quelle disposition d'esprit serait Amâtre, qui lui avait fait parvenir un insistant message, le priant de le rencontrer dans cette clairière, un lieu de leur enfance ?

Presque trois ans qu'il n'avait vu son frère. Il ne lui avait guère manqué, bien au contraire. Amâtre tenait de leur père : d'intelligence médiocre, de force titanesque, taillé comme un ours, un sanguin capable de fureurs dévastatrices. Cyr avait, lui, hérité sa longue silhouette et ses cheveux très bruns ondulés il ne savait d'où, et s'étonnait souvent qu'un sang commun les unisse. Car il ne tenait pas non plus de sa mère, pauvre créature fragile, tétanisée par un mari violent et imprévisible. Elle avait opté pour l'obéissance aveugle, une servitude et un effroi de tous les instants qui lui avaient rongé la vie.

Cyr l'avait vite compris : il ne pouvait compter que sur lui-même, et sa seule arme contre ce père despote – qui ne se reconnaissait guère en son cadet – se résumait à l'intelligence et à la ruse. À la patience, aussi. Pourtant, des envies de tuer le suffoquaient parfois. Comme hier matin, lorsqu'il avait aperçu l'ivrogne pénétrer en titubant dans les appartements d'Ivine. L'imaginer, écrasée sous ce soudard, le rendait fou. Dieu que Cyr l'aimait ! Plus que tout. À l'évidence, le destin l'avait menée jusqu'à lui, pour qu'elle devienne sienne. Son âme sœur, son brûlant amour. Toutefois, il n'était pas de force contre son père. En revanche, un Amâtre bien manipulé, aux sangs bien échauffés… Quelle importance s'il avait alors le dessous et se faisait navrer[1]. Un de moins ! D'autant qu'alors le domaine, les biens et le titre reviendraient à Cyr, une fois son père occis. Une ronde affaire.

Il l'admettait sans remords. Il avait un temps espéré qu'Amâtre, friand d'altercations, de combats trouverait un jour son maître et se ferait transpercer par une lame plus experte. Aussi, le message reçu lui avait-il causé chagrin et déception : son aîné était encore vif.

✣

Un crissement de feuilles sèches sous des sabots. Cyr se tourna dans la direction du bruit. Il reconnut aussitôt le destrier noir, haut de garrot. Celui d'Amâtre. Son cœur s'emballa un peu. Il se contraignit au calme et se composa une mine joyeuse.

Amâtre démonta, semblant incertain de l'attitude à adopter. Il s'approcha à pas lents de son cadet qui ouvrit les bras en soupirant :

— Mon frère, j'ai tant attendu ce moment ! La vie est bien lugubre sans ta présence. Tu m'as manqué.

1. Transpercer gravement.

Le doute abandonna le regard si dissemblable de celui de Cyr. Se lut dans les petits yeux marron une véritable joie. Sans doute, le grand gaillard imbécile avait-il oublié les humiliations, les corrections qu'il infligeait à son jeune frère pour se dédommager de celles qu'il recevait de leur père. Les coupables ont souvent courte mémoire. Pas leurs victimes.

— Mon Cyr, toi aussi je t'ai bien regretté. Assoyons-nous et discutons en fraternité, veux-tu ?

Amâtre avait changé. Il s'était empâté, à l'image de leur père, mais paraissait encore plus robuste, invincible qu'avant. De vilaines veinules violettes sillonnaient ses pommettes, trahissant de fréquents abus de boisson. Il était devenu une version plus jeune, criante de ressemblance, de leur père, jusqu'aux petits yeux rapprochés de prédateur. Un certain soulagement envahit Cyr. La délicate, la magnifique Ivine ne pourrait jamais s'éprendre de cette copie du gros porc peu ragoûtant qui frottait avec tant d'assiduité son ventre au sien.

✣

Ils discutèrent longtemps, Cyr posant une multitude de questions à son aîné sur ses occupations de ces trois années, feignant la fascination. De ses dires, Amâtre avait voyagé jusqu'en royaumes d'Italie et d'Espagne. Puis, lassé, gavé de femmes, de filles, de vin et de rixes de sortie de bouge, il avait repris le chemin de la seigneurie un matin, sans même l'avoir décidé.

Cyr traduisit : Ivine ne lui avait jamais quitté l'esprit, jusqu'à devenir un délicieux fantôme qui hantait ses jours et ses nuits. Une question trotta dans sa tête. Était-ce véritablement Ivine que son frère aimait, ou l'idée de déposséder son père de sa passion, de prendre ainsi sa place, jusque dans la couche de la veuve ? Était-ce une histoire d'amour ou de guerre, d'impitoyable revanche ? Quelle importance ?

Aucune. Ces trois années de solitude, d'extrême prudence avaient enseigné une leçon fondamentale à Cyr : seul importait ce que lui voulait. Il voulait Ivine, la seigneurie et les biens. Il les obtiendrait. Il n'avait à rendre grâce de rien, à personne. Il avait été mal aimé, malmené, maltraité, humilié à en suffoquer, avait grandi seul, ne comptant que sur lui-même et rasant les murs afin de ne pas encourir le courroux de son père, courroux qui explosait sans qu'une raison le justifiât. Il avait partagé les repas de la domesticité en cuisine pour ne pas risquer de l'offenser par sa simple présence. Second hoir mâle, on lui avait attribué le rôle de celui qui ne prend d'importance que lorsque le premier décède. Rien ! Il ne leur devait rien, hormis de fort mauvais souvenirs.

✠

Amâtre marqua une pause, affectant l'encombre. Pourtant, Cyr fut certain que son frère en était arrivé où il le souhaitait. Il le pressa :

— Quoi donc ? Je te sens soudain réticent.

— Et comment se porte notre gente mère d'alliance ?

Cyr prétendit l'hésitation :

— Ma foi, elle n'est pas femme à se plaindre.

La réponse était assez vague pour qu'Amâtre ne puisse l'utiliser afin de lui porter préjudice.

— Je vois. Causez-vous parfois ?

— Non pas. Je l'aperçois au détour d'un couloir, en haut d'un escalier…

Il disait vrai. Un avantage puisqu'il devait convaincre son aîné de sa cordiale indifférence envers Ivine. Il ne pouvait devenir un rival à ses yeux. Pas encore. Seulement lorsqu'il serait trop tard pour que l'autre contre-attaque. Il poursuivit :

— J'aurais aimé lui offrir mon respect de fils d'alliance, échanger quelques civilités avec elle, bref, ainsi qu'il est d'us, d'autant qu'on la dit douce et digne et qu'elle n'a pas usurpé la place de notre mère, ni la nôtre… Néanmoins, tu connais notre père.

— Palsambleu[1], oui !

— Un simple regard de courtoisie filiale sur sa dame et le voilà qui imagine le pire et s'apprête à tirer l'épée. Il m'a donc semblé… préférable d'éviter tout rapprochement avec elle, ajouta-t-il comme si la chose n'avait au fond pas grande importance. À la vérité, je le déplore un peu. Elle me semble si solitaire, son seul dérivatif, si j'en crois les ragots d'office, étant ce petit chien qu'elle choit à l'instar d'un enfançon, et ses deux dames qui la divertissent un peu.

— Pauvre, pauvre colombe, approuva Amâtre, satisfait puisqu'on lui servait ce qu'il avait envie d'entendre. Et donc, elle n'a jamais conçu ?

— Étant entendu mes liens plus que distants avec elle et son entourage, je ne saurais te dire si elle est tombée grosse. En tout cas, aucun enfant n'a vu le jour, nulle grossesse ne fut apparente et les langues bien pendues des cuisines n'ont jamais fait allusion à une future naissance.

Une sorte de contentement dérida le visage rougeaud de son frère qui commenta :

— C'est un signe. Un signe du ciel. On le sait fort bien. Certaines femmes stériles, en dépit des ardeurs d'un époux, se trouvent avec enfant à l'issue d'une ou deux nuits de passion dans les bras d'un autre.

Cyr en était également venu à cette hypothèse, à ceci près qu'il était certain d'être le géniteur qu'attendait Ivine, sans même le savoir. Avec prudence, de sorte à attiser la féroce jalousie de son aîné, il admit :

1. Contraction acceptable de « par le sang de Dieu », jugé blasphématoire dans sa forme initiale. Le nom de Dieu fut systématiquement remplacé par « bleu » dans les jurons.

— Je ne suis pas loin de le croire. Pourtant, morbleu[1] ! Ces fameuses langues bien pendues ne cessent de clabauder, narrant avec une graveleuse délectation la… frénétique application de notre père à procréer. Il honorerait sa dame à n'importe quelle heure du jour ou de la nuit.

Il vit le visage de son frère se crisper et ne douta pas que l'autre imaginait les ébats des époux et que la bile lui montait à la gorge.

— Verrat qu'il est ! Que peut-elle tenter, pauvre douce ?

Verrat fils et verrat père, songea Cyr, qui répondit en haussant les épaules :

— Ce que font toutes les dames : se plier à la volonté de leur seigneur et maître.

— A-t-il d'autres… épanchements de sens ?

— Je l'ignore, mon bon frère. Une quantité négligeable, voilà à quoi je me résume, une quantité qui s'efforce de se faire le plus rare possible au château. Je n'y suis pas le bienvenu et pourtant, je me satisfais de peu. Un accès à la bibliothèque, une pièce où dormir, bref le gîte et le couvert, sans oublier un peu de cordialité. Tu le sais, peu me chaut[2] la gloire, le titre, la fortune. De fait, il serait bien sot de me leurrer sur mon propre compte. Je n'ai pas l'étoffe d'un seigneur et il est donc heureux que le rang de puîné[3] m'ait été réservé par le sort. Je ne suis ni guerrier, ni meneur d'hommes, et piètre chasseur…

Amâtre goûtait chacune de ses paroles. S'il avait redouté une possible rivalité de frères, ce discours le rassurait à son content. Pauvre benêt d'Amâtre, pensa Cyr.

1. Contraction acceptable de « par la mort de Dieu », jugé blasphématoire dans sa forme initiale.

2. Du verbe « chaloir », avoir de l'importance. « Peu me chaut » : cela ne compte pas.

3. Né ensuite.

— … Cela étant, je te l'avoue bien volontiers, la robe ne me tente guère, et j'espère bien trouver donzelle qui retiendra mon cœur et mes sens. (La colère le submergea, une véritable colère.) Mais avec lui… chaque jour est une épreuve, un sursis. Je me demande à toute heure quand la fantaisie de me jeter dehors, sans le sou, le prendra. Aussi me fais-je très rare, ainsi que je te l'ai dit. J'ai honte, Amâtre, la honte m'étouffe… parce qu'il me fait peur, termina-t-il dans un murmure.

✣

Le silence s'installa, bercé par le bruissement des feuilles sous le vent, par les sons diffus et indistincts de la vie de la forêt. Soudain, Amâtre passa son bras musculeux autour du cou de son jeune frère, le tirant vers son torse puissant.

— Nulle honte, mon frère. C'est un soudard et un bandit. Un sans-honneur qui la baille belle[1] en contant ses exploits de bravoure. Ah ça ! J'ai appris de fort vilaines histoires à son sujet, lors de mon voyage. Je n'étais pas encore certain de te les devoir rapporter. Un bâtard noble, reconnu sur le tard ? Qu'elle est plaisante, celle-là ! Notre père, le héros, est un gueux, un coupe-jarret de la plus vile espèce. J'ai remonté sa trace jusqu'à Blois.

— Que veux-tu dire ? s'étonna Cyr en détaillant le lourd faciès de son aîné.

— Oui-da ! Un ancien bandit de chemins qui a amassé une jolie fortune en égorgeant, en torturant, puis en dupant ses compagnons de vilenies car il n'avait aucune intention de partager le butin. Philippe Barbette de son véritable

1. Prétendre des choses fausses.

nom, seigneur autoproclamé de Saint-Denis-d'Authou. Le reste, son passé de preux guerrier, d'éternel voyageur – expliquant que nul ne l'ait connu dans le coin – n'est que contes à dormir debout. La description que j'en ai obtenue à trois reprises, notamment de la part d'un vieux prêtre, lui sied tel un gant, jusqu'aux quatre doigts qu'il lui reste à la main gauche. C'est lui, te dis-je, même si je suis le seul à avoir fait le rapprochement. La vie de cet assassin détrousseur a été mise à prix dans plusieurs provinces, avant notre naissance.

— Diantre !

— Ne nous reste qu'à le livrer à la justice royale, qui lui réglera son affaire au plus preste, conclut Amâtre.

Cyr digéra ces informations qui changeaient du tout au tout le plan qu'il avait formé depuis longtemps.

— Mon frère, ne nous hâtons pas. Jouons de patience. Réfléchissons encore. Or donc, nous sommes les rejetons d'un vil coquin nommé Barbette qui a usurpé un titre, un nom au vieux Géraud en le contraignant à le reconnaître comme son bâtard noble. Dès lors, la seigneurie ne te revient plus, ni les biens. De plus, quelle sera la réaction d'Ivine, non que je doute qu'elle ait formé un attachement pour toi, que ton éloignement a sans doute attisé, ainsi qu'il est fréquent chez les dames. Toutefois, elle est de bien plus belle naissance que nous, et de sang noble. Même si son cœur la pousse vers toi, son rang lui interdira de telles épousailles et son père exigera son retour, d'autant que par lien de sang, la seigneurie reviendrait alors à celui-ci. Et puis, et pardonne-moi cette pensée bien égoïste, si tu te retrouves pauvre paysan sans terre, que deviendrai-je ?

Connaissant la petitesse d'esprit de son frère, Cyr fut certain que ce dernier argument le convaincrait tout à fait de sa sincérité.

✢

Un pesant silence se réinstalla. Il fallait du temps à Amâtre pour soupeser ce raisonnement. Un claquement exaspéré de langue, puis :

— Tu as raison. J'avais oublié ton agilité d'esprit. Alors quoi ? Un duel ?

Cyr fit mine de réfléchir. Cette perspective, la plus prometteuse avant les révélations de son frère, devenait trop risquée. L'idée qu'il cajolait depuis des années – pousser les deux hommes à s'entre-tuer – avait été pourtant bien séduisante. Dans l'éventualité où leur père avait le dessus sur Amâtre, il ne resterait à Cyr qu'à se débarrasser ensuite du vainqueur. Dans le cas contraire, Amâtre tuant Philippe en combat singulier, Cyr se faisait fort de se rapprocher du secrétaire du bailli, un Leonnet Charon qui n'avait pas inventé l'eau tiède mais qu'il flattait de façon subtile depuis deux ans. Il insinuerait alors qu'il y avait eu traîtrise, que son aîné avait occis leur père en profitant d'une faiblesse, due à la beuverie par exemple, dans l'unique but de récupérer les biens et la veuve. Le duel se métamorphosait en odieux parricide, Amâtre était pendu et Cyr devenait seigneur. Cependant, sa belle ruse venait de s'effriter. En effet, si tel était le cas, en dépit de son esprit obtus, Amâtre comprendrait qu'il avait trébuché dans le piège tendu par son cadet. Perdu pour perdu, il révélerait leur vilaine ascendance. Et le rêve de Cyr serait réduit en cendres. Il biaisa :

— Ah… quelle incertitude… Je suis sûr de la puissance de ta lame, tu es jeune et vigoureux. Toutefois, il est roué, mauvais et encore de belle force. Mon frère mort… celui qui me pouvait sauver… ah non ! J'attendais tant ton retour… non ! protesta Cyr, une main sur le cœur, prétendant l'affolement, ce qui lui valut une autre accolade bourrue.

— Je puis le tuer.

— Oh, je n'en doute point, mais le sort est parfois si traître... Et puis, que prédire de la réaction d'Ivine ? Elle est de belle piété, m'a-t-on dit. Pourra-t-elle, en sa conscience, épouser le vainqueur de son époux, celui qui l'a terrassé, même en combat loyal ? Les femmes ont souvent de ces sensibleries que les hommes ignorent.

— Foutre ! Tu as encore raison, s'énerva Amâtre. Mais que faire, que faire ?

— Il existe une solution. Je vais la trouver. Il me faut réfléchir. Durant le même temps, ne te rapproche pas trop. Qu'il n'apprenne pas ton retour avant que nous soyons tout à fait prêts. Trouve logis dans une auberge discrète. Préviens-moi de l'endroit où je te pourrai trouver.

L'aîné hésita puis finit par lâcher :

— Cyr, nous nous sommes méconnus et je le déplore. J'ai sans doute été un peu brutal, parfois, avec toi. Pourtant, je t'aimais. J'étais jeune, un peu fou. Et puis... ce gredin voulait tant que je lui ressemble que je m'appliquais...

— Oh, Amâtre, enfantillages que tout cela. Lointain passé. Je ne prétendrai pas que je ne t'en aie pas parfois tenu rigueur. J'étais si seul. J'aurais tant aimé la tendresse de mon frère, son soutien. Quelle importance aujourd'hui ? Nous nous retrouvons, ou plutôt, nous nous trouvons. Seule cette mutuelle découverte importe. (Cyr marqua une pause et reprit d'une voix tendue :) Amâtre, jure sur Dieu et le Fils, la Très Sainte Vierge, et ton âme que tu ne m'abandonneras pas. Je ne serai pas exigeant. Je requiers juste de mon futur seigneur le droit de prendre femme, d'avoir des enfants, le manger et le gîte, ta cordialité et ta protection pour moi et les miens. Jure.

Amâtre le fixa, se signa et répondit d'une voix grave et ferme que Cyr jugea grotesque :

— Je le jure. Que je sois maudit à jamais si je m'en dédis.

XIV

Paris, octobre 1306

Sans vergogne, menteur, sournois, malhonnête, Alard Héritier pouvait revendiquer d'être un parfait coquin, doublé, à l'occasion et en fonction de ses intérêts, d'un tueur sans scrupule. Il avait belle figure, aimable prestance, et un indiscutable charme qui lui permettait de berner les proies les plus retorses.

✠

Héritier s'aimait beaucoup. Aussi s'appliquait-il à voir dans cette fâcheuse énumération de vices – que ne contrebalançaient que bien peu de vertus – un vilain coup du sort. Un sort inique. Cadet de deux fils, il s'était retrouvé sans le sou dès après le soudain trépas de son père, riche meunier sarthois qui n'avait pas même prévu par acte une rente pour son puîné. Si ce vieil imbécile avait encore été vif, il lui aurait volontiers tordu le col de fureur. D'autant qu'un doute tenace s'était frayé un chemin dans son esprit : et si le vieux grigou avait bien souhaité le déshériter ? Alard l'avait maudit encore et encore et encore maudit, sans grand résultat.

Sa bile un peu refroidie, préférant le jeu, les beuveries et les filles au dur labeur que ne manquerait pas de lui imposer son aîné s'il le nourrissait, il avait pris l'escampe[1] une nuit. En chemin, il avait découvert la vertigineuse étendue de ses dons pour la scélératesse.

Vivotant un jour, dépensant sans compter l'argent de ses entourloupettes le lendemain, il était arrivé à Paris pour s'installer dans cette auberge du Merle-Siffleur, rue Saint-Denis, non loin du Pont-aux-Meuniers, assez proche de la citadelle du Louvre qui se dressait juste derrière la frontière de Paris. A posteriori, il y voyait un signe faste, l'indication que le destin avait enfin décidé de lui rendre justice. En effet, se concentraient toujours dans cette rébarbative « grosse tour » tous les pouvoirs de l'État[2]. De là, messire Guillaume de Nogaret*, conseillé très écouté du roi Philippe le Bel, dirigeait le royaume.

Bien que trop dispendieux pour sa bourse aléatoire, le Merle-Siffleur était un établissement d'agréable réputation, bien tenu, fréquenté par de gros négociants ou des familles cossues en voyage. Il l'avait choisi à l'excellente raison qu'un bourgeois inspire davantage confiance qu'un gueux. Lorsque l'on fait métier de berner, mieux vaut respirer l'aisance. Il avait dépensé le fruit de ses derniers méfaits pour se vêtir. Selon Héritier, le destin avait fait le reste.

Alors qu'il plumait un jaugeur[3] aux dés, dans cette salle

1. Décamper, s'enfuir à la hâte. A donné « prendre la poudre d'escampette ».

2. La construction du palais de l'île de la Cité souhaité par Saint-Louis ne débutera que plus tard.

3. Mesureur de vin. Les mesureurs intervenaient dans toutes les transactions afin d'en vérifier la régularité.

de jeux[1] de la place de Grève, profitant de l'ivresse du gros gars et l'assommant d'histoires lestes pour lui faire perdre ce qui lui demeurait de sûreté de main, il avait remarqué qu'un homme vêtu de sombre l'observait du bout de la salle où cascadaient rires, insultes et cris de dépit. Sur ses gardes, Alard Héritier s'était demandé s'il s'agissait d'un détrousseur repérant sa future victime, d'un joueur chanceux, d'un de ces hommes qui avait du penchant pour son propre genre – ce que les mines gracieuses et l'allure séduisante d'Héritier pouvaient expliquer – ou d'un des gens du prévôt.

Lorsqu'il était sorti, alourdi d'une jolie somme, la main sur le pommeau de sa dague, l'homme lui avait emboîté le pas. Alard se savait fort, en dépit de sa minceur. Surtout, faire passer une créature de vie à trépas ne lui encombrait pas l'esprit. Il s'était tourné et avait lancé d'un ton assuré :

— On se connaît, l'homme ?

L'autre, amusé, avait rétorqué :

— Non pas, messire. Cependant, il ne tient qu'à vous. N'y voyez nulle envie d'ébattement de ma part. Il s'agit d'une affaire, que vous jugerez profitable, à n'en point douter.

✠

Héritier avait suivi l'autre dans une auberge, sans pour autant baisser sa garde. Il dupait assez pour savoir que la méfiance est bien souvent la meilleure des protections. L'autre en était rapidement venu au fait. Il recrutait des agents habiles pour « un personnage puissant et très haut placé », sachant grassement rétribuer la fidélité, l'efficacité et la discrétion. La

1. Le Moyen Âge avait une attitude ambiguë vis-à-vis du jeu d'argent que l'Église réprouvait et que certains métiers interdisaient hors les jours fériés.

somme annoncée avait laissé Alard bouche bée. Une stupéfaction qui avait encore crû lorsque le jeune vaurien avait compris, à demi-mot, que ce « personnage puissant et très haut placé » n'était autre que messire de Nogaret.

L'extrême intelligence de messire de Nogaret, le redoutable pouvoir dont il disposait, son total dévouement à son maître, le roi, étaient de notoriété publique. Rien ne se faisait dans le royaume sans son approbation, et mieux valait ne s'opposer jamais à lui. Réfléchissant vite, Alard Héritier avait songé que se présentait une escabelle[1] qui lui permettrait de rejoindre la sphère des puissants, devant qui tous s'inclinent, cette sphère qu'il convoitait tant. S'il jouait de finesse, toutefois. Il savait faire échine basse et était passé maître ès flagorneries et escobarderies[2]. Il devait vite déchanter quant à ce pan de sa stratégie, nul ne pouvant bailler le lièvre par l'oreille[3], face à un monsieur de Nogaret. Rompu à l'art politique, donc à la rouerie, ce dernier la repérait chez les autres, aussi aisément qu'une vilaine pustule sur la face. Sans doute fallait-il y déceler une des raisons de sa longévité dans ses fonctions, en dépit de tous ceux qui eussent applaudi des deux mains à le voir choir et qui s'employaient à le pousser dehors avec une belle détermination. Rusé, Héritier avait donc opté pour une autre approche : convaincre son nouvel employeur de sa dévotion et de son admiration sans bornes. Jusque-là, il avait avancé ses pions avec habileté. Du moins le croyait-il.

✠

1. Escabeau. Le terme est souvent féminin. On « remue ses escabelles » lorsqu'on déménage.
2. Discours destiné à tromper.
3. Faire de fausses promesses.

Il attendait donc sans hâte un messager du conseiller, somnolant le jour dans sa chambre du Merle-Siffleur, buvant, jouant ou troussant dames et moins dames, voire fillettes[1], la nuit.

1. Prostituées.

XV

Dans la citadelle du Louvre, au même moment, Guillaume de Nogaret était installé derrière sa longue table de travail encombrée de rouleaux, registres, missives, écritoires et cornes à encre. Derrière lui, un dorsal représentant une Vierge diaphane serrant un Enfant Jésus était suspendu au mur de pierre grise. Il aimait à se retourner, pour sourire à cette Vierge si fragile et si parfaite. Un minuscule apaisement le gagnait alors, le justifiant dans ses efforts. La foi exigeante de M. de Nogaret ne connaissait qu'une limite : Philippe le Bel. Toutefois, Philippe étant une émanation de Dieu, lui obéir revenait à obéir à Dieu.

Messire de Nogaret attendait son plus fidèle acolyte, qu'il en venait à considérer à l'instar d'un compagnon, Hugues de Plisans, chevalier templier, renégat aux yeux de son grand maître[1], Jacques de Molay, depuis qu'il avait opté pour le clan de Philippe le Bel. Le souverain souhaitait réunir les ordres soldats sous la bannière de son fils

1. Rappelons que si le grand maître avait beaucoup de pouvoir, il devait aussi obéissance à son couvent (l'ensemble des frères) représenté par le chapitre.

Philippe de Poitiers. De vive intelligence, Plisans avait compris que seule cette solution préserverait son ordre. Tablant sur l'animosité croissante du peuple envers le Temple* accusé de cupidité, de paresse, de débauche, voire de commerces impies, le roi avait décidé de museler ce qu'il nommait les chiens de garde de la papauté, dont l'extrême puissance et la richesse[1] l'inquiétaient. Molay, valeureux homme de guerre mais impertinent et maniant mieux l'épée que la diplomatie, œuvrait contre la volonté du roi. Il comptait sur la protection de Clément V*, une erreur de taille. Le pape Clément, fin politique, était homme de peu d'autorité. L'enrichissement de sa famille, jusqu'aux arrière-petits-cousins nommés évêques et cardinaux en légion, semblait être sa grande préoccupation. Il allait louvoyer avec Philippe le Bel et ne romprait jamais en visière[2]. Deux conflits d'importance l'opposaient au roi qui avait concouru à son élection au Saint-Siège : le procès contre la mémoire du pape Boniface VIII*, un vieil ennemi dont le trépas n'avait pas apaisé l'ire du souverain, et la réunion des ordres soldats, ou la dissolution du Temple. Plisans ne se berçait d'aucune illusion : le pontife promettrait merveilles à Molay, pour l'abandonner ensuite, lorsqu'il ne pourrait plus déplaire à Philippe. De surcroît, le pape voudrait avant tout éviter que davantage de discrédit ne retombe sur le Temple, donc sur l'Église. Mieux vaudrait alors capituler en lâchant les chiens sur Molay et ses frères, quitte à les laisser accuser des pires vilenies. À la décharge de Clément, sa marge de manœuvre était mince. Plisans avait fort bien compris cette mécanique implacable. De surcroît, il n'avait

1. L'ordre de l'Hôpital n'était pas moins riche, mais sans doute moins « voyant ». De surcroît, sa réputation fondée de charité l'a sans doute protégé.

2. Planter sa lance dans la visière de l'adversaire. Au figuré : attaquer de face.

pas la candeur de croire que Molay accepterait de se rallier à la décision du roi parce que, dans son arrogance, il n'admettait pas que l'étau soit de force à broyer leur ordre. Molay s'obstinerait donc jusqu'au bout afin de préserver l'intégrité et l'autonomie du Temple.

En dépit de sa méfiance et de son extrême prudence, Guillaume de Nogaret se laissait gagner par une sorte d'amitié envers l'homme encore jeune, âgé d'à peine vingt-cinq ans. Grand, d'une minceur musclée, le cheveu blond moyen et ondulé, l'œil très bleu, Hugues de Plisans était un magnifique spécimen de la gent forte.

✠

M. de Nogaret releva la tête de ses registres lorsqu'un huissier fit pénétrer le chevalier templier. Il l'accueillit presque chaleureusement, trahissant l'estime dans laquelle il le tenait et retint l'huissier d'un :

— Fais-nous porter un gobelet d'infusion reconstituante et un plat de croûtes dorées[1], de pâtes de coing, que sais-je…

L'autre s'inclina et sortit. Plisans remercia d'un léger signe de tête cette attention, rare de la part du conseiller du roi dont la frugalité était notoire, même les jours gras.

— Assoyez-vous, mon bon Plisans. Je suis aise de vous voir céans. Auriez-vous des nouvelles de nature à me réjouir le cœur ?

Hugues de Plisans s'installa en face de Nogaret et détailla l'homme guère plus âgé que lui et qui, pourtant, semblait déjà vieux. D'une bonne trentaine d'années, d'allure presque chétive, le conseiller était émacié au point que sa peau paraissait tirée sur ses pommettes et son menton. Son

1. Très prisées au Moyen Âge. Équivalant au pain perdu.

regard était d'une rare fixité, encore soulignée par l'absence de cils à ses paupières. Un regard de masque mortuaire, avait songé Plisans la première fois qu'il l'avait rencontré. Nogaret avait préféré conserver la longue robe austère des légistes, et portait en toutes saisons un bonnet de feutre qui lui descendait à mi-front. Ce dégoût de l'ostentation, si prisée par les nantis et les courtisans, l'avait fait nommer « le triste mulot[1] » par certains de ces détracteurs qui se pavanaient dans de somptueuses parures orfraisées, doublées de lynx, de loutre, de loup, de vair[2]. Les hommes s'étaient jetés avec passion sur les vêtements plus courts et ajustés, décorant leurs hauts-de-chausse de rubans que n'auraient pas dédaignés les dames les plus frivoles. Le résultat n'en était pas toujours heureux. Tel grand échassier révélait des jambes maigres et torses qui blessaient l'œil. Tel autre aurait dû cacher son gros siège[3] mol d'une housse ou d'une jaque[4]. Plisans se demandait si Nogaret ne mettait pas une sorte d'insolence dans son extrême sobriété. Indiquer aux autres qu'ils étaient bien fols avec leur débauche de passementeries, de broderies d'or, de tissus précieux et d'incrustations de perles et de pierres précieuses, leur prouver que l'on pouvait aller, nippé[5] tel un clerc de notaire, tout en ayant l'oreille du roi et en dirigeant la France. Eux, donc. Un pied de nez posé, sans affectation, assez dans sa manière. De la même façon qu'il recevait tous ceux qui le suppliaient de leur accorder audience : avec une courtoisie de simple mise qui indiquait assez que l'on était son inférieur et son débiteur

1. Mot tiré du hollandais *(mol)* qui signifiait « taupe ».
2. Écureuil petit-gris, fourrure très prisée à l'époque.
3. Derrière, fesses.
4. Sorte de veste longue arrivant aux cuisses et dont les manches fendues laissaient apparaître celles du pourpoint porté dessous.
5. Le mot provient sans doute de « guenipe », une déformation de « guenille ».

même lorsqu'il n'accordait rien. Au fond, Plisans éprouvait une indiscutable admiration pour cet homme peu bavard, capable de deviner les rouages les plus pervers de l'esprit humain. Un jour que Plisans s'étonnait de sa capacité à jauger les âmes, Nogaret avait souri et répondu :

— Oh, c'est fort simple, mon bon ami. Trois grands désirs animent les créatures humaines que vous croiserez céans : la cupidité, le goût des honneurs et du pouvoir, l'envie de nuire à autrui. Ils disposent, pour y parvenir, de peu d'atouts : la coercition – et rares sont ceux qui en ont le courage –, la ruse, la flagornerie ou l'échange de bons procédés. Ou plutôt de procédés qui puent à dégorger. N'en attendez nulle grandeur, nul dévouement, nulle reconnaissance. Lorsque vous avez établi cette liste peu ragoûtante, quoique d'une réconfortante simplicité, vous devenez conseiller du roi. Philippe est noble et droit de cœur et d'esprit. Aussi ne perçoit-il pas toujours les relents du putel[1] qu'exhalent nombre de ses courtisans. Mon devoir et mon honneur consistent à plonger les mains dans cette merde pour le bien servir.

✠

Revenant à ici et maintenant, le chevalier templier présenta ses excuses pour son silence dans un léger pouffement qui plut à M. de Nogaret. L'espèce d'enjouement permanent de Plisans soulignait la pureté de son âme. Bien que se méfiant des purs, Nogaret les aimait parce qu'ils lui offraient une brève trêve. Croire enfin ce qu'on lui disait sans chercher où se nichait le piège. Pouvoir dire sans redouter une vilaine déception.

1. Ou merderon, fosse septique.

— Votre pardon, messire, mon esprit vaguait. Nouvelles réjouissantes ? J'en doute. Toutefois, nouvelles de nature à nous faire progresser. Nous savons par votre triste vaurien, Alard Héritier, que l'évêque d'Alençon, Foulques de Sevrin, a dissimulé la pierre rouge confiée par son vieil ami Jehan de Brévaux peu avant qu'il soit arrêté par l'Inquisition.

— Cette pierre qui fut volée à votre ordre, il y a fort longtemps, m'avez-vous dit.

— Certes. Cette pierre qui a fait couler tant de sang.

— Cette pierre dont nul ne sait rien et que, pourtant, tous convoitent au point de perdre leur âme pour la récupérer.

Nogaret espérait toujours que Jacques de Molay en détienne le secret, ou du moins, une part.

— Ainsi que je vous l'ai confié, messire, je ne possède aucune indication la concernant. La connaissance nous est dispensée en fonction de notre rang dans le Temple. Toutefois, je doute que notre grand maître, détenteur de la connaissance ultime, en sache beaucoup plus que moi à son sujet.

— Mais vous n'en êtes pas certain.

— À l'évidence.

— Quel embrouillement ! s'exclama le conseiller, agacé. Je veux cette pierre, Plisans. Je la veux pour Philippe puisque Rome la désire tant. D'ailleurs qui, à Rome ?

— J'avoue encore une fois mon ignorance. Une robe de grand pouvoir, c'est certain.

— Clément ?

— Qui sait ? J'en viens donc à mes nouvelles. Foulques de Sevrin fait l'objet d'une… vive attention de la part de l'Inquisition et a été convoqué en leur maison d'Alençon pour une… discussion. Nous n'en sommes certes pas aux accusations, et encore moins à la période grâce[1], cependant…

1. D'une durée d'un mois, précédant le procès inquisitoire, elle permettait à l'accusé d'avouer et de faire amende honorable.

Un coup frappé aux battants de la porte des appartements de M. de Nogaret les interrompit. Ils se turent pendant qu'un serviteur empressé posait devant eux un plat d'appétissantes croûtes dorées et leurs gobelets d'infusion odorante. Dès que l'homme eut disparu, Nogaret reprit :

— Cependant... iront-ils jusqu'à lâcher leurs chiens sur un évêque ?

— Un coriace morceau à mâcher, je vous l'accorde. Toutefois, notre bon évêque n'est pas sans tache. Il eut une certaine Edwige pour concubine durant des années, nicolaïsme[1] aggravé puisque deux enfants naquirent de cette presque union, alors même qu'il était ordonné. Son ancienne compagne se terre depuis des années dans cette petite ferme qu'il possède et où Jehan Fauvel se réfugia, ou plutôt, se jeta dans la gueule du loup.

— Grâce à... l'entremise de Sevrin ?

— J'en gagerais. Les mâchoires de l'Inquisition claquaient-elles trop fort au-dessus de sa tête ? A-t-il redouté pour sa vie ? Voulu plaire aux inquisiteurs ? Quoi qu'il en soit, je ne vois pas comment ils auraient retrouvé si vite le mire sans sa complicité.

— La pleutrerie mène bien souvent à la traîtrise, approuva le conseiller en détaillant la croûte dorée qu'il tenait, semblant se demander s'il n'y avait pas faute à la savourer.

— Je parierais que cet Éloi Silage, ce dominicain, est un espion de Rome...

— Un sycophante[2], voulez-vous dire ?

Un sourire entendu lui répondit. Puis Plisans reprit :

— Cet Éloi Silage, donc, fait preuve d'un bel acharnement. Plus intéressant : les deux hommes, chacun de leur

1. Le nicolaïsme (mariage ou concubinage des clercs) fut relativement bien toléré avant le Xe siècle.

2. À l'origine, délateur qui dénonçait les citoyens de la Rome antique.

côté, recherchent Héluise Fauvel, la fille du mire, qui s'est volatilisée de Brévaux, peu avant que soit enflammé le bûcher de son père.

✣

Ils dégustèrent en silence quelques gorgées de leur infusion. Nogaret reposa son gobelet sèchement et s'enquit d'un ton d'urgence :

— Connaîtrait-elle des détails au sujet de la pierre ?

— Un autre point d'interrogation dans cette charade qui n'en manque pourtant pas, messire. Toutefois, selon moi, l'énergie qu'ils dépensent à la retrouver sous-entend une chose : ni l'un ni l'autre n'en sait plus que nous.

— Enfin, un petit soulagement. Il me faut cette donzelle avant eux. D'autant que… d'autant qu'elle préférera… mes marques d'intérêt à celles de l'Inquisition, ajouta Nogaret, cynique. De plus, pourquoi l'évêque la recherche-t-il lui aussi ? L'occire, lui arracher ce qu'elle sait sous le tourment[1], la protéger dans l'espoir de laver son âme ?

— Après avoir donné son père ? s'étonna Plisans.

— Les humains peuvent se révéler si incohérents, mon bon ! Ils agissent et réfléchissent ensuite. Les pires malebêtes[2] ont parfois un éclair de grandeur et de saisissante magnanimité. J'y vois le signe que Dieu s'est à nouveau frayé un chemin dans la sombre épaisseur de leur âme. Quoi qu'il en soit, notre petit coquin d'Héritier devrait se révéler utile. Je le vais faire mander sitôt.

— Si je puis me permettre, avec tout mon respect, que ce gredin ne flaire pas qu'il pourrait gagner gras en

1. Le terme, très fort à l'époque, sous-entend des douleurs violentes, des tortures.

2. Mauvais et très bête.

remettant cette Héluise aux griffes de l'Inquisition, s'inquiéta Plisans.

Nogaret rétorqua d'un ton presque attendri :

— Preux chevalier, toujours, n'est-ce pas ? Point d'alarme, mon bon. Je sais insuffler grande peur et ai bourse généreuse. Une musique qui chante clair aux oreilles des petits traîtres tel Héritier. Dieu que j'aime les traîtres ! Ils sont de commerce si aisé…

XVI

Plisans s'était retiré, Nogaret ne souhaitant pas qu'Alard Héritier puisse un jour le reconnaître. Moins le vaurien en saurait, mieux tous se porteraient, sauf peut-être lui, mais quelle importance ? Héritier, une quantité négligeable puisque remplaçable.

Messire Guillaume de Nogaret s'était absorbé dans la rédaction de ses registres, la lecture des rapports qui affluaient à toute heure dans ses appartements, les missives interceptées de quelques anciens proches de feu la reine Jeanne de Navarre, décédée un an plus tôt[1], tel cet Enguerrand de Marigny[2], ancien panetier[3] de la souveraine, dont il se défiait à juste titre. Il attendait l'apparition de son espion valet.

---

1. Avril 1305. Elle forma un couple très uni avec Philippe le Bel auquel elle donna six enfants, dont trois rois et deux reines, agissant à l'instar d'une conseillère. Le roi refusa de se remarier après son décès.

2. Vers 1275-1315. Pendu à Montfaucon pour malversations et sorcellerie. Son ambition et son enrichissement colossal lui avaient valu la colère des princes qui se vengèrent dès la mort de Philippe le Bel.

3. Officier de la Couronne, il avait autorité sur tous les boulangers de France et, les jours de cérémonie, avait le privilège de servir les souverains à table, avec le grand échanson.

✣

Alard Héritier s'était refait une élégance dès réception du message. Il s'était débarbouillé dans l'espoir de gommer les vestiges de sa nuit très abreuvée, vêtu à la hâte, sans ostentation puisqu'il se révélait assez fin pour avoir senti la nature de son nouveau maître. Ventre à terre, il avait couru jusqu'à la grosse tour du Louvre et peu patienté avant qu'un huissier l'introduise.

M. de Nogaret avait terminé de tracer sa phrase avant de reposer sa plume et de le considérer en inclinant la tête sur le côté. Ne l'invitant pas à s'asseoir, il avait commencé d'un ton las :

— Héritier, la nouvelle mission que je vous confie est urgente et… délicate. Oh, point d'alarme, vous serez joliment payé à l'habitude. Il s'agit de retrouver au plus vite une jeune donzelle de dix-neuf ans, que l'on m'a décrite comme fort bien tournée, de beau minois, d'assez haute taille, brune aux yeux bleus. Elle se nomme Héluise Fauvel, de Brévaux, qu'elle a quitté il y a plusieurs mois, sans que l'on sache où elle se rendait. Je doute qu'elle ait conservé ce nom.

Héritier avait vite appris que l'on ne posait pas de questions à messire de Nogaret. On se faisait fort de répondre aux siennes. Aussi attendit-il la suite.

— Cette jeune femme nous est précieuse. Dès que vous saurez où elle se terre, vous me ferez prévenir au plus preste, de sorte que l'affolement ne la gagne pas, l'encourageant à l'escampe.

— Fort bien, messire. Mon honneur consiste à vous bien servir et à vous plaire en tout.

✣

Le terme « honneur » dans la bouche du scélérat distrait le conseiller qui n'en laissa rien paraître. Il considéra le fringant jeune homme et feignit l'indécision :

— Héritier… non que je doute de votre intégrité, ni de votre absolue fidélité… Toutefois, il me faut vous prévenir que d'autres sont sur la trace de cette Héluise. L'évêque d'Alençon la recherche activement. L'Inquisition aussi. Il vous faudra être plus rapide qu'eux. Surtout, je vous exhorte à l'invisibilité. L'Inquisition me chagrine fort en la circonstance. Cette noble institution jouit de tant d'appuis, de puissants et même de petits ! Ils me sont donc bien plus préoccupants que l'évêque. (M. de Nogaret posa le menton sur ses mains jointes en prière et poursuivit d'une voix douce et aimable, son regard intense et désagréable fixé sur Héritier qui n'en menait pas large :) Ils sont également forts riches et inspirent la crainte. S'ils avaient vent de votre implication, tentaient de vous séduire ou de vous contraindre… rappelez-vous toujours, Héritier, qu'ils ne pourront vous protéger de mon courroux. J'ai la revanche tenace. Rappelez-vous également que si l'Inquisition promet beaucoup, elle ne tient jamais. Sa mission ne consiste pas à donner mais à obtenir. Des aveux, notamment. Néanmoins, je puis vous assurer que mon bourreau est encore plus expert que les leurs.

— Messire, prétendit s'offusquer le petit voyou assez ébranlé, plutôt mourir que faillir envers vous ! Sur ma foi.

— Fort bien. Je m'en réjouis.

XVII

Tiron, octobre 1306

Une grêle de coups assénés contre la porte de leur chambre tira Druon et Huguelin du sommeil. Donnant à son maître le temps d'enfiler un vêtement afin qu'on ne puisse distinguer la rondeur de ses seins sous son chainse, Huguelin fonça et entrouvrit le battant. Maîtresse Borgne, habillée de pied en cap, trépignait d'impatience, en cramponnant par la manche un garçon qui devait avoir douze ou treize ans.

— Les contractions ont pris la Muguette et l'a perdu les eaux, débita-t-elle. Il est temps de s'mettre en route, mire, et d'tenir votre parole.

— De quelle couleur étaient les eaux ?

— D'la couleur du p'tit lait, répondit le garçon.

— Bon signe ! Je me vêts, prépare ma bougette et nous vous suivons.

La bougette en question était prête depuis belle heurette, mais Druon voulait se donner un peu de temps pour comprimer ses seins, une opération délicate puisqu'il fallait assez serrer la bande de lin afin qu'elle ne risque pas de choir, sans pour autant le suffoquer et lui scier les aisselles. De surcroît, il devait juguler l'appréhension qui lui desséchait la bouche. Il adressa une muette prière à son père, le suppliant de lui insuffler du courage et de l'aider.

✣

Située à un quart de lieue* de la sortie de Tiron, la ferme de Guillaume et Muguette Tue-Vache était flanquée de dépendances percées d'arches arrondies, typiques de la région, l'ensemble formant un U. Le corps d'habitation, confortable, trahissait l'agréable aisance des propriétaires : des pavés jaune ocre carrelaient le sol de la salle commune et deux énormes coffres-bancs[1], au panneau ventral sculpté, trônaient contre les murs.

Guillaume Tue-Vache était assis à la grande table, entouré de trois enfants qui devaient se suivre à deux ans. Le fermier paraissait tendu et piquait nerveusement la table de la pointe d'un couteau. Il se leva à l'entrée du mire et jeta, bourru :

— Ben, j'espère que c'te fois j'vas pas rester dehors jusqu'au demain soir échu.

Les maris n'avaient pas autorisation de rentrer dans la maison durant tout le temps de l'accouchement. Pourtant, Druon perçut sa réelle inquiétude sous cette réflexion déplaisante.

— Euh, je peux vous tenir compagnie, maître Tue-Vache, proposa Huguelin qui avait été bien calme tout le chemin.

La panique du garçonnet fit écho à celle que le mire sentait à nouveau ramper en lui. Il s'admonesta et parvint à répondre d'une voix dont le calme le surprit :

— Tu as bien dû voir des femelles mettre bas ?

— Ben oui… mais pas des dames… rétorqua Huguelin d'une toute petite voix.

---

1. On y rangeait un peu tout, notamment la vaisselle.

Druon admit :

— Allez, tu es encore un peu jeune pour cette facette de l'art médical.

Une porte située de l'autre côté de la vaste cheminée s'ouvrit et une femme âgée pénétra dans la salle en s'enquérant :

— Ah, vl'à l'mire de talent ?

— Ma mère, annonça le maître des lieux.

— J'as préparé l'eau mêlée d'mauve et d'essence de rose, les touailles[1] et elle a l'mors. (Se tournant vers son fils, elle ordonna d'une voix de maîtresse femme :) Habille-toi chaudement, la nuit est ben fraîche. Tous les nœuds sont déliés. Détache les vaches et les ch'vaux[2]. (S'adressant ensuite à Druon, elle précisa :) L'a porté une ceinture de Sainte Marguerite depuis l'mois[3]. J'lui ai fait avaler de la poudre de matrice de hase[4] et le poivre est prêt.

Druon se souvint de ce détail confié par son père. On en badigeonnait les narines de la future mère pour déclencher une série d'éternuements censés accélérer la descente de l'enfant à naître.

— Comment se porte Muguette ?

— L'a mal depuis l'tantôt et elle redoute. Les contractions sont régulières, mais ça veut rin dire. C'était l'cas les aut'fois. Ça a pas empêché qu'elle y a passé le jour et la moitié d'une nuit. Elle a souffert l'calvaire. L'a failli rendre l'âme.

— C'est ce que maîtresse Borgne m'a confié.

1. Torchons, linges.

2. Il s'agissait d'une superstition. On dénouait tout, même les animaux, afin que le cordon ombilical ne s'enroule pas autour du cou de l'enfant.

3. Confectionnées à partir de racines de courge et louées par les prêtres, elles étaient sensées faciliter les accouchements.

4. Poudre d'utérus de lapine ou de la femelle du lièvre. On la donnait dans l'espoir que l'accouchement serait plus rapide.

L'intéressée n'avait pas prononcé un mot depuis leur arrivée, et regardait tour à tour le mire, sa mère et son frère, le front plissé d'inquiétude.

— La matrone nous attend.

✠

Druon s'en doutait. La présence d'une matrone était presque obligatoire puisque les prêtres leur donnaient autorisation d'ondoyer le nouveau-né sitôt la naissance, de crainte qu'il ne décède avant le baptême, hors le sein de l'Église. Cette pratique leur offrait parfois un complément de ressources. Si l'enfant trépassait avant, les parents affolés étaient prêts à sacrifier double pièce pour que la matrone affirme qu'elle avait vu un doigt bouger, une paupière se lever, et que l'ondoiement avait précédé le décès de quelques secondes.

Formant des phrases courtes de peur que son appréhension ne transparaisse, Druon demanda :

— Présentez-moi donc ma patiente.

Le mire, escorté des deux femmes, pénétra dans la chambre. Un aimable feu réchauffait la pièce de petite taille. Un bol d'eau au miel et à la cannelle avait été posé entre les cuisses de Muguette, son odeur plaisante étant supposée attirer le petit hors d'elle. La matrone s'était placée derrière la femme, en position semi-assise contre elle, et la tenait sous les bras[1].

Druon détailla le visage pâle, crispé de douleur de Muguette. Soudain, alors qu'une sueur d'angoisse lui trempait la racine des cheveux, un calme irréel balaya sa panique. Grâce à l'enseignement de son père, à son âme qui veillait

---

1. Il s'agissait de la position recommandée et elle sera utilisée très longtemps.

sur lui, il serait capable de l'aider. Il ouvrit sa bougette, en tira un sachet de toile qui contenait une grosse boule de pâte d'un marron noirâtre. Il en préleva un morceau et s'approcha. L'accouchante serrait les dents sur un mors de bois afin de ne pas hurler. Il le lui retira de la bouche avec douceur et conseilla d'une voix amicale :

— Mâchez le plus lentement possible. Le goût en est fort mauvais.

Elle s'exécuta. La matrone jeta un regard peu amène au mire. Sans doute se demandait-elle de combien serait amputée sa rémunération à cause de sa présence.

— Maîtresse Borgne, maîtresse Tue-Vache, une cuvette d'eau claire et du savon afin que je me lave les bras et les mains.

Son père lui avait indiqué que cette pratique limitait le nombre d'infections *post-partum* sans qu'il en comprenne la raison. Un peu surprises, puisqu'on se lavait après l'accouchement, les deux femmes sortirent de la chambre.

Ignorant la matrone, Druon s'assit sur le bord du lit et saisit la main de la Muguette en murmurant :

— Tout se passera bien. La douleur sera minime. Il vous faudra surtout lutter contre un léger endormissement. (Élevant le ton, il ordonna :) Matrone, s'il semblait à Muguette que son labeur serait plus aisé en s'accroupissant, en s'agenouillant ou se mettant à quatre pattes, de grâce, ne la retenez pas.

La surprise se peignit sur le visage trempé de sueur de Muguette. Elle acquiesça d'un signe de tête. La matrone éructa d'une voix choquée :

— Quoi ? Qu'est cette pratique ? Tel un animal ?

— Cette position peut lui donner plus de force pour pousser, la coupa Druon d'un ton d'autorité.

Quelques instants plus tard, alors que Druon s'était séché les mains, Muguette souffla, en déclarant :

— Ma mère, Cécile, messire, j'as d'jà moins mal. Qu'est cette pâte ?

— Une de mes compositions secrètes, à base de puissants simples, mentit Druon qui avait récupéré la provision d'opium de son père avant de quitter Brévaux.

Une pratique formellement interdite par l'Église, et il se méfait de la matrone qui ne semblait guère l'apprécier.

Les contractions se succédaient, persistant de plus en plus longtemps.

Maîtresse Tue-Vache suggéra :

— J'puis m'asseoir sous ses seins si elle s'allonge, pour l'aider.

— Non pas.

Un hurlement de douleur échappa à Muguette en dépit de la drogue. Druon glissa la main sous la cotte[1] de la femme et l'enfonça dans son vagin, palpant avec douceur le col pour s'assurer de sa bonne dilatation, espérant sentir le haut du crâne du bébé. Une mauvaise surprise l'attendait : ses doigts frôlèrent un bras minuscule. Il commenta d'un ton urgent :

— Le bras est sorti.

L'enfant se présentait mal.

Maîtresse Borgne se signa en gémissant :

— Doux Jésus !

— Assez. Elle a besoin de calme.

Le mire eut le sentiment que ses mains ne lui appartenaient plus, qu'elles étaient guidées. Délicatement, il repoussa le bras dans l'utérus, palpant la tête du bébé.

— Il est à l'envers, face vers le haut, mais tête vers l'avant. Nous pouvons le retourner. Il va vous falloir pousser de toutes vos forces à mon ordre.

Il enfonça sa main plus profond et cria « poussez ». Muguette se contracta avec l'énergie du désespoir. Avec

1. Robe ou tunique longue.

une infinie prudence, il fit pivoter l'enfant, amenant son crâne vers le col.

Les cheveux plaqués de sueur, Muguette haletait, elle souffrait, beaucoup moins toutefois qu'elle ne l'avait redouté. Elle poussait avec vaillance à chaque nouvelle intimation, durant ce qui parut des heures au jeune mire. Enfin, il sentit le col se replier sur le haut du petit crâne. Et l'enfant glisser lentement, à chaque nouvel effort de sa mère.

— Ne poussez plus. La tête est sortie. Accroupissez-vous.

Muguette courait après son souffle, l'effet de l'opium commençait à s'atténuer. Au prix d'un gigantesque effort, elle obtempéra, sous l'œil réprobateur de la matrone.

— Une dernière bonne poussée. Il va venir.

Druon guida l'enfant. Muguette s'écroula, épuisée.

— C'est un mâle.

Un hurlement vital échappa au bébé et le mire lutta contre les larmes. Une créature humaine. Il avait mis au monde une créature humaine. Une folle allégresse l'envahit. Mon père, mon père, quelle merveille ! Merci tant, mon père, car c'est vous qui me guidiez !

Il coupa le cordon ombilical, presque grisé par la plénitude qu'il ressentait.

— Faut tirer l'arrière-faix[1], intervint la matrone, revêche.

Une pratique courante, à laquelle Jehan de Brévaux s'opposait, à l'excellente raison qu'on risquait ainsi de provoquer des hémorragies ou de le déchirer ce qui, d'étrange manière, se soldait bien souvent par une infection mortelle[2].

---

1. Placenta. Appelé ainsi puisqu'il était le deuxième « fardeau » dont la mère devait se débarrasser. Également nommé secondine, puisqu'il « sortait » en second.

2. On laissait souvent alors un fragment du placenta qui s'infectait.

— Ses dernières contractions devraient l'expulser sous peu[1]. S'il ne venait pas, j'interviendrais.

— Mais… faut l'enterrer[2] au plus vite, insista Cécile, l'aubergiste.

— Non pas, vous dis-je.

La matrone intervint d'une voix autoritaire :

— L'a saigné. S'a déchirée. J'as là une bonne boue sèche mêlée de paille pilée qu'y suffit d'humecter pour faire un emplâtre[3].

— Non. Pas d'emplâtre de boue. (Il plongea la main dans sa bougette et en tira une petite fiole remplie d'un liquide vert-marron.) Nous allons nettoyer la plaie avec un peu d'eau additionnée de ceci, une macération de lierre grimpant et d'ortie blanche[4], connus pour faire merveille. (Ignorant le plissement réprobateur des lèvres de la femme, il ordonna :) Matrone, ondoyez l'enfant, nettoyez-le et offrez un verre d'hypocras[5] à la mère qui en a bien besoin.

✠

Lorsque les deux femmes revinrent d'avoir enterré le placenta, le jour se levait. Elles étaient aux anges. Muguette reposait. La matrone décampa, mécontente, après avoir été payée et avoir exigé de récupérer le cordon ombilical

---

1. La sortie du placenta est ce que nous appelons aujourd'hui « la délivrance ».
2. La superstition voulait qu'il attire le mauvais sort sur l'enfant.
3. La pratique qui consistait à appliquer un tel emplâtre sur les plaies était générale. On comprendra qu'elle se soit soldée par un nombre considérable d'infections souvent mortelles.
4. Tous deux des antiseptiques.
5. Mélange de vins rouge et blanc, sucré de miel et additionné de cannelle et de gingembre.

qu'elle ferait sécher, réduirait en poudre pour le vendre à prix d'or comme philtre d'amour[1].

— C't'un miracle, commenta Guillaume, soulagé.

— Nan, c't un *aesculapius* qu'a pas volé ses deniers ! rectifia maîtresse Borgne.

— Je vous l'avais dit ! s'écria Huguelin, rayonnant de fierté.

Un peu triste, Druon songea aux futures grossesses de Muguette. Il ne serait plus là pour veiller sur elle et tant de femmes trépassaient !

Maîtresse Tue-Vache déborda soudain de générosité – une fois n'était pas coutume – et aligna sur la table tout ce qu'il y avait de meilleur dans la demeure. On se restaura, on but un peu trop à la santé de la mère et de l'enfançon et on rit beaucoup. Un peu éméché, Huguelin insista pour conter les merveilles dont était capable son maître et narra l'épouvantable histoire de la prétendue bête maléfique qui ravageait les terres du seigneur Béatrice d'Antigny, et que la science de son maître avait permis d'identifier et de détruire.

1. Cela faisait partie de la « rémunération » des matrones.

XVIII

Paris, octobre 1306

À la nuit échue, une ombre emmitouflée d'une longue cape épaisse remonta la rue Saint-Antoine et déboucha rue de Tiron, que les Parisiens nommaient parfois rue de Thison par corruption de langue. Dédaignant l'entrée principale, elle s'immobilisa devant une porte basse munie d'un judas et cogna trois coups contre le battant de bois gris. Aussitôt, le judas s'entrouvrit et une voix grave demanda :

— Le mot, mon frère.

Hugues de Plisans rabattit l'aumusse[1] qu'il portait sur son mantel et l'épela. La porte s'ouvrit. Il pénétra dans l'hostel de Tiron.

— Il vous attend.

Plisans emboîta le pas à l'homme qui brandissait devant lui une esconce. Ils longèrent un couloir éclairé de torches, puis abandonnèrent la lumière pour gravir dans la presque obscurité un escalier de bois, seulement guidés par la flamme hésitante du lumignon.

1. Ou « almuche ». Capuchon, souvent en fourrure, prolongé d'une courte pèlerine.

L'homme s'immobilisa devant une porte, la poussa, sans se préoccuper de frapper, puis disparut, happé par la pénombre du couloir. Plisans avança. Un haut moine émacié, au regard très bleu, se porta à sa rencontre, mains tendues en accueil.

— Seigneur abbé, mon cher oncle. J'espère que le voyage de votre abbaye de Tiron, dans le Perche, ne vous fut pas trop rude.

— Non pas, mon bien cher Hugues. N'oubliez pas que je fus soldat et que j'ai ciré la selle d'un bourrin fort rustre, mais valeureux, jusqu'en Terre sainte ! s'esclaffa l'autre. À ce vilain pli qui vous barre le front, je me doute que les nouvelles sont mauvaises. Assoyons-nous devant le feu et me narrez. Nogaret ne sera pas notre allié, n'est-ce pas ? Nous ne pouvons espérer, grâce à votre entremise… le retourner en la faveur de votre ordre auquel je suis si attaché ?

— En effet, mon oncle. Nogaret n'est l'allié de personne. Il ne sert que le roi.

Le doute qui avait rongé Plisans depuis des mois s'était évanoui. Sa foi brûlante lui imposait d'obéir à Dieu. Que lui importaient les manigances des hommes, fussent-elles d'un souverain ? Dieu n'avait jamais souhaité la dissolution du Temple. Seul Philippe s'acharnait à broyer une entité trop puissante qui échappait totalement à son autorité, une armée redoutable, réunie en Occident depuis la débâcle de Saint-Jean-d'Acre et qui le pouvait un jour menacer[1]. Les banquiers du monde chrétien avaient fières lames et, soldats du Christ, ils n'étaient de nul royaume et n'appartenaient à personne, hormis Dieu.

---

1. On a accusé Philippe le Bel de vouloir mettre la main sur la fortune du Temple. Cela étant, il semble avéré que l'argent que lui coûta le procès contre les templiers et la redistribution de leurs biens à l'ordre de l'Hôpital excédaient ce qu'il récupéra. Il semble donc que les mobiles du souverain aient été plus politiques qu'intéressés.

— Mon neveu... hésita Constant de Vermalais, frère de la mère d'Hugues. Je connais votre belle âme intègre. Concernant M. de Nogaret, ne pensez-vous pas que...

— Que je trahis la confiance et l'amitié qu'il a placées en moi ? Peu importe, mon oncle. Les enjeux sont bien trop colossaux. Nogaret voit la France, le roi, aujourd'hui, dans dix ans, vingt peut-être. Nous voyons l'éternité, l'infini. Certes, nous avions espéré que nos arguments, gentement expliqués, porteraient, l'inclineraient de notre côté. Tel ne fut pas le cas. Tant pis.

— Que suggérez-vous ?

— Nogaret ignore ma place véritable dans l'Ordre. Il n'a aucun moyen de l'apprendre. Nous nous méfions de leurs espions et ils sont fort repérables. Tous mes frères sont sur le qui-vive.

— Confident et conseiller occulte de Jacques de Molay, résuma l'abbé.

— Hum, à ceci près que notre grand maître ne m'écoute plus guère, son obstination l'aveuglant, et qu'il est en vilaine posture. Je le connais si bien ! Il ne cédera jamais. S'il est digne, vaillant, il manque de subtilité. Or seule la subtilité pourrait nous sauver. Je redoute d'effroyables conséquences à son opiniâtreté. Il espère en l'aide de Clément V. Il a grand tort. Nous devons nous préparer à un déferlement contre lequel nous ne pourrons plus rien dès qu'il aura commencé. Il me faut sauver ce que je puis de mon ordre, mon oncle, avec votre précieux concours. La porte de l'abbaye de Tiron est-elle encore sauve ?

— Toujours et tant que je vivrai. Nombre de vos frères sont déjà partis rejoindre nos abbayes filles en Angleterre[1] ou en Écosse, dont celle de Kilwinning. Fort heureusement, notre trésor est replet, me permettant de les aider en

1. Certains templiers parvinrent à fuir vers l'Angleterre où nombre de leurs frères étaient déjà installés.

discrétion. Trois de mes bons fils m'assistent. Ceux en qui je puis avoir aveugle confiance.

— Dieu vous sourie, mon oncle ! remercia le chevalier templier.

D'une voix sans appel, presque méprisante, le seigneur abbé rétorqua :

— Je ne tolérerai jamais que ce Philippe, flatté et chambré[1] par les courtisans qui eurent l'heur de plaire à sa défunte épouse, décide de la destruction d'un ordre soldat qui se battit, souffrit, mourut pour porter la bannière du Christ et protéger l'Occident. Eh quoi ? Le voilà bien faraud de s'attaquer à la mémoire d'un pape qu'il ne parvint jamais à faire plier de son vivant ! Puisque nous ne pouvons attendre de chape-chute[2] pour nous avantager, agissons tant qu'il en est temps. La pierre rouge ? Est-elle toujours en possession de l'évêque Foulques de Sevrin ?

— À ma connaissance, répondit Plisans. L'Inquisition piaffe[3] à sa porte.

— Oh… ils n'oseront rien, du moins pour l'instant. L'existence et l'importance de cette pierre rouge risqueraient de se répandre. Fâcheuse idée. Mieux vaut pour eux agir de derrière la tenture. Ils y excellent. Avez-vous avancé dans sa connaissance ?

— Non pas, mon oncle. Nogaret la veut plus que tout puisque Rome la désire. Il y voit un moyen de pression, de chantage pour arracher à Clément V ce que souhaite Philippe. La condamnation posthume et la destitution de Boniface VIII, et sa neutralité bienveillante dans

1. Circonvenu, trompé. Ce fut, en effet, ce que certains contemporains du souverain affirmèrent.

2. Opportunité due à la négligence ou à la malchance d'autrui.

3. Le mot a alors double sens. Il signifie : braver, chercher à attirer l'attention sur soi et, en parlant d'un cheval énervé, désigne le mouvement de ses pieds frappant la terre, sens que nous avons conservé en l'employant surtout au figuré pour évoquer l'impatience.

l'extermination de mon ordre. Je lui ai fait accroire que la pierre avait été en notre possession et que, peut-être, Jacques de Molay était informé de sa signification.

— C'est faux ?

— Tout à fait. Nous connaissons son existence depuis plus d'un siècle et la recherchons de part le monde. Les contes les plus insensés courent à son sujet, de l'est à l'ouest. Pierre philosophale, clef menant au savoir ultime, porte ouvrant sur Dieu. D'autres l'ont traitée de fable, de billevesée.

— Et qu'en faites-vous ? s'enquit Constant de Vermalais.

— Je ne sais. Toutefois, mon enquête au sujet de ce mire, un certain Jehan Fauvel, condamné à la Question par l'Inquisition…

Hugues de Plisans remarqua la soudaine tension de son oncle. Il s'interrompit, attendant que celui-ci intervienne. Toutefois, Constant de Vermalais demeura muet. Plisans reprit :

— … Et qui se suicida ou fut occis dans sa cellule, m'a troublé. Le bonhomme n'avait rien d'un agité à l'esprit embrouillé. Il s'agissait d'un grand savant qui avait réuni les arts médicaux antiques et actuels. Il avait gardé le meilleur des traités des plus prestigieux médecins, rejetant l'ivraie[1]. Pour ce que j'en ai appris, il luttait contre la superstition. Cet homme aurait-il été berné par des fariboles ? Pourquoi, alors, serait-il mort pour protéger la pierre et son secret ? Nogaret, l'Inquisition, l'évêque d'Alençon recherchent sa fille, une Héluise qui a disparu de Brévaux dès après le trépas de son père.

L'abbé fronça les sourcils, sembla hésiter puis déclara d'un ton ferme :

— Il nous la faut, donc.

1. *Ebriaca*. Mauvaise herbe qui pousse parmi le froment. D'où l'expression « séparer le bon grain de l'ivraie ».

— Certes, et avant eux. Un de mes frères suit, telle une ombre, le vilain sbire payé par Nogaret pour la retrouver. Lors de son procès inquisitoire, la damoiselle Héluise fut décrite par son père, puis par Foulques de Sevrin lors de son audition devant Éloi Silage, telle une donzelle éprise de Psaumes et de broderie. Ayant entrevu, grâce à mon enquête, la personnalité du mire Fauvel, je n'y ajoute plus foi. Ma conviction est que les deux hommes se sont acharnés à la protéger en brossant un portrait de fille aussi insignifiante que possible. Ils ont eu grande raison. Néanmoins, combien de temps leur subterfuge sera-t-il efficace ?

Un silence s'établit, seulement perturbé par les courts gémissements des bûches dans l'âtre. Hugues de Plisans sentit que son oncle retenait une information. Constant de Vermalais pencha le torse et entrelaça ses doigts, lâchant un soupir d'hésitation.

L'abbé était à juste titre réputé pour sa vaste intelligence, sa pureté inflexible, et pour son implacable élitisme qui le rendait peu charitable. L'explication qu'il avait un jour donnée, longtemps auparavant, alors qu'Hugues était encore garçonnet, n'avait pas convaincu le jeune homme.

— Dieu a distingué certains d'entre nous afin de Le mieux servir, de faire progresser Son œuvre. Il nous a créés plus intelligents, plus puissants, plus forts, sans doute plus proches de Lui qu'autres de Ses créatures. Qui sommes-nous pour discuter Son choix ?

— Mais le Divin Agneau ? avait rétorqué Hugues, que ce discours troublait de désagréable façon.

— Certes… L'infini amour et la compassion, même pour celles d'entre les créatures de Son Père qui ne les méritent pas et qui Le crucifièrent. Toutefois, Il est divin et jouit de l'éternité. Le temps nous est terriblement compté et nous sommes faillibles. Ne gaspillons pas le misérable sablier qui nous est octroyé ; nos forces, ne les diluons pas pour sauver quelques êtres épars quand nous devons aider au futur de l'humanité entière. Dieu ne saurait être injuste. Si l'une de Ses créatures trépasse, Il en a jugé ainsi.

Constant n'avait jamais dévié de cette philosophie, Hugues refusant de se l'approprier. Traînaient dans sa mémoire trop de visages d'enfants convulsés de peur ou de souffrance, ravagés de fièvre. Pourquoi Dieu aurait-Il mis au monde tant de petits êtres pour les reprendre presque aussitôt ? Dieu ne pouvait souhaiter un si inepte gâchis. Seuls l'égoïsme, la méchanceté, la bêtise humaine en étaient coupables. Et ce que commettaient des hommes, d'autres avaient obligation de le défaire ou, à tout le moins, de le contrer.

Le chevalier templier avait ensuite évité de reprendre cette discussion, certain qu'il en tiendrait rigueur à son oncle, en dépit de la tendresse et de l'admiration qu'il éprouvait pour lui. Cependant, aujourd'hui, l'inébranlable vision de Constant de Vermalais demeurait la seule à pouvoir sauver ses frères. Certain d'avoir été désigné par Dieu comme l'un de Ses serviteurs privilégiés, s'en remettant totalement à Sa volonté, Vermalais ne redoutait rien ni personne : ni la mort, ni le pape, ni le roi de France.

✠

Le grand homme se redressa dans son fauteuil et serra les lèvres d'indécision. Son regard très bleu se riva à celui d'Hugues de Plisans. Cherchant ses mots, il lâcha :

— Mon bon neveu… Un inquiétant doute m'envahit. Insensé, peut-être. Toutefois… le lien vient de s'établir dans mon esprit et, encore une fois, il peut s'agir d'une sotte alarme. Au plein de l'hiver dernier, nous avons retrouvé au matin levant notre bon frère portier, un certain Agnan, trépassé non loin de l'enceinte de l'abbaye, roide de froid. À l'évidence enherbé, la langue gonflée et violacée, les doigts crispés en serres. Une rapide enquête devait révéler qu'il s'était faufilé subrepticement hors nos murs, dès après vêpres. Pour rencontrer quelqu'un ? Je ne sais…

Ne voyant pas où son oncle le voulait mener, le sachant homme d'économie de mots, Hugues patienta. L'abbé le fixait. Pourtant, le chevalier templier fut certain qu'il ne le voyait plus.

— Non… je ne sais. Agnan était un fils de belle discrétion, aimable… Sans rien de très saisissant… qu'on ne remarquait guère… Hugues… Il se nommait Fauvel, Agnan Fauvel… Certes, le patronyme n'est pas rare en notre région… toutefois… Toutefois, ce mire, ce Jehan Fauvel avez-vous dit, resurgit ensuite avec la pierre rouge…

Hugues de Plisans s'était tendu. Il hésita :

— Une coïncidence pourrait, en effet, expliquer… Troublant, cependant.

— Ce n'est pas tout… Récemment, un autre de mes jeunes fils, un semainier ou *supplet*, prénommé Étienne, fut retrouvé dans la forêt, poignardé et la main droite tranchée à la manière des voleurs. Un être de grande piété, de mesure, de bonté… Je me suis efforcé d'étouffer cette horreur… Elle survenait quelques jours à peine après un meurtre identique commis sur un riche mercier.

— Le lien, mon oncle ?

— Je ne parviens à le percevoir. Existe-t-il seulement ? Cela étant, j'ai la nerveuse sensation qu'une nasse malfaisante se tisse autour de nous…

— La pierre rouge ? Le roi ? Rome ?

— Je l'ignore. Hugues… J'appréhende une précipitation des événements[1]… Philippe guette chaque geste de Molay et celui-ci tombera dans le piège, par arrogance et parce qu'il n'a pas compris la détermination farouche du roi et la

1. Les templiers furent arrêtés le 13 octobre 1307.

faloterie de Clément. Tant de vos frères sont menacés, et peu d'entre eux sont parvenus à rejoindre le royaume anglais grâce à nous ! Toutefois, je persisterai jusqu'au trépas. Au fond, Molay et moi partageons une caractéristique, l'entêtement, à ceci près que je suis plus roué que lui.

L'émotion étreignit Hugues de Plisans, qui se leva et serra les mains maigres de son oncle entre les siennes, en signe d'infinie reconnaissance. Constant de Vermalais n'ignorait pas que cette rébellion pouvait lui coûter la vie.

L'abbé conclut :

— Hugues, je vous en conjure, retrouvez cette pierre rouge. Avant les autres. Quelle que soit sa signification, où qu'elle mène, elle représente, à tout le moins, un magnifique moyen de négociation avec Guillaume de Nogaret, le moment venu. La pierre en échange de vos frères. Philippe souhaite museler l'ordre du Temple, menace militaire et politique. L'extermination des êtres qui le composent lui importe peu, sauf peut-être celle de Molay, qui a eu l'outrecuidance de lui résister. Donnant donnant : la pierre rouge contre des hommes.

XIX

Saint-Denis-d'Authou, octobre 1306

Son grand corps épais appuyé au manteau de la cheminée de pierre, la mine fort sombre, Philippe éventa sa face rougeaude de la missive datée de presque un mois. Le sang lui bouillait. Il détailla le marchand efflanqué, en chemin pour la Normandie, qui la lui avait remise. L'homme, vêtu d'un long mantel d'épaisse laine grise, semblait attendre quelque chose. La teneur du message n'engageait pourtant pas Philippe à la largesse, ni le fait que ce vendeur ambulant de colifichets, lotions de peau et de voix[1] pour dames ait tant traîné en chemin avant de le lui remettre.

— Tu me portes bien fâcheuse nouvelle, l'ami, lâcha-t-il.

L'autre répondit d'une voix douce, teintée d'un fort accent savoyard :

— J'en suis fort marri, seigneur. Cependant, je ne suis que le messager de ce tragique événement.

— Certes. Va te restaurer. Je te ferai remettre une bourse pour ton service.

1. Il existe à l'époque pléthore de lotions « pour avoir belle voix ».

— Dieu vous saura gré de votre belle générosité, seigneur, et je vous en remercie du fond du cœur.

Le marchand s'inclina bas et disparut.

Resté seul, Philippe parcourut à nouveau la lettre tracée d'une belle écriture ferme. Lisant aussi piètrement qu'il écrivait, il dut former les mots à haute voix.

✣

« Noble seigneur et mon bien-aimé frère d'alliance,

« En dépit des tragiques circonstances qui me poussent à vous écrire, je supplie le Ciel que vous et votre mesnie soyez en belle forme.

« Après le décès soudain de notre frère cadet, Lubin, l'an passé, un nouveau malheur nous éprouve. Le cœur me saigne et le chagrin m'étouffe à vous devoir apprendre ce qui suit. Mon admirable père, tant aimé et respecté, vient de trépasser à l'issue d'une terrible agonie. Je vous conte quelques détails de cette malemort[1], vous suppliant de n'en rien révéler à ma chère sœur. Sa belle sensibilité de dame me fait redouter une réaction de nerfs que vous aurez la charité de lui épargner, car son chagrin sera affreux. Le destrier de mon père s'est emballé lors d'une chasse. L'animal a trébuché et chu sur mon père, lui écrasant la jambe d'épouvantable façon. Une maladie de gangrène s'en est mêlée. L'amputation recommandée par notre médecin fut incapable de l'enrayer. Mon pauvre père a souffert comme je ne le souhaite à aucun mien ennemi. Je vous implore de vouloir bien commettre un pieux mensonge, que Dieu vous pardonnera volontiers. De grâce, affirmez à ma chère sœur, votre tendre épouse, qu'il décéda vite et d'assez douce manière.

1. Mort funeste et affreuse.

« Je me doute, seigneur mon frère, de l'affliction que provoquera ce message, et suis de tout cœur et de toute âme à vos côtés. Je vous prie d'assurer ma sœur de mon éternelle affection fraternelle.

« Votre respectueux et bien aimant André de Cluzet. »

✠

Par la mort de Dieu[1] ! Lui qui n'aimait rien tant que de couvrir sa tendre mie de présents, de nouvelles aimables, de caresses, comment allait-il lui conter la fin tragique de ce père qu'elle chérissait ? La seule idée de lui obscurcir l'humeur, de l'attrister, de la mécontenter en quoi que cela fût, lui occasionnait peine. Alors, cette horreur !

Philippe réfléchit durant de longues minutes. Les souvenirs déferlèrent. Au fond, ces derniers ne le gênaient pas, même s'il leur prêtait de moins en moins d'intérêt depuis l'arrivée de son amour.

Philippe Barbette s'était lassé de courir les grands chemins en compagnie de sa bande de truands, certain qu'une nuit l'un d'eux l'égorgerait pour récupérer le beau magot qu'ils avaient accumulé et qu'il avait juré de partager, quoique n'en ayant nulle intention. Il s'était donc volatilisé, emportant le butin. Recherché pour « moult crimes déhontés, inimaginables et impardonnables » dans plusieurs provinces, déjà condamné trois fois au déshonneur public et à la peine de mort, il était remonté vers le nord, jusqu'à Saint-Denis-d'Authou.

L'aimable petit seigneur du lieu, Géraud, était vieillard. Se faisant passer pour soldat, Philippe avait prétendu allégeance et offert son épée pour défendre un Géraud, tremblotant et

1. Jugé très blasphématoire.

bientôt sénile, des convoitises de nobliaux voisins que ses terres alléchaient. Il n'avait guère eu à faire usage de la force contre eux, son faciès de brute et sa carrure suffisant à dissuader, d'autant qu'il avait bien vite recruté quelques hommes de main tout aussi peu engageants.

Peu à peu, l'idée avait germé dans le crâne épais de Barbette. Géraud restait sans descendants de sang direct, les ayant tous enterrés. La seigneurie reviendrait donc à une branche cousine de Savoie, les Cluzet, que le vieillard connaissait seulement de généalogie. Philippe n'avait plus tergiversé. À force de courbettes, d'actes de tendresse filiale, il avait fini par convaincre le vieux de dicter au notaire un acte de reconnaissance en bâtardise. Géraud s'était exécuté d'assez bonne grâce, satisfait du mauvais tour qu'il jouerait par-delà la tombe à son cousin. Mieux valait, car Philippe était bien décidé à obtenir cet acte, quitte à contraindre le vieil homme en lui serrant le col. Certes, le sursis avait été de courte durée. En dépit d'une nature souffreteuse, Géraud d'Authou avait la vie chevillée au corps. Or la patience ne faisait pas partie des vertus, fort rares, de Philippe. Quelques mois plus tard, le seigneur avait chu malencontreusement dans l'escalier de pierre en colimaçon qui reliait la chambre du maître à la salle d'armes. Des doutes tenaces s'étaient formés dans l'esprit de certains domestiques. Pourtant, nul n'avait eu la fâcheuse imprudence de les émettre. Tous connaissaient, maintenant, la férocité de leur nouveau seigneur.

Désireux d'installer au plus vite sa lignée, Philippe Barbette devenu seigneur d'Authou avait pris femme, une Marie d'assez jolie naissance, d'agréable silhouette, et de dot appétissante. Sa seule fonction à ses yeux était de produire des fils. Elle s'en était acquittée à la satisfaction de cet époux qui la terrorisait. Amâtre et Cyr étaient nés. Marie avait rendu l'âme en couches, quelques heures avant leur troisième fils, Philippe, comme son père. La femme, ombre craintive, avait été enterrée, au côté de son enfançon, dans l'indifférence presque générale, hormis le chagrin de sa vieille suivante.

La confortable vie de seigneur de petite importance, mais de jolis biens, commençait d'excéder Philippe. Il avait envie d'espace, d'inconnu. Surtout, il avait envie d'aventures, peut-être même de guerre. Pourtant, il était exclu qu'il rejoigne une armée de France, au risque d'y croiser l'un de ses anciens compagnons de méfaits, l'un de ceux qu'il avait dépouillés et qui le pourrait désigner comme imposteur et fieffé gredin, voire l'occire à la première occasion. Quant à s'acoquiner avec une bande de vils mercenaires, son rang le lui interdisait maintenant.

Le destin s'en était mêlé. C'était, du moins, ce que voulait croire Philippe. Un des lassants monologues de Géraud lui était revenu. Il écoutait pourtant peu le vieillard. La narration de ses lectures, de ses souvenirs, de ses regrets ou des bonheurs de sa vie ennuyait Philippe au point que son esprit s'évadait ailleurs, pendant qu'il feignait la plus grande attention en se contentant de hocher la tête d'un air pénétré. Il s'était souvenu de l'histoire de ce lointain cousin de Savoie, Henri de Cluzet, un petit baronnet qui tirait le diable par la queue[1], vivotant de l'exploitation de sa ferme, que le vieux Géraud avait été ravi de déposséder de son héritage en reconnaissant Philippe comme bâtard. L'idée de rencontrer cet Henri qu'il avait plumé l'avait donc amusé.

Abandonnant le château à ses gens d'armes, il avait sellé son cheval. La liberté qu'il se sentait à nouveau le grisa tout le chemin.

1. L'expression est mystérieuse et très ancienne. Elle ferait allusion à un homme si désespéré et démuni qu'il invoque le diable pour lui vendre son âme. Le diable n'étant pas intéressé, il fait mine de repartir. L'homme, prêt à tout, le retient par la queue.

L'accueil d'Henri avait été très mitigé, d'une courtoisie de simple us. Après tout, Philippe l'avait spolié d'une fortune qu'il attendait avec impatience. Pourtant, tout avait basculé dès le premier soir, dès la première rencontre, lorsque Ivine s'était installée à la table du dîner[1]. L'amour, le désir avaient déferlé en Philippe. S'il connaissait fort bien le second, le premier lui était si étranger qu'il avait eu du mal à l'identifier. Il lui avait fallu toute une nuit d'insomnie pour nommer cette sensation puissante, presque féroce, qui lui faisait cogner le cœur dans la poitrine, lui coupait les jambes, le rendait timide. Il n'avait pas envie de la trousser, de prendre son plaisir avec elle comme avec les autres, sans se préoccuper du corps qu'il écrasait sous le sien. Il avait passé le jour suivant dans une sorte de rêve, à la fois douloureux et délectable, guettant son apparition, jusqu'au dîner suivant.

Comme la veille, Ivine ne parlait pas, gardant les yeux baissés vers la table. Au demeurant, ses deux frères, André et Lubin, ainsi que leur père, n'étaient guère plus loquaces. Désespéré d'entendre sa voix, qu'elle le regarde, Philippe avait lâché :

— Ma cousine, à quoi occupez-vous vos journées ?

Lentement, elle avait levé le visage vers lui. Il avait su à cet instant qu'il n'existerait jamais d'autre femme pour lui. Il la voulait plus que tout, pour toujours. Dans un français un peu incertain, elle avait répondu d'une voix douce :

— Je lis, messire mon cousin, je brode. Parfois, je chevauche et chasse en compagnie de mes frères.

1. En réalité, à l'époque, « dîner » ou « souper » signifiaient tous deux « prendre le premier repas de la journée ». Le premier vient de *disjejunare* : déjeuner c'est-à-dire rompre le jeûne de la nuit et le second de *soupe*, bien sûr, puisqu'on en mangeait à tous les repas. « Dîner » deviendra ensuite notre actuel déjeuner et « souper » notre dîner, jusqu'à la répartition moderne de petit déjeuner, déjeuner et dîner ou souper.

— Si fragile donzelle chasse ?

André avait adressé un regard appuyé à sa sœur qui avait aussitôt rectifié :

— Ils chassent, je les accompagne.

Lorsque les trois enfants avaient pris congé, Philippe était resté seul avec Henri devant un verre d'hypocras. Sa décision était prise.

— Mon cousin, je m'en voudrais de vous fâcher… Il ne m'étonnerait pas que vous me teniez rigueur de…

— Vous êtes le fils naturel de Géraud. Le sang exigeait que vous héritiez, l'avait interrompu Henri d'un ton qui prouvait assez qu'il ne s'était pas remis de cette perte. Je ne prétendrai pas que la nouvelle m'a réjoui. Vous avez constaté l'état de notre ferme et le pauvre train auquel nous sommes contraints. Lorsque le dernier hoir de Géraud a trépassé, je mentirais si je n'avouais avoir espéré… un retournement faste de fortune. Bah, tout cela est du passé ! Mes fils sont bons frères, peut-être pourront-ils cohabiter en amitié après mon décès. Quant à ma fille, son futur m'inquiète. Elle est fort jolie, vertueuse. Cependant, je ne pourrai lui offrir de dot.

Le destin, à l'évidence. Philippe s'était convaincu qu'il l'avait mené en la Sapaudia. Sa proposition en mariage, quelques minutes plus tard, assortie d'une rente annuelle pour son futur beau-père, avait vite été acceptée. Il avait promis que l'hoir mâle que lui donnerait Ivine deviendrait le prochain seigneur, déshéritant du même coup ses deux fils.

✠

Non. Il ne pouvait, ne voulait être le messager d'une nouvelle qui la dévasterait. Que faire ? Sur une impulsion, il héla au service par l'escalier qui descendait aux cuisines. Une servante se précipita et se plia en révérence.

— Va quérir Aude, la dame d'entourage de mon épouse. Aussitôt.

La jeune fille disparut. Quelques instants plus tard, Aude fit une entrée respectueuse, en dépit de son air surpris. Sans un mot, Philippe lui tendit la missive. Il vit les lèvres de la jeune femme se crisper, le sang se retirer de son visage. Un soupir atterré, puis :

— Ah ! mon Dieu… Ma dame…

Philippe s'était toujours senti mal à l'aise en présence d'Aude, bien que ne la croisant que dans les appartements d'Ivine ou au détour d'un couloir. Elle était pourtant plaisante et savait garder sa place. Peut-être en était-il un peu jaloux puisqu'il connaissait l'amitié de son épouse pour elle. D'un autre côté, les femmes aiment à se raconter leurs petites histoires, échanger des pensées qu'elles répugnent à confier aux hommes. Surtout, ce qui faisait plaisir à Ivine le rendait heureux.

Il récupéra la lettre et déclara :

— Madame… j'avoue ne pas avoir le courage de porter cette affreuse annonce moi-même. Aussi, vous serais-je obligé de…

— Oh, mon Dieu, répéta-t-elle dans un souffle. Certes, certes… même si j'ignore comment…

— Le pieux mensonge qu'évoque mon frère d'alliance est indispensable. Épargnons autant que possible ma tendre mie. Je monterai dans quelques minutes lui offrir mon soutien et, je l'espère, lui apporter quelque réconfort.

✠

Ivine était seule lorsqu'il pénétra dans ses appartements. Blême jusqu'aux lèvres, elle se tenait debout, figée devant la cheminée. La panique envahit Philippe, lui qui n'avait jamais eu peur de rien.

— Mon aimée…

Elle l'interrompit d'un geste et déclara d'une voix étrange, si lointaine :

— Mon doux époux… Je… Je ne parviens plus à penser… Je… Faites-moi la grâce de me laisser seule un moment… Je… Prier, sans doute…

Philippe acquiesça d'un mouvement de tête. Désespéré par le chagrin d'Ivine, il quitta la pièce.

XX

Tiron, novembre 1306

Leonnet Charon était toujours aussi flatté que le matin lorsqu'il pénétra au soir échu en l'auberge du Chat-Borgne. Si flatté qu'il ne remarqua d'abord pas l'inhabituelle affluence. La grande salle était bondée. Certes, les clients ne manquaient pas à maîtresse Borgne, toutefois toutes les tables étaient occupées, et on avait même ajouté des chaises.

✠

Ce petit-bourgeois de vive intelligence était devenu secrétaire du bailli de Nogent-le-Rotrou. Une jolie position, qui faisait quelques envieux, dépités que le bailli l'ait choisi à leur place, et lui valait un respect qui le comblait, sans, toutefois, le griser.

Après un douloureux veuvage, Leonnet Charon était redevenu l'homme plaisant, amoureux de la vie et de plaisirs bien de ce monde, sans pour autant tomber dans la débauche, qu'il avait toujours été avant le trépas de son épouse. Il aimait la bonne chère, comme en témoignaient son visage aux joues rebondies et une bedaine qu'il devait sangler dans une large bande de lin avant de lacer son gipon[1]. Hormis le décès de sa femme qui l'avait dévasté, Charon faisait partie de ces êtres envers lesquels le sort s'était montré courtois et qui lui en rendaient grâce. Il ne se connaissait pas de véritables ennemis et cette certitude contribuait à sa bonne humeur presque permanente.

Leonnet Charon était donc homme d'agréable commerce. Certes, sa charge ne comportait pas que de plaisants moments puisqu'il distribuait les avis d'accusation, d'arrestation ou de procès, clamait en place publique les sentences de mort et les annonces d'exécutions. En revanche, ce qu'il nommait la part affable de son travail le comblait. Il écoutait et interrogeait les plaignants qui s'affrontaient dans un conflit de voisinage de trop piètre importance pour encombrer le bailli, débusquait les menteries fielleuses des uns pour en envoyer d'autres au bûcher. En bref, il menait des enquêtes pour débrouiller le faux du vrai, quitte à en avertir, dans les cas les plus graves, son maître le bailli, voire un inquisiteur selon la nature des fautes. Leonnet Charon aimait à rétablir un peu de paix dans les chaumières et les villages, conscient que bien souvent, il suffit d'une franche discussion, même tonitruante, pour vider l'abcès et apporter l'assagissement. Et puis, sa charge le laissait libre d'aller et venir, de rencontrer des gens, de parler, et Dieu qu'il aimait à bavarder !

✣

Quoi qu'il en fût, il était content, le Charon. Ce matin même, au jour levé, alors qu'il passait devant l'auberge s'apprêtant à faire son tour de bourgade, en prendre le

1. Sorte de pourpoint lacé sur le côté.

pouls ainsi qu'il disait, maîtresse Borgne ouvrait les volets de son établissement.

— Oh là, messire Charon ! l'avait-elle hélé.

Il s'était rapproché, se demandant si quelque tracas motivait cette interpellation. Il connaissait bien la gargotière, forte femme portant chausses[1], mais de bonne réputation. Elle était du genre à réserver ses envies de causette à ceux qui payaient sa piquette.

— Vous portez-vous bien, maîtresse Borgne ?

— Fort bien, fort bien. Au semblable, j'espère ?

— Oui-da, avait répondu le secrétaire.

— M'est v'nu l'sentiment qu'ça faisait ben longtemps que nous vous avions point vu chez moi. Vous vous faites trop rare, messire Charon.

Un peu surpris, quoique touché par cette sortie, Leonnet avait expliqué :

— C'est que… j'ai lourde tâche. Et puis… n'y voyez point offense, mais dès que je montre mon museau quelque part, les gens se demandent aussitôt après qui le bailli en a.

— Ben, j'dis qu'y z'ont pas la conscience en r'pos ! s'exclama la tenancière. Tiens, et si vous passiez, c'soir, en bon voisin ? Allez, c'm'f'ra tant aise que j'offre l'pichet et même la collation. Enfin, à vous.

Leonnet Charon n'en était pas revenu. Sans être avaricieuse, maîtresse Borgne n'était pas connue pour ses largesses.

✠

Ce soir-là, il descendit donc les deux marches plates qui menaient dans la salle. Maîtresse Borgne lâcha sa conversation avec Sylvestre le hongreur pour se précipiter à ses

1. L'équivalent à l'époque de « porter la culotte ».

devants et l'accueillit avec effusion, le conduisant par le coude jusqu'à une petite table centrale, la seule inoccupée.

En réalité, ce fut le silence de sépulcre s'installant soudain dans l'auberge, bruissante à son entrée, qui alerta le secrétaire du bailli. Le raclement des pieds de sa chaise ressembla à un tremblement de terre. Le regard de Leonnet Charon fit le tour de la salle, se posant brièvement sur chaque visage, y lisant le plus généralement une sorte d'attente, grave mais sans agressivité, découvrant, parfois, une moue goguenarde et jaugeuse. Un jeune homme brun aux yeux d'un bleu intense, portant la petite tonsure, accompagné d'un garçonnet, lui adressa un léger sourire. Leonnet considéra maîtresse Borgne qui s'activait autour de lui et s'enquit, un peu inquiet :

— Oh là, ma bonne, aurais-je commis quelque impair… ou auriez-vous… motif de vous plaindre de moi ? Ai-je omis un devoir ?

— Ôtez-vous donc ces sornettes de l'esprit, messire secrétaire. Juste l'contentement à vous r'voir céans.

Remontant le bas de sa cotte et de son tablier, elle fonça vers le boyau qui menait en cuisines. Elle en ressortit avec une célérité peu habituelle et déposa devant lui un cruchon, un gobelet et un petit plat de farcis à la saucisse de sang[1].

Incertain, Leonnet emplit son gobelet et le porta à ses lèvres afin de se donner une contenance, regrettant sa joie de tout à l'heure, se demandant quand, au plus vite, il pourrait quitter l'auberge sans muflerie.

✠

Des raclements de gorge, de petits toussotements. Le silence toujours, de plus en plus pesant. Poings fermement

1. Boudin.

plantés sur les hanches, les lèvres en cul de poule, les yeux étrécis, le menton lui rentrant peu à peu dans le cou, la mine de maîtresse Borgne s'assombrissait de seconde en seconde. Soudain, elle se tourna d'un bloc vers la salle et tonitrua :

— Ah ben ça ! Y'a pas un couillu qui va s'lancer ? Ah ça, pour jacasser et pérorer, y'a pas plus marioles mais pour s'jeter à l'eau y'a plus personne ! Une bande de mazettes[1] et d'mauviettes[2] ! Tout juste bons à mastiquer leur nouet[3] !

Le camouflet porta. Un gaillard qui ne devait pas avoir quinze ans se leva, son bonnet serré de nervosité entre ses mains, et déclara d'une voix qu'il tentait de rendre ferme et encore plus mâle :

— Messire secrétaire... Euh... j'm'appelle Robert. Avec tout not' respect, faut qu'on vous conte not'encombre.

— Je vous écoute, rétorqua Leonnet Charon, encore plus perdu.

Robert prit une longue inspiration dans l'espoir de dissiper son trouble. Il était brave, emporté parfois, mais peu habile de langue sauf lorsque la fougue lui donnait des ailes. La perspective de se ridiculiser devant Clotilde, attablée avec son frère Raymond et leur père Ghislain Loquet, lui coupait les jambes. Il devait impressionner favorablement maître Loquet, quoique certain qu'il se ferait envoyer au diable s'il avait un jour l'outrecuidance de demander la main de Clotilde. D'autant qu'à la vérité, rongé de timidité, il n'avait jamais adressé une seule parole à la jeune fille et ignorait donc dans quelles dispositions d'esprit elle se trouvait à son sujet. Au demeurant, peut-être l'avait-elle à

1. Mauvais petit cheval. Au figuré : personne sans force ni courage.

2. Autre nom de l'alouette.

3. Sorte de bouillie, lente à mâcher, qu'on donnait aux animaux malades et affaiblis.

peine remarqué. Il se sentit perdre tout à fait ses moyens à cette perspective et sa bouche se dessécha d'angoisse. Un murmure à ses côtés, celui de Sylvestre :

— Vas-y, mon gars.

Robert débita :

— D'abord, y a eu le mercier, Martin Borée, qu'Agnès Grosjean ici présente a r'trouvé trucidé d'vilaine manière dans son étude… la main coupée ! La pauvre en a eu les sangs si r'tournés qu'elle peut plus mettre un pied dans la maison.

Agnès se contenta d'un hochement d'acquiescement peu compromettant. Elle avait eu une peur bleue à l'idée que le bailli et ses hommes découvrent son gros larcin. Détrousser un cadavre, un vil péché, un peu atténué selon elle par l'avarice sans bonté du maître. D'autant qu'elle ne lui avait pas fait les poches ni sa bourse de ceinture.

— Certes, certes… L'enquête que je mène n'est pas terminée. Jusque-là, les membres de la mesnie de maître Borée semblent au-dessus de tout soupçon… Un maraudeur, un fieffé voleur…

— Y' avait une grasse pile d'argent sur son bureau quand Agnès a découvert l'corps, l'interrompit Robert.

Un peu gêné par cette contradiction très recevable, Leonnet se défendit comme il put :

— Le filou aura sans doute été dérangé par l'entrée de notre bonne Agnès et il aura filé sans demander son reste… La fenêtre de l'étude n'est protégée que par une peau huilée. Il a pu la rabattre pour dissimuler son escampe, argumenta le secrétaire du Bailli, une sueur de malaise trempant peu à peu la racine de ses cheveux.

Une voix claire, calme, éduquée s'éleva :

— À ce qu'on m'a conté, messire, le sang qui maculait le tapis et le chainse de maître Borée était sec et brunâtre. Ses membres du haut étaient déjà roides. Étant entendu la chaleur médiocre qui régnait dans la pièce, plusieurs heures, quatre à six, s'étaient donc écoulées entre le meurtre et l'entrée d'Agnès. De plus, la porte principale était déverrouillée. Pourquoi sortir par une fenêtre, en ce cas ?

Charon se tourna vers le jeune clerc qui lui avait souri peu avant, s'enquérant :

— Monsieur... ?

— Druon de Brévaux, chevalier mire itinérant. Pour vous servir.

— Un *aesculapius*, j'l'ai vérifié d'mes yeux, tonna maîtresse Borgne. Même qu'il a soigné les douleurs de membres du seigneur d'Verrières et avant lui la baronne Béatrice d'Antigny. Quant à la Muguette, elle remercie Dieu de l'avoir placé sur son chemin.

Elle n'était pas peu fière de compter un tel savant parmi sa clientèle, et encore plus que son frère et elle aient eu les moyens de s'offrir son art remarquable que réclamaient puissants et nobles.

— Messire, croyez-en mon sincère respect. Cela étant, il s'agit là d'une enquête criminelle et...

— Ah, mais mon art, monsieur, consiste surtout à observer, analyser, comparer et déduire. Imaginons un instant votre coquin larron, s'enhardit l'étranger. Quoi, il poignarde maître Borée dans le dos puis prend le temps d'infliger un tourment que l'on réserve précisément aux voleurs ? Il lui coupe une main ? De fait, le mercier n'était pas bâillonné et si son assassin avait procédé à l'inverse, des hurlements de goret que l'on saigne auraient réveillé la maisonnée. Pourtant, au plein de la nuit, alors que tous dorment, il quitte les lieux en abandonnant une fortune qui en aurait tenté plus d'un.

— Et qu'en déduisez-vous, monsieur ?

— Que ce meurtre est une vengeance, une exécution très personnelle qui n'a rien à voir avec une vile cupidité. (D'un ton de gentille ironie, Druon poursuivit :) Bien sûr, le coutumier recours à un bandit, un filou qui a sauté sur une opportunité, est aisé et bien rassurant. Toutefois, avouez qu'il est peu convaincant, en l'occurrence.

Quelques pouffements, qui déplurent fort à Charon, saluèrent cette conclusion.

✣

Sylvestre enfonça alors un index impérieux dans les reins de Robert. Celui-ci comprit l'intimation et reprit :

— Et pis, ce jeune moine de l'abbaye ! Que... que j'ai découvert dans la forêt en ramassant l'bois tombé. Pareillement poignardé dans l'dos, une main coupée... sauf que l'seigneur abbé voulait rien savoir et que...

Charon songea que la conversation virait à l'aigre. Les moines de l'abbaye et surtout son abbé étaient intouchables. Il leva la main d'un geste qu'il espérait autoritaire et déclara d'un ton sec :

— Oh là, mon gars, je t'arrête sitôt ! L'abbaye ne dépend pas de la justice séculière. Quant à messire Constant de Vermalais, il a droit de haute, moyenne et basse justice dans l'enceinte du monastère et sur ses terres.

— Sauf que l'moine en question, l'a été occis d'la même façon que maître Borée, s'obstina Robert.

Sylvestre se leva à son tour pour lui prêter renfort. De sa voix lente, il souligna :

— Messire secrétaire... Sauf vot'respect, et si un meurtrier courait la campagne... qu'y frappe à nouveau... p'têt qu'l'abbé pourrait avoir des connaissances qui nous permettraient d'lui met'la main au col ?

De plus en plus mal à l'aise, commençant à maudire ces paysans obtus qui ne comprenaient rien à l'art politique, ni surtout qu'on ne dérangeait pas un seigneur abbé aussi impérieux que M. de Vermalais ni ne tentait d'empiéter de quelque manière que cela fût sur ses privilèges, Leonnet biaisa :

— Sans doute… Toutefois, nous n'en sommes pas encore là, grâce à Dieu. (S'efforçant d'afficher beaucoup plus de certitude qu'il n'en ressentait, il déclara :) À l'évidence, cet abject assassin n'a pas frappé une troisième fois. Non, voyez, bonnes gens, je puis vous assurer qu'il s'agissait d'un voyou de chemin et qu'il doit être bien loin aujourd'hui.

✣

Il se resservit un gobelet pour dissimuler son trouble sous l'œil torve de maîtresse Borgne qui regrettait sa libéralité envers lui. Un bon cruchon offert, et pour quoi ? Pas tripette[1] ! Car il ne ferait rien qui puisse déplaire au bailli ou à l'abbaye, le Leonnet. Elle lutta contre l'envie de le soulever de table par les aisselles et de le pousser vers la sortie.

La voix paisible de Druon s'éleva :

— J'aimerais partager votre conviction, messire. Des détails bien agaçants me trottent par l'esprit. Si je me fie à la description de Robert, hormis la large tache qui endeuillait le dos de la robe grise du moine, et l'herbe à la base du tronc, il n'a pas vu de sang alentour. En d'autres termes, frère Étienne a été occis à proximité de l'arbre au pied duquel on l'a trouvé… ou alors on l'y a transporté ensuite. Dans la première hypothèse, qu'allait-il faire à cette heure, dans ce bois, un peu éloigné de son abbaye ? Devait-il y rencontrer quelqu'un ? Pas de sang non plus sur les cuisses du moine, où reposait son poignet tranché. Ce détail pourrait indiquer qu'il fut sectionné un certain temps après son décès, les cadavres ne saignant pas. Pourquoi diantre ? De plus, la main en question a disparu. En bref, nous sommes menés d'étrangeté en étrangeté, n'est-il pas vrai ?

1. Petite tripe. L'expression est très ancienne.

— En effet, en effet… cela étant, rien dans ceci n'indique que le tueur soit toujours dans nos parages, se défendit le secrétaire. Et puis… un animal a pu emporter la main pour la dévorer… Répugnant mais tout à fait plausible.

Continuant sur sa lancée, le jeune mire réfléchit tout haut :

— Je retiens votre hypothèse d'animal, en effet plausible. Un petit, puisqu'un gros prédateur se fût attaqué aux cuisses, au ventre et aux fesses, plus charnues. Cela étant, pourquoi un gredin de chemin aurait-il occis deux hommes sans les détrousser, d'autant que le moine ne possédait aucune valeur sur lui ? C'est du reste la raison pour laquelle les bandits ne s'en prennent qu'aux convois de religieux, dont les charrois regorgent souvent de richesses. Ajoutons que l'extrême punition qui échoit à celui qui s'attaque à un homme de robe est plus que dissuasive. Je vous l'avoue, avec tout mon respect, messire, votre explication me laisse sur ma faim.

Prêt à tout pour quitter ce lieu au plus preste, le secrétaire se leva d'un coup de reins et bafouilla :

— Ah mon Dieu… justement ! Il me faut rentrer afin de me restaurer. Le temps file, file… (Se tournant vers maîtresse Borgne, il la salua :) Merci, ma bonne, de votre généreux geste. Une belle nuit à vous agréable compagnie. N'ayez crainte, nous enquêtons avec le plus extrême soin.

Il se précipita vers la sortie sous les murmures désapprobateurs mais prudents de tous.

✠

S'adressant à Druon, devenu à ses yeux un monument de la connaissance, maîtresse Borgne demanda d'une voix forte :

— Messire mire, vous pensez que l'gredin a filé ou qu'y s'terre toujours parmi nous ?

— Je ne sais, maîtresse. Cependant, je suis inquiet. (Druon se tourna vers Robert et s'enquit :) Décris-nous le manche du coutelas planté dans le dos du moine, je te prie.

Satisfait de l'intérêt d'un tel savant, le jeune homme ne se fit pas prier :

— Une belle lame de chasseur, ma foi. Avec un manche de corne brune et lisse.

Druon interpella ensuite Agnès Grosjean qui se ratatinait depuis le début dans l'espoir qu'on l'oublie.

— Et vous, commère Grosjean, le poignard qui a occis maître Borée ?

— Euh… Ben, si j'me souviens bien… l'était pas semblable. Le manche était fait de deux planchettes de bois pinçant le haut de la lame, liées par une cordelette.

Maîtresse Borgne ne quittait pas Druon du regard, tentant de déchiffrer son expression. Dévorée de curiosité, elle demanda :

— Alors ? Z'en faites qu'ec chose ?

— Non. L'inverse, deux coutelas semblables, eût été plus probant. Toutefois, un même meurtrier peut utiliser des lames peu similaires.

XXI

Cécile, dite maîtresse Borgne, achevait ses ablutions du petit matin devant la cuvette de sa table de toilette lorsqu'un lugubre bramement retentit dans le couloir. Elle rajusta à la hâte son chainse qu'elle avait remonté autour de son cou, enfila sa cotte et, pieds nus, sans bonnet, sortit en trombe de ses appartements.

Nicol, le souillon de cuisine dont la silhouette évoquait celle d'un ours de foire, sanglotait tel un enfançon, ses deux poings appliqués sur les yeux. La brute avait l'art de lui retourner le cœur et elle se sentait devenir faible lorsqu'une peine, le plus souvent incongrue, étouffait le jeune homme dont l'intelligence avait refusé de grandir avec lui. En dépit de son âpreté au gain, de son caractère parfois belliqueux, maîtresse Borgne n'avait jamais commis de vilaine action. Elle s'était toujours défendue, et de guerrière façon, n'attaquant jamais sans provocation. Toutefois, elle ne pouvait se prévaloir de beaucoup de bonnes actions. Si Dieu la devait un jour récompenser d'une seule, ce serait pour Nicol. Elle éprouvait envers le simple une tendresse qui ne s'était jamais démentie, depuis qu'elle l'avait accueilli encore nourrisson, abandonné à la porte de son auberge, braillant de famine et crasseux comme tous les diables. En bonne commerçante, maîtresse Borgne évitait avec soin de se mêler des affaires des autres, d'autant que nombre vous attendrissent dans l'espoir de vous laisser une ardoise. Néanmoins, elle se savait de taille à arracher les yeux de quiconque tenterait de faire du mal ou de causer du chagrin à Nicol, bien que le houspillant quand sa grande lenteur d'esprit lui chauffait les sangs. Au demeurant, elle l'avait clamé haut et fort et à maintes reprises, si bien que les plus obtus de ses clients et du voisinage avaient compris que la moindre raillerie au sujet du faible d'esprit leur fermerait à jamais les portes du Chat-Borgne et leur vaudrait la hargne éternelle de sa propriétaire.

Elle serra Nicol contre elle et demanda d'un ton doux, assez surprenant de sa part :

— Ben, mon gars, qu'ec t'as ?

Un gémissement lui répondit, haché par une autre crise de sanglots. Il se cramponnait à ses épaules, la plaquant contre son torse gigantesque au point de la faire suffoquer.

— Nicol, mon gars... Dis-moi, qu'ec qui t'arrives ? T'as fait une bêtise ? Ben, ça peut pas êt'si grave...

Il se recula, hocha la tête en signe de dénégation, de la salive s'écoulant de sa bouche entrouverte, trempant son menton. Il balbutia :

— Nan... Nan... L'est mort...

Aussitôt, maîtresse Borgne songea à leur coq, pour lequel Nicol éprouvait une telle tendresse qu'elle repoussait depuis des semaines le moment de lui tordre le col afin de le transformer en ragoût. Au demeurant, la tendresse était partagée puisque l'animal, belliqueux au possible, venait picorer dans la main du simple et tendait la tête pour qu'il lui caresse la crête.

— Qui ça donc ? Le coq ? L'était ben vieux et on pensait à l'manger, tenta de l'apaiser maîtresse Borgne.

— Nan… c'ui d'hier… qu'a bu l'gorgeon aux frais d'la maîtresse…

✣

Tout d'abord, l'aubergiste ne comprit pas. Puis elle songea que l'esprit du simple s'était encore davantage emmêlé. Le pauvre Nicol vivait dans un monde qui empruntait certains détails à la réalité, la plus grande part à une sorte de rêve éveillé dont il ne sortait guère. Il tenait de longues conversations aux poules, aux cochons, aux arbres, aux rivières. Il s'agissait bien de conversations, pas de monologues. Maîtresse Borgne l'avait parfois surpris, inclinant la bête, opinant du bonnet comme il écoutait leurs réponses silencieuses à ses hésitantes questions. Elle lui avait demandé ce que les saules qui ponctuaient le tour de la grande mare, les bourdons ou les moutons lui avaient confié. Il avait souri, sans toutefois la renseigner, une onde attendrie et complice illuminant son visage difforme et si asymétrique qu'on avait l'impression que deux moitiés appartenant à des êtres dissemblables avaient été juxtaposées au petit bonheur la chance.

✣

Soudain, une effrayante pensée la figea : elle payait le gorgeon et le gîte, ainsi que le couvert, à SON *aesculapius* et au mignon Huguelin. Ah, mon Dieu, non, pas SON prodigieux médecin ! Affolée, elle dévala l'escalier à la suite de Nicol et toujours pieds nus, fonça derrière lui.

Il pénétra dans la petite cour carrée qui faisait office de poulailler et de remise à tonneaux vides. La surprise cloua maîtresse Borgne.

Moins mauvaise, cependant, qu'elle ne l'avait redouté, et elle en remercia le ciel. Certes, Leonnet Charon semblait bien mal en point. Mais, du moins, n'était-ce pas le mire chevalier.

Assis à même le sol contre une botte de paille, le buste affalé sur les cuisses, le secrétaire du bailli était mort. Il était environné d'une large tache de sang sec et un manche de coutelas dépassait d'entre ses omoplates. Cécile songea qu'il faudrait laver le doublet[1] à l'eau froide et avec force savon, si toutefois la déchirure n'avait pas endommagé le cendal[2] au-delà du réparable. Un beau vêtement qu'il serait dommage de perdre.

Elle serra les lèvres de dégoût lorsqu'elle remarqua qu'il manquait la main droite au secrétaire. Du sang avait coulé, abandonnant une ombre brunâtre sur le sol de terre. À quelques pieds de là, un affairement de poulets et de canards attira son attention. Elle poussa les volailles sans ménagement et découvrit la main qui manquait au cadavre. Ce qu'il en restait.

Un peu ennuyé, Nicol commenta tout bas :

— L'ont bouffée.

Maîtresse Borgne haussa les épaules et rétorqua :

— Bah, y font guère la différence avec un ver. Bon, j'm'en vas quérir notre fin mire. Y saura quoi faire. Enfin, quand même, pourquoi qu'y s'en est revenu chez moi pour s'faire trucider ? J'te jure, ça fait regretter d'avoir eu un beau geste. Fichtre ! J'lui rince le gossier et y me met dans l'encombre !

Nicol n'avait sans doute pas compris grand-chose à son emportement. Peu importait. Il était le meilleur confident

1. Sorte de veste un peu longue, ajustée à la taille, boutonnée sur le devant, le plus souvent rembourrée, que les hommes portaient par-dessus une chemise.

2. Épaisse soie.

qu'elle puisse souhaiter puisqu'il était incapable de répéter ce qu'on lui disait. Même dans le cas contraire, personne n'ajoutait foi à ses dires.

— Nicol, tu restes là. T'empêches que les volailles lui picorent la face…

XXII

Forêt de Montlandon, novembre 1306

Une pluie fine et glaciale tombait depuis le milieu de la nuit sans toutefois ralentir l'allure de la haute silhouette maigre, enveloppée dans les pans de son mantel noir doublé de fourrure, dont la capuche était rabattue bas sur le front. Une buée d'effort filait entre les lèvres de la femme qui marchait depuis des heures, piquant l'humus recouvert d'un tapis de feuilles mortes du bout ferré de son long bâton sculpté, une arme bien plus qu'une béquille. Elle tenait de l'autre main un panier d'osier tressé.

Elle connaissait l'épaisse forêt dans laquelle se succédaient des vagues de chênes, de peupliers et de châtaigniers aussi bien que la paume de sa main, et aurait pu s'y orienter les yeux bandés. Elle en savait par cœur chaque parfum, chaque bruissement, chaque craquement. Aussi avait-elle progressé de nuit, sans aucune inquiétude, sans même s'éclairer d'une esconce, tout juste guidée par la lueur de la lune.

L'aube s'était peu à peu levée. Elle retrouvait son domaine avec autant d'aisance que si elle l'avait quitté la veille.

Elle perçut soudain une odeur plus âcre, celle qu'elle attendait, la fumée d'un feu de bois. Encore une vingtaine de toises, la végétation se fit plus dense, d'épais arbustes d'épineux barrant la route. Un choix, un écrin protecteur.

La chaumière, nichée derrière un rideau d'arbres, apparut. Un autre son, limpide, joyeux : le petit ru qui coulait non loin. La femme sans âge, à qui l'on aurait tout aussi bien pu donner vingt que quarante ans, s'immobilisa, bouche entrouverte, exhalant un long soupir de contentement.

Elle rabattit la capuche de son mantel, révélant une conquérante chevelure brune très frisée, un visage émacié et d'étonnants yeux presque jaunes. Elle leva le visage vers le ciel bas et gris et accueillit, telle une bénédiction, la pluie qui dévalait sur son front, le long de ses joues, trempait ses paupières closes.

Chez elle. Elle était enfin chez elle ; du moins dans un de ses lieux, alliés et propices, d'où renaîtrait sa force. S'adressant au panier, elle annonça d'une voix enfantine qui contrastait avec son inquiétante allure :

— Nous voilà rendus, mon cher Arthur.

Le panier bascula vers l'avant et un croassement bas lui répondit.

Elle avança vers la porte et heurta le panneau du pommeau de son bâton. Quelques instants s'écoulèrent et une ravissante jeune fille blonde, aux yeux d'un noir profond, aux cheveux nattés en couronne, entrouvrit et considéra l'arrivante avec méfiance. Soudain, elle la reconnut et la serra à l'étouffer :

— Igraine… on t'attendait. Ça fait si longtemps qu'on t'attend, balbutia-t-elle avant de fondre en larmes contre la grande femme presque maigre.

Prise d'une bourrasque d'énergie, la jeune fille se recula et débita à toute vitesse :

— Entre donc, viens te réchauffer, il fait froid. As-tu faim ?

Elles pénétrèrent dans la salle commune où régnait une chaleur bienvenue. Igraine reconnut toutes les odeurs de sa jeunesse. Son regard balaya les bottes de fleurs et de simples qui pendaient aux poutres du plafond, huma celle, puissante, du poisson ou du gibier mis à sécher dans l'âtre, celle douçâtre mais forte de la liqueur d'angélique. De minces châtaignes[1] achevaient de rôtir sur une grille.

— Non pas, mais Arthur sans doute, expliqua Igraine en désignant d'un regard le panier d'osier… Mon compagnon.

— Mabyn… Elle… Elle avait promis que tu nous reviendrais dès qu'elle devrait partir, mais tu as tant tardé, murmura la jeune fille.

— J'en suis désolée, Avéla. Son message a peiné à me parvenir. Je me suis mise en route dès que j'ai pu. Je suis là, maintenant. Où se trouve Negan ?

Avéla sourit à la mention de son frère aîné.

— Il braconne, à l'habitude. Il est parti hier. Ne t'inquiète pas. Il est plus malin qu'un renard[2]. Les gens du seigneur ne l'attraperont jamais. Il les sent venir avant même qu'ils ne se mettent en route.

---

1. Les châtaignes actuelles – que nous appelons marrons (alors que le marron est un fruit toxique) – sont principalement des hybrides contenant un gros fruit par bogue. Les châtaignes anciennes contenaient plusieurs petites amandes par bogue.

2. Contrairement au loup, le renard était considéré comme un animal très intelligent.

— Oh, je ne m'inquiète pas..., répondit Igraine en ouvrant la cage d'osier.

Aussitôt Arthur voleta sur son épaule et considéra la jeune fille avec le plus grand sérieux, ouvrant son puissant bec noir sans proférer un son, inclinant la tête d'un côté et de l'autre, frôlant l'oreille de sa maîtresse en signe de tendresse.

— Arthur, je te présente Avéla. Une amie de tout temps, ma sœur de sang, ou de lait, je ne sais. Tu rencontreras bientôt son frère, Negan ; il est sur le retour, je le vois. Il est heureux. La chasse fut bonne. Nous mangerons à satiété ce soir. (Elle sourit en fermant les paupières et poursuivit :) Pour en revenir au braconnage, j'ai rencontré grâce à lui un être étonnant, un mire, que j'attendais depuis fort longtemps. Piètre chasseur, mais grand savant qui ignore encore toute l'étendue de ce qu'il sait. Peu importe.

Avéla plaqua les mains sur son visage et d'une petite voix tremblante avoua :

— Igraine, Igraine... je suis si soulagée de ton retour, j'ai prié la déesse mère tous les jours ainsi qu'Esus[1]...

— Et me voici.

— Ces années ont été...

— Chut... Ne donne pas de mots au passé. Il pourrait s'incruster. Le passé se sert de nous, de nos souvenirs, pour persister. Il y aura d'autres passés, d'autres présents, d'autres futurs. Ne t'attarde sur aucun d'eux en particulier.

Un petit rire triste lui répondit, puis :

— Je crois que je n'ai jamais vraiment compris ce que tu disais. Negan non plus, d'ailleurs.

Igraine frôla la joue pâle et tiède et promit :

1. Important dieu pangaulois et panceltique, protecteur et dieu des voyages, entre autres.

— Nous allons changer cela. Il est temps. Une infusion de mauve et de verveine me ferait grand plaisir.

✣

Avéla sauta sur l'occasion de s'activer. Tant d'émotions se mêlaient en elle qu'elle ne trouvait plus grand-chose à dire à Igraine. Pourtant, elle avait désespéré de la revoir, elle l'avait attendue chaque jour avec une douloureuse tension. En dépit de la présence de son grand frère, de son affection, de sa bravoure, elle avait eu si peur. L'ampleur de sa vulnérabilité l'avait terrorisée. Elle en avait voulu à Mabyn d'être partie, sans se défendre, en les abandonnant elle et son frère. D'autant que, depuis son départ, Negan était devenu si sombre. Sous sa coutumière gentillesse se percevait une insondable détresse, un gouffre peuplé d'ombres douloureuses. Il lui avait interdit de se rendre au village. Lui-même ne s'en approchait pas. Ils ne quittaient plus la forêt qui pourvoyait à tous leurs besoins, les protégeait parce qu'elle les connaissait depuis des siècles. Eux, et les autres avant eux.

— Elle le devait, observa Igraine comme si elle lisait les pensées de la jeune femme, qui ne sembla pas surprise. Se défendre revenait à vous condamner, vous aussi. Ils se seraient acharnés sur vous tous.

— Mais pourquoi…

— Parce qu'ils ont peur, encore plus que toi. Ils ont terriblement peur, sans savoir de quoi.

✣

Igraine se souvint de cette épouvantable nuit, alors qu'elle reposait dans ses appartements du château de

Béatrice d'Antigny, peu avant que le mire n'y soit conduit sous la contrainte, par le patibulaire Grinchu. L'effroi l'avait éveillée en sursaut. Un cauchemar ? Non. Une scène abominable qui lui parvenait avec retard. Mabyn attachée à un poteau de supplice, les flammes l'environnant, léchant le bas de son chainse maculé de sang. Ses yeux immenses semblaient fixer Igraine par-delà le temps, par-delà la mort. On lui avait rasé le crâne. Bouche close, elle hurlait dans sa tête. Elle hurlait à l'adresse d'Igraine, la suppliant, la conjurant, lui ordonnant de rentrer au plus preste. Mais le mire était en chemin, tout proche. Igraine ne pouvait partir. Elle devait l'approcher, sentir s'il était celui – ou plutôt celle – qu'elle attendait depuis une éternité. Le futur qu'Igraine souhaitait plus que tout se dessinait enfin et Druon en était le premier repère. Un futur qui lui permettrait de rejoindre son lointain passé.

Chaque infime seconde du martyre restait gravée dans sa mémoire. Elle avait vu les flammes rugir, s'élancer, posséder cette vie pour la réduire en cendres. Mabyn n'avait jamais fermé les yeux. Elle n'avait jamais cessé de hurler intérieurement, implorant Igraine de rentrer, son agonie lui important peu. Et puis, l'obscurité totale. Celle du néant.

Mabyn, sa mère, sa sœur, une rencontre décidée par le destin ? Igraine l'ignorait. Peu importait.

XXIII

Tiron, novembre 1306

Druon et Huguelin achevaient de se vêtir lorsque maîtresse Borgne avait tambouriné à leur porte. Ils l'avaient suivie à la hâte, ne comprenant pas grand-chose à son récit, heurté d'énervement.

Quand ils étaient parvenus devant le pauvre Leonnet, que Nicol contemplait toujours d'un air ahuri, Druon s'était d'abord contenté d'un :

— Diantre ! Messire Charon ne se doutait pas qu'il serait la troisième victime à laquelle il refusait de croire.

— Doux Jésus, avait soufflé Huguelin, les yeux écarquillés.

Un court silence avait suivi, puis :

— Mais qu'en dites-vous, messire mire, qu'en dites-vous ? le harcela Cécile. Non, parce qu'a fallu qu'y vienne passer les armes à gauche chez moi[1] ! Pour sûr que l'bailli va y voir du louche.

1. L'origine de l'expression est très discutée, certains ne la faisant remonter qu'au XIXe siècle. D'autres, en revanche, lui attribuent une origine médiévale. Lors d'une union, on pouvait accoler les écus des deux familles pour former un nouveau blason. Les armes (armoiries) de l'époux se trouvaient alors à droite et celles de l'épouse à gauche. En cas de décès du mari, on transférait ses armes à gauche.

Druon s'accroupit à côté du cadavre et le palpa en différents endroits, notamment les membres du bas. Il tourna ensuite le regard vers l'entrée du poulailler, scrutant le sol de terre battue semée de paille.

— On ne voit de sang qu'alentour du défunt, suggérant qu'il est bien mort où il chut. Quant à ses chausses[1] sur lesquelles reposait son poignet tranché, du sang les tache.

— Tudieu !

— De plus, il est fort roide, au point qu'on aura peine à le déplacer avant plusieurs heures. Cette rigidité, la *rigor mortis*, bien que de survenue variable, ne commence à s'installer que trois à quatre heures après le décès. Elle est accélérée par le froid, tel celui qui régnait cette nuit. Or même ses pieds sont raidis. En d'autres termes, il a été occis il y a plus de six heures[2]. Quant à la cause de la mort, elle fait peu de doute, déclara Druon en examinant le manche en métal gainé d'épais cuir noir. Rien de semblable aux autres coutelas.

— Tudieu ! répéta maîtresse Borgne. Y s'rait r'venu après la fermeture d'l'auberge ? Pour quoi faire donc ?

— Je l'ignore. Toutefois, à l'évidence, une funeste surprise l'attendait, à moins que l'assassin l'ait suivi. Reste à comprendre le lien qui existait entre maître Borée, le jeune moine de l'abbaye et Leonnet Charon.

— Y a un lien ?

— Au moins un : le tueur !

1. Sorte de caleçon.

2. La *rigor mortis* est totalement installée six à douze heures après le décès, en fonction de la température ambiante, mais également de la musculature du sujet, de son état de santé, etc.

Huguelin ne perdait pas une miette de la conservation, son admiration pour son jeune maître confinant à la dévotion. Quelle merveille que cet esprit ! ne cessait-il de se répéter. Dieu, il aspirait à l'imiter, à être digne de son enseignement.

— Bon, ben pour l'heure, rentrons, décida l'aubergiste. Nicol, prépare-nous une infusion bien chaude. T'oublie pas, mon gars, t'es tout pâlot. Faut qu'on discute d'ce qui convient.

— La discussion sera brève, sourit Druon. Nous devons faire prévenir au plus preste le bailli de Nogent-le-Rotrou.

✣

Pendant que Nicol s'affairait en cuisine, maîtresse Borgne s'activa à rallumer le feu. Elle récupéra son matériel sur le manteau de la cheminée, s'accroupit devant l'âtre et prépara une bonne touffe de fibres de lin mêlée de débris de paille. Elle appliqua ensuite un carré de cuir dans sa paume afin de la protéger des entailles, saisit le foisil[1] d'acier en forme de C. Elle en heurta avec force l'une des arêtes tranchantes du silex contre lequel elle appliquait un morceau d'amadou[2]. Une mince gerbe d'étincelles enflamma l'amadou et Cécile l'approcha de la touffe qui prit feu, attisée par son souffle.

Satisfaite des flammes qui se communiquaient au petit bois, elle se laissa choir sur la chaise située face à celle de Druon. La mine sombre, elle déclara :

---

1. Ou fuzil ou fousil. Fusil à silex. Petite pièce en acier très trempé, avec laquelle on percutait les arêtes du silex. Ce procédé d'allumage sera utilisé durant des siècles, sous différentes formes, de moins en moins risquées et laborieuses pour l'expérimentateur.

2. On trouve l'amadou sous la cuticule de l'amadouvier, un champignon parasite des arbres, notamment du hêtre.

— Ben… voyez, messire mire… c'est qu'nous autres, on aime point tant que les grands d'ailleurs se mêlent d'nos affaires.

Druon comprit l'allusion et observa :

— Il serait peu sage de dissimuler le trépas de son secrétaire au bailli, maîtresse Borgne. Il l'apprendrait vite d'autres sources et en deviendrait, à juste titre, très soupçonneux envers vous.

Elle attendit que Nicol dépose leurs gobelets et se retire et commenta :

— Ch'ais ben. Mais quel tintouin[1] ça va occasionner ! Ah quelle bécasse j'ai fait d'l'inviter hier !

— De plus, messire Louis d'Avre est de belle famille et d'encore plus étincelante réputation. Tous savent qu'il a la confiance extrême de M. Charles de Valois[2], frère du roi, qualités qui pourraient peut-être entrouvrir la porterie principale de l'abbaye, et amadouer un peu le seigneur abbé.

— Oh, ç'ui là ! marmonna Cécile. Tout'fois, j'suis en accord avec vous, admit-elle.

Ils terminèrent leurs gobelets d'infusion en silence.

✣

Huguelin, qui n'avait pipé mot jusque-là, lâcha d'une petite voix :

— Euh… Selon vous, mon maître… Sommes-nous au bout de ces horreurs ?

Son regard se riva sur Druon, imité par celui de maîtresse Borgne.

---

1. Le terme est ancien et vient de « tinter », dans le cas des cloches.
2. Charles de Valois reçut de son frère Philippe le Bel les comtés du Perche et d'Alençon en apanage.

— Encore une fois, je ne le sais. On peut espérer que la présence du bailli et de ses hommes freine les ardeurs du meurtrier. Cependant…

L'entrée brutale d'une grande femme charpentée coupa la fin de sa phrase, à son soulagement.

L'attitude de maîtresse Borgne changea du tout au tout. Elle redevint tenancière efficace, se portant au-devant de la visiteuse avec une évidente révérence qui indiqua à Druon que celle-ci possédait un certain rang.

— Madame Després, quel bonheur et honneur d'vous voir céans ! En quoi puis-je vous plaire ?

L'autre se fendit d'un petit sourire contraint avant de déclarer :

— Ma bonne Cécile, contente de vous voir si belle mine. Le temps me presse. Aussi, une infusion fumante dans un pot me satisferait-elle pleinement.

— Si fait, si fait.

Maîtresse Borgne se hâta en cuisine et en revint presque aussitôt, porteuse d'un gobelet, curieuse de connaître le motif de la visite de cette dame Després. Durant la courte absence de l'aubergiste, celle-ci avait dévisagé Druon et Huguelin, avec une insistance qui frisait la discourtoisie.

Dame Després laissa tomber son grand corps sur une chaise et, sans plus de préambule, déclara d'une voix forte et autoritaire :

— Maîtresse Borgne, j'ai ouï dire que séjournait en votre établissement un mire aux méthodes… peu communes. La sotte de matrone qui m'a conté l'histoire en était ulcérée. Toutefois, force lui a été d'admettre que Muguette Tue-Vache n'avait jamais été délivrée avec tant d'aisance.

— Oui-da, et vous l'avez ici, cet *aesculapius* ! rayonna l'aubergiste en désignant Druon. Une merveille qu'cette naissance du marmot !

Un peu embarrassé, le jeune mire inclina la tête. La femme ordonna d'un ton sans appel :

— Maîtresse Cécile, je souhaite m'entretenir en confidence avec lui.

À ce congé, l'aubergiste plissa les lèvres de déplaisir. Pourtant, elle s'exécuta et repartit vers les cuisines.

✠

— Lui aussi, indiqua madame Desprès en désignant Huguelin d'un petit geste de mépris.

La morgue de la bonne femme commençait de chauffer la bile de Druon qui lâcha, calme mais péremptoire :

— Non, il demeure. Je n'ai point de secret pour mon apprenti.

La femme le prit mal et lança d'un ton supérieur :

— Notre conversation pourrait s'arrêter là, messire !

— Je ne me souviens pas, madame, vous avoir fait part de mon envie d'engager causerie avec vous. En revanche, si telle était votre inclination, je vous conseillerais d'en user avec moi d'un ton autre.

Il perçut le petit soupir d'Huguelin que la virulence de l'échange commençait d'inquiéter.

Étrangement, un vrai sourire étira les lèvres de la femme, qui sans attendre d'invite se leva pour venir s'installer à la table de Druon :

— Tudieu, messire, quel aplomb ! Bah, au fond, il me rassure. Marie Desprès, ventrière de notre belle et bonne dame Ivine, épouse du seigneur Philippe de Saint-Denis-d'Authou, se présenta-t-elle.

Druon accueillit cette tirade d'un petit salut de tête, attendant la suite :

— Je compte, messire mire, sur votre discrétion, même si je me doute que la rumeur a pu me précéder. Or donc, dame Ivine est mariée depuis plus de quatre longues années à mon maître, un homme bien vert et puissant en dépit de la différence d'âge et qui... montre, fort souvent, l'attrait constant qu'il éprouve pour son aimée. Le seigneur Philippe a eu trois fils, dont l'un trépassé peu après la naissance, preuve de sa virilité.

— La stérilité viendrait donc de dame Ivine, résuma Druon.

— Je désespère, messire. J'ai fort peu connu d'échecs jusqu'ici, permettant à moult femmes de tomber grosses. Après examen de son intimité féminine, je puis vous affirmer que ma dame ne souffre d'aucune malformation de nature à l'empêcher de concevoir. Quant à ses menstrues, elles sont de belle allure, abondantes, bien que pas assez régulières à ma satisfaction. J'ai tout tenté. Les potions, les cataplasmes chauds, les repas relevés d'épices, les suppliques et les offrandes à notre Très Bonne Vierge, les moments propices définis par la position des astres... rien n'y a fait.

— Une annulation de mariage est-elle...

— Oh, certes pas ! Le seigneur Philippe est tant épris, d'autant qu'il a deux hoirs, le détrompa la ventrière ! Toutefois, il aimerait chérir le petiot offert par sa douce.

— À l'évidence. Quelles potions avez-vous recommandées à dame Ivine ?

— Les plus efficaces : des infusions de feuilles de sauge[1] et de gattilier[2], des macérations de racines d'aunée[3], je lui fais aussi porter un testicule droit de belette[4]... Je la gave

1. Cette plante à laquelle on accorde maintes vertus est réputée depuis l'Antiquité pour augmenter la fertilité féminine.

2. *Vitex agnus cactus*. Bien que réputé calmer les ardeurs sexuelles, d'où son autre nom de « poivre des moines », il était utilisé pour accroître la fertilité des femmes.

3. *Inula helenium*.

4. Le gauche était censé être, au contraire, abortif.

tant que la pauvre douce en a des migraines, des suées et des vertiges. Néanmoins, elle ne se plaint jamais et me remercie avec effusion. Une belle âme, vous dis-je.

Druon hochait la tête. Hormis cette tenace superstition concernant le petit carnivore, les potions préparées étaient réputées accroître la fertilité des femmes.

— J'ai recommandé à mon maître d'honorer tout particulièrement sa dame au plus près des menstrues[1]. Cela étant, comme je vous le disais, il lui rend visite amoureuse presque quotidiennement.

— À dire vrai, madame, vos soins furent admirables et je ne sais ce que je pourrais y ajouter.

Satisfaite de son verdict, elle se rengorgea tout en insistant :

— C'est que, justement, messire, je ne voudrais pas que mon maître… en vienne à penser que je suis bien piètre ventrière. Votre science si vantée, exprimée devant lui, le convaincrait que nul, aussi célèbre et savant fût-il, n'aurait pu faire mieux. (Soudain, l'impérieuse femme se troubla, laissant transparaître sa crainte et sa vulnérabilité. Elle poursuivit dans un murmure :) Il y va, monsieur, de ma position et de mon honneur, car j'ai aidé moult belles dames, désespérées de leur incapacité à produire enfants.

— Je n'en doute pas. Toutefois…

La ventrière détacha la bourse pendue à sa ceinture et la tendit à Druon en expliquant :

— Il y a là cinquante deniers tournois. Bien plus que le prix de l'accouchement de Muguette. De grâce, monsieur, aidez-moi. Il ne vous en coûtera que peu de temps, un nouvel examen, un entretien avec ma dame puis mon seigneur…

---

1. Donc, à la « mauvaise période » en ce qui concerne l'ovulation, dont on ne connaît pas le moment de survenue au Moyen Âge, expliquant ce conseil donné à l'époque.

La somme était alléchante pour un mire itinérant, flanqué d'un garçon qui manifestait un appétit d'ogre. De plus, l'hiver arrivait et ils ne pourraient plus dormir à la belle étoile. Druon se laissa tenter. Bah, ainsi que le disait Marie Després, c'était l'affaire d'une ou deux journées.

Elle le remercia avec effusion lorsqu'il empocha la bourse en signe d'accord, et avoua d'une voix presque amicale :

— Grand merci, messire. À la vérité... dès que votre excellence me vint aux oreilles, je fonçai prévenir mon maître, insistant sur mon désir de requérir votre sentiment. Cette bourse vient de lui. Il est parfois... brutal, mais il aime tant notre dame, une magnifique âme, si belle, si parfaite ! Rester sans enfant doit l'accabler, même si, par courtoisie, elle le dissimule à tous.

— Fort bien, madame. Je vous rejoindrai à l'après-midi au château afin de m'entretenir avec ma patiente.

✣

La ventrière disparue, maîtresse Borgne, dont l'humeur était toujours chagrine d'avoir été tenue à l'écart, les rejoignit. Huguelin y alla d'un commentaire heureux :

— Fichtre, cinquante deniers ! Pas d'la pisse d'ân... Euh... de la roupie[1] ! Peut-être qu'il ne s'agit que de la première moitié, et que si le seigneur se montrait satisfait de votre art... hasarda l'enfant, plein d'espoir.

Ce qui lui valut une remontrance sans hargne :

— Si nous devons nous faire payer notre science, il serait vil de devenir cupide.

Incapable de juguler sa curiosité, maîtresse Cécile s'enquit :

— Rapport à la dame Ivine, c'te visite inattendue, hein ?

1. Morve.

— Je ne crois guère trahir une confidence puisque vous-même l'évoquâtes... En effet, à ses difficultés d'enfantement.

— C'est'y pas pitié ! Y'en a qu'en pondent quand elles en voudraient plus, qui dégorgent leurs boyaux à force de potions pour pas concevoir, qui traquent les crapauds pour leur cracher dans la gueule[1], en se cachant[2]. D'autres qui sont aussi fécondes qu'un ânon ! Vot'art y peut quec'chose ?

— Je ne sais sans l'avoir examinée. Cela étant, la ventrière a fait de la belle ouvrage, et je ne vois guère ce que je pourrais ajouter.

1. Cracher à trois reprises dans la gueule d'un crapaud était censé prévenir les grossesses durant un an.

2. Inutile de préciser que toute « recette » abortive ou contraceptive était vivement condamnée. Ce fut du reste souvent un argument dans la chasse aux sorcières.

XXIV

Château de Saint-Denis-d'Authou, novembre 1306

Druon avait sellé Brise dès l'après-midi. La déception s'était peinte sur le visage d'Huguelin lorsque le jeune mire avait refusé son accompagnement. Toutefois, Druon avait promis de rentrer avant le soir échu.

Le seigneur Philippe l'avait accueilli sans débauche d'affabilité mais de façon civile, s'enquérant de sa science en matière de fertilité. Druon s'en était tiré par une pirouette en affirmant d'un ton docte :

— Il y a bien des formes de stérilité, seigneur, et toutes ne sont pas définitives.

✠

Une surprise de taille l'attendait lorsqu'il pénétra dans les appartements de dame Ivine, précédé par la ventrière qui s'éclipsa dès après l'avoir présenté. Jamais il n'avait rencontré si parfaite créature. D'une beauté à couper le souffle, elle se tenait assise avec modestie dans une chaire[1] au dossier

1. Siège d'honneur, le plus souvent réservé au seigneur ou à sa dame, en général surélevé, parfois surmonté d'un dais.

sculpté. Il s'inclina bas. Un petit chien fonça vers lui, reniflant le bas des braies[1] qu'il portait sous sa longue robe de médecin. Druon se pencha pour le caresser en souriant. Dame Ivine observa :

— Mon preux gardien. Il est de petite taille mais de grande vaillance et de forte voix.

— Quel est son nom ?

— Drostan.

Dès qu'elle lui adressa la parole, Druon sut que s'ajoutait un esprit vif à ses qualités de visage et de silhouette. Une sorte de tristesse l'envahit lorsqu'il songea à la grossièreté de traits et de langue du seigneur Philippe, sans même évoquer son âge.

— Je suppose et espère que l'on vous a expliqué le motif de ma visite, madame.

— Certes. Il est si cruel, si... humiliant pour une femme de ne point pouvoir combler les vœux de paternité de son époux bien-aimé, même si Philippe ne m'en a jamais fait reproche un seul instant. Il est si bon et attentionné. J'aurais grand bonheur et honneur à lui offrir un hoir... toutefois, Dieu me l'a refusé jusque-là...

Elle baissa son regard si bleu et Druon se fit la réflexion qu'elle aurait été le modèle idéal pour une Vierge à l'Enfant. Cruelle ironie.

— Notre ventrière, cette bonne Marie qui se démène tant afin de me porter secours, m'a prévenue que vous souhaiteriez...

— Un examen, en effet, si, toutefois...

— Tout au contraire. J'accepte avec gratitude toute l'aide que l'on me veut bien apporter, messire mire.

1. Sorte de large pantalon rudimentaire que portaient depuis les Gaulois les paysans et les classes peu aisées. Il nous en reste « débraillé ».

✣

L'examen gynécologique, qui eut lieu dans la chambre de dame Ivine, ne révéla rien d'anormal. Alors qu'elle terminait de se rajuster, une voix plaisante résonna de l'antichambre :

— Ma dame… êtes-vous bien visible ? L'*aesculapius* est-il reparti ?

— Non pas, entre, Aude. (Se tournant vers le mire, elle précisa :) Une de mes dames d'entourage, qui me console bien et me distrait.

L'intéressée s'exécuta et Druon se fit la réflexion que bien que fort avenante, elle disparaissait au regard en comparaison de sa maîtresse. Elle tendit le gobelet d'infusion fumante à Ivine et le jeune mire n'en reconnut tout d'abord pas l'odeur.

— Qu'est-ce ?

— Une infusion d'angélique, sourit-elle.

— À quelle fin la buvez-vous, madame ? s'enquit-il.

— Elle calme à merveille mes céphalées et apaise les vertiges[1] qui me prennent parfois, rien de très grave, en vérité.

— Certes, toutefois, il s'agit d'un emménagogue[2], peu indiqué dans votre situation. Mieux vaudrait vous en remettre à d'autres céphaliques[3], tel le tilleul.

Les deux femmes se jetèrent un regard consterné et Ivine balbutia :

---

1. L'angélique, considérée comme la plante la plus vertueuse au Moyen Âge, a de nombreuses propriétés, contre les migraines, les vertiges, l'anémie, les vomissements, etc. Également censée protéger des poisons, elle était très utilisée en pharmacie mais entrait également dans des préparations culinaires, notamment des desserts.

2. Qui provoque et facilite les menstrues.

3. Qui soigne les migraines.

— Dieu du ciel ! Croyez-vous que mon goût pour ce breuvage… Enfin, qu'il pourrait être à l'origine de…

— Non pas. À moins d'en avaler en déraison. Cependant, il pourrait contribuer à vos menstrues abondantes et peu régulières.

— Oh, madame ! s'affola Aude. Suis-je bien coupable de vous l'avoir recommandé parce qu'il soignait les migraines de ma douce mère ?

— Non, ma chère. Notre ignorance à toutes deux n'est pas blâmable.

Druon était embarrassé par la présence de la dame d'entourage. Il suggéra :

— Madame, j'aurais aimé m'entretenir encore avec vous, en confidence.

— Oh, je n'ai nul secret pour mes dames…

— Certes, toutefois, je me sentirais plus aise si… avec tout mon respect…

Un autre charmant sourire lui répondit. Ivine congédia Aude d'un regard amical.

✣

Un court silence s'installa, que rompit le jeune mire.

— Madame… Les soins dispensés par votre ventrière sont adaptés. Vous ne présentez nulle malformation d'intimité. L'amour que vous manifeste votre époux ne faillit pas… Aussi, me faut-il vous poser une question dont je redoute qu'elle vous déplaise… Ayant constaté son importance dans ma pratique, termina-t-il, en se remémorant la conclusion à laquelle en était un jour arrivé son père.

— De grâce, faites. Je tâcherai de ne point m'en offusquer.

— Madame... Dieu que la demande m'encombre... Votre époux m'a révélé que vous nous veniez de Sapaudia...

Ivine baissa les yeux et lâcha d'un ton affable :

— Allons, messire, ayez le courage de dire, j'aurai le courage d'entendre.

— Êtes-vous bien heureuse chez nous ? On remarque parfois, chez des donzelles... attristées, une difficulté de conception.

Ivine exhala un long soupir et croisa nerveusement les mains sur son ventre.

— Je vous mentirais, messire, si je prétendais que ma terre natale ne me manque jamais. En dépit de l'infinie tendresse et des égards incessants de mon époux, j'y pense parfois. De plus, mon frère cadet a trépassé à l'an échu et mon bien-aimé père vient de le rejoindre, me causant une incommensurable peine. Pensez-vous que...

— Cela peut intervenir. N'êtes-vous jamais retournée visiter votre famille ?

— Non pas. Oh, Philippe est si bon, si désireux de me plaire qu'il n'y aurait pas fait obstacle ! Cependant, lui causer le désagrément d'une absence reviendrait à manquer de gratitude envers lui, aussi n'ai-je jamais mentionné mon désir de revoir les miens. (Une ombre de tristesse passa sur son beau visage. Cherchant ses mots, elle avoua :) J'ai tant prié la Bonne Vierge, messire mire ! Je me suis même interrogée : avais-je commis une faute, sans le savoir, faute qui me valait cette punition ? En vérité, je vous le dis, monsieur, je n'ai la mémoire d'aucun acte mauvais. Je ne me souviens pas non plus avoir toléré que de viles pensées me troublent l'âme.

— Oh, madame, j'en suis bien assuré. Ne vous rongez pas les sangs avec des balivernes. En effet, d'horribles mégères enfantent avec belle aisance. Il ne s'agit donc pas d'un châtiment envoyé par le ciel. Je vais réfléchir au traitement que je vous puis proposer et reviendrai à l'après-demain, si vous le permettez.

✣

Aude patientait dans le couloir, adossée à l'un des piliers semi-cylindriques lorsque Druon quitta les appartements de dame Ivine. Il ne douta pas qu'elle l'attendait. De fait, elle s'approcha et murmura :

— Messire mire, ma maîtresse est une si belle âme... Le cœur me saigne à constater sa tristesse de ne point concevoir. De grâce, je vous en conjure, aidez-la.

— Je m'y emploie, madame. Cela étant, je ne puis malheureusement effectuer de miracle.

Druon rejoignit ensuite la vaste salle commune où l'attendait le seigneur de Saint-Denis-d'Authou, la mine sévère.

— Alors, messire ? jeta Philippe d'un ton autoritaire.

Druon résuma sa visite, omettant de relater les confidences de dame Ivine au sujet du regret qu'elle éprouvait parfois de sa terre natale.

— Enfantera-t-elle ?

— C'est fort possible. Certaines conceptions tardent à venir. Dame Ivine est jeune et de belle santé. Vous-même êtes vert.

— Je détesterais lui déplaire en rien. Si je n'ai pas d'hoir de mon aimée, j'en ferai mon deuil. Il m'offenserait fort qu'elle se sente coupable vis-à-vis de moi.

— Mais votre bien-aimée se sent responsable, seigneur, à l'instar de toute femme dans sa situation. Je compte revenir à l'après-demain afin de...

— Non pas, messire. Je souhaite, veux que vous vous installiez céans le temps de votre examen.

— C'est que...

Philippe l'interrompit d'un geste de main et expliqua d'une voix lente :

— Mire, on me dit brutal et rustre. À raison. Toutefois, l'ours que je suis se fait agneau lorsque son aimée est concernée. J'ignore à quelles simples vous ferez appel. Sans doute puiserez-vous dans les différents bestiaires ou lapidaires[1] afin d'y trouver bon remède. Peut-être aussi aux bézoards[2], dont la ventrière a affirmé qu'ils se révélaient utiles en pareil cas. Elle a également eu recours, sans succès, à la poudre de vipère.

La poudre de vipère était censée posséder d'innombrables vertus thérapeutiques, depuis l'éradication des verrues, la guérison de la goëtre[3], jusqu'aux stérilités féminines en passant par l'atonie du membre viril. On traquait donc ce reptile avec acharnement en dépit du peu de cas de guérisons rapportées par de véritables savants.

— Non pas messire, pas plus qu'aux alexipharmaques[4] ou à l'uroscopie, répondit avec calme Druon.

Dieu que ses confrères aimaient cette fameuse uroscopie, héritée des Byzantins, sans doute parce qu'elle leur permettait de demeurer à prudente distance du malade ! Ils marmottaient en latin en examinant la couleur, la limpidité, l'odeur du liquide excrémentiel recueilli dans un vase de forme spéciale, la *matula*, pour en tirer des enseignements, erronés, bien sûr. Jehan Fauvel ne tarissait pas de critiques sur cette méthode, affirmant que certes une odeur âcre ou lourde pouvait trahir une maladie, une coloration sombre ou rougeâtre, un trouble, sa saveur, plus ou moins sucrée,

1. Inventaires de toutes les préparations à base d'animaux ou de pierres, dont nombre réputées à tort capables de lutter contre les poisons.

2. Concrétions calculeuses trouvées dans l'estomac, l'intestin et les voies urinaires des quadrupèdes.

3. Le goitre.

4. Remèdes qui expulsent de l'organisme les toxiques et préviennent l'effet des poisons.

également. Toutefois, nul besoin d'être grand clerc pour s'en douter, et la forme du vase ne changeait rien à l'affaire, si ce n'était impressionner le patient ou sa famille.

Percevant l'étonnement de Philippe d'Authou, il précisa :

— Mes méthodes divergent de celles de mes excellents confrères, ainsi que vous l'aura relaté Marie Desprès. Je me fie grandement aux compositions de simples.

— Bah, je ne vous apprendrai pas votre art ! admit Philippe. Vos appartements seront bientôt prêts, non loin de ceux de mon épouse.

— Seigneur, avec tout mon respect, et ma gratitude d'être votre invité, il me faut aller quérir mon jeune apprenti, qui ne me quitte pas. Je dois également aider à débrouiller une vilaine affaire survenue à Tiron.

— Les meurtres ?

— Les nouvelles vont vite, commenta Druon.

— Selon leur nature. Borée avait réputation d'être finasseur[1]. Le secrétaire du bailli, ma foi, c'était le secrétaire du bailli ! Ces gens-là traînent toujours derrière eux des fiels tenaces.

— Et le moine ?

— Ils nous sont presque tous inconnus. Ils vaquent à leurs affaires entre leurs murs. Certains ne se montrent que pour réclamer les impôts et les offrandes. Et en quoi un mire s'occupe-t-il de tueries ?

Une nuance dans le ton du seigneur Philippe surprit Druon sans qu'il parvienne à la définir.

— L'observation, l'analyse sont les mots maîtres, qu'il s'agisse d'identifier une maladie ou un vil coquin.

— Bien. À vous revoir au plus vite, messire, reprit Philippe, soudain cassant. Ma tendre mie nécessite votre art. Elle m'est plus précieuse que ma propre vie.

1. Qui use de mauvaises finesses.

XXV

Tiron, novembre 1306

Maîtresse Borgne avait tergiversé. Certes, le départ de Druon et d'Huguelin se traduirait par un gain : deux bouches de moins à nourrir, d'autant que le petit avait une panse sans fin. D'un autre côté, exhiber « son » *aesculapius* la flattait. Bah, de toute façon, elle n'avait nul malade à lui confier et il repartirait un jour ou l'autre.

La preste arrivée, dès le lendemain, du seigneur bailli, Louis d'Avre, dans leur petite bourgade en surprit plus d'un, bien qu'on lui eût trucidé son secrétaire. Prenant, pour un bref moment, ses quartiers dans la salle de l'auberge, il interrogea maîtresse Borgne puis fit mander Robert qui n'en menait pas large.

À la vérité, Louis d'Avre était assez impressionnant. Grand, les cheveux très courts, poivre et sel, tout en lui trahissait l'austérité, jusqu'à son débit précis, sans embellissement de langue, son visage émacié, ses yeux bleu pâle, son regard intense au point qu'il en devenait intimidant. Cependant, la gargotière insista tant, avec déférence mais finesse, que Louis d'Avre condescendit à rencontrer Druon, plus par désir que la commère le laisse en paix que par réelle envie.

Druon éprouva une vive émotion en pénétrant dans la salle. Louis d'Avre ressemblait étonnamment à Jehan Fauvel, son père. Au-delà de son allure, ce fut l'impressionnante force paisible qui émanait de cet homme qui troubla le mire. Il dut fournir un effort pour contrôler sa voix dont il força encore plus les graves lorsqu'il se présenta. L'autre rétorqua sans l'ombre d'un sourire :

— Fichtre, vous avez là admiratrice opiniâtre ! Or donc, monsieur, vous auriez tiré la baronne d'Antigny, que je connais de belle réputation, de mauvais draps ? L'histoire de cette bête maléfique, à la vérité un horrible tueur en déguisement, a fini par nous parvenir.

— En effet.

Avre le considéra un instant, puis lâcha :

— Savez-vous que je dispose de vastes moyens afin de vérifier ce que l'on me conte ?

— Vérifiez, seigneur. Je doute que la baronne serve un vilain portrait de moi.

— Et donc, vous êtes originaire de Brévaux ?

Conscient du danger, de l'erreur qu'il avait commise en choisissant ce nom, Druon inventa :

— Pas de celui qui vous est proche. Mon village est situé au sud du royaume, non loin de Cahors.

— Hum… vous me semblez bien jeune pour vous targuer d'être un *aesculapius*, remarqua le bailli d'un ton plat.

— Je ne me targue de rien de tel, même si mes patients nourrissent cette rumeur. J'ai vingt-deux ans et fus initié à l'art médical dès l'enfance, ainsi que je forme à mon tour mon apprenti.

Il s'agissait d'un demi-mensonge mais le bailli n'avait aucun moyen d'apprendre son âge véritable.

— Hum… Et donc, si j'en crois maîtresse Cécile, vous y allâtes d'avis pertinents au sujet de ces meurtres ? Je ne vous cache pas, monsieur, que je n'ai guère de temps à perdre, et que l'assassinat de mon secrétaire m'est affaire particulière.

La mise en garde était limpide et Druon avança sur des œufs :

— Pertinents, je ne sais. J'ai fait remarquer à votre secrétaire, son âme repose en très grande paix, que le meurtre de maître Borée trahissait un acte personnel, inspiré par un événement passé, un souvenir, et que l'hypothèse d'un bandit de passage ne me convainquait pas. J'ai souligné qu'il était bien étonnant qu'un moine se promène au soir échu dans un bois assez éloigné de son abbaye et que la disparition de sa main me surprenait. Votre secrétaire a évoqué la possibilité qu'un animal l'ait emportée.

— Et tous trois auraient été assassinés par le même monstre ?

— C'est l'hypothèse qui s'impose de prime abord, toutefois, par profession et philosophie, je me méfie des conclusions hâtives. (Druon hésita puis se lança, sans grand espoir :) À l'évidence… si nous en savions davantage au sujet de ce moine, nous découvririons peut-être un lien.

— Hum, c'est également mon sentiment. Certes, l'abbaye échappe à mon autorité … Cependant, j'espère que l'abbé, Constant de Vermalais, comprendra mon insistance à découvrir le coupable et à le châtier.

Le regard bleu pâle ne lâchait pas celui de Druon. Le bailli se pencha et demanda d'un ton de confidence :

— Et pourquoi accepterais-je votre aide dans cette enquête ?

— Parce que cela ne vous coûte rien et que j'ai démêlé l'affreuse affaire qui menaçait la baronne d'Antigny.

— Hum… L'argument est recevable. Toutefois, sachez que si vous me mettiez des bâtons dans les roues par quelque invention fâcheuse que ce soit, notamment vis-à-vis du seigneur abbé, il vous en cuirait.

XXVI

Montlandon, novembre 1306

En dépit de son nom presque angélique, l'auberge du Rondeau[1]-Béni avait réputation de coupe-gorge. S'y croisaient d'anciens soldats et stipendiaires, des cherche-noise[2] de tous poils, des vauriens recrutant leurs acolytes pour quelque vilain coup et d'anciennes fillettes de maisons lupanardes[3] qui s'y sentaient en confiance, maîtresse Rondeau ayant exercé la lucrative profession de mère bordeleuse, en d'autres termes de makerele[4], à Chartres. En bref, ceux qui souhaitaient simplement boire un cruchon en aimable compagnie évitaient l'établissement et de bonnes chrétiennes se signaient avec un pincement d'effroi lorsqu'elles le longeaient.

Amâtre, fils de Philippe d'Authou, y avait posé son

1. Planche ronde sur laquelle les pâtissiers alignaient les pains bénits.

2. Le terme est très ancien. On ignore s'il vient de *nausea* (nausée) ou de *nocere* (nuire).

3. Bordels.

4. Du néerlandais *makelare* (intermédiaire, courtier). A donné « maquerelle ».

frusquin et vite trouvé ses aises. Il en aimait les beuglements, les rires ivrognes des filles, les obscénités qui s'échangeaient du matin au soir et les rixes de fin de beuverie. De plus, et malgré la crasse épaisse et grasse qui recouvrait tout, des murs aux tables, la chère y était plus que convenable et le vin plaisant. Entre deux ivresses, il remâchait sa haine contre son père et son fol amour pour son inaccessible belle-mère. L'impatience le rongeait. Lorsqu'il était assez lucide, il ressassait les arguments convaincants de son cadet, Cyr. Cependant, quand l'alcool lui assombrissait l'esprit, l'envie le démangeait de se ruer au château et de provoquer son ignoble père en duel.

✣

Ce soir-là, alors qu'il venait de repousser sans ménagement la catin qu'il avait troussée la veille, Amâtre, en dépit de son ébriété, sentit le poids d'un regard dans son dos. L'insulte déjà aux lèvres, il se tourna d'un bloc. L'homme installé derrière lui, un grand gaillard massif, très brun, au visage tanné par le soleil et les intempéries, rendant son âge difficile à évaluer bien qu'il fût loin de la prime jeunesse, le dévisagea sans ciller. Amâtre lui lança d'un ton rogue :

— On se connaît ?

— Pas qu'je sache, l'ami, répondit l'autre avec un accent qu'Amâtre ne reconnut pas.

— Tu cherches l'embrouille ?

— Non pas. Juste de la compagnie. Boire seul me rend amer. Tu sembles pas attendre de compère, aussi…

Amâtre n'aimait pas non plus l'ivrognerie en solitude. D'un geste, il invita l'autre à s'asseoir en face de lui. Avec la courtoisie de ce lieu qui en était par ailleurs dépourvu, il apporta son gobelet et son cruchon.

Les présentations furent vite expédiées, Amâtre mentant en se prétendant ancien soldat. Son compagnon se prénommait Antoine et affirma avoir été pêcheur de baleines jusqu'à ce que l'une d'entre elles brise la coque de sa baleinière et l'envoie par le fond. Trois de ses marins ayant péri, comme son père avant eux, comme tant d'autres, il avait jugé que le jeu n'en valait plus la chandelle[1]. Il avait donc pris la route, louant ses bras ici ou là, devenant manœuvrier[2].

Le nombre de gobelets vidés augmentant vite, ils en vinrent aux confidences, à celles qui ne prendront pas grande importance puisqu'on est en général si saoul que nul ne s'en souvient le lendemain. Les mots sortant de sa bouche avec difficulté, Antoine avoua qu'il avait abandonné femme et enfants. Après tout, sa bourrique d'épouse l'avait assez cocufié[3] quand il risquait sa peau en mer. Des larmes d'ivrogne aux paupières, s'emmêlant dans ses phrases, Amâtre confia de son côté sa folle passion pour Ivine, et brossa un effroyable tableau de son vaurien de père. Comme il lui restait assez de méfiance, il évita les détails propices à renseigner son compagnon d'un soir sur sa véritable identité.

✣

Ils se levèrent au plein de la nuit, titubant, se raccrochant aux tables et aux chaises afin de ne pas choir de tout leur long.

Antoine parvint à se traîner dehors pour dégorger le trop de vin dans la rigole centrale de la ruelle. Amâtre

1. L'expression, utilisée par Corneille, serait bien plus ancienne. Les chandelles, dont celles qui éclairaient les tables de jeu, étaient très chères. Les jeux à petite mise ne couvraient pas leur prix.

2. Le plus souvent paysans sans terre qui louaient leurs bras.

3. Le terme est ancien et vient de coucou. On le trouve déjà dans Boccace (1313-1375).

attendit quelques minutes qu'il revienne puis, ne le voyant pas réapparaître, songea qu'il avait dû s'écrouler dans un coin. Il grimpa avec grande difficulté l'escalier qui menait à sa chambre.

Maître Rondeau se frotta les mains en verrouillant la porte de son auberge. En voilà qui avaient bien picolé et sans rien casser dans un moment de fureur avinée. L'ardoise serait grasse.

XXVII

Château de Saint-Denis-d'Authou, novembre 1306

Cyr abandonna son guet et s'écarta de la meurtrière. Son père, accompagné de deux de ses truands, venait de partir pour la chasse. Comme chaque fois, il pria qu'il se fasse mettre en pièces par un sanglier ou un cerf blessé. Sans grand espoir. Le coquin était toujours aussi fort qu'un taureau. Le jeune homme lutta contre l'impérieuse envie de se rendre dans les appartements d'Ivine, sous un prétexte quelconque, juste pour la contempler quelques instants, emporter l'image de son ravissant visage, savourer son parfum léger. Mais non, un serviteur pouvait l'apercevoir et narrer sa visite à son père que la colère enflammerait. Pas encore, résister encore. Résister en se fondant aux ombres, en devenant l'une d'elles, et réfléchir.

✠

Il n'avait cessé de peser le pour et le contre, depuis sa rencontre dans la forêt avec son aîné et les fâcheuses révélations de ce dernier sur le passé criminel de leur père.

Le château devenait sien pour quelques heures, débarrassé de l'odieuse présence de Philippe. Il serait bientôt sien pour toujours. Sa dame Ivine poserait avec douceur la main sur son avant-bras et il la mènerait, fier et comblé. Un sourire involontaire joua sur ses lèvres à cette évocation.

Devenir seigneur d'Authou, prendre Ivine pour épouse… Seul Amâtre pouvait faire échouer cet admirable futur en révélant par vengeance ou rage leur piètre ascendance. Dans leurs veines s'écoulait le sang d'un coupe-jarret de la pire espèce, d'un bandit de chemin condamné à mort par plusieurs provinces, pas d'un bâtard noble reconnu sur le tard par acte de notaire. Jamais Philippe n'avouerait la mystification, pas même sous la torture. Son arrogance et sa fatuité l'en empêcheraient. Amâtre devait donc disparaître le premier.

Les coquins prêts à larder de coups de couteau un ivrogne en sortie de bouge en échange d'une bourse ne manquaient pas et Cyr en connaissait quelques-uns, dont cet Antoine Lavigne qui se prétendait ancien baleinier. Cyr lui avait oint la paume[1] afin qu'il prenne langue[2] avec Amâtre, logé au Rondeau-Béni, qu'ils se rincent le gosier, et deviennent compagnons de beuverie de sorte à émousser la méfiance de son aîné. Ainsi Amâtre l'accueillerait-il avec la volage et menteuse camaraderie des avinés, le jour où Antoine Lavigne aurait mission de l'égorger. Leur père, Philippe, devait suivre au plus preste, ne pas avoir le temps de déshériter son hoir cadet et encore moins de le soupçonner. Toute la difficulté résidait là. Cyr l'avait retournée des heures dans son esprit. Seul un accident l'en débarrasserait. Un accident qui devait être préparé avec minutie.

1. Donnera « graisser la patte » au XVIIe siècle.
2. Entrer en contact avec quelqu'un pour discuter.

✣

Un sourire mauvais étira les lèvres de Cyr. À quelques allusions prudentes de vieux serviteurs, passés depuis, le jeune homme avait compris que la chute fatale du vieux Géraud d'Authou avait été grandement facilitée. Un juste retour du sort, d'une certaine façon.

XXVIII

Bois de Gaufeuillu, à proximité de Tiron,
novembre 1306

La lune était levée et pleine. Nicol savait qu'elle lui souriait, complice de son contentement. Ne distinguait-il pas nettement ses yeux plissés de connivence ?

Il pouffait, plaquant la main sur les lèvres afin que nul ne risque de l'entendre. Il se méfiait surtout des arbres qu'il aimait tant. Ceux-ci comprenaient tout, bien plus que les animaux de la forêt dont l'esprit se bousculait d'urgences : manger, fuir, éviter de se faire tuer. Les arbres, eux, redoutaient peu, à l'exception des haches des hommes, des feux dévorants ou des tempêtes dévastatrices. En d'autres termes, ils disposaient d'un temps presque infini pour écouter, penser. D'habitude, Nicol discutait souvent avec les frênes, les chênes et les châtaigniers, mais pas cette nuit. Cette nuit était très particulière.

Il s'agissait d'une nuit humaine.

✢

Dès qu'il avait avancé dans le bois, il avait aussitôt senti combien les arbres devenaient indiscrets, tendant leurs oreilles. Le bruissement de leurs branches légères, presque totalement dépourvues de feuilles, s'était tu. Bien sûr, les humains-à-langue-preste, ceux qui parlaient si vite que Nicol comprenait à peine ce qu'ils disaient, auraient affirmé que leur mutisme provenait de l'absence de vent. Les humains-à-langue-preste servaient toujours leurs explications toutes faites, sans deviner à quel point ils s'aveuglaient de mots. Ils disaient tant de bêtises, si vite, qu'eux-mêmes s'étourdissaient. Un sifflement de dame blanche[1] et ils prenaient peur et se signaient. Pourtant, Nicol aimait le joli masque de lune blanche et duveteuse des rapaces. Lui savait qu'elles ne sifflaient ainsi que dans l'espoir d'effrayer ceux qui les terrorisaient. Non, les vipères ne s'accrochaient pas au pis des vaches pour les téter[2]. Elles préféraient les mulots. Nicol l'avait appris, puisqu'il les chassait afin de les revendre à bon prix.

Maîtresse Borgne ignorait tout de son petit commerce. Oh, il l'aimait beaucoup, elle était bonne ! Même lorsqu'elle le tançait, le houspillait, elle était bonne. Mais elle était sévère. Hou, si rude parfois ! Et il sentait qu'elle craignait pour lui. Malheureusement, l'esprit de Nicol ne parvenait pas à s'attacher suffisamment à une idée pour qu'il en vienne à bout. Les idées se sauvaient de sa tête et il ignorait où elles allaient chercher refuge. Toutefois, il avait parfois le sentiment que maîtresse Borgne voyait toujours en lui le petit qu'elle avait découvert un matin, couché sur le pas de sa porte, à moitié mort de faim.

Il ne parvenait pas à trouver les phrases afin de la détromper, les mots formant une sorte de boue épaisse dans sa gorge. N'en sortaient que quelques-uns, dans le désordre, pas ceux qu'il aurait choisis. Comment expliquer à maîtresse Borgne qu'il avait grandi, que des choses

1. Chouette effraie.
2. Cette tenace superstition persiste toujours.

étonnantes, inquiétantes ou amusantes lui parcouraient le corps depuis des années ? Au début, il avait eu peine à les identifier. Ces fourmillements qui le prenaient lorsqu'il regardait une fille, qui remontaient des mollets jusqu'à son ventre. Ces coups de chaleur qui lui enflammaient le cou et le visage. Des visions qui lui venaient, de plus en plus précises, de sa peau frôlant une autre peau. Une peau de fille. Des rêves qui le tiraient du sommeil, haletant. Mais les filles ne voulaient pas de lui. D'autant que les vieilles, moches et édentées, ne provoquaient pas les mêmes émois chez Nicol. Celles qui le laissaient, bouche ouverte, tout bête et en nage, se moquaient et se sauvaient en riant. Même Clotilde Loquet, qu'était belle comme un soleil et aussi gentille qu'un ange. Un jour, il lui avait tendu des fleurs fraîches cueillies. Elle l'avait regardé, l'air triste, avant de murmurer en hochant la tête : « Mon gentil benêt, je n'en veux point. Offre-les à une autre. »

Nicol s'était interrogé, la nuit, dans la chambrette plutôt confortable qu'il occupait dans les combles de l'auberge. Certes, il n'était pas bien beau, mais d'autres qui avaient femme non plus. Certes, son esprit s'embourbait, à le désespérer souvent. Toutefois, il connaissait des langues-prestes dont la caboche était presque aussi épaisse que la sienne. Et puis, un soir, il avait compris que des femmes acceptaient de frôler leur peau à une autre contre des pièces. Pourquoi pas ? Encore fallait-il trouver de l'argent. De là était né son commerce de vipères. Il lui permettait, de temps en temps, comme cette nuit, bientôt, de rêver qu'il était beau, leste d'esprit, et qu'une fille avait envie de le toucher.

Ce grand gars qu'il ne connaissait que de vue, et encore ne l'avait-il aperçu qu'en de rares occasions, avait déchiffré le besoin de Nicol. Compatissant, il lui avait promis de persuader une fille afin qu'elle le rejoigne cette nuit, au creux de la clairière. Une jolie et souriante, avec de beaux cheveux très doux. Un gars gentil qui n'avait pas même demandé quelques deniers en échange de son entremise.

✣

Des brindilles tombées craquèrent sur sa droite. Le simple tendit l'oreille. Le son se reproduisait, plus proche. Une vague incertitude l'envahit. Il ne s'agissait en rien d'un pas de fille.

Le gars, celui de la promesse, apparut entre les troncs serrés des hêtres. Il avait la mine sombre. Nicol poussa un petit soupir déçu. Sans doute n'avait-il pas trouvé de fille pour lui. Un voile de tristesse couvrit ses yeux : sa nuit humaine s'évanouissait. Il ne serait ni beau ni leste d'esprit avant longtemps. Il haussa les épaules.

L'autre s'approcha et commença de cette voix lente qui rassurait le simple :

— Je suis désolé, l'ami, vraiment désolé...

De fait, Nicol ressentait son véritable chagrin, et cette constatation allégea sa désillusion. Il importait à si peu de gens. Aucun, à l'exception de maîtresse Borgne. Aussi, l'espèce de compassion qu'il ressentait chez l'homme le touchait-elle.

— Ben... c'pas d'ta faute...

Des larmes liquéfièrent le regard de l'autre qui murmura :

— Si, c'est mon immense faute. Pardonne-moi, veux-tu ?

Nicol avança d'un pas pour toucher le bras ami quand, brusquement, il se souvint de la dernière fois où il avait aperçu le gars. Une chose blessante s'enfonça dans son ventre. Très dure, très froide. Une larme, puis une autre dévalèrent des yeux du tueur.

Nicol plaqua la main sur son abdomen. Une onde très douce, tiède la trempa. Il considéra sa paume, sans comprendre d'où venait ce beau rouge. La douleur le suffoqua d'un coup et son souffle se fit pénible, comme si une malfaisante chape lui écrasait la poitrine. Il sentit ses jambes se dérober sous lui. L'autre le retint, l'empêchant de choir trop durement sur l'humus.

Et Nicol mourut sans haine, sans peur, dans un sourire, alors que se formait dans son esprit une si parfaite idée qu'il douta qu'elle vînt de lui : peut-être était-ce infiniment mieux ainsi ? Il rejoignait les anges, ceux qui jamais ne se gausseraient de lui.

✣

L'homme se laissa tomber à genoux et pria longtemps pour le repos de l'âme du pauvre idiot qu'il venait d'assassiner. Un étouffant chagrin le faisait trembler. L'exécration qu'il éprouvait de lui-même lui serrait le cœur à le faire gémir. Il rabattit le bas de la tunique de Nicol sur son visage, sur ses yeux grands ouverts.

XXIX

Bois de Saint-Denis-d'Authou, novembre 1306

Un doute exaspérant ne quittait plus Marie Després, ventrière de la dame Ivine d'Authou. Jamais son savoir à rendre grosses* les femmes n'avait échoué, sauf auprès de presque vieillardes de trente-cinq ou quarante étés qui désespéraient de donner enfin un mâle à leur époux.

Ainsi qu'elle l'avait avoué au mire, elle défendait sa réputation de faiseuse d'héritiers. N'avait-il pas, d'ailleurs, approuvé tous les remèdes éprouvés qu'elle distribuait à sa maîtresse depuis des années, sans succès ? Contrairement à Druon, Marie Desprès n'attachait nul crédit à ces histoires de stérilités de mélancolie[1]. Après tout, les femmes avaient été créées pour enfanter ! Et puis, mélancolie, mélancolie, la ronde excuse pour elle qui entendait les rires et pouffements d'Ivine et de ses deux dames de compagnie ! Lorsque Philippe sortait hors l'enceinte du château, elles dansaient, chantaient en s'accompagnant d'une chifonie, d'une rubèbe[2] ou, plus

1. Dépression.
2. Donnera « rebec ». Instrument à deux cordes avec archet, dont le son était grave. Il évoluera vers la viole de gambe.

volontiers, d'une guiterne[1]. La grisaille quittait donc parfois l'âme de la dame Ivine. Eh quoi ! Le seigneur Philippe n'était pas un jouvenceau de plaisante figure, il avait des manières de soudard et poussait des gueulantes à faire frémir un corps de garde, mais il ne savait qu'inventer pour satisfaire sa mie. Moult femmes auraient envié Ivine. Son obstination à ne pas concevoir* jetait dès lors une ombre malvenue sur les innombrables réussites passées de Marie Despré s. Et cela, la ventrière en était offusquée au vertige.

✣

Lui était donc venu un soupçon, de plus en plus tenace. Marie Desprès se révélait aussi habile faiseuse d'héritiers que l'inverse. Elle avait du reste aidé quelques femmes désespérées à la perspective d'une nouvelle grossesse à l'éviter ; en grand secret, bien sûr. Elle s'en était d'abord voulu de prêter de telles intentions à la gente et pieuse Ivine. À l'évidence, une jeune femme sans enfant, de belle santé, bien mariée, n'avait de cesse de produire un hoir, cela tombait sous le sens, aucune des dames que Marie Després avait eu le privilège d'approcher ne dérogeant à cet usage. À l'exception de celles, exténuées et exaspérées par des grossesses presque annuelles, qui ne parvenaient plus à se souvenir des prénoms de leur innombrable marmaille, laquelle devenait une sorte d'indistinct troupeau[2], seul le

1. Instrument à cordes pincées dont la forme évoquait celle de la mandoline et dont les dames jouaient volontiers.

2. Rappelons que notre notion de l'enfant et de l'amour qu'on lui destine est relativement récente et ne date que du XIXe siècle. Avant cela, selon les classes, l'enfant était le plus souvent un successeur ou une force de travail pour les garçons, souvent un ennui dans le cas des filles qu'il fallait marier et doter, à moins d'une alliance politique prévue de longue date et scellée par une union. Certes, des exceptions ont existé.

mâle aîné important. Mais celles-là avaient amplement rempli leur devoir. Une petite comtesse, à l'esprit vif et acerbe, qu'elle avait aidée à ne plus concevoir après son douzième enfant, ne lui avait-elle pas déclaré d'un ton amer, après l'avoir remerciée avec effusion :

— Ma bonne, mon époux me manifeste la même estime qu'à la plus belle chienne de sa meute. Je ponds avec autant de régularité. Si les hommes tombaient gros à chaque nouvelle année, l'utilisation de la rue fétide[1] ne serait plus si vivement condamnée, m'en croyez. Me voyez... je suis flétrie, vieillie avant l'âge par les maternités, au point que mon mari préfère les jolies puterelles et ne me réserve ses faveurs que pour m'engrosser à nouveau.

Mais dans le cas d'Ivine, il s'agissait d'autre chose. Marie s'était ainsi peu à peu alarmée de l'excessive consommation par sa maîtresse d'infusions, notamment d'angélique. De bonne foi, elle l'avait mise en garde. Inquiète, fort marrie, Ivine avait juré de ne presque plus en boire, en dépit du soulagement de céphalées et de nausées que lui procurait le breuvage. Pourtant, que de fois Marie avait surpris Aude descendant furtivement en cuisine pour en remonter un gobelet fumant, à l'odeur caractéristique. Une sournoise, cette Aude avec ses mines affables, Marie Després en aurait juré.

La ventrière n'avait rien voulu révéler au mire, de peur qu'une si grave accusation ne retombe sur elle. Après tout, s'il était aussi *aesculapius* qu'on le prétendait, sa suspicion naîtrait vite. Néanmoins, l'envie, le besoin d'en avoir le

1. *Ruta gravealens*, surtout utilisée comme contraceptif. Il s'agit également d'un abortif très précoce, à quelques jours de gestation. Mortelle à forte dose. Encore appelée l'herbe de grâce. Est-ce parce qu'elle était censée protéger des poisons (et plus tard de la peste) ou en raison de ses propriétés anticonceptionnelles ?

cœur net ne la quittaient plus. Elle surveillait donc Aude en discrétion.

✠

Un grincement de gonds dans le château la tira du demi-sommeil dans lequel elle avait glissé. Elle pensa d'abord que l'endormissement fuyait dame Ivine et entrebâilla sa porte, qu'elle repoussa bien vite. Aude, la tête et les épaules protégées d'une aumusse doublée de fourrure, en plus de son mantel, sortait en tapinois[1] de sa chambre, mitoyenne de celle de la châtelaine. Elle cachait une esconce dans les pans de sa longue cape.

Sans même réfléchir, Marie Desprès enfila à la hâte ses vêtements sur son épais chainse de nuit, plaqua l'oreille au battant de sa porte et attendit que l'écho des pas légers d'Aude se soit éteint pour la suivre.

✠

Contrairement à ce que supposait Marie, Aude parvenue dehors ne se dirigea pas vers le pont-levis relevé, plus guère gardé en cette période de paix, mais contourna la tour de guet surmontée d'une échauguette[2] qui s'élevait face au logement du seigneur et de sa mesnie.

Marie se plaqua au mur, protégée par l'ombre. Il n'existait, à sa connaissance, que deux sorties de l'enceinte. Celle défendue par la herse épaisse du pont-levis et la lourde

1. Le substantif a longtemps été usité pour désigner une personne qui se cachait pour faire quelque chose.

2. Ou eschauguette, ou esgaritte. Guérite placée en haut de la tour de guet où s'abritait le veilleur.

porte barricadée de traverses qui le jouxtait et permettait le passage des hommes à pied, voire d'un cavalier, sans qu'on eût besoin d'abaisser le contrepoids. Elle patienta, se demandant ce que faisait l'autre. Enfin, elle avança à pas prudents, toujours collée au mur de la tour de guet ronde. La porte basse qui ouvrait sur l'escalier accédant au sommet et aux caves et cellules était entrouverte. Aude n'avait aucune raison de grimper, aussi Marie s'enfonça-t-elle vers les profondeurs, posant avec circonspection les pieds sur les marches glissantes d'une moisissure humide. Elle s'étonna de ne ressentir aucune appréhension. Certes, elle était de taille à assommer Aude, le cas échéant, mais surtout une sorte de sourde colère, justifiée selon elle, la tendait : que manigançait la donzelle à la nuit tombée, telle une ribleuse[1] ?

Lorsque la ventrière déboucha dans le long couloir souterrain, quelques flambeaux fichés dans leurs anneaux de mur étaient allumés. Elle progressa avec lenteur, sans apercevoir l'ombre d'Aude qui avait dû hâter le pas. Mais vers où ? Elle poursuivit sa prudente progression. Soudain, un courant d'air glacial frôla le bas de sa cotte. Elle se pencha. La grille d'un grand soupirail reposait à quelques pouces de la gueule de son ouverture. L'indécision envahit Marie Després : pourquoi un soupirail au bas d'un couloir souterrain ? D'où provenait l'aération ?

Marie hésita quelques instants, évaluant les dimensions de la bouche d'ombre. Aude était de belle taille mais de fine silhouette, contrairement à elle, bien plus charpentée. Et si elle restait coincée, la tête d'un côté, le cul de l'autre ? Et puis, qu'y avait-il derrière ? Elle faillit rebrousser chemin, dépitée. Cependant, son besoin de savoir l'emporta. Elle décrocha un des flambeaux enflammés et le brandit dans l'ouverture. Une escabelle permettait de rejoindre le

1. Qui se faufile à la nuit tel un voleur.

sol, en contrebas de celui du souterrain, preuve qu'Aude ou quelqu'un d'autre utilisait ce passage de façon assez fréquente. Marie Després se tortilla et parvint à se faufiler par le soupirail, non sans se meurtrir les épaules. Elle récupéra en tâtonnant le flambeau abandonné. Un couloir de pierre, sa voûte soutenue par des madriers, plus étroit et bas que celui qu'elle venait de quitter, s'étendait devant elle. Elle venait de découvrir le passage secret conçu pour permettre aux habitants de fuir en cas d'attaque ou de siège. Comment Aude avait-elle appris sa localisation ? Par un vieux serviteur ? Grâce à un plan conservé dans la bibliothèque ? Quelle importance ? Elle avança d'un pas vif sur ce qui lui parut une distance assez longue, redoutant d'avoir perdu la trace d'Aude.

✠

Le couloir se terminait par une petite porte épaisse, qui portait les cicatrices du passé et de l'abandon. Entrouverte.

Marie jeta un regard au flambeau qu'elle tenait, pesant le pour et le contre. Si elle l'abandonnait ici, enflammé, Aude s'en inquiéterait à son retour et comprendrait avoir été suivie. Mais l'éteindre et s'en débarrasser suggérait que Marie devrait rebrousser chemin à l'aveuglette. Elle lâcha la torche au sol et étouffa sa flamme sous son pied.

✠

En deux pas, elle se retrouva environnée d'épais buissons qui agrippèrent les pans de son mantel et lui griffèrent le visage. Le bois de Saint-Denis. L'enchevêtrement de végétation dissimulait totalement la porte aux regards.

Marie tendit l'oreille, profitant de la pleine lune complaisante et du ciel dégagé pour scruter alentour. La déception l'envahit : Aude l'avait semée. Incapable de s'avouer défaite, elle avança droit devant, prenant garde où elle posait les pieds. Bien lui en prit. Au bout de quelques toises, elle distingua la lueur dansante d'une esconce. Progressant sans un son, elle se rapprocha jusqu'à distinguer la silhouette d'Aude au milieu d'une clairière. Elle se tassa derrière un tronc d'arbre, épiant.

Penchée, la dame d'entourage d'Ivine semblait chercher quelque chose au sol. Elle faisait un pas, deux, revenait en arrière, obliquait à droite ou à gauche. Le manège dura. Soudain, Marie la vit s'accroupir, poser son esconce à côté d'elle et repousser les pans de sa cape. Il lui sembla même qu'elle cueillait quelque chose pour le fourrer dans un sac. Enfin, alors que le froid engourdissait les membres de la ventrière, Aude se redressa.

Marie se souleva à son tour et s'écarta du tronc protecteur pour se cacher un peu plus loin, derrière un buisson de houx. Aude passa proche d'elle et, à son allure allègre, Marie sut qu'elle avait trouvé ce qu'elle cherchait.

✠

La ventrière patienta quelques minutes et se dirigea vers l'endroit de la clairière où la dame de compagnie s'était accroupie. Grâce à la lune complice, elle découvrit vite l'objet de son intérêt et en elle la stupeur le disputa à l'effroi.

Ces feuilles persistantes, ovales, assez larges, aux fortes nervures, disposées en rosette autour des tiges, elle les connaissait. Au printemps naîtraient de magnifiques fleurs d'un mauve violet, en forme de cloches, d'où leur nom : le dé-de-bergère[1]. Dieu du ciel ! À quoi Aude comptait-elle l'utiliser ?

Certes, Marie Després n'était pas apothicaire et encore moins médecin. Cependant, elle connaissait admirablement les simples employées dans son art. La digitale n'avait aucune vertu contraceptive, contragestive, ni l'inverse. Ses infusions ou macérations n'étaient même proposées, avec une extrême prudence, que dans les cas de sévère hydropisie. Il s'agissait en fait d'un violent poison, contre lequel n'existait aucun antidote !

Doux Jésus, la réalité se révélait encore pis qu'elle ne l'avait imaginée. Qui Aude voulait-elle enherber ?

Une série d'hypothèses, toutes plus macabres les unes que les autres, défila dans l'esprit de Marie.

Dame Ivine ? Non pas ! Aude manifestait une tendresse et une admiration sans faille pour sa maîtresse.

Philippe ? Mais pourquoi ? D'autant que si Philippe décédait, laissant Ivine sans hoir, elle perdrait la seigneurie et tous les biens attachés qui reviendraient à Amâtre.

Cyr ? Afin de débarrasser Ivine d'un héritier potentiel ? Mais Cyr, le puîné, ne deviendrait pas le nouveau seigneur, sauf à penser qu'Amâtre était décédé. Et comment Aude

1. Ou gant-de-Notre-Dame, de nos jours la digitale pourpre (*digitalis purpurea*). Tout de la plante est très toxique. En dépit du fait qu'on en a tiré des médicaments précieux, dont la digitaline, prescrits dans les cas de congestions cardiaques. L'intoxication aiguë commence par des nausées et de forts vomissements, puis de graves troubles du rythme cardiaque conduisant au décès en l'absence de traitement. Il suffit de quelques grammes de feuilles pour tuer un adulte, d'autant qu'il semble que les hommes de plus de 50 ans soient encore plus sensibles aux effets toxiques de la plante, surtout en cas de cardiopathie préexistante. La seule indication thérapeutique de la plante à l'époque est l'hydropisie, c'est-à-dire un œdème, dont la cause fréquente est précisément une congestion cardiaque, ce qu'on ignorait.

l'aurait-elle su puisqu'il n'avait donné aucune nouvelle depuis des années ?

Elle, Marie, parce qu'elle s'obstinait à faire tomber Ivine grosse ? Billevesées. Quel intérêt de se débarrasser d'une ventrière, plutôt bonne commère, quand Philippe la remplacerait aussitôt ?

Qui, à la fin ?

✣

L'esprit en pleine déroute, Marie Després décida de regagner sa chambre. L'incertitude vira à la panique : que pouvait-elle faire ? Elle se maudit de sa curiosité de revanche. Elle avait juste voulu se prouver qu'elle excellait dans son art et que dame Ivine contrait ses remèdes par d'autres préparations, en dépit du fait que Marie ne comprenait toujours pas la raison qui aurait pu motiver la gente dame. Avoir un enfant mâle garantissait son futur et lui épargnait le couvent en cas de veuvage.

Le retour, dans l'obscurité totale, fut malaisé. Avançant en aveugle, elle s'écorcha les doigts et le front aux pierres du plafond trop bas et aux lourds madriers, et manqua s'affaler à plusieurs reprises. Elle trébucha d'ailleurs dans l'escabelle qui menait aux souterrains des caves et se hissa avec peine. Pourtant, elle sentit bien peu ses meurtrissures, tant l'angoisse l'étreignait. Il lui fallait découvrir un moyen d'empêcher ce qui se tramait. Un meurtre, à l'évidence. Le plus vil imaginable[1]. Enfin, elle parvint à la porte de la tour de guet qui ouvrait sur la cour d'honneur.

Elle grelottait de peur lorsqu'elle rejoignit sa chambre. Le sommeil l'avait fui et elle se retourna toute la nuit sur

1. L'empoisonnement était alors considéré comme le meurtre de sang le plus abject, sans doute parce qu'il est très sournois.

sa couche. Philippe, trop épris, ne croirait jamais un mot de ses révélations et elle risquait, au contraire, de déclencher son ire. Sa dame et par extension la dame de sa dame étaient des agnelles à ses yeux. Il pouvait fort bien la faire fouetter et jeter dehors.

Le mire ! Ne restait que le mire. Mais comment l'avertir sans risquer les terribles représailles du seigneur de Saint-Denis-d'Authou ?

XXX

Château de Saint-Denis-d'Authou, novembre 1306

Druon et Huguelin avaient pris la veille leurs quartiers au château de Saint-Denis-d'Authou, sans enthousiasme. Une étrange et pesante atmosphère y régnait. On eût cru qu'un malsain sortilège avait frappé toute la mesnie du seigneur Philippe.

Aussi le jeune garçon fit-il grise mine, lorsque son maître lui annonça dès après prime qu'il se rendrait seul à Tiron, puis en l'abbaye, accompagné cette fois du bailli, Louis d'Avre, qui avait obtenu – non sans peine – audience du seigneur abbé Constant de Vermalais.

Le garçonnet tenta d'incliner la décision du jeune mire en plaidant, d'un ton dépité :

— Il me va falloir encore rester cloîtré. Et dans ces appartements qui n'ont rien d'avenant.

Il désigna d'un geste circulaire leur chambre, de taille fort modeste et meublée du strict minimum – un grand lit dont le pied était flanqué d'un banc de bois sombre et une almaire[1] de piètre facture, sans oublier deux chaises et une petite table d'écriture, encombrée d'une cuvette et

1. Armoire.

d'un broc d'ablutions. Trois meurtrières l'aéraient, laissant filtrer si peu de lumière qu'on n'y voyait goutte au plein du jour. Le *vestibulum*[1] qui menait à la triste pièce se réduisait à une sorte de sombre boyau.

— Ça, il y a de quoi regretter notre séjour au château du seigneur de Verrières, poursuivit Huguelin d'un ton aigre.

— Nul ne te contraint à la réclusion. Tu peux te promener alentour, ou visiter la bibliothèque, qu'on prétend bien garnie…

— Que nenni ! s'exclama Huguelin. Je rase les murs dès que je sors de nos appartements… enfin, un bien grand mot pour ce piteux logement. Il y a quelque chose de… sinistre en ce lieu. Voyez, nul serviteur ne jacasse, ne s'esclaffe, tous baissent la tête dès qu'ils croisent votre chemin et filent à la manière de souris inquiètes. On dirait… je ne sais… on dirait que pèse une terrible menace, une menace qui s'apprête à fondre sur chacun.

✣

Druon n'était pas loin de partager le sentiment de son apprenti. Toutefois, lui se doutait que la pesanteur lugubre qui régnait dans le château naissait de la rustaude personnalité de Philippe. Tous le craignaient, à raison probablement. Une âme trouble, sombre, dangereuse se cachait derrière ses manières d'ancien soldat, Druon en aurait juré.

Le jeune mire pensait souvent à dame Ivine, de même âge que lui. Il comprenait le besoin et l'affection qui la liaient à ses dames d'entourage. Elle vivait dans une sorte de déplaisant désert, prisonnière d'un époux dont Druon voyait mal comment on pouvait le bien aimer.

1. Pièce d'entrée, vestibule.

En dépit de l'effroyable chagrin que lui avait causé, que lui causait toujours le souvenir du calvaire, puis de la mort de son père, en dépit de sa fuite, des dangers qui pesaient sur lui, il eut pour la première fois de son escampe la grisante sensation qu'il était libre, maître de lui.

✠

Il sortit de leur chambre, se sentant un peu coupable de laisser Huguelin derrière. Au bout du couloir, une ombre se détacha de derrière un pilier de soutènement et fonça vers lui dans un froissement d'étoffe. Marie Desprès. Au même moment, un serviteur déboucha à l'autre extrémité, celle qui donnait sur l'escalier descendant vers la salle d'armes. La ventrière pila. Un sourire convenu étira ses lèvres. Elle lança d'un ton artificiel :

— Messire mire… Quel soulagement de savoir ma dame en si habiles mains.

Puis la grande femme tourna les talons et disparut aussi vite.

D'abord un peu interloqué, Druon songea que son comportement se révélait fort étrange et qu'il la devrait questionner à son retour.

Les reproches de son jeune apprenti lui revinrent alors à l'esprit. Ce lieu sécrétait un étrange malaise. En dépit de son exécration, héritée de son père, pour la superstition, il finissait par redouter, à son tour, qu'une chose terrible ne fonde sur les habitants du château.

XXXI

Tiron, novembre 1306

Maîtresse Borgne tournait tel un lion en cage lorsque Druon pénétra dans la vaste salle du Chat-Borgne. Le visage crispé d'inquiétude, elle se précipita vers lui et déclara d'une voix forte :

— Ch'ais pas où est passé c'nigaud d'Nicol. L'est nulle part ! Si j'l'attrape, çuilà, je lui en emmanche une à lui r'tourner la tête ! Y sait ben, pourtant, qu'ils, les autres, l'aiment pas et sont toujours prêts à lui mitonner d'vilains coups ! J'y ai dit de m'prévenir quand l'envie d'un p'tit tour le prend. Dadais ! Bon à pas grand-chose !

Le mire sentit aussitôt que son ire n'avait d'autre objet que de dissiper son angoisse. Il s'efforça de la rassurer :

— Il est plein jour, maîtresse Borgne, que voulez-vous qu'il lui arrive, d'autant qu'il est capable d'assommer un bœuf ?

Elle le considéra, luttant contre les larmes :

— Faudrait qu'y ait une maille[1] de méchanceté en lui pour ça, messire. Mais, la coquinerie l'a épargné tout autant qu'l'intelligence. Et voyez-vous, ch'ais pas c'qui est

1. Environ 0,8 grammes.

le pis des deux. Y comprendrait même pas qu'on lui veut mal. Y's'défendrait même pas. (Elle détourna le regard, cachant ses larmes et ajouta dans un souffle :) L'a pas dormi là-haut. Sa paillasse est pas défaite.

— Il est peut-être parti au tôt matin, avant votre éveil, en tirant ses couvertures.

Une lueur d'espoir passa sur le visage inquiet. Elle soupira :

— Ben, y'a une chose que je regretterai pas dans ma vie… que vos pas vous aient m'né à mon auberge. Z'avez belle raison, messire. J'suis une vieille poule niaise qui s'affole au point qu'elle sait plus où s'trouve sa tête et où niche son cul ! Oui-da, y va revenir quand la faim le tenaillera. Ça, y s'fera vilainement frotter les oreilles !

✠

L'entrée soudaine du bailli lui permit de se reprendre tout à fait. Elle se composa la mine d'une affable commerçante, s'enquit de son éventuelle envie d'un gobelet d'infusion. En dépit de son indéniable importance, de son haut lignage, il la remercia avec une courtoisie qui plut à Druon. Faisant preuve, une fois n'était pas coutume, de discrétion, maîtresse Cécile disparut en cuisine.

Désignant l'extérieur d'un geste, le seigneur bailli déclara :

— Belle monture. La vôtre ?

— Si fait, une jument d'à peine six ans. Fort valeureuse. Elle se nomme Brise.

Un mince sourire étira les lèvres du bailli qui commenta :

— Un trait d'humour, je suppose. Allons, monsieur, ne tardons pas. Nous ne voudrions pas chauffer les sangs du seigneur abbé en nous présentant en retard par-devant lui.

XXXII

Abbaye royale de la Sainte-Trinité de Tiron,
novembre 1306

Frère Sabin, portier, répondit presque aussitôt aux coups brutaux assénés par le bailli sur un des lourds battants de la porterie principale.

Le gros moine, qui semblait en permanence affolé et agité, trépignait sur place, débitant en ne s'adressant qu'à Louis d'Avre :

— Notre père, notre très bon père abbé vous attend… au parloir, bien sûr, au parloir. Me suivez…

Trottinant autant que l'autorisait son impressionnante bedaine, il les précéda et les poussa presque dans la vaste pièce sombre et glaciale, éclairée avec parcimonie par quelques flambeaux. Deux longues tables flanquées de bancs étaient parsemées de chandeliers dont les bougies n'avaient pas été allumées. Druon songea que cette marque d'économie était destinée à leur indiquer leur peu d'importance, et la volonté de l'abbé que l'entrevue à laquelle il avait fini par se résoudre soit aussi brève que possible.

Ils s'approchèrent de la chaire sur laquelle s'était installé Constant de Vermalais, en bout de table, et saluèrent bas. Un mouvement sec et rapide de tête leur répondit. Louis d'Avre les présenta, exprima sa vive gratitude pour cet entretien avec une effusion qui surprit Druon venant de cet homme austère. Le regard très bleu de Vermalais ne le lâchait pas. Enfin il déclara d'un ton glacial en désignant un banc :

— Monsieur d'Avre, mire, asseyez-vous. Je n'ai accepté votre visite qu'en raison du meurtre inacceptable de votre secrétaire. Je me doute de la colère qui doit être vôtre. Je la partage. Je ne sais si ce mercier… Porée, Borée… méritait le supplice qu'on lui infligea. Cependant, à l'évidence, tel n'était pas le cas de mon gentil fils Étienne, ni de votre homme.

— Justement, seigneur abbé… notre venue a pour espoir d'éclaircir certains points. Votre moine connaissait-il ce mercier Martin Borée, ou mon bon Leonnet Charon ?

— Certes pas, comment l'aurait-il pu ? Nul ne sort d'entre nos murs, sauf impérieuses raisons, hormis moi ou mon fils tourier, ou afin de se rendre aux poulaillers, aux champs, au verger, que sais-je, bref à proximité de l'enceinte, et rarement seul. Je ne m'explique pas ce que notre doux Étienne, Dieu garde son âme en très grande paix, faisait dans la forêt, au matin juste levé. La dernière fois que l'un de mes fils l'a vu, il se promenait aux abords du vivier, prétextant… une difficulté de souffle ou de digestion… j'ai oublié.

— Était-il roide lorsque vous le trouvâtes ? intervint Druon.

— Fort roide, et mes serviteurs laïcs ont dû bagarrer afin de l'allonger sur un des lits de l'infirmerie.

— Mort depuis de longues heures, donc.

— L'enquête menée auprès de mes fils laisse apparaître qu'Étienne aurait quitté l'abbaye avant vêpres, le soir précédent. Mais qu'allait-il faire dans cette forêt ! s'emporta le seigneur abbé.

— La question me hante également, observa Druon. Quant à sa main tranchée, où est-elle passée ? Si je me fie au témoignage de ce jeune Robert, une large tache de sang avait séché dans le dos de votre fils. Nulle souillure alentour, ce qui pourrait indiquer qu'il fut transporté où vous le découvrîtes. Quelle était sa fonction en l'abbaye ?

Constant de Vermalais détailla le mire en pinçant les lèvres de dédain comme s'il jugeait que sa question relevait de l'outrecuidance. Il sembla hésiter à y répondre, puis :

— Aucune, Étienne était encore fort jeune. Il s'acquittait de ses tâches de semainier ou de *supplet* avec fougue. Toutefois, sa ferveur, son dévouement à notre ordre et son goût prononcé pour l'étude le destinaient à devenir un jour discret[1] ou, à tout le moins, officier[2]. Étienne se montrait... infatigable, il ne savait que faire pour contribuer au mieux à la marche de notre monastère. Que de belles idées il avait... Une perte, une tragique perte, conclut le seigneur abbé d'un ton plat.

Druon ne sentit en son interlocuteur qu'une sorte de froid regret, un constat sans émotion, hormis l'arrogante stupéfaction qu'on ait osé s'en prendre à l'un de ses fils. Il se défendit contre la certitude qu'il ne sortirait rien de cet entretien.

Louis d'Avre intervint :

— De belles idées, dites-vous, Monsieur mon père ?

— Si fait. Ah, quelles magnifiques passions l'habitaient ! Il envoyait des messages dans tout le royaume à la recherche

1. Du latin *discretus* : capable de discerner. L'abbé était assisté d'un grand prieur lui-même secondé par six frères discrets : le cellérier, le boursier, le dépositaire, le portier et deux autres de fonction variable.

2. Qui secondaient les discrets.

de moyens plus efficaces pour protéger nos manuscrits de leurs ennemis jurés : la moisissure, les insectes, les rongeurs, le dessèchement même. Sa fougue m'avait convaincu de lui permettre d'enrichir notre collection de reliques, à la condition qu'il ne se fasse pas gruger par de vils coquins sans vergogne[1]. Quelle déchéance de vénérer un tibia s'il ne provient pas de saint Antoine[2] mais d'un gueux quelconque !

— À l'évidence, approuva le bailli. Et donc, frère Étienne…

— Avait âprement contesté les sommes prohibitives que des vendeurs souhaitaient nous arracher et s'était assuré de la véracité de leurs dires et de l'authenticité des reliques, le coupa l'abbé. Il avait obtenu permission de sortie pour y parvenir.

— Comment obtient-on une certitude quant à l'authenticité d'une relique ? demanda Druon, une réflexion qui lui valut un regard peu amène de Constant de Vermalais.

— En s'assurant de la bonne moralité du vendeur, rétorqua l'abbé.

— Qui peut avoir été dupé lui aussi, en dépit de sa bonne foi, contra le mire. D'autant que les possesseurs, même intègres, de reliques fallacieuses refusent le plus souvent d'admettre qu'ils ont été bernés tels des sots. La fable se propage donc et perdure.

---

1. On était alors à l'apogée de la vénération des Saintes Reliques et du trafic de faux. Il circulait à cette époque un nombre considérable de fausses reliques, vendues à prix d'or aux naïfs ou à des gens qui souhaitaient faire un prestigieux cadeau aux puissants ou à une abbaye. Ainsi, on dénombrait quatorze Saints Prépuces, des morceaux de bois de la Croix en tel volume qu'Érasme en disait qu'il faudrait une forêt entière pour l'atteindre, une dizaine de têtes et une soixantaine de doigts de saint Jean, un nombre considérable de Saintes Lances, etc. Le manque de moyens de communication, donc de vérification, a bien sûr profité à ce juteux trafic.

2. Il en existait une bonne cinquantaine en circulation à l'époque.

À la soudaine tension des maxillaires du bailli, Druon comprit sa maladresse. La repartie, acerbe, ne tarda pas :

— Jeune mire, me traiteriez-vous de benêt ? La prétention des hommes de science ne cessera de m'étonner, ajouta l'orgueilleux Constant de Vermalais.

— Certes pas, seigneur, avec tout mon respect, se défendit Druon que la conversation lassait. Et donc, frère Étienne avait vérifié la probité des vendeurs ? s'enquit-il, davantage pour effacer sa bévue que par réel intérêt.

— Oui-da. Et avec grande fermeté. Il a d'ailleurs été aidé par le pieux zèle d'un notaire de Nogent-le-Rotrou. J'insiste sur la ferveur généreuse de cet homme qui a refusé de se faire payer à la raison que veiller sur les transactions pieuses de l'abbaye le remplissait d'allégresse et de reconnaissance. C'est ainsi que nous avons acquis le tibia de saint Antoine, un Saint Clou[1] et une Sainte Larme[2]. Une bouleversante et prestigieuse collection que nous devons à Étienne et à la vigilance obstinée du notaire.

— Ce notaire... commença le bailli pour être à nouveau interrompu par l'impatience manifeste de l'abbé.

— Un certain Évrard... Charon... Ah ça ! s'étonna l'abbé. Je n'avais pas établi le rapprochement. S'agirait-il d'un parent de votre défunt secrétaire ?

— Je l'ignore, mais vais m'en assurer au plus preste, répondit Louis d'Avre dont Druon perçut le regain d'intérêt.

Le jeune mire reprit la parole :

1. Les clous utilisés pour crucifier le Christ. Là encore, il en circulait en abondance à l'époque.

2. La plus célèbre est, sans doute, celle conservée en l'abbaye de la Trinité à Vendôme, dont la construction décidée par Geoffroy Martel, comte de Vendôme, et son épouse Agnès de Bourgogne débuta en 1035. Versée par le Christ lors de la mort de Lazare, elle aurait été incluse dans un éclat de cristal et offerte à Marie-Madeleine par un ange.

— À quand remontent les achats des reliques, seigneur abbé ?

— Ma foi, de mémoire, le tibia nous arriva il y a environ trois ans et la Sainte Larme, la dernière acquisition, il y a une dizaine de mois.

— Seigneur mon père, auriez-vous l'infinie bonté de m'autoriser à retracer les pas de frère Étienne ? Peut-être à interroger certains moines ?

— Mes fils sont soumis au silence. Ils ne le rompent qu'à bon escient. Rarement. Ainsi le veut notre règle et ainsi y veillè-je. Quant à retracer ses pas… pourquoi m'y opposerais-je ? Hors l'abbaye, toutefois. Au demeurant, il fut occis dans la forêt, ou ailleurs selon votre supposition. En tout cas, pas entre nos murs.

✣

L'ordre était clair et ferme. À l'évidence, contrer Constant de Vermalais eût été une mauvaise stratégie, et Druon se contenta de hocher la tête en remerciement. Cet homme le déroutait. Il avait d'abord pensé que l'abbé dissimulait une trouble connaissance des mobiles ayant mené au meurtre de son fils. Il l'avait soupçonné de s'abriter derrière son pouvoir et les privilèges de son rang afin de décourager le légitime intérêt du bailli. Tel n'était plus le cas. Pourtant, le mire ne parvenait pas à se défaire d'un étrange sentiment. Il aurait juré que de lourds secrets se cachaient derrière la façade péremptoire et peu cordiale de l'abbé.

Bah ! Il avait obtenu l'autorisation qui lui importait : celle de fouiner un peu.

XXXIII

Abbaye royale de la Sainte-Trinité de Tiron,
novembre 1306

Frère Sabin les raccompagna à la porterie principale. Druon s'étonna un peu du mutisme et de l'absence de curiosité du gros moine, qui ne chercha pas à s'enquérir de leur discussion avec son père.

À leur surprise, le jeune Robert se précipita vers eux dès que le portier entrouvrit le lourd panneau. Il jeta un regard à frère Sabin et retint ce qu'il voulait dire, tirant Druon par un pan de son mantel. Lorsque la haute porte se referma et qu'ils se furent écartés de quelques pas, Robert débita d'une voix urgente et hachée de chagrin :

— J'as couru afin d'vous prévenir. Ah, quelle épouvante !!! L'pauv'gars ! Maîtresse Borgne a les sangs r'tournés. L'a failli tomber en pâmoison… Elle pleure tel un enfançon et rugit comme une furie. Oh, ça, l'est capable d'un vilain coup dans son état. Si l'maudit qu'a fait ça lui tombe sous la patte, elle l'étripe…

Et Druon comprit que le gentil Nicol avait rejoint son Créateur. Une peine, presque inattendue, le submergea.

Une gentille vie malmenée par le sort, qui n'avait jamais porté tort à quiconque, venait de s'éteindre. Une autre allait basculer, celle de Cécile, dont les réserves d'amour ne pourraient plus se déverser sur le tendre simple. Qui allait-elle houspiller ? Sur qui pourrait-elle maintenant veiller ? Au fond, Nicol avait été son enfançon, et sans doute le serait-il demeuré jusqu'à la fin de sa vie. Héluise, en Druon, comprenait si bien la robuste commère au caractère trempé ! Ce bébé tombé du ciel, la nuit où il avait été abandonné sur le pas de la porte du Chat-Borgne, n'avait jamais été une corvée, ni même un devoir pour Cécile. Il était devenu l'unique réceptacle de ce que la femme possédait en elle de meilleur. Il lui avait permis de dépenser sans compter toutes ses possibilités de tendresse, de bonté, de générosité. Qu'allait devenir Cécile sans Nicol ?

✠

L'ordre du bailli mit terme à ses sombres pensées.

— Reprends-toi et explique-toi, mon gars.

— Ah, seigneur bailli, seigneur bailli… ! Maudit, rat galeux !

Robert inspira longuement et leur narra la macabre découverte du cadavre de Nicol le simple par un cueilleur de cèpes[1] du village, dans le bois de Gaufeuillu.

— A-t-il été poignardé dans le dos, comme les autres ? voulut savoir Druon.

1. Le Moyen Âge se méfiait des champignons et on en consommait peu, uniquement ceux que l'on connaissait très bien tels les cèpes et quelques rares autres espèces, pour preuve les rares recettes qui les faisaient intervenir.

Robert hocha la tête en signe de dénégation et précisa :

— Non, par l'devant. Et l'a ses deux mains toujours attachées au corps. Et on avait r'couvert sa face de la guenille qu'il avait su'l'dos.

Réfléchissant tout haut, le bailli s'interrogea :

— Une méchanceté destinée à un faible d'esprit ? Ils deviennent toujours des souffre-douleur, des victimes de l'aigreur des autres.

— J'en doute, messire. À l'évidence, Nicol était la cible de plaisanteries et de petits tours. Toutefois, nul dans les parages ne s'en serait pris à sa vie, car les villageois sont convaincus qu'un tel acte leur porterait malheur, sans même évoquer les menaces d'implacable vengeance proférées à maintes reprises par maîtresse Borgne. Tous savent qu'il ne s'agit pas de galéjades et qu'elle les mettrait aussitôt à exécution. De plus, étrangement, ils tiennent à leurs simples, ne serait-ce que pour les brocarder. Pour bon nombre, il y a grand soulagement à voir plus faible et plus malheureux que soi.

Louis d'Avre le fixait et une ombre avait obscurci le regard très bleu, si semblable à celui du père de Druon. Il lâcha d'un ton monocorde :

— Vous me plaisez bien, mire. Un compliment que j'ai peu l'occasion de faire. Ma dernière-née, Blanche, une petite mie aussi douce qu'une colombe est… tardive d'esprit. Toutefois, moi vivant, elle ne sera jamais victime de mauvaiseté. Bien fol qui la peinerait ; il devrait se frotter à moi et je ne ferais pas de quartier[1] dans son cas. Voyez… l'assassin vient de commettre sa plus lourde erreur, si tant est qu'il s'agisse du même. Le meurtre de Charon m'avait rendu inflexible. Celui de Nicol, impitoyable.

1. À l'origine « lieu de sûreté », où l'on pouvait se réfugier et avoir la vie sauve.

Druon de Brévaux leva le visage vers le grand homme.

— Vous me plaisez bien, seigneur bailli. Un compliment que j'aimerais offrir plus souvent, l'imita-t-il. Allons apporter un peu de réconfort à maîtresse Cécile.

En silence, ils reprirent le chemin du village, Robert fermant la marche.

XXXIV

Château de Saint-Denis-d'Authou, novembre 1306

Jacques Lafleur tergiversait encore. À la vérité, il hésitait depuis des lustres, optant pour une décision puis l'autre. En lui la cupidité le disputait à la haine. Les ans n'avaient pas atténué son suffocant désir de vengeance. Il aurait tant aimé lui faire la peau, au Barbette ! Il avait imaginé la scène mille fois, sentant presque sa lame s'enfoncer dans la poitrine de cet ennemi honni, en frissonnant même d'un plaisir presque sensuel. Le sang exécré coulait sur sa main. Philippe s'effondrait, bouche ouverte sur un long râle d'agonie, et Lafleur se réjouissait du voile opaque qui recouvrait ses yeux.

Toutefois, Lafleur était un pleutre. Terroriser, torturer des villageois, des femmes ou des moines s'avérait à sa mesure. Pas s'attaquer à un Philippe Barbette, à moins qu'il fût très soûl ou assoupi. Il en conservait l'image d'une brute redoutable, doublée d'une fine lame, une lame sans hésitation, ni pitié. Un cuisant souvenir. Un soir de beuverie, alors qu'ils se disputaient, en prétendue camaraderie, les faveurs d'une catin dont la seule coquetterie consistait à savoir celui qui la paierait le mieux, Barbette lui était tombé sur le poil. Il l'avait massacré à coups de poing et de pied, riant à gorge déployée. La gargote entière s'était esclaffée, se donnant du coude, alors que lui pissait le sang, roulé en boule sur le sol de terre battue parsemée de crachats, protégeant sa tête de ses bras. Barbette avait cogné et encore cogné jusqu'au moment où Lafleur avait sombré dans l'inconscience. Au-delà des coups, il n'avait jamais digéré l'humiliation, d'autant plus rongeante qu'il n'était ni de force ni de courage à se venger. À l'époque ! Car il tenait enfin le moyen de faire mordre la poussière à ce bon vieux Philippe. Il tenait enfin le moyen de lui casser les reins au-delà du remédiable, et une joie venimeuse l'habitait.

✣

Grâce à ce vieux prêtre. Une coïncidence ? Pas vraiment.

Après l'escampe de Philippe, lorsqu'il avait disparu en subtilisant leur magot commun, Lafleur et d'autres avaient juré de le retrouver. Ils avaient fait serment que si l'un d'entre eux mettait la main sur lui et, surtout, sur l'argent, il rejoindrait ses complices éparpillés et leur restituerait leurs parts de butin. Promesse de menteur et de voleur, nul n'ayant l'intention de s'en acquitter. Toutefois, l'on s'était quitté avec des larmes dans la voix, après moult accolades. Lafleur ignorait si ses anciens comparses s'étaient lassés de leur quête. Pas lui. De rapines en minables escroqueries, il avait passé des années à renifler la piste de cette rosse[1] de Philippe Barbette.

Et puis un jour, à Amboise où la tête de Philippe avait été mise à récompense, il l'avait aperçu au détour d'une ruelle. Son cœur avait fait une pénible embardée, sa gorge s'était desséchée. Allons, c'était impossible, ou alors Philippe avait

1. À l'époque, le terme était fort et désignait une personne mauvaise. Il est amusant de constater que la vache a remplacé le cheval pour indiquer la méchanceté.

commercé avec le diable, non qu'un tel pacte eût étonné Lafleur. Car Barbette n'avait pas vieilli d'un an. Bien au contraire. Jacques avait alors compris sa bévue : l'homme jeune ressemblait à son traître d'ancien compère comme une goutte d'eau à une autre. Jacques avait surveillé de loin le long conciliabule de l'individu avec un vieux prêtre, au porche de l'église Saint-Denis[1]. Il avait surpris l'agitation croissante du jeune sosie d'impressionnante carrure et d'allure balourde. Menaçant, il avançait le torse vers le religieux, qui jetait des regards apeurés autour de lui, remontait une marche, puis une autre, en direction de l'église, s'apprêtant à bondir à l'intérieur afin d'y trouver refuge. Soudain, l'énervement de l'homme était tombé. Il avait semblé pétrifié durant quelques secondes, puis avait serré le prêtre inquiet contre lui, à la manière d'un vieil ami, avant de dévaler les marches et de disparaître au coin d'une ruelle.

Jacques avait patienté, faisant taire sa brûlante curiosité à coups de cruchon dans une auberge voisine. Il ne pouvait s'agir d'un hasard, la ressemblance se révélait trop criante. Ce jeune homme était de la parentèle de Barbette. S'ajoutait le fait qu'il se trouve à Amboise, une région autrefois écumée et mise à feu et à sang par le bandit de grand chemin lors de ses heures de gloire. Au demeurant, Jacques avait tenu le même raisonnement pour retrouver la trace de Barbette et sillonnait les lieux où il avait sévi, au point d'être condamné trois fois à mort par contumace, ainsi que ses acolytes notoires.

Le lendemain, il avait abordé le vieux prêtre avec délicatesse. Un peu naïf, débonnaire, soulagé que ce nouvel interlocuteur paraisse plus benoît, l'homme de Dieu avait cru voir une coïncidence divine dans le fait que deux personnes s'intéressent consécutivement au vil sieur Barbette. Il avait donc relaté, sans défiance, sa discussion de la veille, avec un « fougueux » qui

1. Construite à partir de 1107.

s'était présenté sous le nom d'Amâtre de Saint-Denis-d'Authou et avait insisté tel un insensé pour qu'il lui décrive la main gauche de Barbette, celle à l'index amputé. Oh, comme il se souvenait de cette main ! avait précisé le prêtre en frissonnant rétrospectivement. Cette main malfaisante lui avait serré le col à l'étouffer lorsqu'il avait refusé, un soir, d'absoudre un Barbette ivre de ses innombrables péchés, sans promesse d'une future conduite irréprochable en contrepartie.

À l'évidence, le religieux n'avait pas fait le rapprochement entre Amâtre et Philippe Barbette. Sans doute la cataracte qui bleuissait ses pupilles marron l'expliquait-elle.

✠

Jacques avait ensuite remonté le royaume en direction de Saint-Denis-d'Authou. Il avait marché des jours entiers, sa haine brûlante annihilant son épuisement. Que de rêves éveillés s'étaient succédé durant ces semaines de périple ! Ou il débarquait au château pour découvrir un Philippe agonisant, gémissant, rongé de pustules, son vœu le plus précieux puisqu'il lui ôtait la nécessité de l'occire Philippe de sa propre main. Ou alors, Barbette était si enivré qu'il le poignardait en sournoiserie, sans risque. Ou bien encore, la mollesse de la vieillerie d'aisance avait affaibli son vieil ennemi au point que celui-ci le suppliait de l'épargner contre une belle moitié du magot dérobé. Lafleur prétendait alors faire acte de grande charité, récupérait le butin et trucidait Philippe. À coquin, coquin et demi !

✠

Assis sur une pente douce herbeuse, à une cinquantaine de toises du château de Saint-Denis-d'Authou, Jacques

Lafleur tergiversait donc. Il ressassait ce qu'il avait appris au sujet de feu Géraud d'Authou, qui avait reconnu sur le tard Philippe bâtard noble, de la belle et bonne dame Ivine, des deux hoirs que Philippe avait eus d'un premier lit, dont le fameux Amâtre, cherchant la faille qui lui permettrait de s'engouffrer.

Il contemplait le château depuis des heures, comme s'il en attendait une révélation. De taille assez modeste, massif, il formait un quadrilatère flanqué sur le devant de deux tours carrées, preuve qu'il n'avait pas été construit d'hier. Un chemin de ronde avec merlons[1], créneaux et mâchecols[2] ceinturait sa cime. Le pont-levis était abaissé sur les douves, signe de paix dans la région.

Doté d'une solide rouerie, Lafleur passa à nouveau en revue toutes les possibilités. Dénoncer Barbette aux hommes du bailli ? Certes, il récupérerait peut-être la récompense offerte des années auparavant pour l'arrestation du brigand. Rien de comparable toutefois avec le magot volé. Tuer Barbette ? Encore fallait-il qu'il y parvienne sans se faire trucider. Et puis, qui lui donnerait ensuite l'argent ? Écartelé entre son envie de faire la peau de son ancien complice, sans y laisser la sienne, et celle de se voir gratifié d'une ronde somme, il n'avançait pas d'un pouce en décision.

L'aigreur le submergea. Et il se faisait donner du « seigneur », le rustaud inculte, le brigand, le vaurien de Barbette ! Et il avait épousé en secondes noces la fille d'un petit baron, une jeune beauté, affirmaient les uns et les autres ! Et il pétait d'aise dans ses hauts-de-chausse en cendal ! Et des serviteurs le baignaient, le rasaient ! Et il suffisait qu'il claque des doigts pour que l'on courbe l'échine et obéisse à ses ordres !

---

1. Partie basse située entre deux créneaux, d'où l'on tirait les flèches.
2. De « macher » : blesser et de « col » : cou. Les mâchecols permettaient d'expédier des projectiles aux assaillants pour « leur écraser le cou ». A donné « mâchicoulis ».

La jalousie l'emporta enfin sur le désir de sang. Après tout, occire Philippe lui offrirait un plaisir bien temporaire. En revanche, jouir d'une fortune et des privilèges qui allaient avec le comblerait plus longtemps. À l'instar de Philippe. Soulagé de ce premier tri, il se concentra sur la suite : récupérer l'argent. Il était exclu qu'il aille menacer l'ancien comparse de révéler son peu glorieux passé. Barbette l'égorgerait sur-le-champ. Lui faire parvenir un message dans ce sens ? Outre qu'il ne savait ni lire ni écrire, et que la teneur de ladite missive était de celles qu'on ne confie pas à un scribe[1] public, Philippe retournerait ciel et terre afin de le trouver et navrer plutôt que de céder à l'extorsion.

Le fol amour de Philippe pour sa dame, si Jacques en croyait tous les clabaudages ? Sa dame. Sa dame, qui, à l'évidence, devait tout ignorer du passé infamant de son cher seigneur. Oh, quelle réjouissante idée ! La belle colombe se ferait l'involontaire messagère du chantage de Lafleur. Affolé, terrorisé à la pensée qu'elle puisse le mal aimer, Philippe paierait. En contrepartie, Lafleur accepterait de prétendre qu'il avait menti à la mie adorée, que Barbette était bien un valeureux soldat. Toutefois, la douce gent possède une finesse pour débusquer les mensonges et elle ne le croirait pas. Barbette payait et perdait ce qu'il avait de plus cher au cœur : l'amour de dame Ivine. Nul n'est plus implacable qu'une femme déçue dans son estime ou son attachement.

✠

1. Scribe, personne qui écrivait pour d'autres, tels les écrivains publics.

Un long soupir de bien-être échappa à Jacques Lafleur qui s'allongea sur l'herbe, inspirant l'air frais du matin à pleins poumons.

Il lui suffisait maintenant d'attendre que Philippe parte pour une de ses chasses presque quotidiennes.

XXXV

Château de Saint-Denis-d'Authou, novembre 1306

Ivine d'Authou avait refusé de le recevoir en l'absence de son époux. Jacques Lafleur s'y attendait. Planté au milieu de la petite cour d'honneur que ceinturaient les murs d'un gris sinistre, il avait insisté auprès du serviteur lui ayant transmis son congé. Madré, il en avait appelé à la belle charité de la dame qui ne le voudrait pas forcer à repartir avec des confidences qui lui empoisonnaient l'âme. Lafleur ne savait ce qu'il redoutait le plus : qu'elle l'éconduise sans appel ou que Barbette rentre trop précocement de sa chasse et le découvre en son château ?

✣

Enfin, le serviteur le mena dans la grande salle d'armes glaciale avec ordre de n'en pas bouger jusqu'à l'arrivée de la dame. Lafleur détailla les larges pierres, l'immense cheminée dans laquelle on n'avait pas jugé opportun d'allumer un feu en l'absence du maître, la grande table flanquée de bancs. Il imagina les ripailles et les beuveries de Philippe, entouré de ses hommes d'armes et enragea.

Il voulait la même chose. Et il sut à quel point lorsque Ivine d'Authou parut, accompagnée d'une de ses dames. Une incarnation de la beauté, de la finesse et de l'élégance. Le long voile fin pincé sous son touret[1] de laine bleu pâle lui dessinait des ailes. Elle avait passé une housse de tiretaine[2] bleu nuit sur une cotte à manches justes[3], dont les pans de coudières[4] frôlaient le sol.

Elle s'immobilisa à quelques pas de lui, le fixant, et il se demanda si elle ne lisait pas sa vilaine âme aussi sûrement qu'un livre. Une sorte de timidité – lui qui l'avait oubliée depuis longtemps – le gagna. Il s'inclina bas, s'éclaircissant la gorge, et commença en cherchant des mots de courtoisie, ceux qu'il avait appris dans son enfance de bâtard de tabellion[5], ceux qu'il s'était ensuite efforcé d'oublier, lorsqu'il avait, fort jeune, rejoint la bande de truands menée par Philippe Barbette.

✣

— Ma dame... ma gratitude et mon infini respect... Je me doute...

Elle l'interrompit d'une voix douce :

— Au fait, de grâce, monsieur. Il n'est guère approprié qu'une épouse reçoive un ancien compagnon de son époux en son absence. Car, vous êtes un ancien compagnon, m'a-t-on dit ?

---

1. Sorte de coiffe en forme de tambourin sous laquelle les dames élégantes pinçaient leur voile.

2. Épais tissu de laine puis de coton.

3. Ajustées.

4. Longues bandes de tissu fin qui ornaient les manches juste audessus du coude.

5. Officier public qui faisait office de notaire dans les juridictions subalternes ou seigneuriales.

— Oui-da. Durant de longues et troubles années.

— Et ?

Embarrassé, Lafleur jeta un regard à la dame d'entourage. Une jolie donzelle, mais la splendeur de sa maîtresse faisait pâlir sa beauté.

Ivine comprit son encombre et ajouta, en cordialité :

— Je n'ai nul secret pour ma dame Aude. Allons, monsieur, vous souhaitiez vous... décharger d'un poids de conscience. Vous y aider est la seule raison qui m'ait persuadée de vous rejoindre céans.

La stupéfaction gagna Lafleur : lui le sans vergogne, le sans foi ni loi, s'en voulait de la peine qu'il allait occasionner à cet être semblant sorti d'un conte de bonnes fées. Lui, dont le monde s'était rétréci à lui-même, se préoccupait des sentiments d'une femme. Il regretta presque son vilain stratagème. Pourtant, il ne pouvait reculer. Il voulait plus que tout cet argent, cet avenir de gros bourgeois, voire de petit seigneur. Après tout, n'était-il pas déjà cent fois damné ?

— Je m'apprête à vous causer peine, madame, et vous en demande humblement le pardon. Que mon besoin de rédemption soit mon unique excuse.

Elle acquiesça d'une légère inclination de tête, son voile frissonnant autour de son visage parfait, et tendit la main vers Aude, qui la serra en réconfort.

— Madame... En vérité... Philippe, seigneur d'Authou, n'est pas qui il prétend.

Il vit la bouche bien dessinée s'entrouvrir et le souffle d'Ivine se métamorphoser en fine buée.

— Son passé d'ancien soldat valeureux se résume à une ignoble mystification, reprit-il. La seule carrière de Philippe, né Barbette, fut celle de bandit de grand chemin, de coupe-jarret, de gredin, de vil assassin et lui valut trois condamnations à mort, par contumace, plus au sud du royaume, pour « moult crimes déhontés, inimaginables et impardonnables ».

Ivine avait blêmi. Après un regard apeuré pour Aude, elle contra d'un ton offensé :

— Enfin, monsieur ! Et pourquoi, diantre, croirais-je ces vilenies ? Mon époux est homme de valeur et d'honneur et…

Jacques Lafleur était allé trop loin pour renoncer maintenant. D'une voix ferme, il l'interrompit :

— Barbette est une brute sanguinaire qui a trucidé maints innocents dans le but de les détrousser. Je fus l'un de ses comparses, un de ceux que ce maudit a plumés de leur part de butin.

— Vous faites erreur, monsieur, se défendit Ivine, avec toutefois moins d'aplomb. Une confusion, sans doute due à vos souvenirs émoussés par le temps, que sais-je !

— Il manque l'index gauche à Barbette. (Il ôta son gant de peau et tendit sa main amputée du même doigt). On nous le tranchait lorsque nous entrions dans la bande, en signe d'allégeance et d'appartenance. Les baillis d'Orléans, de Blois ou d'Amboise vous le confirmeraient. Quant à son aîné, Amâtre, il lui ressemble tant au même âge que j'ai cru voir un fantôme en l'apercevant voilà peu. Grâce à cette fortuite rencontre, j'ai pu remonter jusqu'à Saint-Denis-d'Authou.

Aude enserra la taille de sa dame de son bras, comme si elle redoutait qu'elle tombe en pâmoison, et Lafleur sut qu'il les avait convaincues. Il en arriva donc à son véritable but, s'efforçant de repousser l'espèce de honte que cette femme insufflait en lui :

— Vous êtes de haut[1], madame, et de parfaite réputation, m'a-t-on confié. Heureusement sans descendant issu de ce vilain imposteur, dont les exploits de coquinerie vous

1. Abréviation de « haut lignage ».

feraient trembler d'effroi et d'indignation. Imaginez… l'opprobre… sur vous également, si l'on venait à connaître la vérité au sujet de ce rebut. Car c'en est un, sur mon âme. Il serait livré au bras séculier, pendu haut et court, mais le déshonneur entacherait à jamais votre nom.

✣

Tétanisée par les révélations de Lafleur, Ivine resta sans réaction. Ce fut Aude qui perçut le marché sous les menaces voilées. D'un regard, elle quêta la muette approbation de sa dame et avança de trois pas. Il fut certain qu'elle ne le craignait pas. D'une voix dont l'autorité et la sécheresse surprirent l'ancien brigand, elle commenta :

— Nous y voilà, donc ! De l'argent en échange de votre silence ! Belle rédemption, en vérité. Peut-être ignoriez-vous que ma dame ne possède aucune fortune en son nom propre. Combien ? Combien devra-t-elle supplier son époux de vous donner ?

L'agressivité soudaine de la dame d'entourage lui fit du bien. La violence, quelle qu'elle fût, était devenue sa deuxième peau, il s'y sentait en aise. Sa honte, son espèce de faiblesse s'évanouirent d'un coup. Il exigea d'un ton tranchant :

— La moitié de ce qu'il nous a volé. Rien de plus, rien de moins. Je disparais ensuite de vos vies. Sans acrimonie ni arrière-pensée.

— À défaut de quoi, vous dénoncez Philippe aux hommes du bailli, quitte à condamner ma dame – dont l'âme est vierge de souillure – à la honte éternelle ?

— Tout juste, affirma Lafleur, vipérin.

D'une voix cinglante de mépris, Aude conclut :

— Fort bien. Disparaissez aussitôt, l'homme. Votre sillage nous offense les narines. J'espère que Philippe entendra la supplique de sa dame. Si tel est bien le cas, un serviteur vous remettra la somme à l'après-demain, dès après none, devant le pont-levis. Votre présence en le château serait une injure de trop. S'il refusait de vous octroyer l'argent, vous aviseriez, avec Dieu comme unique juge.

— Certes pas, ironisa Jacques. Pour que Philippe me tende un guet-apens ? La remise de la somme par votre serviteur, celui que je connais, se fera à la même heure, devant l'auberge du Chat-Borgne à Tiron, et en discrétion.

— Sortez ! tonna Aude.

Après un dernier regard pour l'ange figé, dont le voile fin frémissait à peine, il obtempéra sur un raide salut.

✠

Ivine s'était assise très droite sur l'un des longs bancs. Aude la rejoignit dès après s'être assurée du départ de l'odieux gredin. Un court silence s'installa, puis la dame d'Authou observa dans un sourire :

— Merci, ma chère, de ta virulente intervention. Que ce vaurien me croie frêle donzelle. Nous gagnerons un peu de temps. Qu'en dis-tu ?

— Que le ciel l'envoie et que cet abruti l'ignore. Je crois, madame, que nos incessantes prières ont enfin été exaucées. Dieu nous adresse un signe.

Ivine plissa les paupières de bonheur et suggéra :

— Remontons, ma précieuse amie, et célébrons en nous faisant porter un gobelet d'hypocras. Pas un mot à notre gentille Hélène. Nous ne l'oublierons pas. Elle le mérite. Réfléchissons à la suite.

— Quel indicible soulagement de n'avoir pas à… plus à… Ah, je respire sans encombre, enfin, comme si un vilain sort venait de s'évanouir.

Chacune enserrant la taille de l'autre de son bras, elles quittèrent la grande salle sinistre, sur un pas de danse. De sa main libre, Ivine envoya un baiser ironique au mur rébarbatif auquel étaient suspendus écus d'épaule, dardes[1], daguettes, chapels[2] de fer ou d'épais cuir bouilli, épées, vouges[3] et baudriers.

Dieu qu'elle avait exécré cet endroit, ce château ! L'utilisation qu'elle venait de faire d'un temps passé la grisa.

Un fou rire chahuta dans sa gorge et elle se demanda depuis quand une telle allégresse l'avait habitée. Si longtemps qu'elle en avait perdu le souvenir.

1. Ou dards. Arme de main, sorte de javelot empenné.
2. Sorte de casque, moins lourd que le heaume.
3. Arme terminée d'un fer arrondi en bec, monté sur une hampe d'environ deux mètres. Le fer pouvait aussi être terminé d'un croc de métal.

XXXVI

Citadelle du Louvre, novembre 1306

Guillaume de Nogaret pestait depuis deux heures. Les exigences financières de M. de Valois*, qui prenait le Trésor pour un puits sans fond, n'auraient jamais de cesse. Inutile de tenter d'alerter le roi à ce sujet. Il vouait à Charles, son seul frère de plein sang, une tendresse qu'aucune démonstration ne pouvait amoindrir. Nogaret l'avait appris à ses dépens. Philippe était entré dans une fureur meurtrière lorsqu'il avait fait état de larges ponctions en livres, destinées à financer les armées de M. de Valois.

Nogaret n'aimait pas le frère du roi. Pis, il éprouvait du mépris à son égard, ne supportant pas la médiocrité politique de la part d'un puissant. Les puissants de lignage divin avaient été, à ses yeux, placés sur terre pour régner. Charles pensait qu'il suffisait d'étrangler davantage le peuple pour lui faire cracher plus d'impôts alors que les campagnes étaient déjà exsangues ! L'argent devait tomber du ciel, sans qu'on s'interroge sur sa provenance. Durant ce temps, les grands seigneurs menaient beau train et dilapidaient sans compter l'argent de ceux qui grattaient la terre. Bah ! Du moins Charles était-il fidèle au roi. L'essentiel aux yeux de Nogaret. Un ennemi de moins à surveiller.

XXXVII

Tiron, novembre 1306

Maîtresse Borgne était au-delà du réconfort. Au-delà des sanglots, aussi. Avachie sur une chaise, le visage bouffi par les pleurs, elle semblait sans réaction, toute énergie ayant fui de son grand corps. Sans s'adresser à personne, elle répétait d'une voix basse et rauque :

— J'vas le crever... j'vas le crever. Ordure, pourri, maudit, j'vas t'crever... J'vas t'trouver et j'vas t'crever... Que j'sois damnée si j'me dédis ! J'vas t'crever.

Druon posa doucement la main sur l'épaule de la femme dévastée et refoula les larmes qui lui montaient aux yeux.

Elle leva le regard vers lui et il ne fut pas certain qu'elle le voyait. Elle précisa :

— L'aura un beau cercueil, mon gars. Ça, j'rognerai pas. Pas comme avec feu mon scélérat d'mari qui méritait même pas l'peuplier. Non, j'vas offrir l'plus beau à mon Nicol. Du chêne, du vieux, avec un grand crucifix. (Submergée de chagrin, s'attachant à de menus détails pour ne pas glisser tout à fait, elle souligna en pointant l'index vers un interlocuteur fantôme :) Pas en argent, le crucifix. Ah, j'les connais ces vauriens. Y'en a ben qui s'raient capables de r'tourner la terre à la nuit pour le voler. Faut que mon Nicol monte au paradis avec son crucifix et dans d'beaux vêtements. Ah oui ! Mais, j'vas l'crever, je l'jure sur tous les saints.

Druon aima le regard de compassion que destinait Louis d'Avre à la femme brisée. D'une voix tremblante, elle précisa dans un mouvement de tête en direction de la cuisine :

— L'ont ram'né avant que les bêtes le bouffent. L'ont allongé sur la table d'l'office. Mon pauv' benêt. Si… enfin, ch'ais que c'était pas grand monde, Nicol… contrairement à vous autres seigneurs… mais si vous vouliez bien vous r'cueillir devant sa dépouille, ça m'procurerait un peu d'adoucissement.

✣

Nicol gisait sur la grande table de l'office qui prolongeait la cuisine. Une bassine de métal, dans laquelle trempaient des pieds de porc, avait été repoussée en bout. L'affection de maîtresse Borgne s'était exprimée dans les deux cierges[1] qui brûlaient de chaque côté de la tête du mort, et dans le bouquet de feuillage de fin d'automne, d'un vert vivace qui tranchait sur l'ivoire de sa peau, serré entre ses mains jointes.

Druon et Avre se signèrent et se turent pour une courte prière muette. Ci-gisait une tendre âme d'enfant dans le corps trop lourd et malhabile d'un demeuré.

Druon détailla ensuite la large blessure qui entaillait l'abdomen de Nicol. Une seule, très profonde. Cette fois-ci, le meurtrier n'avait pas abandonné son coutelas planté

1. Ils étaient fort dispendieux à l'époque et réservés au culte ou aux grandes occasions.

dans sa victime et, sans qu'il sut pourquoi au juste, Druon se convainquit de l'importance de ce détail.

✣

Lorsqu'ils rejoignirent la salle, maîtresse Borgne semblait un peu apaisée par leur hommage. Son Nicol ne partirait pas tel un gueux. Des gens d'importance et de savoir avaient prié pour lui. Un seigneur bailli et un *aesculapius*, pas de la roupie ! Parce que leur prêtre, il était payé à la prière. Plus les pièces étaient généreuses, plus son homélie durait et plus le défunt se parait de qualités. La preuve, à l'entendre juste avant la mise en terre, Martin Borée frisait l'angélisme, ce qui en avait fait glousser certains, dont elle, de derrière leur main.

D'un geste discret, le bailli intima au mire de se reculer au fond de la salle. Lorsqu'ils furent assez loin pour être certains que Cécile n'entendrait rien de leur conciliabule, d'autant que son épouvantable chagrin la rendait imperméable au reste du monde, Louis d'Avre demanda d'une voix basse :

— Mire, pensez-vous que le meurtrier de ce pauvre Nicol soit le même que celui des trois autres ?

— Je ne sais. Si tel est le cas, il ne détestait pas le simple, contrairement à ce moine, Borée ou votre secrétaire. Il n'avait rien à lui reprocher de particulier.

— Un crime de quoi, alors ?

— Il est encore trop tôt. Mais je finirai par trouver.

— Pensez-vous que nous ayons affaire à un… dément… maudit… qui se complaît dans le sang ?

— Non… Voyez… Robert nous a dit que le tueur avait recouvert le visage de Nicol de la guenille qui lui tenait lieu de tunique. Une marque de respect, d'affection, presque. Il ne s'agit pas d'un crime de haine. Ni de démence. Avez-vous remarqué sa blessure ? Sa netteté, sa profondeur ? L'on voulait que la mort fût rapide, sans inutile souffrance. Un privé de sens, plongé dans son délire sanguinaire, eût frappé à maintes reprises, sans se préoccuper du tourment qu'il infligeait. L'on devait tuer Nicol pour une raison qui reste à déterminer… tout en l'épargnant le plus possible.

— La tendresse des fauves ?

— Jolie expression, concéda Druon. Assez justifiée dans le cas qui nous occupe. Ce notaire, cet Évrard Charon… peut-être une coïncidence. Ainsi que l'a justement souligné le seigneur abbé, le nom est commun.

— Je me rends sur l'heure à Nogent-le-Rotrou et serai de retour au demain.

— Durant ce temps, je requiers de vous, seigneur bailli, avec tout mon respect, la permission de fouiner chez maître Borée.

— Votre flair ? plaisanta Louis d'Avre.

— En possédé-je seulement un ? Disons plutôt l'absence de pistes tangibles.

— Quoi ? Pas d'intuition de votre part ?

— Je me défie des intuitions. On a tendance à s'y accrocher trop, négligeant des faits bien réels, au prétexte qu'ils ne les illustrent pas. J'observe, j'analyse, je compare et je déduis. Voyez-vous messire, je déplore que la vaste intelligence, dont Dieu a bien voulu nous pourvoir, ne serve bien souvent qu'à justifier a posteriori nos erreurs de jugements, la plupart dues à nos intuitions erronées.

Un gloussement salua sa remarque. Louis d'Avre déclara :

— Morbleu, que cette sortie me plaît ! Avec votre permission, je la resservirai !

Druon réprima un sourire et poursuivit :

— Quoi qu'il en soit, ce Borée m'intéresse fort. Il a péri de la même manière que frère Étienne et Leonnet Charon.

— Ma permission vous est acquise. À vous revoir bien vite, monsieur.

XXXVIII

Alençon, novembre 1306

Un coup discret frappé sur la haute porte sculptée de son vaste bureau tira l'évêque Foulques de Sevrin de sa déplaisante rêverie. Où s'étaient enfuis les jolis rêves ? Avaient-ils battu en retraite après l'effroyable trépas de Jehan Fauvel, ou déjà avant ? L'évêque n'aurait su le dire. Il cria :

— Entrez !

Son jeune secrétaire, un trop long jeune homme qui avançait voûté comme si sa haute taille le gênait, pénétra et lui tendit sans mot dire un rouleau.

Il régnait un froid mortifère dans la salle, Foulques refusant maintenant que l'on allumât les deux vastes cheminées. Une sorte d'inepte pénitence qu'il s'imposait. En quoi le fait que ses doigts deviennent gourds de froid, que son nez coule, qu'il grelotte et claque des dents enlevait-il quoi que ce fût à sa très immense faute ?

— Éminence... souhaitez-vous une infusion... un réconfortant ? Un petit feu... il fait un froid de gueux, proposa le secrétaire, préoccupé par la soudaine appétence de menues mortifications qu'il sentait depuis des mois chez son père d'église, sans en cerner la raison.

Son haleine fila en buée blanche au rythme de ses mots.

— Non pas, mon fils. Grand merci de vos soins. Je me sens en aise. Le froid vivifie l'esprit. Vous pouvez vous retirer.

L'autre se courba en salut et sortit.

✠

Une sorte d'intuition, de prescience retint le geste nerveux, impatient de l'évêque qui reposa l'élégant coupe-papier à manche de nacre avec lequel il faisait sauter les sceaux et ouvrait les missives. Il tira avec délicatesse sur le cachet de cire qui fermait le rouleau de papier. Celui-ci lâcha sans beaucoup résister. Un sourire désabusé étira les lèvres de Foulques. La missive avait été interceptée et lue. On avait ensuite chauffé légèrement le sceau de cire, afin qu'il ne fonde pas, tout en adhérant à nouveau au papier pour que la supercherie ne soit pas éventée. Les crétins ! Éloi Silage se trouvait derrière, à n'en point douter, preuve que l'évêque hébergeait en son sein un espion qui remettait son courrier au dominicain. Un traître en connivence avec la maison de l'Inquisition. Celui-ci ne perdrait rien pour attendre !

D'abord, la peur. L'Inquisition était redoutable, sans pitié, et ils étaient donc sur ses talons, plus qu'il ne l'avait supposé. Ensuite, une sorte de délectation perverse. Retourner le piège contre le piégeur. Or donc, ils prenaient connaissance en secret de son courrier ? Fort bien. Foulques pourrait ainsi leur faire accroire ce qu'il souhaitait en s'envoyant à lui-même des messages erronés. Il parviendrait ainsi à les promener dans tout le royaume de France à la recherche d'Héluise. Héluise qu'ils voulaient tant et qu'il ne leur permettrait jamais d'arrêter. Sa rébellion larvée contre le plus implacable bras vengeur de l'Église le fit pouffer, et il décacheta la lettre.

« Éminence,

« Le cœur me saigne à vous avouer que nous n'avons pas progressé d'un pas. Nous avons sillonné la province, interrogé moult gens. La donzelle Héluise Fauvel semble s'être volatilisée. Nous n'en avons trouvé aucune trace.

« Je me déteste de faillir à ce point envers vous, qui plaçâtes maintes fois votre confiance en moi.

« Nous attendons vos ordres. Mon messager viendra les quérir au soir échu ou au demain dès l'aube.

« Croyez, je vous en conjure, que nous avons tenté l'impossible.

« En espérant du plus profond de mon âme que vous m'accorderez le pardon pour ce cuisant échec et vous souviendrez des maintes occasions en lesquelles je ne vous ai point fait défaut,

« Votre très dévoué, très respectueux, Droet B. »

Foulques de Sevrin lâcha la missive qui s'enroula sur elle-même. En d'autres circonstances, elle l'aurait attristé, désespéré, mais puisque Éloi Silage en avait pris connaissance, elle le satisfaisait fort. Le faussement onctueux dominicain n'avancerait pas d'un pas grâce à lui. Foulques allait devoir procéder autrement puisqu'il se savait espionné. Car il allait retrouver Héluise. Il le fallait. Pour Dieu. Pour Jehan.

✠

Il souleva d'un geste nerveux sa mosette[1] violette et palpa l'aisselle gauche de sa soutane de même couleur, doublée de soie cramoisi. Il soupira lorsqu'il sentit les

1. Ou mozette ou camail. Courte pèlerine descendant jusqu'à la taille, boutonnée sur le devant.

arêtes de la pierre, entre soulagement et répulsion. Il avait arrimé de trois points d'aiguille le petit sachet la contenant sur la couture de sa manche. À moins de lui passer sur le corps, nul ne pouvait la retrouver. Or qui bousculerait un évêque de son prestige ? Pas même l'Inquisition, du moins pas encore. Éloi Silage, à l'évidence un espion de la papauté, se montrait redoutable et fin, toutefois pas aussi retors que lui. D'autant que Silage ne défendait ni sa peau ni son âme. Il ignorait la force qui tendait maintenant Foulques de Sevrin : l'énergie du désespoir. Elle est infinie, un dernier pied de nez à l'inévitable, la preuve que l'esprit de l'homme peut tout, envers et contre tout.

Des bribes de Dieu, de son Dieu qui l'avait déserté, sans doute désolé par la médiocrité du réceptacle que Foulques lui offrait, lui revenaient parfois. Oh, il ne se leurrait pas. La grâce lui était maintenant hors d'atteinte. Lui avait péché en toute connaissance de cause, en toute intelligence, par peur, lâcheté, petitesse d'esprit, lamentables calculs.

Remettre la pierre rouge à Héluise. Foulques était incapable d'en trouver la signification, mais elle revenait à la jeune femme de droit et de sang. Le sang versé par son père pour la protéger en avait constitué le prix. Héluise avait hérité de l'intelligence, du savoir et de la pugnacité de Jehan, peut-être en percerait-elle le mystère ? Jusque-là, personne ne devait récupérer la pierre rouge. Le cas échéant, Foulques la défendrait de sa vie, à laquelle il ne tenait plus tant que cela.

Réfléchir. Réfléchir. Héluise ne se comporterait pas en bécasse. Bien au contraire. Elle n'avait pas fui par les routes, telle une donzelle effarouchée. Elle avait réfléchi ainsi que le lui avait enseigné son père. Une très jeune femme seule, fort jolie de surcroît, eût été l'objet de tant de convoitises malsaines ! Une proie aisée. Or elle avait disparu, volatilisée du jour au lendemain. Déguisée ! Forcément. En homme, bien sûr ! Héluise était assez habile bretteuse pour décourager les petits malandrins et accréditer son changement de genre. Foulques sut d'un coup qu'il approchait de la vérité et oublia le froid, ses doigts gourds. Réfléchir encore. La belle et pieuse Héluise mourrait plutôt que de se résoudre à exercer le métier de puterelle ou de voleuse. Mais il lui fallait de l'argent puisque l'Inquisition avait saisi les biens de son père à l'issue du procès[1], la laissant sans un fretin. La science de Jehan, celle qu'il lui avait communiquée durant toutes ses années de jeunesse, s'émerveillant de son excellence, avait dû y pourvoir. Mire. Elle avançait, travestie en garçon, dispensant l'art que son père lui avait transmis… Désormais il en était sûr.

Foulques de Sevrin ferma les yeux et se laissa aller contre le dossier de sa chaire. Un infini apaisement l'inonda. Une aile d'ange venait de le frôler. De cela, il ne doutait pas.

✠

Il la retrouverait, la protégerait, lui remettrait la pierre, pour l'amour de Jehan. Éloi Silage pouvait aller au diable, avec les compliments de l'évêque !

Mais d'abord, choisir un enquêteur en qui il puisse avoir toute confiance. L'idée s'imposa, belle dans sa simplicité. L'un des voyous, des gredins, des coquins, des tueurs pour trois fretins dont regorgeaient les geôles d'Alençon. L'un de ceux qui auraient vendu leur âme invendable contre une absolution. L'un de ces damnés qui pensaient qu'il suffisait de quelques phrases en latin, prononcées par un prélat, pour que Dieu ferme les yeux, efface leur épouvantable ardoise. Facile.

Elle allait le détester d'avoir trahi son père. Sans doute aurait-elle même envie de l'occire. Et elle aurait grand raison.

1. Les inquisiteurs se payaient très souvent sur les biens des condamnés.

Car Foulques l'aimait pour sa pureté, sa force et son courage. Ces raisons même pour lesquelles il avait aimé, aimait son défunt père. Il allait la sauver, même si elle le vouait à la damnation. Et quoi ? Ne l'avait-il pas amplement méritée ?

XXXIX

Nogent-le-Rotrou, novembre 1306

L'étude de Me Évrard Charon était nichée dans une ruelle de Bourg-le-Comte que surplombait le château Saint-Jean[1], imposante forteresse construite alors que le Perche délimitait la volatile frontière entre le royaume de France et les tentatives d'envahissement des redoutables pirates normands venus de Scandinavie[2].

Un clerc, qui semblait à peine sorti de l'enfance, se rua vers Louis d'Avre lorsqu'il pénétra au soir couchant, sans avoir prévenu de sa visite. Le bailli exigea de rencontrer aussitôt Charon. Le jeune homme bafouilla en faisant des moulinets de poignet, la plume qu'il n'avait pas lâchée projetant de minuscules gouttes noires sur le sol et son protège-manche[3] en gros lin déjà maculé d'encre :

— C'est que… eh bien, messire, c'est que…

— À l'instant !

---

1. Le premier donjon de pierre date du XIe siècle, l'aménagement des contreforts et la construction de la large enceinte circulaire du XIIe.

2. Le traité de Saint-Clair-sur-Apte leur permit de s'installer définitivement sur les côtes de la Manche en 911.

3. On les portera très longtemps, de l'époque de la plume à celle du porte-plume.

N'attendant pas de permission, le bailli se dirigea vers la porte du bureau du notaire.

Évrard Charon bondit de son siège à son entrée. D'un geste affolé, il retira les lourdes béricles[1] qui lui faisaient paraître les yeux aussi globuleux que ceux d'un têtard et tenta de les dissimuler sous les rouleaux de papier qui encombraient sa table de travail. Louis d'Avre réprima un sourire. Lui aussi ne parvenait presque plus à lire sans ces grosses lentilles montées dans des cercles de plomb, mais se serait fait hacher menu plutôt que d'avouer y avoir recours.

Évrard Charon était un petit homme replet qui respirait l'aisance et la bienveillance. La calvitie lui dessinait une sorte de tonsure, assez précoce puisque le notaire ne devait guère avoir plus de trente-cinq ans. Les yeux ronds, aux prunelles d'un chaleureux noisette, semblaient s'étonner de tout. Empressé, il contourna le bureau à la hâte et salua bas l'arrivant.

— Oh, seigneur bailli… quel honneur inattendu… véritablement quel honneur ! Et que puis-je… pour vous plaire…

La rumeur, que Louis d'Avre s'était fait conter dès son retour à Nogent-le-Rotrou, voulait que Charon ait amassé une appétissante fortune en bénéficiant de sa connaissance des transactions immobilières. Cependant, aucune vilaine histoire n'entachait sa réputation. On le disait fort pieux, de plaisant commerce, charitable et toujours réservé sur ses jugements et commentaires. Un portrait qui confirmait la

1. De béryl, pierre dont on fit des lunettes, qui donnera « bésicles ». On les utilise depuis le XIIIe siècle. Toutefois, elles étaient perçues comme la preuve d'une infirmité. Aussi les cachait-on avec soin.

succincte évocation qu'en avait fait l'abbé Constant de Vermalais.

— Me renseigner sur vos liens de parentèle avec mon secrétaire, Leonnet.

Étonné, amusé, le notaire déclara :

— Ah, ça, mais il s'agit de mon bon cousin germain ! Oh, comme vont les choses ! J'étais certain que vous le saviez.

À sa mine ravie, le bailli conclut qu'il n'était pas encore au fait du meurtre de son « bon cousin ». Embarrassé, il lâcha donc de façon assez brutale :

— Leonnet Charon a trépassé, il y a quelques jours, à Tiron.

Le visage un peu rebondi se figea. Les yeux s'arrondirent davantage. Une pénible déglutition se fit entendre. Puis, d'une voix presque aiguë, Évrard Charon s'enquit :

— Que me dites ? Trépassé… Comment cela, trépassé ? Nous soupâmes ensemble le mois dernier… il semblait en belle forme !

Le bailli ne connaissait aucun moyen d'annoncer de gente manière une effroyable nouvelle, aussi enchaîna-t-il, sans ménagement de langue :

— Occis. Poignardé. Dans le poulailler d'une auberge.

Blême, le notaire se laissa choir, assis sur le bord de sa table de travail.

— Quoi ? Enfin… Il allait… reprendre femme… Après un long et douloureux veuvage, précisa-t-il comme si ce détail aurait dû être de nature à prévenir son meurtre.

— Soyez assuré que je n'aurai de cesse d'arrêter le coupable, maître. Sur mon honneur. J'en fais affaire personnelle.

Un silence s'installa. Louis d'Avre sentit que le petit homme replet revivait les derniers souvenirs heureux partagés avec son cousin. Il se félicita d'avoir passé sous silence le sinistre détail de la main coupée.

— Dieu du ciel, que sommes-nous, que sommes-nous ? Un jour bien vif, le lendemain sous terre, murmura le notaire, au bord des larmes.

— Monsieur, l'objet de ma visite n'était certes pas de vous asséner cette tragique nouvelle.

— Ah… ?

— Non pas. Selon le seigneur abbé de l'abbaye de la Sainte-Trinité à Tiron, vous auriez prêté main experte à l'un de ses fils, un certain frère Étienne, afin de vous assurer de l'authenticité de reliques qu'il achetait pour le compte de son ordre ?

Revenant à un monde plus stable, celui de son office, le notaire se reprit :

— Si fait. Il y a grand péril à traiter avec des marchands de sacré. Certains sont des aigrefins sans vergogne, qui vendraient leur mère pour en tirer profit. D'autres, des abusés de bonne foi. Quoi qu'il en soit, mon devoir, mon honneur, ma foi m'ordonnaient d'en garder frère Étienne. Un être de douceur et de ferveur. Une proie aisée, donc, bien qu'il soit au fait de certains pièges et apte à reconnaître nombre de contrefaçons. Cependant, certaines sont subtiles. Quoi qu'il en soit, j'en ai tiré grande satisfaction et suis certain que Dieu m'en tiendra compte.

— À l'évidence. Toutefois… sans doute n'êtes-vous pas informé… Mais frère Étienne a lui aussi été occis. Un peu avant votre aimé cousin. Nous soupçonnons les méfaits d'un unique meurtrier. Sa main fut tranchée, ainsi qu'on le fait pour les voleurs.

Le notaire se signa d'un geste malhabile et se tassa sur lui-même, tentant de s'accrocher aux rouleaux qui gisaient sur son bureau, à sa corne à encre qui tangua, manquant verser. Louis d'Avre se précipita pour le soutenir par les aisselles. Gentiment, il le guida vers son fauteuil afin qu'il s'y affale. On eût cru que le petit homme dodu[1] venait de courir sur une longue distance tant sa respiration devint pénible. Enfin, il débita, essoufflé :

— Cela ne se peut… Frère Étienne, un être de lumière… qui ne pensait qu'au bien-être, au rayonnement de son abbaye… jamais… (Soudain, il se leva et tonna :) Jamais ! Je refuse de considérer cette possibilité !

— Il n'en demeure pas moins qu'il a été assassiné et mutilé d'horrible manière, répéta Louis d'Avre d'un ton doux.

Ce que l'on avait raconté et ce qu'il sentait du petit bonhomme défait décevait l'enquêteur en lui, mais soulageait l'homme. Une facette de lui aurait aimé se méfier, douter, vérifier, acculer. L'autre se réjouissait d'être presque certain que le notaire n'avait rien à se reprocher. Il entendit la voix de Druon de Brévaux résonner dans son esprit : « Ah, mais entre une presque certitude et une certitude absolue existe un univers ! »

— Messire notaire, de grâce, fouillez votre souvenir. Un détail, une remarque, n'importe quoi lors de vos échanges avec frère Étienne. À votre connaissance, possédait-il un lien avec mon secrétaire, votre bien-aimé cousin ? J'ai la nerveuse notion que le meurtrier va frapper à nouveau.

Le notaire plaqua les mains sur les lèvres, dans un geste d'effroi. Avre se fit la réflexion qu'il avait des doigts ronds et roses de jeune enfant, à l'exception des deux taches

1. À l'époque, le terme était un compliment et décrivait un embonpoint ferme, de bonne allure et de bonne santé.

ovales d'encre qu'avait abandonnées sa plume aux bouts de l'index et du pouce droits.

— Vous… soupçonnez la malfaisance d'un même assassin, dites-vous, seigneur ? La main de frère Étienne… est-ce à dire que… mon cher Leonnet…

Louis d'Avre n'hésita qu'un instant. Il aurait préféré produire un pieux mensonge afin de réconforter Charon. Toutefois, seule la vérité lui permettrait d'avancer.

— Si fait.

— Ah ! Dieu du ciel, bafouilla le notaire.

Une grosse larme coula de sa paupière, glissant le long de sa joue poupine. Au fond, Avre l'enviait presque, ce gentil notaire que la vie, ses sinistres soubresauts, avaient épargné au point de lui garder ses émotions intactes. Il insista d'une voix adoucie :

— Maître Charon, à votre sentiment, existait-il un lien entre frère Étienne et votre cousin ?

Le petit homme hocha la tête en signe de dénégation et déclara :

— Pas que je sache. Or nous nous entendions tels de bons frères. Ma douce épouse et moi-même l'avons entouré après le trépas de Martine, son aimée. Il en avait été dévasté au point d'affirmer durant des années qu'il ne reprendrait pas femme. Son désespoir et son très lent rétablissement nous avaient encore rapprochés. Votre pardon… je m'égare… le bouleversement… Quoi qu'il en soit, je pense savoir… avoir su de lui l'essentiel et le détail. Je doute fort qu'il ait eu quelque commerce que ce fût avec frère Étienne. De surcroît, celui-ci n'avait reçu permission de sortir de l'abbaye qu'à l'occasion de nos transactions. Comment auraient-ils pu se connaître ?

Louis d'Avre soupira de découragement, non que la déclaration du notaire l'étonnât. Le mystère de cette sanguinaire charade s'épaississait encore. Dépité, il murmura pour lui-même :

— Enfin ! Tous trois ont été occis de similaire façon.

— Tous trois ? Mais…

— Si fait, s'ajoute à votre cousin et au moine, le mercier de Tiron, un certain Borée.

✣

Une stupéfaction mêlée de crainte se peignit sur le visage rond. Évrard Charon lâcha dans un souffle :

— Le mercier Borée… Martin Borée ?

— Oui-da.

— Ah… Sainte Mère de Dieu ! geignit le notaire, aussi blanc qu'un spectre.

— Quoi ? le pressa Louis d'Avre.

— Mais… Mais… Maître Borée avait servi d'intermédiaire lors de la dernière transaction de frère Étienne. Il en avait désigné le vendeur… de la Sainte Larme… J'avais ensuite vérifié l'intégrité de ce marchand… un certain Luigi Cappelli, une réputation sans faille…

Un regain d'énergie dissipa l'humeur morose du bailli. Il ignorait où le mènerait cette révélation, mais elle constituait le premier lien tangible entre les meurtres. Du moins deux d'entre eux.

— Expliquez-moi de quelle manière se sont déroulées les transactions de reliques, notamment celle de la Sainte Larme.

— Ma foi… Le mercier Borée a eu vent du désir de l'abbaye de constituer une prestigieuse collection pieuse et de la mission confiée à moi par l'abbé de m'assurer de la probité des transactions. Il m'a présenté ce Luigi Cappelli. Il le savait d'intégrité. Le vendeur italien m'a fait satisfaisante impression en dépit de ma défiance, un précieux travers professionnel. J'ai ensuite vérifié les documents qu'il possédait, attestant l'authenticité de la relique, et son bouleversant cheminement jusqu'à nous. Je ne vous cacherai pas que j'ai pleuré de tenir entre mes mains cette ampoule de verre[1], contenant une des larmes versées par le Divin Agneau. Jamais si poignante, si parfaite émotion ne m'avait étreint. Je crois qu'elle m'a changé à jamais.

— Et ensuite ? intervint Avre.

— Frère Étienne est venu l'examiner, s'est entretenu avec ce Cappelli qui l'a convaincu. Le vendeur a signé un acte de cession que j'ai conservé. Il a proposé son prix, considérable, vous vous en doutez. Frère Étienne s'est chargé de la négociation avec son père d'ordre, Constant de Vermalais.

— Et l'ampoule ?

— Luigi Cappelli la détenait toujours jusqu'à accord financier, lequel n'a pas tardé, l'abbé ayant proposé une somme peu inférieure. L'Italien a donc rapporté la Sainte Larme en mon étude. J'ai ensuite serré l'ampoule dans un cocon d'étoupe afin de la protéger puis dans un sac de peau, fermé de cordons sur lesquels j'ai apposé mon sceau. Sceau qui ne me quitte jamais le cou, pas même à la nuit, précisa-t-il en désignant l'épais cordon de cuir au bout duquel il pendait. Je l'ai enfermée dans mon coffre, en attendant que Constant de Vermalais dépêche trois de ses serviteurs laïcs en armes, menés par frère Étienne, afin d'escorter l'ampoule jusqu'en l'abbaye, ceci après m'avoir remis la somme débattue et conclue. J'ai ensuite, bien sûr, reversé cet argent contre reçu à Cappelli. J'ajoute avoir refusé rétribution de l'abbaye, l'ineffable joie d'avoir pu contempler, baiser et tenir l'ampoule entre mes mains me comblant au-delà de toute description.

---

1. Le verre soufflé est apparu vraisemblablement en Syrie, un siècle après le début de notre ère.

— Aucun incident n'est survenu durant le périple ?
— Pas à mon savoir.

✠

Borée, Étienne et Évrard Charon avaient en commun un achat de reliques pour l'abbaye. Mais que venait faire Leonnet Charon dans cette histoire ? Sans doute le notaire parvint-il à la même conclusion puisqu'il souligna :

— Mon bon cousin n'a rien à voir dans notre marchandage… En sus du vendeur, ce Cappelli, nous n'étions que trois personnes concernées… (Il ouvrit la bouche, une idée encore plus atterrante lui traversant l'esprit :) Aaahhh ! Je reste seul… L'ignoble monstre qui a commis ces meurtres s'en prendrait-il à ceux qui conclurent les ventes ?

Ses joues tremblèrent et il joignit les mains en prière. Avre le rassura, avec plus d'aplomb qu'il ne s'en sentait :

— Non pas, car ainsi que vous l'affirmez, votre cousin Leonnet n'y participa point. Or lui aussi fut occis. En plus du simple du village, quoique nous ayons des doutes à son sujet.

— Un quatrième ? glapit le notaire. L'abominable hécatombe !

— La victime, un certain Nicol, a été poignardée, mais de façon dissemblable aux trois autres.

— Et la main ?

— Toujours attachée au poignet. Aussi, ne parierais-je pas qu'il s'agisse du même meurtrier. Quoi qu'il en soit, messire notaire, prudence ne pouvant nuire, demeurez vigilant et faites prévenir l'un de mes hommes en cas d'incident… insolite[1]. À vous revoir. En belle forme.

1. De la même racine latine « qu'insolent », le terme fut très fort et péjoratif à l'origine. Il a indiqué l'anormalité dans un sens déplaisant, blâmable, voire dangereux, jusqu'à une époque assez récente.

Évrard Charon bredouilla un remerciement et raccompagna d'un pas incertain le bailli jusqu'à la porte de son étude qu'il claqua derrière lui comme s'il redoutait qu'un assassin ne s'engouffre aussitôt.

XL

Tiron, demeure de maître Borée, novembre 1306

Peu après le départ de Louis d'Avre pour Nogent-le-Rotrou, Druon s'était fait connaître en la demeure de feu le mercier. Il avait interrogé une bonne moitié de sa mesnie, sans en tirer d'informations d'intérêt. Tous se demandaient à quelle sauce ils seraient accommodés dès qu'arriverait le neveu Borée à qui revenait par sang la succession. Seraient-ils remerciés du jour au lendemain ? Garderaient-ils leur emploi ? Aussi avait-il fallu leur tirer les mots de la bouche. Cependant, à quelques allusions prudentes et alambiquées, le jeune mire avait compris que feu Borée était un avaricieux, peu scrupuleux si l'opportunité s'en présentait, et qui faisait cas uniquement de ses deniers. En bref, nul ne semblait le regretter mais tous s'inquiétaient de l'avenir.

✠

Druon demanda ensuite à un vieux serviteur qui semblait faire office d'intendant, René, de lui présenter les livres de compte du mercier. L'autre ne protesta pas, en raison de la protection accordée par le seigneur bailli. Au demeurant, tous se contre-moquaient de tout à l'exception de leur propre sort, et Druon comprenait leur inquiétude. Ils n'étaient que des meubles et seraient traités comme tels. Moins bien peut-être puisqu'un meuble se vend. On ne lui proposa pas même une infusion, preuve que tel n'avait pas été le généreux us du défunt maître des lieux.

Le jeune mire s'absorba dans la lecture des colonnes et des colonnes de chiffres, s'étonnant de la minuscule écriture maniaque du mercier, qu'on lui avait décrit homme de grande stature et de lard avantageux. Autre objet de surprise : Borée transcrivait les entrées et les sorties d'argent au fretin près. À l'évidence, un cupide qui se délectait de chaque piécette grattée et se désespérait de sa fuite. La biffure d'une somme de trente petits-royaux, sur la dernière écriture, donc à l'évidence le soir du meurtre, retint à peine son attention.

Il parcourut rapidement quelques pages du registre en cours, remarquant cependant que le marchand avait l'esprit méticuleux puisqu'il ne vit guère d'autres ratures. Puis il passa au registre précédent. Borée en utilisait deux l'an. Toutefois, il découpait avec soin les pages restées vierges en fin de volume, pour les réutiliser ailleurs, ainsi qu'il se pratiquait[1].

Soupirant, tant la lecture de ces interminables détails comptables l'ennuyait, Druon s'efforça à la concentration.

---

1. Le papier était très cher aussi l'économisait-on, quitte à écrire sur des chutes de feuilles. En effet, il était encore assez récent à cette époque en Europe chrétienne. La raison en est simple : le commerce du papier de lin ou de chanvre (inventé par les Chinois) resta très longtemps aux mains des musulmans. À ce titre, la chrétienté en réprouva l'usage et il fallut attendre le milieu du XIIIe siècle environ pour que les Italiens inventent un nouveau procédé de fabrication.

✠

Le soir tombait et une pénombre glaciale avait envahi le bureau. Personne n'avait songé à allumer un feu dans la cheminée et encore moins à lui proposer une chandelle ou deux esconces.

Quoi, Borée se crevait-il les yeux afin d'économiser un lumignon ? Risquait-il une fièvre de poitrine pour épargner quelques bûches ? De mauvaise humeur, le jeune mire sortit et héla au service. Le silence. De plus en plus agacé, il s'époumona.

Un claquement de socques sur les dalles du couloir. Une servante apparut. Et Druon ravala la verte réprimande qui lui brûlait les lèvres. Qu'aurait-il pu dire à cette jeune femme bossue, dont le teint blafard était encore souligné par des cernes d'un mauve malsain ?

D'une voix dont il gomma l'acrimonie, il demanda :

— On n'y voit plus goutte et il fait un froid de gueux. Ayez l'obligeance de me porter de l'éclairage et que le souillon prépare un feu.

— Ben… oui, messire… sauf que l'souillon… l'a passé et que j'le remplace.

Un découragement auquel se mêlait une peine diffuse fit soupirer le mire qui proposa à la femme efflanquée :

— Je vous suis. En assemblant nos forces, nous ramènerons plus de bois, à moindre effort.

Un faible sourire éclaira le visage malingre.

XLI

Tiron, demeure de maître Borée, novembre 1306

Druon s'était réinstallé au bureau, approchant du registre les trois esconces arrachées à René. La jeune femme, Sylvine, s'activait devant la cheminée. D'une voix timide, elle commença :

— Faut pas lui tenir rigueur... à R'né... Y s'efforce d'nous protéger. On connaît pas qui qu'est l'nouveau maître. Ma foi, si l'est aussi pingre qu'l'ancien... Alors R'né, qu'écrit un peu, dresse la liste de c'qu'on mange, c'qu'on brûle pour se chauffer ou y voir clair. Y nous a même supprimé l'cruchon d'vin du soir que l'aut' Borée nous avait accordé. C'est qu'y a point tant qu'ça d'labeur à Tiron... Aussi, on craint tous. Mais comme j'y dis à R'né, c'est pas un gobelet d'infusion qui f'ra la différence, vu qu'c'est nous autres qu'on cueillons le thym, la verveine ou l'tilleul.

— C'est gentil à vous, Sylvine. J'avoue que le train d'économies de la maison m'a un peu étonné.

— Ben, c'est guère plus pis qu'avant. Un vrai rat, l'Borée, avec vot'pardon et l'salut pour son âme. Sauf que c'est pas son magot qui l'aidera où y s'trouve maintenant. Et l'était pas bon, pour sûr. (Songeant qu'elle venait de commettre une indiscrétion, peut-être dangereuse, elle serra les lèvres et changea de sujet :) Fortunée Agnès, qu'a fait ce p'tit héritage et qu'a pu partir sans s'retrouver miséreuse... J'm'en vas vous préparer un breuvage chaud. R'né devrait êt' monté. Y m'verra point.

Elle disparut sur ces mots et reparut quelques minutes plus tard, déposant un gobelet à l'odorante fumée devant Druon, ainsi qu'une part de miche montée[1]. Druon la remercia, conscient qu'elle l'avait volée pour lui faire plaisir.

✠

La clarté lunaire filtrait par les fentes du volet de fenêtre dont il n'avait pas rabattu la peau huilée. Un silence de nuit avait envahi la demeure. Le silence est étrange. Parfois paisible, propice au travail et à la réflexion, parfois lourd de muettes menaces. Menaces que nous inventons le plus souvent.

Ainsi, Borée n'avait pas senti le danger cette nuit-là. En avare pour qui l'or avait plus de valeur que le reste, il eût sans cela raflé et dissimulé la grosse somme d'argent qui se trouvait sur son bureau. Avait-il fait pénétrer son meurtrier ou celui-ci s'était-il faufilé à l'intérieur avant que la porte principale ne soit verrouillée, attendant le moment pour frapper ? Quoi qu'il en fût, le mercier n'avait pas hurlé à l'aide. L'intrusion de l'autre dans son bureau ne l'avait donc d'abord pas alarmé. Pourquoi ? Une connaissance qu'il jugeait inoffensive ? Un inférieur qui n'aurait jamais l'outrecuidance de le menacer ? Un être frêle sur lequel le marchand pensait avoir le dessus ?

✠

1. L'équivalent de notre brioche.

Plus tard. Le mire devait pour l'instant terminer la lecture scrupuleuse des registres.

Ses paupières s'alourdissaient et il luttait avec vaillance contre la fatigue, songeant à Huguelin, resté au château de Saint-Denis-d'Authou, cloîtré dans leur médiocre chambre, et qui devait se ronger les sangs.

Soudain, une ligne raviva son attention. Le prix d'une ampoule de verre, deux deniers tournois. Druon se laissa aller contre le dossier du fauteuil. En quoi une unique ampoule de verre pouvait-elle être d'usage pour un mercier ? D'autant qu'en commerçant avisé, Borée achetait en nombre. Cinq pourfils[1] alors qu'il ne devait pas y avoir alentour beaucoup d'acheteurs de larges moyens, dix-huit troussoires[2], trente-quatre bandelettes en lin de chausses de dame[3], vingt gorgerettes[4]. Et une seule ampoule de verre.

Une ampoule de verre, comme celles renfermant les Saintes Larmes ? La date portée par Borée devant la somme correspondait approximativement à celle de l'achat de la relique en question par l'abbaye.

Druon tourna vivement les pages du registre.

Dix-sept jours plus tard, le mercier avait reporté une vente de « fournitures en l'abbaye » pour l'énorme montant de cent trente petits-royaux d'or. Que pouvaient donc bien acheter des moines à un revendeur de colifichets et d'accessoires d'atours ? Surtout pour une telle somme, eux qui se vêtaient de burel[5] ?

1. Bandes de fourrure destinées à border les ourlets ou des ouvertures de vêtements de luxe.

2. Agrafe permettant de relever la traîne des robes.

3. Sorte de mi-bas que les femmes faisaient tenir sous le genou grâce à une bandelette.

4. Accessoires de laine fine ou de soie qui couvrait le cou et la gorge, par-dessus le décolleté.

5. Ou bure, tissu de laine de médiocre qualité.

Druon parcourut à la hâte d'autres pages sans plus jamais voir mention de l'abbaye.

Une ampoule. Une larme sainte. Le mercier s'était-il improvisé faussaire ? Avait-il déjoué la vigilance du notaire Charon et de frère Étienne ? Cependant, l'abbé ne l'avait jamais cité en rapport avec les achats de reliques de frère Étienne.

✠

Perplexe, le mire referma le registre et se leva. Il héla à nouveau Sylvine afin de la prévenir de son départ et rabattit le pan de son mantel sur l'épaule afin de dégager sa courte épée. Il ne craignait pas vraiment le chemin nocturne qui le remmènerait au château de Saint-Denis-d'Authou, surtout avec l'imposante Brise comme monture. Toutefois, il convenait de ne jamais tenter le diable, et la dissuasion se révélait l'arme la plus efficace.

XLII

Carcassonne, novembre 1306

La ville, ancien haut lieu du catharisme, gardait le souvenir de la sévère reprise en mains des Capétiens[1], puisque même sa topographie avait alors été modifiée, et qu'une neuve-ville s'était développée sur la rive gauche de l'Aube. Pourtant, la population, menée par le franciscain Bernard Délicieux[2], s'était ensuite rebellée contre l'Inquisition dominicaine, et des émeutes avaient tourné à l'insurrection trois ans plus tôt. Les bourgeois s'étaient même donné un roi[3]. La réaction de Philippe le Bel n'avait pas tardé, sanglante, et Carcassonne avait dû plier.

✣

1. 1240.
2. ? – 1320. Son indépendance d'esprit et son opposition farouche à l'Inquisition des Dominicains lui valurent le soutien des foules et des bourgeois. Il fut arrêté une première fois en 1305 et libéré en 1307. À nouveau arrêté et condamné à la prison perpétuelle, il mourut un an après dans son cachot.
3. Élie Patrice.

Alard Héritier ouvrit un œil et s'étira, sa jambe rencontrant un corps endormi. Une moue dégoûtée lui vint. Il détestait retrouver dans son lit au matin la catin qui lui avait délassé les sens durant la nuit. Il la poussa sans ménagement hors de sa couche. La fille chut dans un cri surpris.

— Allez, vilaine ! Passe tes hardes et déguerpis, aussitôt !

Toutefois, peu désireux qu'elle lui farcisse la tête dès le réveil de criailleries et de reproches, il récupéra la bourse attachée à son blanchet[1] et lui lança deux deniers tournois.

— File, te dis-je. Tu m'offenses la vue. Tu semblais moins laide à la nuit et alors que j'étais soûl !

La méchanterie n'eut pas l'air d'émouvoir la fille, qui ramassa les pièces, se vêtit prestement et sortit de la chambre de l'auberge sans un mot ni un regard.

Enfin seul, la tête encore un peu lourde de son ivrognerie de la veille, Héritier réfléchit. Il aimait fort cette bonne ville de Carcassonne, au climat bien moins rigoureux que celui de Paris. Et puis, quel magnifique vivier de benêts en tous genres qu'il pourrait plumer puisqu'il n'y était pas encore connu ! Il allait encore demeurer. Toutefois, la bourse pourtant grasse remise par M. de Nogaret fondait à vue d'œil. De surcroît, il n'avait pas donné signe de vie depuis son départ de Paris et le conseiller du roi risquait de s'impatienter. Or, bien fol qui offrait des prétextes à l'ire de Guillaume de Nogaret.

À la perspective de ce qui pourrait lui échoir s'il mécontentait le conseiller, il déglutit avec peine. Bah, la frontière espagnole n'était guère lointaine. Un autre précieux avantage de la ville.

C'est ainsi que l'idée lui vint. En petit prédateur habitué à vivre au jour le jour, il préféra ne pas s'attarder sur les fâcheuses conséquences que pourrait prendre sa menterie si elle était éventée. D'autant qu'il avait faim et que la

1. Qui remplaça le doublet, plus long.

satisfaction de son estomac passait avant le reste. Et puis, il réfléchirait bien mieux après quelques gorgeons.

✣

De retour dans sa chambre, apaisé par son repas, il retourna vingt fois les termes de sa missive avant de les transcrire sur une courte feuille de papier. Il dut s'appliquer afin de former les lettres. Après une série de formules aussi ampoulées que flagorneuses, il annonça à M. de Nogaret qu'il pensait avoir retrouvé la trace d'Héluise Fauvel. Il suggéra, aussi habilement que possible, que les frais qu'il avait engagés avaient allégé sa bourse au point qu'il redoutait de ne pas être en mesure de suivre la femme qu'il soupçonnait être la donzelle Fauvel si elle décampait. Or déchoir aux yeux de M. de Nogaret lui briserait le cœur. Il en vint à sa description, hésitant. Comment une jolie fille pouvait-elle gagner de l'argent ? Une seule réponse se forma dans son esprit étroit. En vendant ses charmes. Héluise se transforma donc sous sa plume en presque puterelle dépoitraillée.

Il relut sa missive et l'appréhension le gagna quand même. Et si M. de Nogaret dépêchait l'un de ses hommes pour vérifier ses dires ? Bah, il prétendrait que la fille avait filé entre ses doigts.

XLIII

Château de Saint-Denis-d'Authou, novembre 1306

Une pluie glaciale et hargneuse avait gorgé l'épais camelin[1] de son mantel, avant de tremper le mire jusqu'aux os.

Lorsque après avoir confié Brise à un valet d'écurie qui titubait de sommeil, Druon emprunta l'escalier de pierre qui menait à ses appartements du château, la fatigue l'accablait. Il avait faim, était transi et son humeur avait viré à l'aigreur. Au-delà de la bruine hostile qui s'était acharnée sur lui et sa jument de Perche, son impuissance à nouer les fils épars de cette sanglante histoire lui chauffait la bile.

En admettant que Martin Borée ait participé à cette transaction, sans qu'à l'évidence l'abbé n'en soit informé, pourquoi avait-il été tué à la manière d'un vil voleur ? Avait-il confectionné l'ampoule renfermant une frauduleuse Sainte Larme ? S'était-on vengé de lui ou avait-on craint qu'un remords, un jour, lui délie la langue ? Qui, en ce cas ? En dépit de la lucidité que Druon s'imposait en toutes circonstances, le portrait de frère Étienne, brossé par

1. Tissu de laine de qualité moyenne.

son père d'ordre, n'en faisait guère un candidat de choix pour l'assassinat. Toutefois, pour la même raison, Borée ne s'en serait pas méfié, et aurait pu être dupé par le gentil moine. Druon souffla d'exaspération contre lui-même. Sot qu'il faisait ! Frère Étienne avait été trucidé de même. Ne restait donc que le notaire de Nogent-le-Rotrou, sauf à imaginer un quatrième comparse encore inconnu. À moins qu'il ne se fourvoie gravement, et que les Saintes Reliques n'aient rien à voir avec ces meurtres.

Dieu qu'il avait hâte du retour de Louis d'Avre ! Peut-être le bailli aurait-il glané des informations de nature à les éclairer un peu ?

✣

Alors qu'il avançait dans le couloir glacial, seulement éclairé d'un flambeau qu'Huguelin avait dû exiger pour le retour de son maître, une vague forme apparut de derrière un des larges piliers semi-cylindriques.

Marie Despés fonça vers lui, un doigt sur la bouche, afin de lui intimer silence. Peu désireux d'une causerie à cette heure, Druon résista lorsqu'elle le tira pas le pan de son mantel imbibé d'eau en murmurant :

— Chut ! Me suivez sans bruit. De grâce.

L'agitation à peine contenue de la femme, qu'il avait connue bien plus ferme, l'intrigua, et il lui emboîta le pas jusqu'à sa chambre.

Elle referma la porte et se signa en marmonnant :

— Dieu du ciel, doux Jésus, Sainte Mère de Dieu, que faire… ?

— Madame, il est fort tard ou très tôt, aussi…

— Non… Non, non, m'écoutez, m'entendez, je vous en conjure, chevalier mire ! Une épouvante se prépare… à mon sentiment…

D'une voix hachée, tremblante, elle lui relata par le menu l'étrange et inquiétante découverte faite dans les bois, en suivant la gente Aude. Elle termina dans un chuintement pénible :

— Je... Enfin, je ne puis me vanter de posséder vos admirables connaissances, mais... Enfin, la digitale ne s'emploie qu'afin d'alléger l'hydropisie ou...

— Enherber, acheva Druon dont la fatigue s'était volatilisée. Qui, selon vous ?

— Ah... je ressasse cette histoire en tous sens jour et nuit... sans résultat... Aude est dévouée corps et âme à dame Ivine... À moins d'imaginer une mascarade de tendresse qu'elle nous servirait depuis des années – et j'ignore alors pour quels motifs –, jamais elle ne lui porterait préjudice en rien.

— Le seigneur Philippe ? Pour... complaire à dame Ivine ?

— Je ne sais, déclara Marie d'une voix qui indiquait sans ambiguïté qu'il restait la seule future victime qu'elle jugeât convaincante.

— En ce cas, pourquoi ?

— Récupérer un douaire, la confortable liberté de veuve[1].

— Philippe a deux fils. Elle est sans hoir et n'obtiendrait presque rien, à moins d'imaginer un acte de notaire rédigé en sa faveur par son époux.

Marie Desprès lâcha un bref soupir et Druon sut que la révélation qu'elle s'apprêtait à lui faire lui pesait.

— J'ai mené avec prudence ma petite enquête. Un tel acte existe, preuve de l'amour de Philippe pour sa dame. Cyr en était le témoin signataire. À ce que j'ai cru comprendre,

1. Le statut de veuve avec enfants était appréciable pour les dames de l'époque. Libérées de la tutelle du père et du mari, profitant en général d'un douaire, nombre refusaient de se remarier.

Ivine n'héritera pas d'une fortune, sauf à produire un enfançon. Assez toutefois pour vivre en petite aisance.

✣

Cette sortie plongea Druon dans un gouffre de déception. Déception envers lui-même. S'était-il laissé berner tel un simplet par Ivine et ses allures de tendre Vierge ? Leurré au point qu'il l'avait plainte et s'était senti une communauté d'âme avec elle. Non, tout ceci frisait l'incohérence. Ivine était femme d'intelligence. Si elle avait eu en tête le meurtre de son mari, aidée par sa fidèle dame d'entourage, elle aurait attendu d'être grosse. Certes, mais la grossesse tardait depuis des années. En avait-elle eu assez de ce soudard grossier ? Au point de se résoudre à vivre ensuite selon un train d'économie ?

Peste ! Il manquait à Druon tant d'éléments pour comprendre. Un doute lui vint :

— Ma bonne, nul affront mais… êtes-vous bien certaine qu'il s'agissait de digitale ?

— Oh, je ne m'en offense pas puisque j'ai moi-même craint la méprise. (Elle s'écarta de quelques pas et récupéra un psautier posé sur une escame[1] dont elle tira une feuille qu'elle tendit à Druon :) Voici ce qu'Aude cueillait. De plus, en cette saison, la plupart des plantes ne sont plus que rhizomes ou racines.

Le mire examina la feuille ovale, qui mollissait sous l'effet d'un début de dessèchement, aux robustes nervures, et mâcha son extrémité pointue. Du dé-de-bergère, sans contestation possible.

— Qu'allez-vous faire ? De grâce messire, tentez une parade, plaida la ventrière.

1. Sorte de tabouret assez bas, le plus souvent de forme triangulaire.

— Je ne puis me détourner d'une possibilité d'enherbement, admit Druon. Toutefois, sur l'instant, j'ignore comment procéder. Il me faut réfléchir. Je vous souhaite la bonne nuit, madame, bien que craignant que la vôtre soit aussi blanche que la mienne.

XLIV

Château de Saint-Denis-d'Authou, novembre 1306

Huguelin s'était rongé les sangs, pleurant, reniflant, s'admonestant. Non, non, rien de néfaste ne pouvait arriver à son maître, sa maîtresse, peu importait. Après tout, Druon était le plus bel esprit de tous les temps, passé, présent et à venir. Il pouvait dénouer toutes les situations. Bretteur achevé, il savait se défendre. De surcroît, si Brise, la magnifique jument, chargeait, un malandrin avait intérêt à filer sans attendre son reste. Non ! Du calme, rien ne pouvait lui arriver. Et si… Et si… Ah ! Mon Dieu… Certes, Huguelin s'en voulait de son égoïsme, mais bon, il était encore bien petit. Car, s'il arrivait quelque chose d'affreux à son cher maître, outre l'immense chagrin inconsolable qui lui échoirait, que deviendrait-il ? Oh, l'ignoble cancrelat qu'il faisait ! Il se détestait de penser tant à lui !

Il pria la Sainte Vierge, tendre et parfaite, pleine de compassion pour les pauvres créatures. Qu'Elle garde Druon bien vif. Certes, il s'emmêla dans les prières mais n'eut nul doute qu'Elle sentirait sa sincérité et sa peur. D'ailleurs, étant sainte, Elle ne devait pas entendre[1] que le latin.

Il l'aimait. Il aimait Druon, un sentiment qu'il avait eu du mal à identifier puisqu'il ne l'avait jamais ressenti auparavant. Il n'avait eu personne à aimer dans sa courte vie. Pas son pourceau de père qui l'avait vendu à la tenancière lubrique du Chat-Huant. Encore heureux qu'il ne l'ait pas abandonné en forêt pour y crever de faim ou être déchiqueté par les bêtes, ainsi qu'il se pratiquait parfois ! Pas même sa mère, morte si vite après sa naissance qu'il ne se souvenait ni de ses traits, ni de la couleur de ses cheveux, ni de sa voix. Ses frères et sœurs ? Tous se battaient pour arracher un peu de nourriture. Des animaux. Ils n'étaient que des animaux. En plus féroces.

Et puis, Druon était arrivé, et Huguelin avait découvert qu'il pouvait enfin devenir une créature humaine. Il avait tant appris ! À lire, à écrire. De magnifiques choses concernant l'art médical. Mais, en vérité, ce qu'il avait appris de plus précieux était qu'il n'avait pas à mentir, parce qu'on lui faisait confiance. Il n'avait pas à voler, parce que Druon partagerait le pain même lorsqu'il se faisait rare. Il ne pouvait plus tricher puisqu'il n'avait plus de raisons pour le justifier à ses propres yeux.

Dieu, qu'il l'aimait pour toutes ces choses bouleversantes qui s'étaient propagées en lui ! Il était devenu digne, à l'instar de son maître, et cet honneur inespéré le grisait. Druon était son mentor, son père et sa mère tout à la fois. Ah ! Mon Dieu... Protégez-le.

✢

1. Au sens ancien de « comprendre ».

Et Huguelin eut soudain la pensée la plus aberrante de sa courte vie. Il songea, avec le plus grand sérieux : « Prenez ma vie, s'il le faut, mais laissez la sienne sauve, elle est bien plus importante. » Et il sut qu'il était sauvé, même s'il mourait sur l'instant.

XLV

Château de Saint-Denis-d'Authou, novembre 1306

Druon pénétra dans la chambre qu'on leur avait octroyée. Huguelin, le visage ravagé d'inquiétude, les larmes ayant abandonné des sillons translucides sur ses joues, l'attendait, assis sur le rebord de leur lit. Il se précipita vers le jeune mire et se lova contre lui, tel un enfançon, bredouillant entre ses larmes :

— Oh, j'ai cru que vous reviendr... ne reviendriez jamais, mon maître. Les chemins sont si peu sûrs et puis... et puis... Oh, et je me déteste. Je ne pense qu'à moi et suis encore trop petit pour vous être d'aide véritable. Une pauvre limace impuissante, voilà c'que... Euh, ce que je suis !

Il éclata en sanglots, de peur, de soulagement, et Druon s'agenouilla et le serra contre lui.

— Allons... jamais je ne t'abandonnerai, ni volontiers ni contraint.

— Ben oui, mais... si vous vous faites estourbir[1] ou navrer...

— On ne me navre pas si aisément, jeune homme ! Quant à celui qui m'estourbira, il n'est pas né ! trancha

1. Assommer, tabasser.

Druon, conscient de la faiblesse de son argument, mais certain qu'il porterait.

Il songea à la dureté de ce monde, à tous ces enfants qui devaient apprendre l'âge d'homme et de femme afin de survivre ou de mourir, sans que personne ne s'en offusquât[1]. Du moins avait-il sauvé celui-ci. Il repoussa le chagrin qui s'insinuait en lui.

— J'en suis venu à penser… Enfin, j'vous… Euh… je vous aime, vous êtes si précieux… et… s'il vous arrivait malheur… je…

— Moi aussi, je t'aime, Huguelin. Tu es… je ne sais… Peut-être mon fils, peut-être un jeune frère… (Redevenant sévère, Druon, termina :) Quoi qu'il en soit, tu dois obéir, grandir vers le meilleur, et j'y veillerai.

Huguelin serra ses bras autour de sa taille à l'étouffer et pouffa, heureux :

— Ah ! je m'y attendais… Je me fais tancer[2]. Quelle importance, nous nous aimons. Et j'ai lu, j'ai lu à votre recommandation. Sauf que vos ouvrages n'ont rien d'vraim… de vraiment affriolants[3]. Il parait qu'existent des romans, des histoires de gentes princesses, secourues par de vaillants chevaliers, et…

Druon se releva et déclara en atténuant l'amusement de son ton :

— Ce ne sont pas les gentes princesses et les vaillants chevaliers qui feront progresser la science, Huguelin. Or, puisque tu veux devenir mire, la science doit être au cœur de tes préoccupations. Même si je comprends ton engouement pour les jolies donzelles malheureuses. Je suis épuisé.

1. Rappelons que la vie était dure pour tout le monde et que les enfants n'incitaient pas à une pitié particulière.

2. Réprimander, gronder quelqu'un.

3. À l'origine, le terme signifiait « frire des friandises ». Au figuré : être attiré par des gourmandises, quelle que soit leur nature.

— Mais… j'ai faim, vous aussi. Nous devons manger.

— Ils ne t'ont pas porté de panier de souper ?

— Si fait. Je ne voulais pas y toucher tant que vous ne seriez pas rentré. Mangeons, voulez-vous ?

✣

Druon entrevit l'étrange superstition qui s'était tissée dans la tête du garçonnet. Huguelin avait la terreur du ventre vide, comme tous ceux qui avaient dû cohabiter avec. Faire le sacrifice de la faim, alors qu'il pouvait se restaurer, se résumait à une sorte d'offrande, une offrande destinée à « monnayer » en quelque sorte le retour de son maître. Une infime pénitence qui, pour lui, représentait l'essentiel. Une bourrasque de tendresse et de tristesse suffoqua Druon, qui n'en laissa rien paraître. Le véritable amour se trouvait là, en ce petit garçon, capable de s'affamer quand c'était, selon lui, la pire chose qui puisse lui advenir. Et Druon songea qu'il était bien fortuné. Il avait eu le père le plus admirable qui fût, et il avait trouvé une sorte de fils parfait, que la nature ne lui aurait peut-être pas concédé s'il l'avait porté. Une infinie gratitude lui fit fermer les yeux.

Il déclara d'une voix faussement légère :

— Tu as raison, restaurons-nous. Je meurs de faim. Ensuite, reposons-nous et nous aviserons au jour levé. Les pensées de nuit sont rarement bonnes conseillères.

XLVI

Château de Saint-Denis-d'Authou, novembre 1306

De fait, leur nuit fut courte quoique revigorante. Comme chaque fois qu'il s'éveillait depuis leur installation, Druon se demanda où il se trouvait lorsque son regard se posa sur les murs rébarbatifs de leur chambre sans ornement. Il avait grande hâte de quitter cet endroit, sa pesanteur et même son odeur d'abandon.

✠

À quel sombre office Aude réservait-elle cette digitale ? Le devoir de Druon consistait à l'apprendre avant qu'un acte irréparable ne soit commis. Cependant, par quel biais aborder une accusation aussi grave que celle de tentative d'enherbement ?

Soucieux, il procéda à ses ablutions, se vêtit pendant qu'Huguelin fonçait récupérer le panier de vivres déposé devant leur porte au petit matin.

L'esprit ailleurs, Druon grignota. Au contraire, Huguelin avait retrouvé son allant et engouffrait avec appétit morceaux de poulet, grattons, tranches de pain et pipefarces[1], les accompagnant d'une généreuse rasade de cidre doux. Ayant appris ses leçons de tenue à table, il attendit d'avoir ingurgité pour demander, inquiet :

— Il faut vous sustenter, mon maître. Vous picorez à peine. Il règne grand froid dehors et qui sait de quoi s'ra… euh, sera faite la journée ! En vérité, me croyez : toujours se remplir la panse lorsqu'on en a opportunité.

En dépit de son humeur incertaine, la réflexion, mille fois répétée depuis qu'il cheminait en compagnie du garçon, fit sourire Druon.

✣

Le silence s'installa. Huguelin jetait de fréquents regards au jeune mire. Enfin, n'y tenant plus, il s'enquit :

— Je vous sens bien morose, lointain. Attristé, même. Maître… je vous l'ai dit, je suis encore petit pour vous être d'aide précieuse mais… je suis prêt à tous les efforts pour vous bien servir.

Druon caressa les cheveux fins du garçonnet et déclara avec lenteur :

— C'est que, mon bon Huguelin, je ne parviens à me décider. Comment prévenir ce qui, à n'en point douter, est un enherbement ?

Les yeux du garçonnet s'agrandirent d'effroi. Une pipefarce à moitié dévorée entre les doigts, il murmura :

— Divin Agneau ! Le poison ! Ah ça… Céans ? Qui, mais qui ?

— J'ignore qui en sera la victime. En revanche, je soupçonne l'identité de l'enherbeur.

1. Sorte de beignets fourrés au fromage et cuits dans du saindoux.

— Mon maître, mon maître... il faut empêcher ce crime ignoble !

— Grand merci pour ton renfort, ironisa Druon. Toutefois, il ne m'aide guère à progresser.

Le visage enfantin se ferma et le mire s'en voulut de sa sotte pesterie.

— Le pardon, Huguelin. L'aigreur de mon humeur est à blâmer. Comprends : je ne puis acculer cette personne sans preuves irréfutables. Outre qu'il s'agirait d'une odieuse calomnie, nous pourrions en pâtir tous deux et nous en mordre les doigts.

Futé, le garçon résuma :

— Il s'agit donc de quelqu'un de haut.

Druon se contenta d'acquiescer d'un mouvement de tête.

D'un ton un peu docte tant il n'était pas peu fier de la science qu'il avait acquise en quelques mois, Huguelin poursuivit :

— Eh bien, et puisque vous cessez pas... Euh... ne cessez de me répéter qu'il faut avant tout se fier à la nature des choses, *sui generis*, pour les comprendre et parfois les contrer, revenons à l'essence de l'enherbement. Le pire des crimes, un crime de sournoiserie, de traîtrise...

Surpris, et surtout satisfait des progrès fulgurants de son jeune apprenti, Druon l'écoutait sans feindre son sérieux.

— L'enherbeur agit grâce au secret, à sa fourberie. Nous sommes en accord ? Le démasquer haut et clair, jeter la suspicion sur lui – en usant, certes, de paroles à double entente, qui risquent... ne risquent pas de nous porter préjudice, et j'ai robuste confiance en la finesse de votre langue – revient donc à lui faucher l'herbe sous le pied.

Druon le considéra quelques instants et admit :

— Qui de nous deux fut le plus fortuné de rencontrer l'autre ? À voir.

Un fard de contentement rosit les joues du garçonnet qui gloussa et, la tête sur les épaules, termina sa pipefarce en murmurant un inaudible :

— Nous deux, à Dieu plaise !

XLVII

Château de Saint-Denis-d'Authou, novembre 1306

Huguelin avait ample raison. Annoncer haut qu'il savait qu'on avait cueilli de la digitale, sans autre précision risquant de se retourner contre eux, étoufferait le projet criminel. Tous seraient aussitôt sur leurs gardes. Restait à trouver une formulation assez vague, qui n'inquiéterait véritablement que le, ou plutôt la presque coupable.

Fort de cette décision, il se dirigea vers la porte des appartements de dame Ivine. Porte grande ouverte, à sa surprise. Il héla. Nulle réponse. Une vague inquiétude le saisit et il décida de descendre vers la salle d'armes. Peut-être la dame y avait-elle rejoint son époux ?

Alors qu'il empruntait l'escalier de pierre, un écho de voix, brutales, hargneuses, de cris, d'injures lui parvint. Il dévala les marches. Le spectacle qu'il découvrit le figea. La mêlée avait dû être violente. Des dardes, des chapels, des vouges, de courtes épées, des baudriers gisaient au sol, arrachés des murs. Plaqué face vers le mur, Philippe d'Authou venait d'être maîtrisé par les hommes de Louis d'Avre, et ses poignets ligotés dans le dos.

Le bailli, un air d'épuisement sur le visage, s'avança vers sa proie et déclara d'une voix glaciale :

— Barbette Philippe, au nom du roi, tu es en état d'arrestation et déchu. Tu ne seras point jugé à nouveau, trois tribunaux ayant exigé la mort pour moult crimes et forfaits déhontés, inimaginables et impardonnables. S'y ajoutent aujourd'hui les crimes de forfaiture, d'usurpation de noblesse, de spoliation d'héritage. Encore la mort. Aussi ne perdons pas de temps. La juste sentence sera exécutée au plus preste. Dieu t'avait offert, dans Son infinie mansuétude, une chance de rédemption. Tu l'as boudée. Grand tort à toi.

— Va te faire foutre par tous les diables ! éructa Philippe.

Dans le coin le plus éloigné de l'immense salle glaciale, serrées les unes contre les autres, Ivine et ses deux dames d'entourage, Aude et Hélène, semblaient privées de réaction. Ivine crispait la main sur le crucifix d'opale et d'argent qui pendait à son cou.

Les gens d'armes tirèrent Philippe, qui se débattit tel un possédé, injuriant, maudissant, blasphémant. Passant devant son épouse, il hurla à son adresse :

— N'en croyez rien, ma douce, ma tendre mie. Vilenies, odieux clabaudages ! Je vous aime pour l'éternité.

✣

Un silence de sépulcre s'abattit ensuite, seulement troué par un cri étouffé. Les hommes du bailli venaient de pousser un Philippe récalcitrant dans l'escalier qui menait à la cour d'honneur. Peu de chose, au regard de ce qui l'attendait.

Louis d'Avre traversa la salle d'armes et déclara à Druon :

— Je suis rentré au plein de la nuit, messire mire. Une déclaration – que nous prétendrons anonyme – m'attendait, me révélant la véritable identité du prétendu seigneur Philippe d'Authou, et surtout son passé de gredin sans foi ni loi. (Il passa la main sur son front ridé de lassitude :) Il me faut dormir quelques heures avant de vous relater mes trouvailles de Nogent-le-Rotrou. Pourtant, je dois d'abord interroger le cadet Barbette, Cyr. Il ne s'agit, pour l'instant, que d'une audition, dans son cas. La tête me tourne de fatigue. Je n'ai presque pas fermé l'œil de deux jours. À vous revoir bien vite.

Après un salut pour les femmes qui n'avaient pas bougé, comme engluées dans un méchant sortilège, il disparut à la suite de ses hommes.

✠

Druon remonta vers sa chambre. Il détestait cet endroit. La geôle confortable que lui avait imposée la baronne Béatrice d'Antigny prenait des allures de plaisant refuge comparée à ce lieu. Chaque recoin semblait secréter un pesant malaise. L'air même y devenait étouffant, en dépit du froid glacial qui s'infiltrait partout. Si lui, l'homme de sciences, féru de réalité, de preuves, se laissait aller à une sorte d'emballement superstitieux, alors qu'il les réprouvait, que devait ressentir le pauvre Huguelin !

Pénétrant dans leur appartement, il cria :

— Huguelin, vêts-toi chaudement. Nous partons pour Tiron boire une bonne infusion et réconforter maîtresse Borgne du mieux que nous le pourrons. L'atmosphère viciée de ce lieu prend à la gorge. Faisons fi de la dépense. Réservons une chambre en l'auberge. Je ne sais de quoi demain sera tissé. En revanche, passer une autre nuit céans me semble hors de ma tolérance. Sortons !

Huguelin trépigna de joie.

— Enfin, mon maître, enfin ! Tout est prêt, notre frusquin, comme chaque matin où j'espère que vous en viendrez à cette sage décision. Cet endroit est malsain. Vous m'avez maintes fois répété que les fantômes[1] étaient fruits d'imaginations crédules… je vous crois, mais ailleurs, car ici ils pullulent ! Et ils sont fort malheureux.

1. Les fantômes « existent » depuis la plus lointaine Antiquité.

XLVIII

Tiron, novembre 1306

Maîtresse Borgne avait été soulagée de les voir. Surtout, elle leur avait été reconnaissante d'évoquer la mémoire du simple alors que tous feignaient l'avoir oublié. Druon l'avait trouvée bien changée. Désignant la salle déserte, elle avait déclaré d'un ton de plate tristesse :

— Plus personne. C'est pas bon pour l'commerce, un décès. Les crétins ! Non que j'm'attendais à mieux d'leur part.

✠

Une sorte de mélancolie s'était abattue sur la femme jadis si énergique. L'ombre de la mort semblait l'avoir frôlée en emportant Nicol. Étrangement, cette sinistre mitoyenneté s'était soldée par un joli renversement de personnalité et Cécile, si âpre au gain, si frileuse de ses deniers, leur avait offert le manger, insistant pour qu'ils l'acceptent et lui permettent de le partager en leur compagnie.

À un pâté de veau à la cannelle et au gingembre avaient fait suite des oysaulx[1] rôtis, accompagnés d'une jensse[2]. Un taillis[3] aux fruits secs et au miel avait fait office d'issue[4]. Un festin de belle table. Elle n'avait parlé que de Nicol, des souvenirs qu'elle conservait de sa petite enfance, riant parfois, essuyant par instants les larmes qui coulaient de ses paupières sans qu'elle s'en aperçoive. Ils l'avaient écoutée avec attention, lui posant des questions. Seuls les mots de son passé avec le simple la soulageaient et elle méritait amplement l'occasion de les dire.

✣

Elle semblait rassérénée, un peu apaisée par ce flot de menus souvenirs heureux lorsque Louis d'Avre pénétra. Huguelin se leva afin de l'aider à débarrasser leur table.

Le bailli, un peu reposé, resté seul avec Druon, lui relata sa rencontre avec le notaire, Évrard Charon. Druon songea pour la centième fois qu'il se sentait bien en présence de cet homme austère et mesuré qui lui rappelait tant son père. À son tour, il évoqua cette mystérieuse ampoule de deux deniers, et la perception d'une somme très importante par le mercier en échange de « fournitures pour l'abbaye ».

— Qu'en faites-vous, messire mire ? demanda le bailli en terminant un quignon de pain oublié sur la table.

— Je ne me risquerai pas à tirer de hâtives conclusions… cela étant…

---

1. Petits oiseaux, cailles. Ils étaient embrochés entre des tranches de lard et farcis de moelle de bœuf.

2. Ou jance, une sauce à base de mie de pain, de lait, d'œufs, de bouillon et souvent de gingembre ou de safran.

3. Un dessert à base de fruits secs, d'épices, de mie de pain, de lait, de miel puis de sucre lorsqu'il devint moins onéreux.

4. L'équivalent de notre dessert.

— Cela étant, Martin Borée en faussaire de reliques vous siérait bien ?

— Ma foi… c'est une hypothèse.

— Avec la complicité de frère Étienne et de Charon, notaire ?

— Ne mettons pas la charrue avant les bœufs.

— Qu'entendez-vous par là ?

— Que si Borée et Étienne avaient trempé dans un vil trafic de la sorte, Charon, le seul toujours bien vif, deviendrait notre principal suspect. Or, à vous écouter, il ne semble guère menaçant. Et puis, évitons les emballements d'esprit. Certes, tous trois étaient liés par ces acquisitions de reliques, du moins la Sainte Larme… mais… que vient faire votre secrétaire dans le paysage, sans oublier le pauvre Nicol, peut-être ?

— Votre sentiment ?

— Je me défie de mes sentiments, seigneur bailli. Toutefois, à l'évidence, l'un de ces trépassés est de trop. Ou alors, il nous en manque un pour faire bon compte !

— Éprouvez-vous du goût à jeter le trouble dans les esprits ? demanda Louis d'Avre, un brin sarcastique.

— Non pas. Cependant, j'avance, moi-même, à menus pas prudents.

— Une judicieuse tactique… prisée par la douce gent, murmura le bailli en fixant Druon de son regard très bleu.

✠

Le mire se sentit pâlir. Une moiteur d'appréhension humidifia la paume de ses mains.

Le bailli termina son quignon et ramassa avec soin, du tranchant de la main, les miettes éparpillées sur la table.

— Nulle alarme, chevalier mire, ou qui que vous soyez. Votre travestissement vous vaudrait une verte remontrance assortie de pénitences de la part de l'Église. Toutefois, je ne la représente pas. Ma mission se concentre sur la justice séculière. Mon scribe a mené une brève recherche à ma demande. Aucune jolie donzelle possédant à merveille l'art médical et le raisonnement n'est recherchée dans notre région pour crimes ou délits. En d'autres termes, et même si les raisons qui vous ont incitée ou contrainte à cette mystification m'intriguent, peu me chaut votre déguisement puisqu'il ne dissimule rien de scélérat. Tout juste le trouvé-je inconvenant.

— Monsieur, « rien de scélérat » me décrit à merveille. Je... Croyez que je n'ai rien à me reprocher, sur mon âme. En dépit de la vive estime que vous m'inspirez, il m'est impossible de vous conter la vérité. Car, de fait... vous me rejoindriez alors dans le péril. Mon silence vous garde, pour le cas où...

Avre l'interrompit d'un geste de main.

— Je vois. De grâce, n'en dites pas davantage. Je ne doute pas de vos affirmations parce qu'un criminel, même de maigre envergure, aurait pris l'escampe dès ma venue à Tiron. Restons-en là, voulez-vous... monsieur. Votre secret sera de ceux que j'aurai honneur et plaisir à protéger. Revenons-en à ce qui me préoccupe. Éclairez-moi sur vos sibyllins propos : « L'un de ces trépassés est de trop. Ou alors, il nous en manque un pour faire bon compte. » Si l'on s'accroche à la théorie des fausses reliques, mon secrétaire est de trop, je suis en accord. Mais lequel nous fait défaut ?

— J'ai bien peur que la charade soit encore plus ardue et floue dans mon esprit. Reprenons ce que vous nommez la théorie des fausses reliques. Or donc, un certain Luigi Cappelli, dont le notaire brosse le portrait d'un intègre marchand, vend ces reliques. En ce cas, que vient faire l'ampoule de verre de Martin Borée, qui sent la confection récente à plein nez ? D'ailleurs, la simple présence de

Borée dans cette transaction est troublante. En quoi un mercier du Perche aurait-il eu commerce avec un vendeur italien de reliques ? Laissons ce détail pour l'instant. Il n'en manque pas pour ajouter à la confusion. Le notaire vous a décrit les différentes étapes qui conduisirent l'ampoule de son étude en l'abbaye. À moins de supputer une corruption des trois serviteurs laïcs par frère Étienne, le vol, ou la substitution, ou que sais-je, n'a pas pu se produire à ce moment-là, mais avant.

— Qui vous a enseigné la façon de faire fonctionner un esprit de la sorte ?

— Mon père. Il vous ressemblait.

— À la tristesse soudaine qui a envahi votre regard, je suppose qu'il n'est plus.

— Hum… Il est toujours tant. Toutefois, vous avez vu juste : il a trépassé.

— Un autre secret, je gage.

— S'il ne vous déplaît.

✠

Druon se défendait de l'espèce d'affection qu'il ressentait pour le bailli, homme d'honneur et de parole, à n'en point douter. Cependant, les attachements, quels qu'ils fussent, se révélaient source de faiblesse. Seul Huguelin avait droit de cité dans son cœur. Jusqu'à ce qu'il découvre le mystère qui entourait l'effroyable fin de son père tourmenté par l'Inquisition, et la trahison de son ami d'âme, l'évêque Foulques de Sevrin, jusqu'à ce qu'il perce le mystère de la pierre rouge.

Soucieux de faire dévier la conversation, il reprit :

— Nous demeurent deux possibilités. Or donc, Borée connaissait Cappelli. Appâtés par le gain considérable qu'ils empocheraient en échangeant la Sainte Larme contre une fausse, ils sont tombés en accord. Ils l'ont remplacée par un faux après l'expertise du notaire Charon et de frère Étienne, saisissant l'occasion de la négociation, pendant donc que l'Italien la détenait toujours. Quelqu'un a éventé la supercherie, voulu les punir, se venger, que sais-je ?

— Et le cadavre de frère Étienne est en trop, sauf à croire qu'il ait rejoint la conspiration et participé à la contrefaçon. En revanche, celui de Luigi Cappelli nous manque.

— Tout juste. Cependant, Cappelli a pu fuir bien loin. En ce cas, notre bon notaire fait un suspect de choix. Il a été vilainement grugé. Tous le décrivant fort pieux, cette révélation a dû le blesser au plus profond, l'ulcérer à lui ronger la rate et le pousser à la haine puisqu'il se sentait responsable de l'intégrité de la transaction. Ce n'est pas tout : notre notaire, Évrard Charon, vient aussi sur le devant de la scène avec la deuxième possibilité. Imaginons que sa benoîte et dévote attitude soit un leurre. Rendez-vous compte ! Il a entre les mains une des larmes versées par le Sauveur. Une alléchante fortune pour qui saura la monnayer. Ou même, concédons-lui une foi brûlante le poussant à la vouloir garder par-devers lui. Grâce à l'aide de Borée, tenté par un joli magot, il opère la substitution. Borée devient une terrible menace et le notaire l'élimine. Il occit également frère Étienne, de crainte qu'il ne forme un jour des doutes sur l'authenticité de la relique.

— Notre compte de cadavres est donc juste dans ce dernier cas, puisque Luigi Cappelli ignorait tout de la fraude et n'avait aucune chance de l'apprendre de retour dans son lointain royaume d'Italie, souligna le bailli.

— Non pas. Quelle que soit l'hypothèse, nous en reste un d'excédent : Leonnet Charon, votre secrétaire. Peut-être également Nicol, avec moins de certitude.

— Fichtre ! Or je mettrais ma main au feu[1] que Leonnet n'a rien à voir dans cette histoire. Nous voilà revenus au même point ! s'énerva Louis d'Avre.

— Pas tout à fait, rectifia Druon.

— Je vous trouve bien optimiste.

— Voilà un compliment qu'on m'aura peu offert, plaisanta le mire. Nos raisonnements rendent l'hypothèse d'une fraude fort vraisemblable, fraude dont le mercier Borée aurait été le principal artisan. Il ne pouvait y parvenir qu'avec l'aide de Cappelli. Toutefois, aucun élément ne nous permet d'affirmer que les deux autres, Étienne et le notaire, ont découvert la duperie. D'autant que je me permets de vous rappeler qu'environ dix mois séparent l'achat de la Sainte Larme et le premier meurtre. Une bien tardive réaction, ne trouvez-vous pas ? Si l'on exclut la haine et la vengeance, plus besoin de meurtres ! Nous restent donc trois, voire quatre cadavres, sans plus aucune... justification.

— Vous m'effarez, avoua le bailli d'un ton lugubre. Votre conseil ?

— Chercher ailleurs, bien sûr. Il y a nécessairement une explication. Le vol n'a rien à y voir, la ronde somme retrouvée sur le bureau du mercier l'atteste. S'impose alors une conclusion différente : un autre passé lie frère Étienne, Martin Borée et Leonnet Charon, peut-être même Nicol. Nous avons affaire à des exécutions de vengeance, de haine, hormis en ce qui concerne le simple.

1. L'expression nous vient de l'ordalie, un « jugement de Dieu », auquel on soumettait les accusés pour vérifier leur culpabilité. L'une des épreuves consistait à mettre sa main dans les braises. Si elle ressortait indemne, l'accusé était jugé innocent. Existaient également l'épreuve du fer rouge, l'immersion dans l'eau glacée, le duel judiciaire, etc. L'ordalie sortira d'usage au XIe siècle et sera condamnée par le concile de Latran IV en 1215.

— Mais la main coupée, supplice réservé aux voleurs ? Et quel passé ? s'enquit Louis d'Avre vivement intéressé.

✠

L'intelligence de cette très jeune femme en déguisement le stupéfiait. Pourtant, Avre faisait partie de ces hommes qui avaient tant côtoyé l'âme humaine, ses bassesses, ses grandeurs et ses calculs, sans différence de sexe, qu'il créditait les deux genres de capacités identiques à la bêtise ou à l'esprit, rejoignant sans le savoir la conviction de Jehan Fauvel.

Un rire amusé lui répondit, puis :

— Ah ça, seigneur bailli ! Mais je compte sur vous pour nous l'apprendre.

Druon se leva et termina :

— Quant à moi, je dois régler au plus efficace une… affaire délicate. J'irai ensuite me promener alentour l'abbaye, grâce à la permission plus que mitigée de l'abbé.

XLIX

Saint-Denis-d'Authou, novembre 1306

Huguelin avait insinué qu'il préférait demeurer auprès de maîtresse Borgne, plutôt que de rentrer au château de Saint-Denis-d'Authou, d'autant que son maître devait le revenir chercher pour une « promenade » autour de l'abbaye. Druon lui avait demandé de se rendre à la chaumière de Robert et de sa jeune sœur Murienne afin de se faire préciser l'endroit de leur macabre découverte. Le mire avait ensuite cheminé seul au pas lent et sûr de Brise.

Héluise s'en voulait. Ces meurtres, ces escobarderies, ces escroqueries lui avaient tant occupé l'esprit depuis des jours, qu'elle s'était détournée de sa véritable quête. Élucider la raison pour laquelle l'Inquisition avec tourmenté son père, et celle expliquant l'ignoble traîtrise de celui qu'elle avait toujours considéré tel un parrain, l'évêque Foulques de Sevrin. Quelle était cette pierre rouge dont Igraine lui avait parlé, celle qui avait fait tant verser de sang ? Pourquoi son père ne l'avait-il jamais mentionnée ? De crainte que sa chère fille soit en danger ? Druon, ou plutôt Héluise, avait fouillé ses souvenirs à son sujet, cherchant une allusion même vague de son père, en vain.

Le mire avait envie de reprendre sa route. Pourtant, il ne pouvait tolérer qu'un enherbement s'accomplisse, ni permettre à un coupable de multiples assassinats de filer entre les rets de la justice.

L

Saint-Denis-d'Authou, novembre 1306

Lorsque Druon le découvrit au loin, le château de Saint-Denis-d'Authou lui parut encore plus hostile qu'auparavant. « Hostile » ? Pas le juste mot. Insolite, plutôt. Une construction, pourtant banale, mais dont on avait le sentiment qu'elle n'appartenait pas tout à fait à ce monde. Ces murs gris sombre semblaient crier à l'injustice, à l'usurpation, à l'abandon, pleurant de larges langues d'humidité verdâtre qui coulaient des meurtrières jusqu'aux douves. On aurait dit qu'ils sanglotaient sur leur défunte grandeur, se tenant droits et fiers dans une dernière tentative pour subsister, témoigner de leur glorieux passé, lutter contre l'anéantissement, ou pis, le mépris. Que regrettaient-ils au juste, ces murs ?

Druon s'admonesta en se redressant sur la large selle. Assez ! Billevesées que tout ceci ! Ah ça ! Il n'allait pas devenir une capone[1] donzelle, prêtant des humeurs et des sentiments aux pierres, aux arbres et aux fleurs. Diantre ! Il était la fille de son père et devait s'en montrer digne !

1. Lâche et peureux. Plus tard rusé, capable de cajoleries pour parvenir à ses fins.

✣

C'est donc armé de fermeté qu'il grimpa jusqu'aux appartements de dame Ivine. Il n'attendit pas son invite, après le coup de poing asséné contre sa porte, pour pénétrer.

Elle se tenait debout devant la cheminée où crépitait un feu réconfortant. Une agréable odeur d'oliban[1] flottait dans l'air. Il remarqua la profusion de bouquets qui ornaient les deux guéridons et le manteau de la cheminée. En raison de la saison, peu propice aux épanouissements de fleurs, on avait coupé des branchages aux feuilles d'un vert puissant, parfois teinté de roux, aux baies rouges ou jaune pâle, l'ensemble jetant une note de vitalité qui tranchait sur la tristesse du lieu.

Une housse violine vif bordée de vair, passée sur une cotte de cendal safran[2] retenue par une mince ceinture d'argent, vêtait dame Ivine. Son long voile presque translucide était pincé sous un touret de crâne sang-de-bœuf. Druon se fit à nouveau la réflexion qu'elle était sans conteste la plus belle créature qu'il eût rencontrée.

✣

Quelque chose dans son allure le déconcerta pourtant. Il l'avait imaginée abattue par la brutale arrestation de son époux. Au lieu de cela, une joie, une énergie folle brillaient dans le bleu regard d'Ivine qui serrait la main de sa dame

1. Encens.

2. Le Moyen Âge aimait les couleurs vives, sans doute parce que l'on était encore assez limité par les teintures. Ainsi, on appréciait beaucoup le rouge parce qu'il était assez aisé à obtenir. En revanche, les verts étaient plus malaisés et assez ternes. Mais toutes les couleurs possédaient des connotations symboliques, comme le bleu. La « luminosité » des couleurs était une recherche impérative depuis l'Antiquité.

Aude. La satisfaction avait avivé ses joues, jadis si pâles, d'un fard rosé.

— Madame, avec tout mon respect, je me doute que le… départ involontaire de votre époux…

— Non pas, monsieur, l'interrompit-elle. À votre mine sévère, je conclus que vous aviez à m'entretenir. De grâce, procédez.

Druon se jeta à l'eau. Au diable les précautions de langue. Quelqu'un ourdissait un vilain coup.

— C'est que… avec tout mon respect… l'on a vu… une personne de votre entourage cueillir de la digitale… Or cette simple n'a que bien peu d'utilisations thérapeutiques. En revanche, il s'agit d'un redoutable poison.

Contrairement à ce qu'il avait redouté, elle ne s'offusqua pas, ne menaça pas. Au lieu de cela, elle tourna le regard vers Aude. Après un hochement discret de tête, celle-ci déclara d'un ton paisible mais sans appel :

— Messire mire, brisons-là[1] les feintes. L'heure de la vérité est échue. Toutefois, une mise en garde : quelles que seront les paroles que tiendra ma dame, j'affirmerai qu'elle ne vous a rien révélé de déhonté, ni même d'incriminant. Votre conversation ne fut que de profession, un échange de médecin à patiente. Je suis résolue au parjure, à jurer de la véracité de mon mensonge sur les quatre Évangiles, soyez-en certain.

— Madame… quel lourd péché, souffla Druon à son adresse.

— Non pas. Le péché fut commis à notre endroit. Sans doute, dois-je vous éclairer un peu. Vous le méritez, poursuivit la dame de compagnie.

— Tu n'as pas à… s'inquiéta Ivine.

— Si fait, madame. Pour vous et pour moi. Je le crois d'intelligence. Peut-être comprendra-t-il ? (Aude baissa le

1. Cesser.

regard, cherchant ses mots :) Ma dame m'a recueillie alors que j'étais grosse de trois mois, jetée dehors par les miens. Un viol[1]. Pourtant, aux yeux de tous, j'étais fautive. Je vous épargnerai les détails. Ma dame m'a aidée, telle une sœur aimante et dévouée, lorsque le petit est mort en dedans de moi. S'il avait vécu, je sais qu'elle ne m'aurait point abandonnée, qu'elle aurait trouvé une parade pour me sauver, alors même qu'elle se débattait dans une inextricable contrainte. Jamais, jamais je ne lui faillirai. Ma vie et ma reconnaissance lui sont acquises pour toujours. Sur mon honneur.

Druon comprit enfin la nature des liens qui unissaient les deux femmes, au-delà de leur situation par certains points semblables : la confiance en l'autre, la dévotion, l'entraide. Deux sœurs, en effet, mais deux sœurs qui se seraient choisies et que rien ni personne ne pourraient faire fléchir. Il les envia presque.

— Ma compassion, madame, en sincérité. Toutefois, la digitale…

Un sourire attristé étira la jolie bouche d'Ivine. Elle dévisagea Druon avant d'expliquer d'une voix affable, teinté d'un léger accent :

— Savez-vous, chevalier mire, ce que signifie être vendue par son père à la manière d'une jeune taure[2] dont on examine les dents sur un marché[3] ? À seule fin d'améliorer son train ? Et Dieu qu'il a remercié Philippe, avec effusion, des larmes dans la voix alors que ce dernier l'avait spolié de son héritage ! J'ai sangloté des nuits entières. Que pouvais-je

1. Le viol était très sévèrement puni au Moyen Âge, celui des prostituées inclus. Toutefois, lorsque le violeur était de bonne réputation, on avait tendance à soupçonner les filles ou femmes de « complaisance ».

2. Génisse.

3. Contrairement à la légende, l'Église a toujours réprouvé les mariages forcés. Toutefois, il était impossible aux filles de refuser la volonté de leur père, sauf à rejoindre un couvent, lorsqu'il le leur permettait.

tenter ? Mon père était aux anges. Il allait pouvoir à nouveau jouer aux dés, se payer le cul des filles, en vendant celui de la sienne. Je n'avais pas quinze ans ! Il ne m'aurait pas autorisée à rejoindre un couvent, au risque de perdre la manne que lui offrait Philippe. Mon futur mari m'a transportée céans, à la manière d'un coffre à linge. J'ai supporté cet odieux soudard, obscène, et presque analphabète durant des années. J'ai dû tolérer qu'il me prenne chaque jour comme son bien. Il avait offert bon prix de moi à mon père. Je me suis sentie pis qu'une catin, chaque heure ! Du moins les paye-t-on, et elles n'ont pas à vous couvrir de minauderies et de flatteries dès après la porte refermée sur votre dos. Les premiers temps, j'ai dégorgé et pleuré. Ensuite, j'ai attendu. Attendu qu'il meure. J'ai, nous avons prié chaque jour.

Druon la fixait, atterré. Se méprenant sur ses pensées, Ivine lâcha la main rassurante de sa dame et avança de deux pas vers lui, tonnant d'une voix sourde :

— Eh quoi ? Parce qu'il m'aimait, me désirait, j'aurais dû éprouver de la tendresse, du respect, de la gratitude pour ce répugnant vieillard ? Je le hais, l'ai toujours exécré. Je le méprise plus que tout.

Le regard de Druon tomba sur la table d'atours d'Ivine. Un gobelet d'infusion y reposait. Soudain, en dépit des vapeurs d'oliban, il en identifia l'odeur. Une odeur de foin coupé, mêlée à une autre, plus aigrelette. Il comprit :

— *Crocus sativus*[1], bien sûr... l'autre... non, pas *ruta graveolens*[2], l'odeur en est trop caractéristique et votre ventrière l'aurait détectée bien vite. Vos vertiges... Ajouté à

1. Le safran. Utilisé depuis très longtemps comme contraceptif. En dépit de la controverse qui règne actuellement, accusant une confusion avec le colchique (un autre crocus), il semble bien que l'épice pourrait se révéler toxique (expliquant sa réputation d'abortif précoce) mais à forte dose. Cependant, elle paraît posséder de très intéressantes propriétés pour lutter contre la dépression et, peut-être même, comme anticancéreux.

2. Rue fétide.

l'angélique et peut-être d'autres simples… J'y suis : *daucus carota* ! Des graines pilées[1]. Vous ingérez ces préparations quelques heures avant et après les ardeurs de votre époux !

— Jolie perspicacité, mire, observa Ivine d'un ton doux (son regard changea, redevenant glacial. Elle cria presque :) Ah, monsieur… Appartenant à la gent forte, vous n'avez pas idée du dégoût brûlant que l'on ressent lorsqu'une vieille outre avinée, qui pue, frotte sa peau sur votre ventre. Chaque jour… chaque jour… J'avais beau me laver, je le sentais sans cesse sur moi. Vous n'avez pas idée de la rage qui vous suffoque lorsqu'il exige entre deux hoquets ivrognes de ces… galanteries qui font la réputation des maisons lupanardes. Non, vous n'avez pas idée…

Son esprit sembla s'absenter durant quelques instants, puis elle reprit d'un ton apaisé :

— De fait, après tant et tant d'années de calvaire, j'ai décidé d'occire Philippe dès que j'ai appris le trépas de mon père – qu'il rôtisse en enfer ! Vous n'imaginerez jamais à quel point j'attendais la fortunée nouvelle. Je bénis chaque jour le cheval qui l'a écrasé sous son poids, et ne doute pas que mon frère André en fasse de même. Aude a lu la lettre que Philippe souhaitait me taire afin de m'épargner. Elle m'a révélé que l'agonie de mon père avait été longue et douloureuse. Peut-être une punition pour celle de ma mère, qu'il n'alla pas une fois visiter alors qu'elle râlait et s'éteignait dans la plus terrible souffrance. Ou pour la mienne, car ce fut une lente agonie de morte-vivante.

1. Carotte sauvage. Contraceptif et, peut-être, abortif très précoce, très utilisé depuis l'Antiquité puisque Hippocrate en décrit les propriétés. Des tests plus ou moins officiels seraient en cours à l'heure actuelle, chez des femmes ne souhaitant pas avoir recours aux hormones contraceptives, afin d'évaluer son efficacité et d'éventuels effets secondaires. Elle possède des propriétés anti-inflammatoires et il ne semble pas qu'elle soit toxique.

Ahuri, Druon demanda :

— Mais, je pensais... enfin, tous affirment que vous demandiez sans cesse des nouvelles de votre père, telle une fille aimante.

— L'aimable farce ! Je ne m'en souciais que dans l'espoir d'apprendre qu'il avait enfin trépassé. Le vieil égoïste libidineux et sans scrupule ! Les choses se sont alors précipitées. Nous pouvions retrouver la liberté. Aude n'a fait que me servir en récoltant les feuilles de digitale. Me damnais-je en enherbant Philippe ? Je n'en étais plus certaine. Dieu m'est témoin que je n'ai jamais porté tort à quiconque. Bien au contraire. Toutefois, j'ai été condamnée par d'autres à une existence d'esclave. Si moult femmes, dont ma mère, le tolèrent, trop soulagées de ne pas finir à arpenter le trottoir ou au couvent, moi pas. Et puis, ce malandrin, ce Jacques Lafleur, s'est présenté, dans l'espoir de m'extorquer de l'argent puisqu'il connaissait l'ignoble passé de Philippe, ses condamnations à mort. Dieu est intervenu par l'intermédiaire de son immonde personne ! J'ai aussitôt dénoncé Philippe au bailli. Avec délectation et moult pleurs de pacotille. Quant à l'autre, ce Lafleur, il en sera pour ses frais, si du moins il échappe à la justice.

✠

Assommé par ces révélations, Druon tenta de se rattraper à des arguments un peu solides :

— Mais... Pourquoi ces préparations depuis des années... un hoir vous garantissait...

— Quoi ! tempêta dame Ivine. Avez-vous perdu le sens ? Mêler mon sang à celui de Philippe ? Mon ventre accueillant son marmot ? Quelle épouvante ! Quel dégoût ! Voyez, il s'agissait sans doute aussi d'un instinct de femme.

Avec ce que nous avons appris de lui, non que la chose m'étonne, j'aurais été souillée au-delà du supportable si j'avais conçu de lui.

Aude effleura le bras de sa maîtresse et intervint d'une voix presque joyeuse :

— Mire, cher mire, il vous manque un élément crucial pour tout comprendre. Avant que Philippe ne manigance, en brigand qu'il était, afin de la récupérer, cette seigneurie revenait par sang à la famille de dame Ivine, à son père, qui nous a fort heureusement débarrassées de sa fâcheuse présence. Philippe sera pendu haut et court par les hommes du bailli. Ses fils, deux vauriens de bas, dont l'un, Cyr, est juste moins benêt que l'autre, seront déchus de leurs droits sur la succession, puisque leur père n'est pas bâtard noble, mais vil coquin imposteur.

— Le bailli a interrogé Cyr, si je ne m'abuse, souligna Druon qui perdait un peu pied.

— Oui-da. Nous nous sommes toujours plus défiées de lui que d'Amâtre, justement en raison de son esprit plus délié et plus perfide. Pauvre crétin qui pensait que ma dame le trouvait avenant ! Tout comme l'autre, Amâtre son aîné, un rustaud ivrogne qui évoque un bœuf de trait et sait à peine tracer son nom. (Aude gloussa de mépris :) Pensez, il lui a même fait une déclaration ampoulée d'amour éternel, genou en terre. Imbéciles ! Elle est de haut, délicate, d'un beau sang qui ne se compromet pas. Quoi qu'il en soit, Cyr s'est empressé de révéler l'auberge assez voisine, où se terrait son aîné qui avait formé projet d'occire leur père. Je ne doute pas que Cyr lui eût prêté main-forte, pour le trucider ensuite à son tour. De biens viles âmes, tous. La haine que ces quatre vauriens éprouvent les uns pour les autres fut notre salut. Les loups se dévorent entre eux. Réjouissante contemplation. Aussi n'est-il que justice que les biens de Géraud d'Authou reviennent enfin de droit et de sang à André de Cluzet, le frère aimé de ma dame, un beau seigneur.

Ivine joignit les mains en prière et leva le visage vers le plafond de pierre :

— Ah qu'il me tarde de le revoir enfin, mon doux, mon merveilleux frère ! Comme nous nous sommes amusés. Comme il était gai, valeureux, aimant. (Plongée dans ses magnifiques souvenirs de jeunesse, elle sembla oublier leur présence :) Il ne savait rien me refuser. Parfois, lorsque j'abusais, il me grondait, me menaçant de me tirer les cheveux si je ne m'appliquais pas à davantage de sagesse. André, André, quel bonheur de te revoir enfin !

Elle revint à eux, presque gênée de son effusion :

— Votre pardon. Je m'égare. J'ai tant rêvé de nos retrouvailles ! Je crois d'ailleurs que seule cette anticipation et ma valeureuse Aude, sans omettre mon petit chien Drostan, m'ont empêchée de tout à fait perdre le sens. Nous partirons au plus preste, afin de retrouver ma belle Sapaudia et oublier les interminables années de cauchemar qui nous furent imposées ici. André nommera un intendant pour s'occuper des terres qui lui reviennent de sang. Aude, qui est vive et séduisante donzelle, trouvera un beau parti. Je m'y emploierai. Et nous resterons les meilleures amies, celles qui ont connu les mêmes chaînes. Grâce à la générosité de mon frère, je constituerai une rente à Hélène afin de ne pas la laisser dépourvue. Pauvre chère... Les enfants du premier lit de son mari l'ont jetée dehors dès après le dernier souffle de leur père. Quant à moi... il me faudra du temps. André ne me contraindra jamais. C'est l'être le plus lumineux qui soit. Mon mariage sera annulé pour forfaiture, d'autant plus facilement que je n'ai pas conçu. Peut-être me remarierai-je un jour avec un homme qui me siéra, que j'aurai plaisir à caresser, dont j'aimerai aussi les caresses ? Peut-être resterai-je la tante attendrie et dévouée de mes neveux ? Peu importe, au fond. Je vais enfin renouer avec le bonheur de respirer, de marcher, de chanter, de me coucher au soir sans l'appréhension qu'un vieux corps répugnant ne m'écrase, que sa salive d'ivrogne ne me dégouline sur les seins, que son odeur révoltante ne me colle à la peau. Je suis heureuse, mire. Et ni Aude ni moi n'avons commis de péché, pas même par impérative nécessité. Dieu a veillé et veille sur nous.

✣

Aude, dont il était maintenant évident qu'elle n'avait pas été une simple compagnie, mais davantage un réconfort et un pilier, conclut d'une voix où ne transparaissait pas la moindre crainte :

— Mire, je suis certaine que ces explications apaisent votre soif de compréhension. Je prie également qu'elles vous soient convaincantes. Cela étant, encore une fois, je jurerai sur mon âme que vous ne parlâtes avec ma dame que d'affections et de remèdes. Bon vent vous pousse, messire. En sincérité.

LI

Saint-Denis-d'Authou, novembre 1306

Lorsqu'il ressortit des appartements de dame Ivine, un désagréable désordre régnait dans l'esprit de Druon.

Certes, les deux femmes étaient vierges d'irréparable souillure d'âme. Toutefois, elles s'apprêtaient à l'enherbement. Héluise en lui se sentait incapable de jugement. En vérité, elle ne pouvait que percevoir les affres vécues par ces femmes. La peur. Une peur rongeante, constante. Jamais Héluise n'avait redouté que son merveilleux père ne la brade[1] en mariage. Il aurait requis son consentement, éliminé les prétendants qui ne pouvaient convenir à sa fille. Jamais elle n'avait craint de devenir une charge à ses yeux, un être moins achevé qu'un fils.

Dieu comme il lui manquait, en dépit de cette persistance bienveillante qu'elle sentait autour d'elle !

Il lui manquait chaque jour, presque chaque heure.

1. Le terme est ancien et vient du vieux néerlandais *braden* qui signifia d'abord « rôtir » puis « gaspiller ».

LII

Citadelle du Louvre, environs de Paris, novembre 1306

M. de Nogaret, un air d'écœurement sur le visage, relut la missive, malhabilement tracée, que lui avait fait parvenir Alard Héritier, avant de la tendre à Hugues de Plisans.

Le chevalier templier se leva pour s'adosser au manteau de la cheminée de pierre dans laquelle rugissait un feu. Guillaume de Nogaret se fit à nouveau la réflexion qu'il était un magnifique spécimen de la gent forte.

Il attendit qu'Hugues de Plisans déchiffre la prose ampoulée mais grossière d'Héritier et demanda :

— Qu'en faites-vous, mon bon ?

— Pas grand-chose, en vérité. Or donc, proche de la frontière du royaume d'Espagne, en la neuve-ville de Carcassonne, à l'auberge du Cochon-Vert, Héritier a croisé le chemin d'une échauffeuse[1] qui semblait moins sotte que les autres. Une jolie brune aux yeux bleus, la belle affaire ! Héluise Fauvel ne doit certes pas être la seule donzelle de cette description, messire. D'autant qu'il faudrait qu'elle soit bien nigaude pour se pavaner

1. Entraîneuse.

en public, dans un appareillage[1] fort léger, pour ne pas dire indécent, à ce que je lis… « Avec les nichons[2] presque dénudés »… alors qu'elle se doute que tous la recherchent.

Un sourire, entre dépit et amusement, étira les belles lèvres du templier qui ajouta :

— Mon sentiment, messire de Nogaret ? Une fausse piste lointaine. Héritier le sait. Il espère ainsi vous extorquer un supplément de bourse. Dans sa manière.

— Je hais les petits vauriens, feula M. de Nogaret.

✣

À tels maîtres, tels espions, songea Plisans. Il tergiversait encore. Pour la sauvegarde d'Héluise, que convenait-il de révéler ? Que Foulques de Sevrin avait resserré ses recherches en Normandie et en Perche, ainsi que le lui avait appris un de ses frères templiers qu'il avait chargé de surveiller l'évêque d'Alençon ?

Nogaret possédait des moyens presque illimités, largement plus efficaces que ceux de l'évêque. S'il savait où elle se terrait, le conseiller du roi pourrait retrouver la jeune femme fort vite. Mais quel sort lui destinerait-il alors ? Plisans n'avait aucune confiance en Nogaret. À l'exception d'une certitude : il servait le roi Philippe le Bel avec autant de dévotion que Dieu. S'il fallait, pour plaire à son souverain, livrer une donzelle à la torture, il n'hésiterait pas.

Non, mieux valait que les hommes du conseiller se promènent jusqu'à ce qu'Héluise tombe entre bonnes mains.

---

1. Habillement.
2. De nicher, le terme n'est en rien grossier à l'époque.

✠

— À la vérité, messire, je crois que cet Héritier vous la baille belle. Il justifie l'argent que vous lui offrîtes d'informations de comédie et tente de vous en tirer un peu plus. Il traîne ses chausses de droite et de gauche, se soûle, trousse les filles de nord en sud, son plaisir que vous payez grassement. En échange, il vous livre de petites informations sans intérêt, pour ne pas dire d'invention, afin que vous ne perdiez pas patience et ne coupiez pas les cordons de la bourse. Il s'agit d'un petit gredin sans honneur. Pourquoi donc en attendre de l'honneur ? Cela étant... son idée de se rapprocher de la frontière du royaume espagnol n'est pas dépourvue de jugeote. Bah, sa voyouterie ne serait pas si efficace s'il était bête ! À la place d'Héluise Fauvel, je tenterais de franchir une frontière.

Nogaret croisa ses mains sèches et jaunes comme un parchemin sur le devant de sa longue robe terne de légiste et serra les lèvres. Il dériva quelques instants dans ses pensées puis admit :

— Hugues, mon cher Hugues, vous avez grand raison. Je franchirais moi aussi une frontière. Nous devons l'en empêcher. Pour son bien. Qu'irait-elle faire en royaume d'Italie ou d'Espagne où elle ne connaît personne ? Nous devons, en toute charité chrétienne, lui offrir notre protection.

Plisans hocha la tête, le visage impavide, se demandant lequel des deux serait pire, de l'Inquisition ou de M. de Nogaret. Sa conscience avait tranché. Il avait décidé des mois auparavant qu'il ne serait jamais traître à son Ordre, et surtout pas à Dieu. Mentir au conseiller du roi prenait donc des allures d'anecdote de peu d'importance. Tout comme sa vie, s'il venait à être démasqué.

— À l'évidence, messire. Je pense que nous devons concentrer nos efforts aux frontières.

✠

Pendant ce temps, quelques-uns de ses frères suivraient les hommes de Foulques de Sevrin, l'évêque d'Alençon. Celui-ci connaissait Jehan Fauvel, il connaissait Héluise. Si quelqu'un pouvait s'en rapprocher, c'était lui. Nogaret avait en tête une donzelle aux abois, réagissant comme telle. Au contraire, Foulques l'avait vue grandir en profitant de l'enseignement de son père.

LIII

Saint-Denis-d'Authou, novembre 1306

Enchaîné telle une bête malfaisante – ce qu'il avait été –, Philippe Barbette, ancien seigneur d'Authou, avait été poussé sans ménagement par les hommes du bailli dans le fardier[1] découvert qui le devait mener jusqu'aux geôles de Nogent-le-Rotrou. Profitant de son impuissance, les gardes l'avaient piqué de la pointe de leurs pertuisanes[2], agoni d'injures et d'obscénités, s'esclaffant en rivalisant de menaces. Ils n'avaient guère l'occasion de maltraiter en toute impunité un seigneur, légitime ou pas.

Cependant, Barbette n'en avait cure[3]. Toutes ses pensées étaient destinées à Ivine, à son tendre amour. Dieu du ciel, comme elle avait dû avoir peur ! Il l'imaginait, se rongeant les sangs, pleurant en solitude dans ses appartements, cherchant à comprendre. Le chagrin qu'il infligeait involontairement à sa mie l'affligeait bien plus que ses crimes ou même ce qui l'attendait.

---

1. Lourd chariot.
2. Sorte de lance dont le fer se terminait par une pointe et qui présentait des crocs sur les côtés.
3. De *cura* : soin, souci. N'avoir rien à faire de quelque chose.

✣

Les insultes et quolibets des gardes glissaient sur lui, il ne les entendait pas. Qu'allait-il pouvoir inventer pour rassurer son amour lorsqu'elle le viendrait bientôt visiter dans sa prison ?

Il la voyait, pâle, défaite, affolée. Pauvre cher cœur ! Il devait trouver quelque chose qui l'apaise, une invention qui justifie un peu ses actes passés.

Ainsi, lorsque la trappe du chafaud basculerait sous ses pieds, lorsque les portes de l'enfer s'ouvriraient grandes pour lui, Ivine lui garderait une jolie place dans ses souvenirs.

Il s'agissait là de la seule inquiétude de Philippe Barbette, ancien seigneur d'Authou.

LIV

Saint-Denis-d'Authou, novembre 1306

Le frusquin de dame Ivine et celui d'Aude avaient été vite serrés[1]. Ivine ne voulait conserver aucun souvenir de ce qu'elle nommait ses années d'agonie à Saint-Denis-d'Authou. Les deux femmes n'emportaient qu'un nécessaire de toilette, quelques vêtements de change pour leur long périple jusqu'à la Sapaudia. La dame d'Authou avait choisi trois hommes d'armes de la garde de Philippe, les moins balourds et ivrognes, pour les escorter avec promesse que son frère André les récompenserait de généreuse manière.

✣

Aude l'attendait dans la cour d'honneur du château, le petit chien Drostan dans les bras. Ivine détailla pour la dernière fois sa chambre, sa prison, une moue d'écœurement aux lèvres. Dieu qu'elle avait exécré ce lieu, chaque instant qu'elle y avait passé !

---

1. Dans le sens de ranger dans un endroit, un contenant, qui protège.

La sensation d'une présence la fit se retourner. Le visage pâle de chagrin et de désespoir, Cyr la considérait. Il mit un genou en terre et baissa la tête en allégeance, puis débita d'une voix heurtée :

— Madame… Je… Enfin… pardonnez, je vous prie, mon insolence… Sachez qu'elle n'est inspirée que par l'immense amour que je vous porte depuis si longtemps… je me doute… La seigneurie revient à monsieur votre frère. Mon père… honnie soit son âme… Toutefois, madame, je n'ai pas été élevé en rustre, en faquin[1]…

Une stupéfaction mêlée de dégoût s'était peinte sur le visage angélique d'Ivine. Elle l'interrompit d'un ton de mépris glacial :

— Ah ça, l'homme ! Auriez-vous perdu le sens ? Quelle grotesque et pitoyable fable vous êtes-vous mise en tête ? Pour qui vous prenez-vous ? Oubliez-vous à qui vous vous adressez, la noblesse de mon sang ? Mon frère vous ferait fouetter, tel le gueux que vous êtes, pour votre répugnante impertinence ! (Criant, soudain, elle ordonna :) Hors de ma vue ! À jamais !

Elle sortit en trombe de ses appartements.

✠

Quelques instants s'écoulèrent avant que Cyr ne comprenne la meurtrière injure. Un froid mortifère rampa dans ses veines et le souffle lui manqua. L'effroyable mépris avec lequel elle l'avait regardé, lui avait parlé, le blessait à le suffoquer. Il se releva et la tête lui tourna au point qu'il chancela. Comment se pouvait-il ? La douce, la magnifique Ivine. La femme qu'il avait adulée, désirée à en perdre le sommeil. Certes, après les ignobles révélations sur

1. Homme de rien, ridicule et bas.

son père, il ne pouvait espérer qu'elle consente à le considérer tel un parti souhaitable. Toutefois, il avait cru au plus profond de lui ne pas lui être indifférent, avoir l'heur de lui plaire un peu. Une fable. À l'évidence, elle avait raison. Il s'était mis une grotesque et pathétique fable en tête, durant toutes ces années. Aussi fol que sot, voilà à quoi il se résumait.

Il entendit le claquement des sabots dans la cour d'honneur et le fardier qui emportait les deux femmes s'ébranler.

Inutile de lutter encore. Il avait lutté si longtemps, si âprement pour un rêve, une blessante chimère. Cyr Barbette ne put retenir ses larmes.

LV

Alentours de l'abbaye de Tiron, novembre 1306

Une pluie mêlée de neige tombait depuis le midi. Frissonnant dans leurs vêtements de piètre qualité, pinçant leurs mains nues sous leurs aisselles dans le vain espoir de les dégourdir, ils progressèrent dans la forêt grâce aux indications fournies par Robert, Huguelin expliquant à nouveau :

— C't… c'est un bon gars, Robert. Oh, il veille sur sa petite sœur… parce que, si m'en croyez, j'ai bien eu le sentiment qu'elle avait découvert la dépouille de frère Étienne. Sauf que Robert craignait qu'on la boutecule[1]. Aussi a-t-il affirmé que c'était lui.

Druon avait préféré taire au garçonnet son étrange entrevue avec Ivine et Aude, lui précisant juste que ces dames repartaient au plus preste vers la Sapaudia. Certes, Huguelin serait majeur dans quelques petites années[2]. Néanmoins, le protéger encore un peu de certaines brutalités adultes avait semblé préférable à Druon. Sa bêtise le stupéfia. Huguelin n'avait-il pas été vendu tel un esclave ?

1. A donné « bousculer ».
2. Les garçons étaient majeurs à 14 ans, les filles à 12.

Ne l'avait-il pas arraché aux griffes d'une aubergiste qui l'utilisait comme souillon et délassement de sens, le battant lorsque sa satisfaction tardait ? Que pouvait encore ignorer l'enfant des « brutalités adultes » ! Incertain, le mire se raccrocha à l'un des derniers mots entendus.

— « Sauf » signifiant « sans blesser », en gardant « intact » « hors de péril », il est à éviter dans ce sens. Ainsi, on « est sauf », lorsque l'on n'a subi nul dommage. Ou alors, on adoucit un propos de « sauf votre respect », afin d'affirmer que quoi que l'on dise, on n'attente pas à l'honneur de son interlocuteur, en bref qu'il est indemne. Il convient de dire « à ceci près » ou « cela étant », voire « toutefois » ou « cependant » en fonction de ce qui suivra.

— Le pardon, mon maître. Je m'améliore, sauf que… Euh… Toutefois, j'ai encore grand labeur devant moi.

— Chaque instant de notre vie recèle une leçon pour qui sait la voir et l'entendre. Et donc ?

— Eh ben… euh… Eh bien, Robert nous a fait l'amabilité d'aller cercler le tronc de l'arbre en question d'une bande de lin afin que nous le reconnaissions.

— En vérité, brave garçon !

— Pour sûr ! Euh… c'est correct, ça ?

— Cela n'offense pas l'oreille.

— Sauf que… Cependant, hormis ce bon côté de lui, je ne serai pas autrement surpris qu'il soit assez satisfait de frotter le nez des moines de Tiron dedans… enfin, dedans ce qui sent mauvais… si vous voyez ce que je veux dire.

— Oh, fort bien ! Nul besoin de préciser.

✠

Ils parvinrent enfin en vue du haut chêne portant ceinture de lin. Un acquit de conscience de la part de Druon.

La pluie n'avait cessé de tomber depuis quelques jours et toutes traces d'un méfait seraient délavées. Néanmoins, il avait tenu à venir, bien que l'essentiel selon lui leur ait été relaté par le jeune Robert devant Leonnet Charon, un soir en la taverne du Chat-Borgne : le sang qui avait coulé derrière le cadavre, nul autre alentour, preuve qu'on l'avait poignardé à proximité de l'arbre ou alors qu'il avait été occis ailleurs et qu'on l'avait transporté céans. Bah, cette promenade sylvestre lui donnait aussi belle excuse, si l'abbé exigeait des explications. Non, il ne s'intéressait pas surtout à l'abbaye. À preuve, il avait d'abord investigué la forêt ! Mensonge n'est jamais si convaincant que lorsqu'il emprunte à la vérité.

Il contourna l'arbre, scrutant l'endroit où frère Étienne avait été retrouvé assis, décelant encore les langues brunâtres de sang sec de quelques herbes folles.

✠

Huguelin, la mine sérieuse, suivait chacun de ses gestes. Soudain, le garçonnet murmura :

— Fallait quand même qu'il connaisse bien son meurtrier pour se risquer dans les bois, à la nuit ou presque nuit. Ces moines ne sortent guère de leur abbaye. Alors qu'on buvait un gorgeon avec Robert…

— De quoi ? s'alarma Druon.

— De cidre doux.

— Je n'exige pas de toi l'abstème[1] et transige sur le cidre doux[2], en grande modération, toutefois. N'oublie jamais

1. L'abstinence complète d'alcool.

2. N'oublions pas qu'il était encore de coutume au début du XXe siècle de donner de la gnôle aux enfants afin qu'ils luttent contre le froid, la fatigue, voire la faim.

que tu seras aussi chirurgien[1], car leur art avance à grands pas et nous nous contre-moquons des quolibets[2] dont ils sont les victimes. Il te faut donc garder esprit clair, main sûre et vision acérée. Poursuis, je te prie.

— Ben… eh bien, le gars Robert m'a à nouveau relaté ses observations, sans en rien changer. Voyez, mon cher maître… cette absence de sang sur les cuisses de frère Étienne me trouble. J'ai retenu ce que vous m'expliquâtes : un cadavre ne saigne pas. Le sang semble se figer dans les veines[3]. Toutefois, nul sang, pas la moindre goutte à l'emplacement de ses cuisses…

— M'en voilà un peu ébaubi[4] ! admit Druon. Ah ça ! Mon enseignement ne se perd pas avec toi. Le détail m'avait moi aussi perturbé, sans que je m'y attarde assez. Nous commettons tous des erreurs. Il convient de les admettre afin de les réparer.

Le compliment fit rosir les joues livides de froid du garçonnet. Druon poursuivit :

— Fichtre ! Tu me plonges dans un abîme de spéculations. Observer, analyser, comparer, déduire…

Le mire se courba et parcourut pas à pas toute la surface autour de l'arbre, sans rien repérer d'intéressant. Il s'accroupit ensuite devant le tronc, étudiant avec méticulosité son écorce. Il remarqua un éclat, une légère cicatrice oblongue,

1. Le métier, méprisé par les médecins, étaient le plus souvent confié aux barbiers. La chirurgie de l'époque était pourtant bien plus avancée que la médecine.

2. Il s'agissait à l'origine de questions de philosophie, particulièrement retorses, que l'on posait aux étudiants, dont nombre se ridiculisaient en ne trouvant pas la réponse. Sans doute les raillait-on et peut-être est-ce l'origine de la seconde signification du mot.

3. On sait depuis Claude Galien que les vaisseaux transportent le sang et non pas l'air, contrairement à ce que l'on croyait avant ses découvertes.

4. Stupéfié.

plus verdâtre que le reste. Druon la frôla de l'index, s'interrogeant.

— Huguelin, je te prie, assieds-toi ainsi. Juste là... Certes, tu es de taille plus courte qu'Étienne.

L'enfant s'exécuta aussitôt, mimant, pour plus de véracité, la posture affaissée vers l'avant d'un macchabée.

— Au contraire, tiens-toi fort droit, exigea son maître, en s'accroupissant près de lui.

L'éraflure ovale parvenait à hauteur du cou de l'enfant qui s'enquit à voix basse :

— Avez-vous observé et déduit, mon maître ?

— Hum... trop tôt. La tache au bas de la robe de frère Étienne... Allons, Huguelin. Le temps nous presse. Fonçons aux abords du vivier, puisque c'est là que l'on vit le moine pour la dernière fois, ainsi que l'a précisé le seigneur abbé lors de notre entrevue.

Désireux d'exceller dans la mission que lui confierait son jeune maître, Huguelin interrogea :

— Qu'y cherchons-nous ?

— Tout. Un indice qui nous fasse avancer en compréhension.

LVI

Alentours de l'abbaye de Tiron, novembre 1306

Ils suivirent la berge caillouteuse de l'étang, réserve de poissons qui communiquait grâce à un canal souterrain avec une piscine[1] creusée dans la cour intérieure du monastère. À quelques pieds*, sur leur droite, se succédaient les murs du moulin, du four à pain, du pressoir. Quelques frères, qui s'activaient à des tâches vivrières, leur jetèrent un regard à la dérobée. Druon savait qu'il commettrait un grave impair s'il leur adressait ne serait-ce que le bonjour. Pourtant, il était à un cheveu de la vérité, du moins en ce qui concernait frère Étienne, et l'impatience de savoir enfin le gagnait.

✠

Alors qu'il fixait la berge comme s'il en attendait une révélation, un moine s'approcha à pas incertains. Il baissa la tête et murmura, presque inaudible :

1. Du latin *piscina*, vivier où l'on nourrissait les poissons.

— Êtes-vous bien le mire qui accompagnait le seigneur bailli ?

— Si fait, chuchota à son tour Druon.

L'autre jeta un coup d'œil méfiant à ses frères d'ordre alentour et poursuivit :

— Gervais, frère boursier. Je suis le dernier à avoir vu frère Étienne en vie. Il se tenait à quelques pieds d'où nous sommes... Je ne puis me taire... Je m'en veux tant ! Il s'est débarrassé de moi en prétextant une difficulté de digestion qui lui retournait les intérieurs depuis le midi... Dieu du ciel ! Il semblait mal en point, le visage blême... Je crois... je crois qu'il avait pleuré. J'aurais dû insister. Lui parler. Peut-être alors serait-il rentré avec moi plutôt que de s'enfoncer dans les bois... peut-être serait-il toujours bien vif !

— Merci, mon frère... merci de votre confidence... vous n'êtes en aucun cas coupable...

Druon n'eut pas le temps de terminer sa phrase, l'autre s'était enfui en direction de la porterie ouverte entre le grenier et le pressoir.

✠

Courbé vers le sol de gros cailloux, flanqué d'Huguelin, le jeune mire avança vers l'endroit que venait de désigner le boursier.

Soudain, il se figea. Une pierre avait attiré son regard. Il la ramassa et l'étudia. Sur sa facette protégée de la pluie par les autres caillasses, une longue larme épaisse et brunâtre. Du sang.

Et Druon n'eut nul doute qu'il s'agissait de celui du jeune moine. L'élément qui lui manquait pour conclure.

Réfléchissant à haute voix, il marmonna :

— La douleur a dû être effroyable, suffocante. Il n'a pas pu la lancer loin. Ils élèvent surtout des carpes[1]...

— De quoi parlez-vous ? voulut savoir Huguelin, perdu.

Druon se pencha au-dessus de l'eau, sourd à la question de son apprenti qui le vit remonter sa manche et plonger la main. Il tâtonna durant de longues secondes, allongeant le torse, se trempant l'épaule et la ressortit, pour l'ouvrir paume vers le ciel. Huguelin distingua quelques gros graviers, dont certains plus blanchâtres et d'étrange forme allongée. Soudain, il comprit. Les yeux exorbités, il chuinta :

— Doux Jésus... des... des phalanges, non ? De main... humaine... On lui a... on lui a tranché la main céans...

✠

Un chagrin intense envahit Druon, qui crut percevoir les dernières affres du pauvre Étienne. Son déchirement, son infini désespoir. Druon se laissa tomber à genoux, sentant à peine la morsure des cailloux, pour une brève et muette prière à l'âme du gentil semainier. Le moine n'avait pu supporter d'avoir été grugé, certain d'avoir trahi, même involontairement, son ordre, cet ordre pour lequel il se dévouait corps et âme.

— Non. « On » ne lui a rien fait. Il s'est puni, sans doute parce qu'il venait de découvrir l'ignoble fraude de Martin Borée. La substitution d'une Sainte Larme, par la vile fabrication du mercier. J'ignore de quelle manière Étienne l'a compris et je doute que nous l'apprenions un jour, pas plus que le rôle réel de ce marchand italien, ce Luigi Cappelli. Complice ou dupe ? Je pencherais pour le premier. Sans son aide, Borée n'aurait pu mettre la main sur la relique authentifiée.

1. Un poisson omnivore.

D'une petite voix plaintive, Huguelin insista :

— Je ne vous comprends guère, mon maître. Je vous sens soudain si égaré, si triste. De grâce, éclairez-moi.

Lorsque Druon tourna le regard vers lui, Huguelin se noya dans son bleu intense, troublé par l'onde humide des pleurs retenus, et faillit fondre en larmes lui aussi. Druon revint au présent, au bord de l'étang, et d'une voix plus ferme expliqua :

— La tache de sang au bas de la robe d'Étienne. Elle me tracassait, à ton instar. Étienne a donc éventé l'odieuse supercherie et s'est rendu compte qu'il avait fait acheter par son abbaye chérie – contre une véritable fortune – une fausse Sainte Larme. A-t-il tenté d'acculer Borée, a-t-il voulu se confier au seigneur abbé ? Je l'ignore. Toujours est-il que son désespoir l'a emporté. Il en est venu à se convaincre qu'il était une sorte de voleur. Ou alors, le meurtre, peu de temps avant, de Borée lui a donné une idée. Car Étienne était de grande piété. La perspective qu'on refuse un enterrement chrétien à sa dépouille de suicidé lui semblait intolérable. Son existence entière se résumait à sa foi, à son appartenance à l'ordre de Tiron. Avec son coutelas, il s'est tranché la main ici et l'a jetée aux carpes, sachant qu'elles en feraient festin. Imagine… Imagine l'épouvantable souffrance qu'il s'est infligée. Il a contenu l'hémorragie en bandant sa main avec le bas de sa robe et a couru jusqu'à la forêt. Là, affaibli, il s'est assis au pied de l'arbre et a coincé le coutelas entre le tronc et son dos. Puis, il s'est appuyé de toutes ses forces sur la lame. C'est pourquoi j'ai retrouvé cette sorte de cicatrice oblongue dans l'écorce, pour cela que nous n'avons remarqué de sang que derrière son dos. De fait, nous avions bien un cadavre en trop, conclut Druon, défait.

Huguelin s'était signé. D'une voix tremblante, il commenta :

— Ah quelle pitié ! Oh, la pauvre âme tourmentée… Nous devons nous taire, mon maître. Ce moine a payé si cher pour le crime d'un autre ! Il doit reposer en paix en terre consacrée. Il l'a mérité.

— Malheureusement, je ne le puis. Comprends… l'enquête prend un tour totalement différent. Selon notre première théorie, les meurtres étaient liés aux fausses reliques. Je ne le crois plus. La fausse Sainte Larme n'a provoqué qu'un décès, selon moi, celui de frère Étienne. Ne sont associés dans l'esprit de l'assassin que Borée, le secrétaire Charon et peut-être le simple Nicol. Nous devons découvrir son identité. Toutefois, rassure-toi. Peut-être me trompé-je, mais ce que j'ai entraperçu de la personnalité de l'abbé Constant de Vermalais me rassure. Son arrogance lui fera redouter une exhumation, un scandale. Il préférera étouffer l'affaire et aura grand raison. Étienne demeurera dans le cimetière des moines, entre les murs de son abbaye tant aimée. Quant au bailli, il est homme de bien. Il usera en délicatesse de nos déductions, sans chercher à nuire à l'âme d'un pauvre semainier trop crédule.

✣

Un peu rasséréné, Huguelin aida son maître à se relever. Il observa :

— Lorsque je serai devenu mire, lorsque mon esprit sera plus apte, j'ai crainte de devoir porter, moi aussi, de lourds secrets.

— En effet. Toutefois, sois assuré que se taire parfois n'est point menterie mais plutôt une marque de compassion. Qu'est-il besoin d'empoisonner la vie des vivants avec les secrets que les morts ont souhaité emporter dans la tombe ?

LVII

Forêt de Montlandon, novembre 1306

Igraine avait glissé dans une sorte de demi-sommeil agréable, bercée par la tiédeur que diffusait l'âtre. Arthur le freux était perché en haut du buffet[1]. Avéla s'activait devant l'âtre et une odeur appétissante de soupe de châtaignes au lard s'élevait.

Igraine laissait son esprit dériver dans cet entre-mondes peuplé de songes qui n'en étaient pas, de pensées qui perdaient peu à peu en netteté. Elle avait l'habitude de ces voyages désordonnés, lacis de possibilités, où l'avant et l'après s'enchevêtraient. Son art de mage consistait à démêler le passé des futurs, à éliminer les pièges sournois que tendaient les rêves en tentant de se faire accroire prémonitoires, quand fort peu l'étaient vraiment. Elle y parvenait le plus souvent. Un long et pénible entraînement, qui remontait aussi loin que sa très ancienne race.

Avéla se redressa et jeta un regard attendri à sa tante – ou sa grande sœur – dont les pouvoirs, bien qu'émoussés,

1. Il s'agissait alors d'un meuble assez comparable à un vaisselier, que l'on plaçait le plus souvent au milieu d'une salle et qui servait à ranger la vaisselle, les épices, condiments et autres.

l'émouvaient et la rassuraient. La peur qu'elle ressentait depuis d'interminables mois avait reculé depuis le retour d'Igraine. Il lui semblait que la haute femme maigre était une sorte d'inébranlable bloc de granit. Pourtant, elle ne comprenait toujours pas ce que la mage lui expliquait parfois et s'en voulait de sa lourdeur, de sa lenteur. Un jour qu'elle lui en faisait la plaintive remarque, Igraine avait rétorqué :

— Sais-tu qu'il fallait plus de vingt-cinq ans[1] à un sage, un éclairé pour former l'un d'entre nous, surtout ceux auxquels les dieux avaient concédé des dons ? Il convient de dresser les dons. Patience et persévérance.

✣

Avéla sortit à pas de loup de la chaumière afin de remplir la grosse outre de l'eau limpide du ru.

S'enfonçant peu à peu dans le sommeil, l'esprit d'Igraine divaguait[2]. Au loin, le son des lyres et des carnyx[3]. Était-ce l'été ? Les odeurs de la forêt semblaient l'attester. Une dizaine de *simulacra*[4] s'élevaient dans une clairière en contrebas. Des offrandes aux dieux ? Des sacrifiés étaient-ils

1. C'est du moins ce que rapporte Jules César.

2. À l'époque : errer çà et là.

3. Trompettes en cuivre des Gaulois.

4. *Simulacrum*, terme choisi par Jules César pour nommer les représentations gauloises des dieux mais également de grands mannequins-cages en osier dans lesquels les Gaulois auraient enfermé humains et animaux, brûlés en sacrifice. Le terme, sans doute volontairement péjoratif, a incité certains historiens à conclure qu'il s'agissait de statues très grossières, preuve de la pauvreté de l'art gaulois. En effet, il dérive de *simulare* qui nous a donné « simulacre » donc une parodie, un semblant de quelque chose, et « simuler ». En réalité, il semble que les Gaulois s'interdisaient de représenter leurs dieux avec précision, préférant une « image » plus symbolique.

enfermés à l'intérieur de ces grandes cages d'osier, attendant qu'un prêtre les immole par le feu ? S'agissait-il de souvenirs ? Les avait-elle hérités de la mémoire d'un des siens ? Voyait-elle un futur ? Elle n'aurait su le dire.

Un hurlement. On venait d'enflammer les *simulacra*. Un hurlement de terreur. Avéla ! Igraine voulut se précipiter dans la direction du cri. Mais l'image bascula. Son regard se trouvait maintenant au milieu de la clairière. Les mannequins-cages avaient disparu.

Un éclair, un autre. Le miroitement de lames sous le soleil. Son regard s'approcha sans qu'elle ait la sensation de bouger. Des couteaux de chasse plantés dans l'humus gras et noir. Soudain, la garde de l'un d'eux, au manche fait de plaquettes de bois serrées d'une cordelette, pleura. Des larmes de sang. Elles s'écoulèrent d'abord avec paresse le long de la lame pour être absorbées par la terre. Puis, de plus en plus vite. Une pluie de larmes de sang. Un autre coutelas fondit en larmes de sang, celui dont le manche était fait de corne noire. Puis toutes les gardes se joignirent au chagrin rouge vif de leurs lames sœurs. Un flot de sang.

✠

Un rauque croassement de mise en garde. Arthur abandonna le buffet et s'abattit sur l'épaule de la mage, enfonçant sans brutalité ses serres dans la chair de sa maîtresse, cherchant à récupérer son esprit des lointains limbes où il n'aurait pas dû s'aventurer. Igraine fut tirée sans ménagement de sa transe. De la main, elle essuya les larmes d'eau qui dévalaient de ses paupières, puis caressa les ailes fortes du freux.

Negan se tenait devant elle, la mine inquiète, interrogative. À ses pieds gisait le marcassin qu'il venait d'abattre. Igraine ordonna à son cœur de s'apaiser. Elle se contraignit à sourire au grand jeune homme, si semblable à sa sœur, avec ses cheveux mi-longs d'un blond presque blanc et ses prunelles d'un noir de nuit.

— Vas-tu bien ? demanda-t-il d'un ton doux.

Avéla, pliant sous le poids de l'outre jetée par-dessus son épaule, pénétra à cet instant et lança, joyeuse :

— Ah, tu es éveillée. Nous dînons bientôt.

Son regard tomba sur la proie braconnée par son frère aîné. Satisfaite, elle commenta :

— De la viande pour plusieurs jours. Belle chasse, Negan.

Une scène de félicité familiale qui n'atténua pas le mal-être de la mage.

LVIII

Tiron, novembre 1306

La mort du simple oubliée, quelques clients avaient retrouvé le chemin de l'auberge du Chat-Borgne. Ils avaient été soulagés de constater que maîtresse Borgne ne leur tenait pas rigueur de leur désertion. Ils se trompaient, mais Cécile avait retrouvé ses réflexes d'habile commerçante. Ce soir-là, ne parvenant à se résoudre à remplacer Nicol, elle courait des tables en cuisine, et assurait seule le service.

À la demande de Druon, Huguelin avait expédié son repas pour rejoindre leur chambre – satisfait de ne plus devoir nuiter[1] dans le sinistre château de Saint-Denis-d'Authou –, laissant son maître en compagnie du bailli, installés à une table reculée.

— Je dois avouer… monsieur, que vous me stupéfiez, admit Louis d'Avre. Une charge de secrétaire de bailli vous siérait-elle ? plaisanta-t-il à demi. J'aurais grand besoin de votre perspicacité.

— Et me faire l'écho de jugements d'exécution ? Fichtre non. De plus, il me tarde de reprendre ma route. Vers l'est.

1. Passer la nuit.

✣

La déroutante mage Igraine fit une incursion soudaine dans son esprit. « Méfiez-vous de la femme très belle, très malfaisante. Surtout, méfiez-vous de vous-même. Vous êtes votre pire ennemi. Allez à l'est, c'est de là que se poursuivra votre quête. »

S'était-elle véritablement immolée dans les flammes d'un brasier par ses soins allumé ? Druon n'en aurait pas juré. Après tout, Léon, l'homme de confiance de la baronne d'Antigny, n'avait rien retrouvé de l'étrange femme dans les cendres à peine refroidies, si ce n'était ses lourds bracelets d'argent et sa tiare, fondus et noircis.

Il s'admonesta et revint à ici et maintenant. La suite requérait sa pleine attention.

✣

— Vous aviez donc raison, poursuivit le seigneur bailli. Nous avions un occis de trop. Nous restent donc le vilain sieur Borée et mon bon Leonnet. Le brouillard s'éclaircit un peu. La probité de mon secrétaire était indiscutable. Je doute donc qu'il ait entretenu commerce de cordialité avec ce gredin embourgeoisé de mercier. Un autre lien devait exister entre eux, et je vais m'employer à le découvrir.

— Un lien ayant pu engendrer une haine féroce chez le tueur. Quant à moi, je vais, à regret, vous abandonner en vous suppliant de me le pardonner. Une visite…

— À cette heure ? Complies* est passé.

— De juste ! Je compte sur l'effet de surprise et l'amollissement qu'apporte le bientôt coucher. Quand aurai-je le bonheur de vous revoir, seigneur ?

— Demain si Dieu le veut. Au soir échu, je gage[1].

1. Affirmer, promettre, supputer.

LIX

Tiron, novembre 1306

Juste avant le souper, Druon s'était fait indiquer le chemin jusqu'à la chaumière qu'habitait Agnès Grosjean, située au bout d'une sente pentue, non loin d'une houssaie[1] avait précisé Cécile, en soulignant que la vieille servante de Martin Borée gagnait quelques fretins en confectionnant des houssoirs[2] de belle qualité qu'elle vendait à droite et à gauche.

Ses chaussures de gros cuir s'enfonçaient dans la terre détrempée du chemin et il n'y voyait goutte. Néanmoins, le mire repéra la maisonnette de plain-pied. Une lueur brillait derrière les fentes des volets rabattus.

Il cogna contre la porte du plat de la main. Un remue-ménage à l'intérieur. Puis le silence. Il frappa à nouveau.

1. Endroit où pousse le houx.
2. Balai fait de houx séché ou de branchages, parfois de plumes.

— C'est qui t'est-ce ? demanda une voix frêle mais peu amène de derrière le battant.

— Chevalier mire Druon de Brévaux. Vous m'avez vu à l'auberge du Chat-Borgne, en compagnie de mon jeune apprenti, lors de la visite du secrétaire du bailli.

— Ben, c'est pas une heure chrétienne ! Revenez au demain, au jour.

D'une voix sèche, Druon insista :

— J'ai à vous entretenir de maître Borée… d'une somme de trente petits-royaux, la femme. À moins que vous ne préfériez que j'en discute d'abord avec le seigneur bailli…

Un raclement de traverse que l'on repoussait. La peur sur le visage, la vieille Agnès, ses cheveux noués en une maigre natte grise, serrait contre elle son vêtement de nuit. Elle bredouilla :

— Oh, Douce Mère de Dieu, je l'savais. Entrez, va.

✣

Druon la suivit dans une pièce à l'ameublement fort modeste sans être misérable. L'endroit était tenu avec soin et des gerbes de menthe et de verveine séchées pendaient des poutres, diffusant un agréable parfum. Le regard de Druon frôla le chandelier de métal, posé sur la table, dans lequel brûlaient trois bougies[1], un luxe. Sans doute Agnès avait-elle rangé ses menus achats lorsqu'il avait frappé, oubliant l'éclairage.

Il entendit le long soupir désolé de la vieille femme et se tourna vers elle. Elle avait croisé ses mains déformées par une maladie de vieillerie sur son maigre torse. Son petit visage ridé, son dos voûté portaient la marque d'interminables années de dur labeur.

1. Faites de cire d'abeille, elles étaient réservées aux milieux aisés.

— Il n'y a jamais eu d'héritage, n'est-ce pas ? Et vous étiez l'habile voleuse contre laquelle il éructait chaque jour, aux dires de sa domesticité.

Honteuse et encore plus terrorisée, elle hocha la tête faiblement.

— Je vais être arrêtée... et pendue, ou alors la main tranchée s'ils sont magnanimes et prennent mon âge en pitié.

— Que s'est-il passé au juste ?

Sans hésiter, trop soulagée de se délivrer du secret et forfait qui la hantaient, elle confia :

— Je suis entrée dans sa salle d'étude au matin, avec son infusion. Il était raide. Y' avait tout cet argent. J'ai pris... eh ben j'ai pris une somme ronde, que j'pouvais biffer de son registre. Les trente petits-royaux. C'était un avare, un rat galeux, messire, sans reconnaissance pour la peine de sa mesnie. Ah, ça... j'ai regretté son épouse ! Pas une tendre, mais une femme juste. (Elle tendit ses mains déformées et ajouta :) Je commençais à lâcher des objets... René jetait les débris en cachette afin que j'encoure pas l'ire du maître. J'éprouvais les plus grandes difficultés à me r'lever d'un sol que je nettoyais. Et ma vue a tant baissé que je parvenais plus à ravauder. Sylvine m'aidait après son service. Mais le rat Borée aurait fini par s'en apercevoir. Il m'aurait jetée à la rue, à l'instar des autres avant moi. Sans un sou. Sans pitié. Sans un remords. Tel un vieux chien. J'ai donc commencé à soustraire de menues choses, que je r'vendais en discrétion. Et puis, ce matin-là... et je... j'ai cru à un signe providentiel... enfin, du moins ai-je voulu l'croire. Je n'ai pas détroussé son cadavre, je l'jure.

Un inattendu chagrin submergea Druon. Que pouvait faire une pauvre femme sans famille, devenue incapable de travailler ? Rien sinon mendier ou crever dans un coin, telle une bête. Il saisit les mains infirmes entre les siennes et déclara d'un ton doux :

— Fort bien, je me tais, quitte à proférer des menteries. Je persiste à affirmer que vous perçûtes un petit héritage qui vous permet quelque douceur de vie. En échange, je veux tout savoir sur Borée, tout ce qui pourrait expliquer son meurtre. Ma parole devant Dieu.

Le soulagement amena un faible sourire aux lèvres de la vieille servante. Elle se pencha et baisa les mains de Druon

— Dieu vous bénisse, messire mire. Faut une belle âme pour prendre cause envers les rien-du-tout sans protection. (Elle proposa avec timidité :) Assoyons-nous, s'il vous plaît. Je puis nous servir un gobelet d'bon cidre.

✣

Druon accepta de bon cœur. Agnès récupéra deux godets de terre cuite dans un coffre à vaisselle de beau chêne encore clair. Lorsqu'elle le referma, elle en cira le dessus de sa manche de chainse d'un geste machinal. Un coffre qui semblait assez neuf, qu'elle choyait et dont Druon fut certain qu'elle se l'était offert avec l'argent du mercier, une folie pour une femme de ses moyens, mais une folie qui lui réjouissait toujours le cœur.

Elle s'installa en face de lui, de l'autre côté de la table et les servit, cramponnant la bouteille à deux mains, de crainte de la lâcher. Elle avala une gorgée et dit :

— C'est que… je n'sais ce qui vous aidera. Cette verrue de Borée, car c'en était une, me considérait comme une vieille bécasse soumise, incapable de distinguer son cul d'sa tête. Aussi se laissait-il parfois aller à des commentaires, certain que je ne les entendrais[1] pas. Que vous dire ?

— Ce qui vous vient.

1. Le verbe entendre a signifié pendant longtemps : comprendre, ou consentir ou exiger. On conserve d'ailleurs des traces de ces significations dans certaines expressions.

✣

Elle parla longtemps et il sentit que vider enfin son cœur de ses années de pénible servitude l'apaisait. Borée se fit traiter de rat, de pustule, de verrue à nouveau, de chanci[1], de canaille, de chancre. À chaque insulte, elle commentait « et qu'y s'débrouille avec sa vile âme ».

Druon fut confirmé dans ses soupçons : Borée saisissait la moindre occasion pour se livrer à ses minables escroqueries afin de gratter quelques fretins sur le dos de ses acheteurs. Ainsi faisait-il acheminer les passementeries et les rubans de Normandie, en affirmant qu'ils arrivaient d'Italie[2] dans le but d'en hausser le prix. Au semblable pour les aiguilles à coudre, qu'il achetait en Perche mais dont il prétendait qu'elles venaient d'Angleterre[3] pour en tripler la valeur. Druon écoutait Agnès sans l'interrompre, se contentant de l'encourager de mouvements de tête et d'approbations de gorge. Une étrange conviction lui était venue. De ce fatras de confidences sans grand intérêt allait surgir quelque chose.

Honorée par cet auditoire prestigieux – un chevalier mire, doublé d'un *aesculapius* qui prêtait main-forte au seigneur bailli de Nogent-le-Rotrou, rien de moins ! –, Agnès se grisait de ses mots et de sa petite importance, aidée en cela par les quatre gobelets de cidre qu'elle venait d'ingurgiter.

— Quant aux sens… certes, je suis pas une oie blanche, j'ai été mariée, mère de quatre, tous décédés. C'est pourquoi me v'là si seule et démunie. On m'fait donc pas prendre une presque puterelle pour une moniale ! Fesse-mathieu qu'il était, jamais il n'aurait déboursé un denier pour s'apaiser le

1. Fumier trop humide sur lequel s'est développée de la moisissure.
2. La passion des dames et des messieurs pour la mode italienne a commencé.
3. Les plus réputées.

feu avec une fillette bordeleuse[1], alors que nul n'y aurait trouvé à redire de la part d'un veuf. Remarquez, il était assez grand pour… se soulager seul, si vous voyez ce que j'veux dire. Je l'ai surpris à deux reprises, alors qu'il remontait son haut-de-chausse[2] à la hâte. Ça ne mange pas la piécette ! Une nuit, je trouvais point le repos. J'suis descendue me préparer une infusion de verveine. J'ai vu une femme, belle, très blonde… Pas chrétienne, si m'en croyez. En cheveux[3], quelle impudence ! Riant fort et parlant haut. L'Borée était fichtrement gêné de ma présence. À l'évidence, elle, n'en avait rien à chaloir[4]. Et puis, l'gros pourceau n'osait pas la mettre dehors. Je n'ai jamais compris pourquoi, vu qu'il s'embarrassait guère avec les autres. Du coup, je leur ai servi un verre d'hypocras et j'ai eu le sentiment… je puis me fourvoyer… toutefois, j'ai eu l'sentiment qu'elle… le trouvait avenant… enfin qu'elle… l'appréciait en quelque sorte. Ahurissant. Preuve d'une faible esprit, si m'en croyez. Borée n'avait rien d'aimable en lui.

— Le nom de cette femme ?

— Hum… je n'en jurerai point. Il a peu prononcé son prénom devant moi. Mais j'crois qu'c'est Mabile.

— Savez-vous ce qu'elle est devenue ?

— Non pas. Je l'ai jamais revue chez l'maître et j'ai eu le sentiment qu'il en était soulagé. Bon vent, comme avec tous ceux qui lui procuraient d'l'encombre.

✠

1. Prostituée.

2. Culotte, pantalon court que portaient les hommes des classes aisées.

3. Sans voile ni bonnet.

4. Rien à faire.

Agnès aviva encore sa mémoire, relatant de menues anecdotes dont Druon se détacha peu à peu. Enfin, au plein de la nuit, il se leva et prit congé de la veille femme.

— Grand merci, Agnès.

— Vous ai-je été d'utilité ?

— Je le crois. Mais je dois maintenant soupeser toutes vos paroles. J'en tairai l'auteur, soyez-en certaine. Quant au reste, à l'argent, il ne m'appartient pas de vous juger. Dans les mêmes circonstances, peut-être aurais-je agi à votre instar. À l'évidence, ainsi que vous l'avez répété, Borée était un rat galeux.

Elle joignit ses vieilles mains en prière et déclara :

— Vot' venue, vot' mansuétude sont le signe que l'on peut toujours devenir meilleur. Je vais offrir trois petits-royaux à Sylvine et à René. Ils m'ont aidée sans en attendre rien. Une jolie somme pour eux. Sur mon p'tit héritage, avec votre permission. L'reste me paraîtra… plus honnêtement acquis. Nous aurons été trois à profiter d'mes rapines.

— Un geste à votre honneur. Dieu vous garde, Agnès.

L'inquiétude reprit la vieille femme qui s'enquit d'une voix faible :

— Et donc…

— Je ne relaterai rien de notre discussion, soyez-en assurée.

LX

Tiron, novembre 1306

Fourbu, Druon rejoignit le Chat-Borgne et pénétra à pas de loup dans leur chambre, pourtant certain qu'Huguelin veillait. Un sourire lui vint lorsqu'il entendit les légers ronflotements du garçonnet, endormi tout habillé sur le lit. Il se sentait en confiance en ce lieu et, magie de l'enfance, le sommeil l'avait emporté sur le reste.

En revanche, ce dernier persista à fuir Druon en dépit de sa fatigue. La même lancinante question tournait en boucle dans son esprit : quel était le lien entre Borée et Leonnet Charon, car il en existait nécessairement un ?

Il finit par tomber dans un semi-endormissement, peuplé d'intenses rêves, sans queue ni tête. Foulques de Sevrin tombait à ses pieds en pleurs, lui enserrant les genoux, puis éclatait de rire. Jehan, son père, dont la taille semblait s'être allongée du double, lui répétait d'un ton las : « Observe, analyse, compare et déduis. » Un homme, qu'il doutait d'avoir jamais rencontré, grand, encore jeune, déclarait d'un ton doux : « Ta quête se poursuit à l'est. »

✣

Il fut tiré du lit par un cri évoquant celui d'un animal à l'agonie et se rua dans le couloir. Maîtresse Borgne, pieds nus, en chainse de nuit, les cheveux défaits, le regard absent, le fixait. Elle répétait :

— Parlait aux fées… parlait aux fées… parlait aux fées.

— Maîtresse Borgne ? Cécile ?

Il lui posa la main sur le bras, sidéré par l'extrême raideur de ses muscles et le feu qui avivait ses joues. Il chercha fébrilement dans l'enseignement reçu de son père. Lorsqu'il la vit basculer vers l'arrière, aussi roide qu'une branche, la réponse s'imposa à lui et il s'efforça de la retenir pour amoindrir sa chute.

D'effroyables contractions, des convulsions se généralisèrent à ses bras, ses jambes, son visage.

Huguelin, tiré du sommeil par l'agitation, hurla :

— Elle est possédée !

— Cesse ces balivernes ! cria Druon. File en cuisine, cherche une cuiller ou tout autre objet qu'on puisse glisser entre ses dents. Le mal caduc[1]. J'ignore si elle y était sujette.

Huguelin dévala l'escalier. Toutefois, il était trop tard. Une profuse salive rosée de sang s'écoulait des lèvres de Cécile. Jamais Druon ne parviendrait à lui entrouvrir les mâchoires afin d'y glisser le manche de la cuiller pour protéger la langue et éviter qu'elle se la morde. Les contractions

1. De *cadere* : tomber. Ou encore : haut mal, mal sacré, épilepsie dont on croyait dans l'Antiquité qu'elle pouvait être contagieuse. L'épilepsie, dont les manifestations et les causes sont variables, est la maladie neurologique la plus fréquente après les migraines, avec près de un pour cent de la population dans les pays industrialisés, environ un demi-million de personnes en France. Il existe maintenant nombre de traitements efficaces.

musculaires désordonnées durèrent ce qui lui parut d'interminables minutes. Il s'assit contre le flanc de l'aubergiste, attendant la fin de la crise, lui caressant la main, le front, la cheville. Cécile le fixait. Était-elle consciente ? Il n'aurait su le dire.

Adossé au mur, revenu avec sa cuiller de bois à la main, Huguelin laissait échapper de petits sons affolés.

— Un remède efficace existerait, maître, commença-t-il avant d'être coupé par la voix agacée de Druon.

— Oh, de grâce ! Évite-moi le couplet sur l'haleine des vaches[1] ! Et n'évoque surtout pas les vertus de la cervelle desséchée de corbeau à prendre à la lune décroissante[2] ! Balivernes, grotesques superstitions !

— Mais alors… alors… que tenter…

— Rien. Il n'existe nul remède hormis rester fort calme et attendre. Aussi, apaise-toi aussitôt. Tu ne l'aides pas.

La semonce porta, et Huguelin s'installa aux côtés de son maître en murmurant :

— Que va-t-il se passer ensuite ? Pensez-vous que l'horrible chagrin causé par la perte de Nicol… ?

— Ensuite ? Elle tombera sans doute dans une sorte de pâmoison, un sommeil très profond dont elle se réveillera sans se souvenir de cette attaque. Nous irons chercher des coutes[3] dans sa chambre, afin de rendre son repos plus doux. J'espère qu'elle ne se sera pas mordue la langue avec trop de violence, précisa Druon en observant la salive d'un rose maintenant soutenu qui trempait le cou de maîtresse

---

1. Le tempérament paisible et l'haleine des vaches furent réputés jusqu'au début du XIXe siècle pour guérir et prévenir les crises d'épilepsie. Toutefois, il est exact qu'un environnement calme autour du sujet est recommandé durant les crises, bien qu'elles provoquent en général l'affolement des proches.

2. Dans *Recueil de secrets concernant les arts et les maladies*, « Pour soigner le mal caduc », Anonyme, 1687.

3. Oreillers, coussins.

Borgne. Quant à Nicol, l'éprouvant émoi causé par son trépas a pu occasionner cette réaction. Toutefois, on décrit des attaques de mal caduc chez des enfançons ou chez des êtres plus âgés, sans qu'une vive affliction ne les explique. Un mal bien mystérieux, si m'en crois.

Une dernière contraction de tous les muscles. Cécile urina sous elle et retomba, comme privée de vie.

— La crise est terminée, commenta Druon, épuisé. Installons-nous au moins dur et veillons-la jusqu'à son éveil.

LXI

Tiron, novembre 1306

Cécile dormit aussi profondément qu'une souche durant une bonne heure, et se réveilla désorientée. Elle se souvenait juste avoir ressenti une immense confusion. Elle avait d'abord entendu Druon l'appeler, son cœur cogner dans ses oreilles, puis tout s'était brouillé. Non, elle n'avait pas eu la sensation de tomber à la renverse, et jamais elle n'avait souffert de ce genre d'attaques auparavant. Terrorisée, elle demanda :

— Ces… égarements vont-ils encore survenir, messire mire ?

— C'est possible.

— Mais j'vas mourir, alors ?

Druon fouilla les souvenirs de son père.

— Non pas. On meurt fort peu du mal caduc. Bien davantage d'une vilaine fièvre. Toutefois, j'ai connu quelques décès, dus à des chutes à la renverse, de toute une hauteur d'homme.

✣

Il la vit se décomposer et songea que le moment était venu d'y aller du conseil qu'il retenait depuis le décès de Nicol. Cécile ne pouvait point rester seule, et ce mal caduc offrait un prétexte. Elle faisait partie de ces femmes qui ne vivent véritablement que lorsqu'elles peuvent, doivent s'occuper de quelqu'un, s'affairer autour d'un être plus démuni telle une poule couveuse qui veille, rabroue, protège.

— Me vient une idée, la seule en vérité. Il vous faut être accompagnée. Un serviteur attentionné qui vous allongera dès qu'il sentira la crise survenir. Pourquoi pas… je ne sais… un enfant abandonné… il n'en manque pas. De plus, vous feriez une belle action…

— Un enfant… ? J'y songe, mais… Et l'souvenir de Nicol ?

— En quoi Nicol et sa belle âme y verraient-ils à reprocher ? Cécile, Cécile… Nicol n'est plus un simple où il se trouve maintenant, entre les bras du Seigneur. Nicol comprend enfin tout, bien mieux que vous et moi. Comment pourrait-il s'insurger que vous sauviez un petit être, de la même façon que vous le sauvâtes d'une mort certaine ?

✠

L'encouragement qu'attendait Cécile, qui avait craint de trahir la mémoire de son simplet.

— Voyez… Z'êtes vraiment un *aesculapius*… Soigner les corps et les peines de cœur. Faut ben être un prestigieux méd'cin pour ça, non ? Y' a du labeur parmi nous autres. Vous pourriez vous installer… Et l'premier qu'essaie de rogner sur l'paiement, j'y cause dans les trous de nez et j'ai grosse voix !

Il la sentit soulagée, soudain. Il se permit un petit rire :

— Oh là ! Je ne doute que vous les impressionnez fort. Toutefois, je devrai repartir, dès après avoir découvert le meurtrier de Charon, Borée et Nicol.

— Quelle pitié ! Enfin un médecin qui vous f'sait pas passer de vie à trépas ! Vous avez raison pour l'enfant. Y s'ra ben mieux chez moi qu'à crever dans la forêt ou à être recueilli par une bande de truands. Bah, les meilleurs moments ne durent guère. Faut savoir les savourer et pas s'plaindre. R'gardez Nicol… j'lai eu dix-huit ans… Morbleu, quelles belles années ! Vous, messire mire, j'aurais eu l'honneur et l'privilège d'vous côtoyer quec' jours. Faut s'en ravir et r'mercier Dieu d'avoir placé d'beaux êtres sur vot'chemin.

— Une belle et juste philosophie, Cécile. Nous la partageons, approuva Druon en songeant à son père.

LXII

Tiron, novembre 1306

La journée s'écoula paisiblement. Le mire et Huguelin dormirent telles des brutes une partie de la matinée, récupérant de leur courte nuit mais également de leurs mauvais sommeils du château.

Maîtresse Borgne, qui semblait avec recouvré un peu le goût de vivre, les gava à la manière d'oies de Noël. Elle s'affaira autour d'eux, assez silencieuse, à l'étonnement d'Huguelin qui jetait des regards interrogateurs à son jeune maître. Profitant d'une des absences en cuisine de l'aubergiste, celui-ci précisa :

— Elle imagine son futur enfant. Bonne chose. Il ne remplacera jamais son Nicol, mais comblera le vide qu'il a laissé derrière lui.

✣

L'après-midi fut consacrée à l'apprentissage de l'art médical et à la théorie des humeurs vantée par Hippocrate* et Galien[1]*.

1. Il s'agit des deux maîtres incontestés de la médecine à l'époque. En dépit de leurs remarquables travaux et avancées, le respect absolu

Quatre existaient, liées aux éléments et à autant de tempéraments : air-sang-tempérament sanguin ; terre-bile noire-tempérament mélancolique ou atrabilaire ; feu-bile jaune-tempérament colérique ou bilieux ; eau-flegme-tempérament flegmatique ou lymphatique. De cette théorie découlait la saignée[1], supposée rétablir les humeurs, « en ventilant leur chaleur ». Saint Bernard l'avait justifiée en déclarant : « Il y a deux causes pour tirer le sang à l'homme : ou bien il en a trop, ou bien il l'a mauvais. » Et puis, n'était-elle pas censée être également un remède préventif, afin de conserver bonne santé ?

Futé, Huguelin remarqua le ton de dédain de Druon et demanda :

— Vous ne semblez pas apprécier cette doctrine, mon maître ?

Le jeune mire se souvint des emportements de son père, lorsqu'ils étudiaient au soir, alors que leurs quelques serviteurs étaient remontés dans les chambrettes sous les combles, tant Jehan Fauvel craignait que l'on surprenne l'enseignement qu'il dispensait à sa fille chérie, un enseignement réservé aux garçons. Au demeurant, et alors même qu'il lui avait appris le grec, le latin, les mathématiques, l'astronomie, la médecine, l'herboristerie ainsi que la science des bretteurs, il ne cessait de lui répéter que jamais elle ne devrait permettre à quiconque de supposer qu'elle entendait autre chose que la broderie, l'édifiante lecture des Psaumes, la tenue d'une maison, sans oublier un peu d'art musical.

— Billevesées, puérilités ! s'exclamait-il. Quant aux trop-pleins de sang[2], rouges de la face, toutes mes années

qu'on leur vouait devait perdurer longtemps, retardant les progrès médicaux.

1. Ou phlébotomie. Elle se pratiquera de l'Antiquité au XIXe siècle.

2. Le volume sanguin est constant. Il s'agissait le plus souvent des hypertendus.

de pratique sont formelles. Rien ne leur sied davantage qu'une diète[1] moins riche en fromages gras, en cochonnailles, qu'ils devront remplacer par force bouillons de raves et de légumes feuillus, sans oublier des viandes blanches en modération. Ces doctes médecins qui jacassent en latin mais n'osent approcher leurs patients à moins d'une demi-toise ! Ah ça ! La saignée a envoyé plus de gens au trépas qu'elle n'en a guéri... D'ailleurs, en a-t-elle sauvé un seul ?

Le regard d'Huguelin, que son soudain mutisme étonnait, ramena Druon au présent :

— Je ne me prononcerai pas sur la théorie des quatre humeurs, n'en ayant point d'autre à proposer. En revanche, mon expérience, mentit-il, et celle – fort longue – de mon père avant moi nous a convaincus que des saignées fréquentes affaiblissaient le malade. Je ne les pratique donc pas et te les déconseille. Certes, les patients y sont attachés tant on leur a rebattu les oreilles avec leurs bienfaits. Aussi, procéderas-tu à mon exemple : à l'aide de ta lancette[2], tu tireras un mince filet de sang afin de rassurer celui qui te paie ton art. Quelques gouttes et tout le monde sera satisfait.

— Mais... oh, non, je vais vous paraître bien impertinent et raisonneur... s'excusa le garçonnet.

— Non pas, « raisonner » est ce que j'attends de toi. Nous ne pouvons progresser que grâce au raisonnement, à la critique, si elle ne se transforme pas en arguties d'atrabilaire[3].

Cherchant ses mots, Huguelin alla au bout de sa pensée :

1. Au sens d'alimentation. Le régime était un moyen thérapeutique généralisé au Moyen Âge, et chaque médecin proposait sa formule, plus ou moins justifiée.

2. Petite lame aiguisée, le plus souvent triangulaire, à l'aide de laquelle on tranchait une veine pour opérer une saignée.

3. Coléreux, faiseur d'histoires. Du latin *atra bilis*, bile noire, justement !

— En ce cas… ne contribuons-nous pas à la réputation d'un procédé médical non fondé, dont vous dites qu'il peut se révéler néfaste ? C'est… Euh… ce n'est pas bien. Enfin, me semble-t-il.

Il était encore trop tôt pour lui révéler que l'Inquisition s'était servie des avancées scientifiques de Jehan Fauvel pour le condamner à la Question.

— Huguelin, mon cher Huguelin… La science avance à pas de fourmis et à couvert, car il ne fait pas bon chanter d'une voix différente en notre siècle[1]. Aussi, contentons-nous de sauver des vies, en catimini[2], sans espérer que nos divergences d'entendement persuadent enfin les autres de leurs erreurs. Le temps n'est pas venu. Toutefois, ainsi que le répétait mon père, la connaissance est le pouvoir. Telle l'eau, on peut bloquer son cours. De façon momentanée. Cependant, tôt ou tard, elle en trouve un autre et dévale, enfin libérée.

— Quelle tristesse !

— Ni toi ni moi ne changerons le monde. L'important est qu'il ne nous change pas, que nous soyons utiles, que nous progressions chaque jour et, surtout, que nous léguions notre savoir afin que jamais il ne se perde.

---

1. Au sens de société.

2. Le terme viendrait du grec *katamênia* qui signifiait « menstrues », donc une « période » que l'on gardait très discrète. Il a donc ensuite signifié : en cachette, en secret.

LXIII

Tiron, novembre 1306

A À sa promesse, Louis d'Avre fut de retour après complies. Druon avait retardé le moment de son souper, encourageant Huguelin à engloutir le sien, puis à se retirer. Par privilège, maîtresse Borgne avait accepté de leur abandonner la salle alors même que toute sa clientèle avait quitté l'établissement depuis belle heurette, quoique prévenant Druon qu'elle poserait les mets sur la table ou au coin de l'âtre et qu'ils s'en débrouilleraient. De surcroît, il avait mission de verrouiller après le départ du bailli.

✣

Ce fut donc Druon qui s'acquitta de remplir leurs écuelles et de couvrir leurs tranchoirs. En ce jour maigre, Cécile leur avait mitonné une porée de cresson[1], un chaudumé[2]

1. Potage au cresson et aux feuilles de blettes, lié avec un peu de fromage frais, auquel on pouvait ajouter du lard les jours gras.
2. La recette accommodait de nombreux poissons que l'on faisait d'abord un peu rôtir. La sauce était composée de pain détrempé dans du vin blanc, avec un peu de vinaigre ou de verjus (jus de raisins verts),

de truites, tenus tièdes dans un coin de la cheminée. Une tourte aux espinoches[1] les accompagnait et des rissoles aux fruits secs et à la cannelle faisaient office d'issue.

Louis d'Avre commenta, amusé :

— Diantre, si j'en juge par cette goûteuse mangerie[2], maîtresse Borgne vous tient en belle estime.

— Certains êtres gagnent à être connus dans leurs peines et misères.

— Les créatures humaines !

— Oui-da. Du meilleur au pire. Seigneur bailli, avez-vous glané des éléments de nature à faire progresser l'enquête ?

— Qu'en sais-je ? Cela étant, nos transcriptions sont méticuleuses et rien ne s'égare dans mon bailliage. Il me serait insupportable qu'un assassin me file entre les doigts à cause d'un défaut d'écritures.

— Fichtre, quelle dépense considérable en papier ! souligna Druon.

— Elle se justifie. De surcroît, mes secrétaires ont inventé un judicieux système d'abréviations avec points auquel je concède deux avantages : il réduit de moitié la longueur des textes et si ceux-ci parvenaient devant des yeux indélicats, la lecture en serait ardue[3]. Mais revenons-en à l'essentiel. Le passé de Leonnet Charon rejoint celui de Martin Borée en deux occasions. Il y a un peu plus de trois ans, une dame de qualité de Nogent-le-Rotrou, où le

du bouillon de légumes, le tout aromatisé avec un peu de safran. On terminait la cuisson du poisson dans la sauce.

1. Épinards. Elle était faite avec des œufs et on l'agrémentait avec de fines tranches de lard les jours gras.

2. Repas où l'on mangeait en abondance.

3. Les abréviations étaient très fréquentes à cette époque, pour économiser le papier. Cependant, chacun avait son système, qu'il indiquait en général en fin d'ouvrage. Beaucoup de lettres étaient remplacées par des points. Lorsque ce « décodage » était absent, la lecture du texte pouvait se révéler difficile.

mercier avait gros négoce, s'est venue plaindre d'une escroquerie. Borée lui avait vendu des agrafes de manches rapportées[1], certifiant qu'elles étaient d'argent, jusqu'à ce qu'elles se révèlent de vil métal. Mon Leonnet Charon s'est déplacé. Borée a juré qu'il avait été dupé lui-même et a restitué promptement l'argent. L'affaire en est restée là.

— Ayant cerné son tempérament grâce à différents témoignages, je gagerais qu'il a feint l'innocence et en a grugé d'autres d'identique façon. L'autre occasion ?

— Une histoire bien embrouillée dont la... conclusion remonte à plus d'un an. À ses dires, Borée avait eu un emballement de sens pour une certaine Mabyn dont nous n'avons jamais appris le nom, puisqu'elle a déclaré n'en point posséder. Toujours selon Borée, il aurait peu à peu compris qu'elle pratiquait la magie *venefica*[2] ainsi que moult avortements pour lesquels elle se faisait grassement payer. En bref, une vile sorcière. Borée en tremblait, tant il craignait son implacable vengeance si elle venait à comprendre qu'il l'avait dénoncée. Charon, brave âme, lui a conseillé une ruse, ne doutant pas de sa parole. Au prétexte de discrétion, Borée a donc invité sa maîtresse en une auberge bien tenue de Nogent-le-Rotrou. Mes hommes l'y ont arrêtée. Je ne suis que peu intervenu, l'affaire relevant d'un tribunal religieux. Toutefois ce que j'ai lu des transcriptions d'interrogatoire était... étonnant. La femme Mabyn ne s'est pas défendue, n'a presque pas ouvert la bouche. Elle a elle-même réclamé la mort pour sa très grande et très impardonnable faute. Condamnée au bûcher, sa sentence a été promptement exécutée. Charon assistait au supplice et

1. La mode de l'époque avait inventé ces manches amovibles, que l'on retenait à l'épaule par des agrafes, en général précieuses, ou que l'on nouait. Elles permettaient de changer l'allure du vêtement, sans toutefois changer de robe.

2. Magie noire.

en est rentré bouleversé. Jamais la femme Mabyn n'a hurlé, ni ne s'est débattue lorsque les flammes l'ont prise d'assaut.

✣

Un brasier, un autre. Tant de bûchers. Celui qui avait consumé la dépouille de son père innocent. Celui dont Béatrice d'Antigny avait sauvé Igraine, quelque part en royaume d'Italie. Celui grâce auquel la même mage s'était libérée des entraves de leur monde.

— Je vous vois soudain bien songeur, messire mire, commenta Louis d'Avre en entamant une part de tourte aux espinoches.

— Cette femme, Mabyn, avait-elle de la parentèle ?

— Pas que je sache. Ainsi que je vous l'ai conté, elle s'est murée dans le silence, hormis pour réclamer la mort. Borée a témoigné lors de son procès, exigeant l'absence de l'inculpée par crainte des représailles, a-t-il soutenu. Un accablant témoignage durant lequel il a relaté qu'elle s'accouplait avec des boucs, suspendait des croix à l'envers après leur avoir craché dessus.

— Et votre secrétaire ?

— Il a bien sûr été cité par-devant le tribunal ecclésiastique. Il a insisté sur le fait qu'il s'agissait dans son cas de connaissances d'ouï-dire. Bref, des affirmations de Borée. Une autre personne est venue témoigner. Là encore, des narrations épouvantables qui ont contribué à signer l'arrêt de mort de cette femme.

— Qui ?

— Je l'ignore. Ainsi que vous le savez, le pouvoir séculier n'a nul accès aux rapports secrets des tribunaux religieux. Ils jugent, condamnent et nous remettent le coupable pour l'exécution de la sentence afin de ne pas souiller leurs mains de sang.

— Sauf lorsqu'il périt sur la table de torture.

— Les bourreaux sont des laïcs, rectifia Louis d'Avre en lui jetant un regard appuyé.

Comprenant qu'il avait été maladroit, Druon reprit :

— Mabyn… un prénom peu usité.

— En tout cas dans notre contrée.

— Est-elle décrite dans l'une des transcriptions d'audience inquisitoire ?

— Si fait, et cela a concouru à sa condamnation. Mieux vaut ne pas être laideronne ou étonnante beauté lorsque pèsent sur vous des soupçons de commerce avec le diable.

— Or elle était fort belle ?

— Si l'on s'en fie à deux lignes de description, un grand ange pâle et blond, n'eût été son regard noir qualifié d'intense et démoniaque, bien sûr.

— Bien sûr.

✠

Il s'agissait donc de la femme qu'Agnès Grosjean avait vue chez Borée une nuit. La veille servante avait mal saisi son prénom, le transformant en Mabile.

Mabyn… un prénom qu'il n'avait jamais rencontré en territoire chrétien. Tout comme Igraine… Sottise ! Même en admettant que la mage n'ait pas péri dans les flammes du brasier qu'elle avait allumé, que viendrait-elle faire dans cette charade ? Elle poursuivait sa route ailleurs, dans leur monde ou un autre, puisqu'elle affirmait leur multiplicité.

Comme s'il avait été influencé par les pensées du jeune mire, Louis d'Avre se souvint d'un détail :

— Ah… Ses bijoux furent confisqués lors de son arrestation. Nulle croix ou médaille pieuse. De lourds bracelets d'argent, gravés de symboles ou lettres incompréhensibles sur lesquels elle refusa de s'expliquer, ainsi qu'une bague de même métal, très large, représentant deux serpents enlacés. Produits devant le tribunal, ils furent du plus fâcheux effet, je ne vous surprendrai pas.

✣

Druon avala la fin de son gobelet de vin afin de dissimuler son trouble et regagner un peu de contenance.

Dieu du ciel ! Les mêmes bijoux que ceux d'Igraine, ces bijoux inquiétants qui avaient semé les premiers doutes dans son esprit. Et puis, un jour, lors d'une conversation avec le seigneur Béatrice d'Antigny[1], il avait enfin compris : Igraine était une des descendantes des druides païens. Son père lui avait expliqué que ces êtres avaient détenu de prodigieuses connaissances, issues de leur subtile compréhension de la nature. Leur immense savoir s'était perdu avec eux, faisant reculer l'humanité pour des siècles[2]. Igraine ne lui avait-elle pas confié que ses anciens dieux s'étaient mêlés au Dieu unique, responsable de l'amenuisement

1. Voir *Les Mystères de Druon de Brévaux*, tome I, *Aesculapius*, du même auteur.

2. Ainsi, parmi nombre d'autres choses, l'utilisation du gui comme principe thérapeutique et magique par les druides. Le gui européen est parfois à l'heure actuelle un adjuvant des chimiothérapies dont il favorise l'activité tout en réduisant leurs effets secondaires et donc en améliorant le « confort » des cancéreux. Il serait antitumoral. Il est également utilisé en phytothérapie comme vasodilatateur, hypotenseur, diurétique, etc. Bien que les études divergent grandement, on a souvent mentionné la toxicité de ses feuilles et baies à doses importantes, notamment en raison de leurs effets hypotenseurs, pouvant entraîner de graves perturbations cardiaques. Les druides affectionnaient tout particulièrement le gui des chênes. La raison semble simple. Le gui est un parasite fréquent des pommiers et des peupliers. En revanche, il colonise beaucoup moins souvent les chênes. Cette rareté le rendait beaucoup plus précieux aux yeux de nos lointains ancêtres.

progressif de ses pouvoirs ? Elle ne trouvait plus de divinités avec qui discuter, négocier, tout en restant défiante puisque, ainsi qu'elle l'avait dit, les dieux sont trompeurs. Une païenne, sans doute à l'image de cette Mabyn. La coïncidence était trop énorme pour qu'il ne s'agisse que de cela : d'une coïncidence. Et Druon sut qu'Igraine était toute proche. Pourquoi avait-elle feint son immolation ? Pourquoi se trouvait-elle dans ses pas ? L'avait-elle suivi ? Avait-elle un rapport avec ces meurtres ?

Un autre éclair de compréhension : des meurtres haineux, de vengeance, ainsi qu'il l'avait toujours déduit. Toutefois, la main tranchée, le supplice réservé aux voleurs, l'avait égaré. Une interprétation de précipitation, lui qui exécrait les conclusions hâtives. *A prêté serment sur les quatre Évangiles, qu'il touchait de sa main droite, de dire toute la vérité tant sur lui-même que sur les autres.* La phrase qu'avaient entendue le mercier et Leonnet Charon. Et son père avant eux. Martin Borée s'était parjuré tel un déhonté afin de se débarrasser d'une maîtresse trop insolite qui lui pouvait porter grand tort, mais dont il redoutait les pouvoirs. Charon, trompé par le mercier scélérat, avait involontairement menti en relayant ses dires.

Igraine avait-elle pu tuer les deux hommes, l'identité du troisième témoin étant tenue secrète ? Druon l'en savait capable. Toutefois, sans certitude, il ne pouvait l'évoquer devant le bailli. Les chiens seraient lâchés. Louis d'Avre était homme d'honneur. Justement. Il s'acquitterait de sa charge sans faillir : livrer à l'Inquisition des païens soupçonnés de meurtres de bons chrétiens. Si Igraine était proche, elle se terrait dans la forêt, son amie de toujours, sa protectrice. Des battues seraient organisées. La superstition, la haine pour ceux qui persistaient dans une foi différente, sans omettre la peur, feraient le reste. La mage serait mise en pièces d'horrible façon avant même de parvenir devant le tribunal. Une effroyable cuirée[1].

✣

— Décidément, j'ai le désagréable sentiment de vous lasser, messire mire, commenta le bailli que les silences de Druon étonnaient.

— De grâce, votre pardon. Ma discourtoisie doit être mise au compte de la fatigue.

Cependant, le bailli ne fut pas dupe.

— Me tairiez-vous quelque chose ?

— Oh, certes pas, mentit Druon avec un aplomb qu'il était loin de ressentir.

— C'est, pourtant, la déplaisante intuition qui me vient soudain, insista Louis d'Avre d'un ton beaucoup plus sec, en le scrutant de son regard d'un bleu dérangeant.

Le jeune mire perçut la menace à peine voilée. S'il dissimulait des informations, protégeant du même coup un vil meurtrier, surtout celui du secrétaire du bailli, il serait reconnu complice. Il préféra ne pas imaginer les funestes conséquences qui en découleraient pour lui si, de plus, l'assassine en question était païenne, donc hérétique, et si un tribunal découvrait que l'*aesculapius* Druon de Brévaux n'était autre que la fille en travestissement de Jehan Fauvel, condamné par l'Inquisition. Il tenta de juguler la vague de panique qui le prenait d'assaut, certain qu'Avre la percevrait.

— Avec votre permission et si nous en avons terminé, je souhaiterais me retirer.

Louis d'Avre le considéra encore quelques instants puis se leva avec lenteur. D'une voix plus lasse que menaçante, il déclara :

1. De cuir. A donné « curée ».

— Mire, je vous en conjure, ne devenez jamais mon ennemi. Je vous tiens en belle estime, peut-être même en affection puisque vous pourriez être ma fille. Toutefois, qui s'oppose à l'arrestation du monstre qui a occis Leonnet s'oppose à moi. Je ne suis pas connu pour faire de quartier. À vous revoir sous peu. Une belle nuit.

Le grand homme maigre disparut sur ces mots, laissant Druon bouleversé d'inquiétude.

LXIV

Tiron, novembre 1306

L'esprit encombré de pensées contradictoires, il s'acquitta de sa promesse à maîtresse Borgne et verrouilla la porte de l'auberge avant de monter rejoindre Huguelin qui l'attendait en lisant. Aux mâchoires crispées de son jeune maître, le garçonnet perçut aussitôt son émotion.

— De vilaines choses se seraient-elles échangées ? Je lis l'encombre sur votre visage.

Druon lui relata son échange avec le seigneur bailli et en arriva à ses soupçons au sujet de la mage Igraine.

— Quoi ! Impossible. Elle n'a pu nous suivre, et d'ailleurs, pour quelle raison ? Elle a péri dans le brasier, contra Huguelin.

— Pour quelle raison ? Je n'en ai pas la moindre idée, si ce n'est qu'elle poursuit depuis longtemps un but fort personnel, ainsi que l'avait dit Léon, l'homme de confiance de la baronne d'Antigny. Quant à son trépas, je n'y ai jamais ajouté foi. Léon n'a retrouvé d'elle que ses bijoux et sa housse. Pas de cadavre calciné, rien d'autre. Il a voulu croire qu'ainsi « partaient » les mages. Or devins, magiciens ou pas, ce sont créatures humaines, avec une enveloppe charnelle bien de ce monde qui ne résiste pas aux flammes.

L'argument porta. Le garçonnet chuinta d'une voix que l'appréhension avait gagnée :

— Ah ! quel effroi… Vous pensez… enfin, pensez-vous… qu'Igraine… aurait pu occire Borée, Charon, et pourquoi pas Nicol ?

— Je l'ignore. Toutefois, les similitudes entre la mage et cette Mabyn sont trop stupéfiantes pour relever de la simple coïncidence. Or il me faut une certitude au plus preste. Je ne puis taire très longtemps mes déductions au bailli, sous peine de nous mettre en grave péril. Cela étant, je ne puis désigner Igraine à la hargne publique tant que je ne jurerai pas de sa culpabilité. Mais comment apprendre sa cachette, surtout sans que bourdonnent les oreilles[1] de Louis d'Avre ? La forêt, certes, c'est là qu'Igraine se terre. Cependant, elles sont vastes et denses alentour.

Le regard enfantin le dévisagea, au point que Druon demanda dans un soupir défait :

— Que retiens-tu ?

— Oh… Vous m'allez trouver bien fol, mon maître…

— Allons, j'attends.

— Eh ben… Eh bien… Euh… Ajoutez-vous foi aux pouvoirs des mages ?

— Question ardue. Si je me fie à l'expérience de mon père puis à la mienne, une réponse négative s'impose. Tous ceux que nous croisâmes étaient des charlatans, des jeteurs d'ineptes sorts et des bouilleurs[2] de grotesques potions et philtres…

Il se souvint qu'Igraine avait prévu son arrivée au château de la baronne Béatrice, qu'elle avait vu le brasier qui

1. L'expression « mettre la puce à l'oreille » existe depuis au moins le XIIIe siècle. Toutefois, elle signifiera jusqu'au XVIe « éprouver du désir pour une personne », ne prenant sa signification actuelle que plus tard.

2. Distillateurs.

avait consumé la dépouille de son père, et su, dès leur première rencontre, qu'elle était femelle. Pourtant, elle avait tu son genre à son seigneur.

— … Toutefois, force m'est d'admettre qu'Igraine… m'a surpris, en plusieurs occasions, par la pertinence de ses… visions, dirons-nous faute d'un terme plus adéquat. Et donc, où voulais-tu en venir ?

— Eh bien… Peut-être sent-elle votre tracas. Peut-être tiendra-t-elle à y mettre terme ?

— Et elle se manifesterait donc afin de m'éclaircir, par pure bonté d'âme ? Je n'y crois guère. Toutefois, nous ne pouvons demeurer telles deux poules écervelées dans l'attente de son bon vouloir. Aussi allons-nous fouiner, questionner les gens pour tenter de déterminer où elle se trouve. Pour plus d'efficacité, nous progresserons séparément. Ne t'enfonce pas dans la forêt, même en te fiant à ta marinette[1]. Un trouble pesant m'habite.

---

1. Boussole. L'ancêtre de la boussole était déjà mentionné en Chine au IIe siècle de notre ère. Il s'est agi dès le XIe siècle d'une aiguille aimantée, scellée dans une ampoule de verre à moitié remplie d'eau. Elle dut son nom de marinette au fait qu'elle était « la compagne » des marins.

LXV

Orée de la forêt de Montlandon, novembre 1306

Druon avait arpenté l'orée de la forêt tout le matin, par un froid glacial qui lui engourdissait les pieds et les doigts. Heureusement, en dépit d'un ciel lourd et gris, la pluie l'avait épargné. Il avait interrogé tous ceux qu'il avait croisés, voyageurs ou paysans, habitants des petits hameaux qu'il traversait, provoquant le plus souvent la méfiance et n'obtenant que de vagues réponses à sa question : « Une haute femme maigre, à la chevelure très sombre, se serait-elle montrée dans les parages ? »

✣

Déçu, fatigué, affamé, se demandant si Huguelin avait été plus chanceux de son côté, il décida d'avancer un peu entre les arbres dénudés par l'hiver approchant afin de se restaurer. Il s'installa au pied d'un chêne et ouvrit la bougette que lui avait offerte maîtresse Borgne, la même que celle qu'elle avait tendue à Huguelin. Brave Cécile. Un regain d'énergie s'était insinué en elle.

Il attaqua à belles dents le pain et un généreux morceau de fromage. L'impressionnant silence de la forêt l'environnait. Un menteur silence, celui de petites créatures qui se taisaient de crainte de signaler leur présence. Les points de suspension d'une nature qui avait appris que l'homme ne serait plus jamais son allié.

Il faillit s'étouffer sur une bouchée lorsque la voix guillerette, presque enfantine, qu'il aurait reconnue entre dix mille, résonna dans son dos :

— Vous me cherchiez, miresse ?

Il se retourna et découvrit la mage Igraine, enveloppée dans les pans d'un mantel doublé de fourrure qui ne parvenait pas à alourdir sa silhouette. Arthur, le freux, était perché sur son épaule, si impassible qu'on l'aurait cru empaillé. Elle tendit à Druon la petite outre de peau qu'elle portait en bandoulière :

— Buvez. Nulle crainte, il ne s'agit que d'eau. Toutefois, vous devriez être davantage sur vos gardes. Si j'avais été animée de viles intentions, vous seriez déjà mort.

Il s'exécuta. Enfin, le gros morceau de pain mâché passa et Druon se leva pour la saluer.

— Je suis heureuse de vous revoir, mire. Vous ai-je un peu manqué ?

— Le terme serait sans doute flagorneur. Néanmoins, j'ai maintes fois pensé à vous. Dame Igraine, je me trouve…

— Dans l'embarras, termina-t-elle pour lui. (Joviale, elle proposa en désignant la bougette de Cécile, abandonnée non loin du tronc :) Vous avez là une tentante boutille. Trinquons au passé et aux amis qui se rejoignent.

Il lui jeta un regard sidéré et elle s'esclaffa :

— Non, point de divination ici ! J'ai distingué sa forme. Si… s'il vous restait un excès de nourriture et que vous souhaitiez vous en défaire…

Se souvenant de la voracité de la mage, il lui offrit un gros morceau de pain et rompit son fromage en deux. Elle s'installa à ses côtés et ils mangèrent en tranquillité, se passant la boutille. Elle proposa quelques boulettes de mie au freux qui les attrapa avec une délicatesse surprenante du bout de son redoutable bec noir. Igraine émit un soupir satisfait et épousseta les miettes tombées sur sa housse de brunette[1]. Son étonnant regard presque jaune se perdit au loin.

— Qu'attendez-vous ? déclara-t-elle à brûle-pourpoint.

— Que vous me contiez ce que vous savez, rétorqua Druon d'un ton plus sévère qu'il ne le souhaitait.

— Tout et rien.

— Avec votre respect, cessons ces habiles pirouettes. L'heure est grave.

— Oh, je ne l'ignore pas. Louis d'Avre est un fin limier. Pugnace, de surcroît.

— Vous le connaissez ? s'enquit Druon, pourtant peu étonné.

Elle plissa les lèvres et répondit d'un ton léger :

— À l'instar de tous. Et puis… les êtres de ma… condition ont intérêt à connaître bien leurs chasseurs. Et ?

— J'en suis venu à la conclusion que vous aviez un lien, direct ou non, avec ces meurtres. Je… N'ayant nulle certitude, j'ai tu ces déductions au seigneur bailli par crainte de… représailles contre vous. Je ne pourrai garder le silence très longtemps.

Igraine soupira en attrapant une dernière miette de pain prise dans la laine de sa housse.

— Un lien ? Tout est lié.

L'exaspération gagna le mire.

— Je connais votre goût pour les énigmes. Toutefois, le temps nous presse et il ne nous est pas favorable. La vérité, madame ?

1. Tissu de laine de belle qualité, souvent de couleur sombre, d'où son nom.

— Je vais porter votre perceptible agacement au comble, messire. Tout est énigme, la vie, la mort et ce qui se tient entre et au-delà. La vérité ? Laquelle ?

Druon la fixa, peu amène, se demandant pour quelle raison il tenait tant à ce qu'elle soit épargnée. Assez avec ses logogriphes et ses devinettes. La voix tendue de rage, il déclara :

— Trois hommes ont été poignardés, court donc un assassin. C'est une vérité ! Deux de ces hommes ont de toute évidence fait l'objet d'une vengeance, que je pense liée à une certaine Mabyn. Le dernier était une pauvre âme qui n'avait jamais porté tort à personne. Deuxième vérité. Aussi, ne comptez pas me noyer dans des raisonnements spécieux mais fallacieux. Vous feriez preuve de mépris pour mon esprit que vous connaissez pourtant.

La voix enfantine bouda :

— Votre pardon. Oh, je perçois votre ire envers moi. Cela me désole. Je… Je sens ce que vous tentez de faire… Me protéger. Je vous en suis d'autant plus reconnaissante qu'il me fut toujours demandé l'inverse : protéger.

— Avez-vous…

— Non, jamais. (Un rire brisa net son sérieux.) Si j'avais occis ces hommes, j'aurais fait preuve de bien plus de subtilité, au point que vous auriez toujours cru – en dépit de votre excellence – qu'ils avaient trépassé de belle mort naturelle.

— L'auteur ? Car vous le connaissez, j'en mettrais ma main au feu.

✠

La mage baissa le visage et ses longs cheveux très frisés, aussi bruns que les ailes de son freux, balayèrent ses genoux.

— Comprenez... Mabyn ne tenait point à persister plus longtemps céans. Car ne doutez pas qu'elle connaissait son destin. L'auteur de ces meurtres ignorait sa détermination à... partir, et je ne lui cherche pas d'excuses. Trop alourdi par son humanité, il y a vu une odieuse injustice, une affreuse machination, avec Mabyn en victime, alors qu'elle en fut sans doute l'auteur. La haine a englouti son cœur. Il a frappé.

— Pourquoi ai-je la déplaisante sensation de n'entendre qu'à moitié ce que vous dites ? observa Druon.

— Parce que nos repères divergent. Les vôtres appartiennent au monde réel, prétendu tel. Les miens sont issus des signes. Ils sont fluctuants.

— Qui était-elle ? Cette Mabyn ?

— Je ne sais trop. L'une des représentantes de ma race, encore plus affaiblie que moi par votre monde. Ou plutôt, ce que vous avez fait de notre monde. Mabyn m'a partiellement élevée et transmis son savoir.

— Pourtant, vous ne semblez pas...

— Affectée par son supplice ? le coupa Igraine. Oh ! si, tous les supplices me répugnent. Comme vous, celui de votre père. Cela étant, si Mabyn n'est plus ici, elle est ailleurs.

— J'aimerais tant...

— Comprendre ? Mire, cher mire... détrompez-vous, vous n'en n'avez pas véritablement envie. Il vous faudrait alors renoncer à ce qui constitue votre force, votre implacable intelligence, et j'y verrais grand dommage pour vous, ceux que vous sauvâtes et ceux qui auront besoin de votre science et de votre lucidité. Jehan Fauvel nous avait un peu cernés. Sans doute y parviendrez-vous, plus loin dans votre histoire.

Le cœur de Druon s'était emballé. D'une voix heurtée, il demanda :

— Vous connaissiez mon père ?

— De… réputation.

Il sut qu'elle mentait mais qu'il était inutile de tenter de lui extirper la vérité. Elle continua :

— Pourquoi ne pas poursuivre votre admirable route pour l'instant ? Le moment venu… Une autre se dessinera peut-être devant vous. (Elle biaisa.) Mais revenons-en à votre urgence : le seigneur bailli. Borée le crapuleux[1], le scélérat et le parjure a été occis après une vie d'avarice sans compassion et de minables escroqueries. Ce benêt de Charon ne s'est jamais interrogé sur le bien-fondé d'une exécution et gobait ce qu'on lui racontait, tel un crapaud gobe une mouche, pour peu que son plaignant ait beau pourpoint et fleure bon les eaux de bouche et de cheveux[2]. Ils ont été occis. Bah, la belle affaire ! Leur trépas ne changera pas la vie de grand monde.

À l'instant même où elle prononça cette dernière phrase, Igraine eut l'intuition qu'elle se trompait gravement, sans toutefois parvenir à définir son erreur.

L'insolence, parfois indécente, d'Igraine avait toujours mis Druon mal à l'aise, tant il sentait qu'il ne s'agissait pas de galéjades.

— Madame, ils sont morts…

Igraine déclara d'un ton irrité, qui avait perdu en légèreté :

— Oui-da ! À l'instar de tant d'autres avant eux, sans compter ceux qui suivront ! Roupie que tout ceci. Dieux,

1. Le substantif pour désigner une personne (une crapule) n'existait pas à l'époque. Une crapule signifiait une débauche vulgaire, avinée et sans foi ni loi.

2. On usait de force lotions et pommades à l'époque, pour la peau, les cheveux et « avoir belle voix ». Sans doute pour lutter contre un vieillissement prématuré, dû en partie à un état de malnutrition chronique.

que d'histoires pour peu ! Nous nous égarons, et je dois prendre bientôt congé...

✠

Elle se tourna vers lui et son déplaisant regard jaune plongea dans celui de Druon. Arthur le freux sautilla sur son épaule, penchant à son tour la tête vers le mire, l'inclinant de droite puis de gauche, ouvrant large le bec sans que n'en sorte un son.

Nicol. L'erreur, la faute était Nicol. Elle murmura :

— Nicol... Nicol que vous jugiez tous simplet quand il savait tant. Nicol que comprenaient les arbres, l'eau, les petites créatures que vous massacrez sans même les voir. Nicol n'aurait jamais dû mourir. Nicol est un impardonnable, irrécupérable péché. Le meurtrier le sait. Un péché qui lui ronge l'âme et la vie. Un péché qui atteste qu'il n'est plus de nous, de moi. Un péché inspiré par la peur, la lâcheté. Impardonnable et irrécupérable, vous dis-je.

— Il ?

— Il !

— Il n'ira pas impuni, dame Igraine. J'en fais le serment. De grâce, son nom et où le trouver. Pour votre propre sauvegarde.

✠

Elle hocha la tête en signe de dénégation, un sourire attristé flottant sur ses lèvres. La vision s'imposa à nouveau à son esprit : un hurlement. On venait d'enflammer les *simulacra*. Un hurlement de terreur. Avéla ! Un éclair, un autre. Le miroitement de lames sous le soleil. Soudain, la garde de l'un des couteaux fichés dans l'humus noir, au manche fait de plaquettes de bois serrées d'une cordelette, pleura. Des larmes de sang. Une pluie de larmes de sang.

Igraine comprit ce qu'elle refusait d'admettre depuis sa transe. Un futur. Avéla périrait si elle n'inclinait pas l'histoire, donc le cours du temps. Il ne s'agissait plus d'une simple histoire de justice humaine qui, au fond, lui importait peu, mais de la survie d'une représentante de sa race. Une représentante importante.

— Jamais. Jamais je ne le dénoncerai. Il a été de moi, de nous. En revanche, je puis m'attacher à le convaincre de se rendre, d'aller vers sa mort charnelle.

— Sur votre âme ?

— Sur quoi, sur qui voulez-vous que j'engage mon âme ? Mes dieux ? Ils sont, pour la plupart, à l'agonie. Le vôtre ? Il ne me sied guère. Que veut-Il au juste ? Qu'exige-t-Il de ses fervents adeptes ? Votre Dieu m'est, le plus souvent, incompréhensible.

— Vous blasphémez, madame, murmura Druon.

— Non pas. Je blasphémerais si je niais Son existence. Malheureusement, je la ressens, la supporte chaque jour, contrairement à nombre d'entre vous. Comprenez, mire. Nos dieux étaient au fond plus simples, même s'ils étaient bien plus troubles et exigeants. Donnant donnant. Des offrandes, des efforts et des sacrifices, en échange de protection.

✠

Elle se redressa d'un fluide mouvement, s'emmitoufla dans les pans de son mantel et conclut :

— À vous revoir, messire Mire.

— Un instant, je vous prie. Je... Me suivez-vous, madame ?

Un sourire gamin[1] étira les lèvres de la mage. Pourtant, il fut certain qu'elle allait à nouveau semer l'une de ses phrases à double entente, lourde d'un sens sur lequel elle refuserait de s'expliquer :

— Non pas, messire mire. Je vous précède. Et depuis de longues années. À vous revoir. Bientôt.

Elle disparut derrière un bosquet d'arbres, sans que ses pas ne produisent un bruit. Druon sut qu'il était inutile de la poursuivre. Jamais il ne la retrouverait si elle ne le souhaitait pas.

Ne lui restait à espérer qu'une chose : qu'elle tienne sa promesse.

1. À l'origine, petit garçon qui aidait les briquetiers. Puis, enfant qui traînait dans les rues et enfant espiègle.

LXVI

Forêt de Montlandon, novembre 1306

Sans doute Negan comprit-il dès qu'Igraine pénétra dans la chaumière de la forêt. Silencieux, il se leva pour ajouter une bûche dans l'âtre. Puis il servit à celle que sa sœur et lui appelaient leur tante, faute d'un meilleur mot, un gobelet de la tisane de mauve et de sauge qui infusait dans un pot suspendu à une crémaillère.

Percevant l'étrange tension qui s'était installée dès après le retour d'Igraine, Avéla s'enquit, un peu incertaine :

— Je... y' a-t-il quelqu'une chose que l'on me tait ?

— Que nenni, ma douce, que nenni, mentit Igraine par tendresse. Je pensais en cheminant qu'il avait bien plu les jours précédents. Une poêlée de cèpes frais cueillis, avec des œufs battus en mousse et un peu de lard, me comblerait. Voudrais-tu satisfaire la gourmandise d'une vieille femme ?

— Tu n'es point vieille, protesta Avéla. Au fond, nous n'avons jamais su si tu étais notre sœur ou notre tante.

— Bien plus vieille que tu ne le crois et que je ne m'en souviens, ma mie. Si ancienne, en vérité, que j'ai parfois le sentiment d'avoir assisté à l'aube jeune de ce monde. Voudrais-tu ? Pour les cèpes ?

Avéla se leva, un radieux sourire éclairant son ravissant visage.

— Certes, avec grand plaisir. Toutefois, m'attendez pour échanger propos d'importance, quémanda-t-elle.

— Bien sûr. D'autant que je n'en retiens guère, affirma Igraine en songeant qu'elle devait coûte que coûte protéger la jeune fille, sa descendante, peut-être, ou sa jumelle qu'une génération séparait d'elle.

✣

Lorsque, ravie de pouvoir offrir un plaisant dîner à Igraine, Avéla eut disparu, Negan se tourna vers la mage, attendant, le visage fermé. Elle détailla le long jeune homme aux cheveux si blonds qu'ils paraissaient presque blancs, aux yeux d'un noir de nuit. Comprenant qu'elle ne romprait pas le silence, il lança :

— Ils savent ?

— Je ne lui ai rien dit. Toutefois, il est à un cheveu de la vérité, sur nos talons, ainsi que je m'y attendais.

— Ce mire ?

— Hum.

— Que vas-tu faire ?

Elle avala une gorgée d'infusion avant de répondre de sa voix de fillette :

— Moi ? Rien. J'attends de savoir ce que tu comptes faire, toi. J'ai compris mon rêve… mon voyage ailleurs, je ne sais comment nommer ces… absences. Tu es coupable. Ces coutelas fichés dans l'humus, qui sanglotaient des larmes de sang, étaient les tiens.

Il hocha la tête en signe d'acquiescement.

— Ils ont tué Mabyn, ta sœur ou ta mère, peut-être la nôtre !, s'emporta-t-il, soudain. Ils l'ont poussée au bûcher sur la foi de menteries que nul ne s'est donné la peine de vérifier !

— Non. Ils ne l'ont pas tuée. Mabyn a décidé de partir. (Soudain, alors même qu'elle avait oublié être capable de fureur, elle hurla :) Sot ! Lamentable imbécile ! Ton humanité est-elle si lourde en toi qu'elle occulte tes pouvoirs ? En ce cas, tu n'es plus de nous. Tu n'es plus de moi. Que crois-tu, pauvre benêt ? Que Mabyn, belle tel un rayon de soleil, est tombée en amour avec ce gros sac répugnant de Borée ? Peut-être l'a-t-elle utilisé en apaisement de sens, certes pas comme amant de cœur ! Es-tu bien fol ? Elle savait qu'elle serait arrêtée en cette auberge de Nogent-le-Rotrou. Son temps céans était échu puisque je devais revenir. Ta pesanteur humaine, ce sang trop épais, dont je ne sais à qui tu le dois, te sont montés à l'esprit. Tu as agi tel l'un d'eux, l'un de nos adversaires, aussi bêtement et férocement. Tu as exterminé un simple à l'âme pure. Celui-ci ne te sera jamais pardonné, même si je ressens ton intense chagrin à son souvenir. En bref, tu as rompu tes liens avec nous et dois disparaître.

✣

Negan avait blêmi. Les larmes lui étaient montées aux yeux, en dépit de ses mâchoires crispées de rage. Mais Igraine n'en avait pas terminé. D'une voix redevenue enfantine, elle asséna le dernier coup, celui dont elle savait qu'il ne se relèverait pas :

— Tu as condamné Avéla, ta sœur tant aimée, que tu protèges, à un trépas certain, précédé d'une effroyable agonie puisqu'elle sera livrée à l'Inquisition qui s'acharnera à lui faire avouer qui et où nous sommes. Contrairement à leur Doux Agneau, nos dieux n'ont jamais fait preuve de longanimité pour qui leur désobéissait. Les autres humains vont nous retrouver. Avéla n'est pas encore assez forte pour leur échapper. Et je ne suis plus assez puissante pour la sauver. Ta faute. Ta très grande et très inexpiable faute, celle qui te suivra, telle une marque infamante au fer rouge, pour les siècles et les siècles ! Tu nous as condamnés. Les battues vont débuter. Ils nous traqueront à la manière de bêtes, nous retrouveront, nous extermineront. Notre race, ses derniers représentants disparaîtront par ta faute. Mabyn s'est tue afin de nous épargner. Même sur le dévorant bûcher, elle n'a pas parlé.

✣

La rage avait abandonné Negan. Ne lui demeurait qu'un suffocant chagrin, une honte qui lui donnait envie de fondre en larmes. De fait, il avait grandement failli. De fait, le sort de sa race, des quelques représentants qui en persistaient, se trouvait en danger à cause de sa stupide impulsivité, de son imbécile colère. De fait, sa race le repoussait et elle avait grand raison. De fait, Avéla, qu'il aimait plus que tout, plus que lui-même, était menacée d'une effroyable agonie. Il était coupable. Sans atténuation. Il se détestait. Sans atténuation.

— Que dois-je faire ? demanda-t-il d'une voix plate mais ferme.

— Te rendre. Au seigneur bailli. Aussitôt. Je m'enfuirai avec Avéla. Vers l'est.

— Ma mort sera hideuse, n'est-ce pas ?

— Bien moins que ne le deviendrait ton existence si tu poursuivais dans la trahison des tiens.

— Reviendrai-je[1] ? Enfin… parmi vous ?

---

1. Les peuples de l'ancienne Gaule croyaient à l'âme éternelle et à la réincarnation dans une autre enveloppe humaine.

— Je ne sais. Les dieux en décideront. Je peux juste te promettre que je les implorerai chaque jour.

— Quand dois-je… ?

— Mets-toi en route, à l'instant. Avant qu'Avéla ne revienne.

— Lui diras-tu que…

D'une voix désespérée, Igraine l'interrompit :

— Je lui dirais que tu l'as aimée au-delà de toi-même.

Negan s'approcha d'elle et lui saisit les mains pour les baiser.

— Ma tante, ma sœur… merci du fond du cœur, balbutia le jeune homme aux yeux de nuit. Je… Le gentil fantôme de Nicol me hante. Il… ne comprend pas. Il… m'aimait bien, tout comme je l'aimais bien. Pourquoi l'ai-je tué ? demande-t-il. Il m'a vu, cette nuit-là, m'enfuir du poulailler où je venais d'occire Charon que j'avais convaincu par message de rejoindre un « informateur » pouvant l'éclairer au sujet du meurtre du mercier Borée. Cependant, Nicol n'a pas compris ma présence, pas fait le lien avec l'assassinat du secrétaire, puisque, au matin, il avait oublié m'avoir aperçu la veille à la nuit. Je l'ai assassiné pour rien. Et tu as raison, mon sang humain est devenu trop lourd. Sans quoi, j'aurais senti qu'il ne me menaçait pas.

Il passa sa lourde cape et s'arma de son bâton de marche à bout ferré.

— Je…

— Chut ! Nul regret, fais ce qui doit être fait. Nulle confession de repentir ou d'amour, je lis dans ton âme aussi bien que dans la mienne.

Elle se leva et récupéra sa bougette.

LXVII

Tiron, novembre 1306

En dépit de ses efforts, la nervosité de Druon était perceptible au point que Louis d'Avre, qui l'avait rejoint pour le souper, lui conseilla d'un ton plat :

— Apaisez-vous, messire mire. Vous allez nous gâter le repas – un outrage aux talents de maîtresse Borgne – et la digestion. Reprenez-vous, je vous prie.

— Je pense... enfin, sans certitude... que le tueur de votre secrétaire et de Borée nous visitera sous peu.

— Son nom ?

— Je l'ignore.

— Ses mobiles ?

— Si mes déductions sont fondées, il a occis Borée et Leonnet Charon parce qu'ils étaient à l'origine de la condamnation et du supplice par le feu de cette femme, Mabyn. La main droite coupée ? Tous deux avaient juré sur les Évangiles et tous deux avaient menti, Charon sans le savoir mais sans trop s'en préoccuper.

— Et Nicol ?

— Je suis dans l'ignorance.

— Ce meurtrier, viendra-t-il ou non ? s'énerva Louis d'Avre.

— Je ne puis l'affirmer, mais le crois.

✣

De colère, le bailli asséna une claque au plateau de la table, si violente que leurs gobelets en frémirent et qu'Huguelin sursauta en fermant les paupières. Maîtresse Cécile, qui s'affairait aux tables, leur jeta un regard mi-inquiet, mi-surpris.

— Vous vous moquez, monsieur, et m'échauffez la bile !

Huguelin s'était tassé sur son siège, sentant la tempête menacer en M. d'Avre. Son éclat de voix avait encouragé les autres clients à tourner la tête vers eux. Aussi le bailli reprit-il plus bas, quoique d'un ton de menace :

— Vous me taisez des informations que je sens capitales. Je vous rappelle, mire, que j'ai toléré votre collaboration dans MON enquête. J'aurais pu vous en écarter. Je veux l'entière vérité, à l'instant. Comprenez qu'il ne s'agit pas d'une requête mais d'un ordre !

Druon ne tergiversa qu'un instant. Bien fol qui mécontentait gravement un seigneur bailli du lignage et du pouvoir de Louis d'Avre. Il pouvait les faire jeter dans un cul-de-basse-fosse au moindre prétexte acceptable pour cet homme d'honneur, et la dissimulation en faisait partie. Toutefois, Druon tabla sur ce qu'il percevait de lui :

— Monsieur, mon respect et ma reconnaissance vous sont acquis. Je ne connais pas le meurtrier. Une… tierce personne me sert de messager auprès de lui, d'où le vague de mes déclarations.

— Le nom de cette tierce personne ? exigea le bailli.

— En mon âme et conscience, je ne puis vous le confier. Au demeurant, je ne connais qu'un prénom. Cependant, cette personne est innocente. Ma parole, monsieur, car jamais je ne protégerais un vil meurtrier.

— Je pourrais vous faire fouetter jusqu'à l'obtenir ! ragea Louis d'Avre.

— Toutefois, vous ne le ferez pas. Ce serait injuste, donc indigne de vous.

— Dieu du ciel, souffla le bailli. Vous éprouvez mes nerfs ! À la vérité, je...

✠

Il s'interrompit lorsqu'il constata la soudaine tension de Druon qui regardait en direction de l'entrée et tourna le visage. Huguelin en profita pour engloutir la fin de son tranchoir surmonté de tranches de porc en épais civet aux épices, déplorant que son jeune maître ait à peine touché au sien. Bien que n'ayant guère senti son estomac tiraillé de faim depuis sa rencontre avec le mire, il ne comprenait toujours pas ce qui pouvait se révéler plus préoccupant que de manger à satiété.

Un haut jeune homme très beau, aux cheveux d'un blond presque blanc, se dirigea vers eux, à pas paisibles. Il s'inclina bas et déclara d'une voix douce, un peu essoufflée :

— Vous avez exigé ma venue, mire. Me voici. (Puis, fixant le seigneur bailli de son immense regard noir, il précisa, la main sur le cœur :) Je jure avoir occis ce vaurien de Martin Borée et son benêt complice de Leonnet Charon. Malheureusement, le troisième témoin au procès m'a échappé. Je n'en éprouve nul remords. Ils avaient poussé ma mère, Mabyn, au bûcher. Borée parce qu'il s'était lassé d'elle et la craignait. L'autre imbécile de fat, votre secrétaire, parce qu'il avait gobé les dires du mercier sans même chercher à les vérifier.

— Comment avez-vous approché le mercier ? voulut savoir Druon.

— Il ne me connaissait pas. Je savais par Mabyn qu'il pratiquait l'usure en secret, comme nombre de gros bourgeois. Prétendant un encombre financier transitoire, je l'ai abordé à la Foire au drap et aux bestiaux de Nogent-le-Rotrou, le priant de m'accorder un prêt, lui montrant l'acte par lequel j'étais propriétaire de vignobles que je mettais en gage. Un faux, bien sûr. Sa cupidité a fait le reste. Il a vu l'occasion de me plumer d'un intérêt de quarante-cinq pour cent l'an. En ce début de nuit-là, il m'a fait pénétrer avec empressement en sa demeure. L'argent était prêt, sur sa table de travail, avec la reconnaissance de dette que je devais signer. Je l'ai subtilisée. Quelle importance, mire ? (Il ferma les yeux et balbutia :) Quelle importance puisque j'en viens à mon unique crime ignoble. Je m'accuse aussi du trépas du simple Nicol et le déplore plus que tout. Il...

✣

Un rugissement. Quelques clients, inquiets, se dressèrent, regardant de droite et de gauche, n'osant intervenir en présence du seigneur bailli. Louis d'Avre n'eut que le temps de se lever afin de maîtriser Cécile, qui, un couteau récupéré sur une table, fonçait vers le jeune homme, telle une femelle prête au meurtre. L'aubergiste rua, se débattant à la manière d'une diablesse, hurlant :

— J'vas l'crever, laissez-le moi ! J'vas l'crever ! Son r'pentir, y s'le rentre dans l'cul ! Mon Nicol... laissez-le moi !

Le jeune homme la considéra sans crainte, une tristesse infinie peinte sur le visage.

— Pardon... mon infini pardon... À lui, à vous...

— Ferme ton vil clapet ! vociférera l'aubergiste qui semblait avoir perdu le sens au point de donner de vicieux coups de pied au bailli afin qu'il la lâche.

Louis d'Avre lui asséna une gifle monumentale qui l'envoya choir au sol. Quelques faibles murmures de désapprobation s'élevèrent dans l'assistance. D'un ton très doux, le bailli lui conseilla :

— Cécile, calmez-vous, aussitôt. Lorsque le bourreau en aura fini, il sera pendu et Nicol vengé. Ne commettez aucun acte fol qui me contraindrait à vous entraver et à vous faire juger.

— Il en réchappera pas ? exigea maîtresse Borgne d'un ton féroce.

— Oh, non. Ma parole !

— La mienne au semblable, murmura le jeune homme, de lourdes larmes dévalant de ses yeux. Le pardon, de grâce. Pour Nicol. Je n'ai rien à chaloir des deux autres.

— Retournez en cuisine et laissez-moi faire mon office, ordonna le bailli.

Ces promesses parurent apaiser la tenancière, qui obtempéra.

Druon fixait le jeune homme qui lui dit :

— Mon nom est Negan. Nulle importance non plus. Merci à vous, messire. Du fond du cœur.

Et Druon sut qu'Igraine s'était volatilisée. Tout comme il fut certain que leurs routes se croiseraient à nouveau bien vite.

✠

Une étrange opacité voila soudain le regard très noir. Negan déglutit et inspira avec peine. Une laborieuse expiration de souffrance. Le jeune mire hocha la tête. Bien sûr !

Une salive rosâtre s'accumula à la commissure des lèvres du jeune homme, la sueur dévalant de son front. Un autre murmure :

— Quel... soulagement, mire.

Il s'écroula, un sourire aux lèvres. Un dernier souvenir avant le transitoire néant : Igraine, sa tante, ou sa sœur, tirait de sa bougette un sachet de cuir noué de fins cordons pour le lui tendre en déclarant :

— Une poudre verdâtre. Ne l'avale qu'avant de pénétrer dans l'auberge du Chat-Borgne. Ils y seront ce soir. Puis hâte-toi. Tu souffriras le cauchemar, tes intérieurs se déchireront en dedans de toi. Cependant… une brève agonie comparée à celle qu'ils te réservent. Je prierai pour toi. Peut-être à bientôt, dans un autre monde et un autre temps. Va.

✠

Druon demeura figé. Igraine n'aurait jamais toléré que l'un des siens, aussi grandement fautif fût-il, subisse la torture. Il ne pouvait que l'approuver.

Et Louis d'Avre se précipita vers ce coupable qui avait trouvé le moyen d'échapper à sa justice, devant une assistance médusée, muette d'effroi devant la scène qui venait de se dérouler.

LXVIII

Tiron, novembre 1306

Huguelin avait joué avec le petit Alodet, âgé de quelques mois, qu'avait recueilli maîtresse Borgne. Sa houppe[1] de cheveux très bruns avait distrait tout le monde. Cécile s'affairait telle une poule nerveuse autour de l'enfançon, répétant :

— La pauv' Denyse. L'en a déjà sept plus quatre défunts. Elle peut plus les nourrir. Attention, elle pourra v'nir contempler son fils quand il lui plaira. Mais bon, l'est déjà grosse du suivant. Son mari est un gars bien. Fait c'qui peut. C'sont des serfs[2] sans terre. Aussi, faut pas dire

1. Touffe de cheveux, en général un épi, sur le devant du crâne.

2. Non libres. Il existait plusieurs statuts de serfs, variables aussi en fonction des régions. Outre l'absence de liberté, le travail et les innombrables corvées qui leur étaient imposés, ils étaient frappés par de lourds impôts. Le servage « personnel » était indépendant de la situation économique de la personne, et il s'agissait d'une sorte d'esclavage qui se transmettait de génération en génération, bien que l'Église recommandât que les enfants nés de serfs soient considérés comme libres. Le servage réel était lié à la terre. Un serf pouvait s'affranchir s'il abandonnait son héritage, notamment sa terre. Au XIVe siècle, les règles du servage se sont « adoucies », les seigneurs tentant de retenir leurs paysans qui

de qui j'as récupéré Alodet, puisqu'il appartenait au seigneur. Faut rien dire, vu qu'y a ben quèc'qu'un qui me ferait tort en clabaudant, et y r'prendraient l'enfant, pour qu'y devienne serf à son tour, s'y crève pas avant.

Druon était heureux. Maîtresse Borgne avait l'occupation qu'elle méritait. Un réceptacle à tendresse, à magnifiques inquiétudes.

✢

L'œil humide, elle les accompagna dehors lorsque Druon sella Brise avec leur maigre frusquin. Elle lui balança une lourde bougette de vivres dans les bras et d'un ton mi-hargneux, mi-désolé, lança :

— Bon, pas moyen d'vous r'tenir ?

Druon la considéra, un sourire amical aux lèvres. Il s'approcha et la serra contre lui, disant :

— Non, Cécile, nos routes se séparent. Vous ferez partie de mes meilleurs souvenirs, de ceux qui… effacent les autres, les mauvais. Je vous souhaite le meilleur, ma bonne. Je dois partir.

Elle lui fila une tape dans le dos, et émue au point des larmes, déclara :

— J'vous souhaite le bon vent. J'prierai pour vous et votre Huguelin. J'ai pas beaucoup prié pour l'bien-être de gens. Pas eu l'occasion. Mais, là, j'vas m'appliquer. Le cœur y est. Allez… j'vous en veux d'disparaître ainsi, mais… vous m'réchauffez le cœur tous deux.

---

partaient vers les villes puisque nombre affranchissaient automatiquement les nouveaux arrivants.

LXIX

Tiron, novembre 1306

En dépit du froid mordant de la matinée, Robert s'était baigné dans l'eau glaciale et un peu croupie d'un large tonneau. Il n'avait épargné ni le savon ni la brosse, sa peau prenant une couleur rose vif. Claquant des dents, grelottant, il était ressorti et Murienne, sa jeune sœur, l'avait enveloppé dans un drap qui ne l'avait guère réchauffé. Ses pieds trempés glissant dans ses socques, il s'était précipité dans leur masure afin de se sécher devant l'âtre. Inquiet, il avait demandé à sa cadette qui lui tendait une infusion bouillante :

— Tu crois que… enfin, j'm'asperge d'eau d'mauve ?

— J'suis encore ben jeune. J'chais pas trop c'qu'apprécient les d'moiselles. Sûr qu'elles ont les narines plus délicates que vous autres gars.

— Et les ch'veux ? J'les laisse friser ou j'les peigne vers l'arrière ?

— Ben, j'ch'ais pas trop non plus. Mais t'es fort beau.

— Tu trouves ?

— Oui-da, affirma la fillette avec conviction.

Cette sortie parut un peu rassurer le jeune homme.

— Et des fleurs ? Les donzelles aiment les fleurs et les m'nus présents. Tu crois qu'j'en cueille sur l'chemin ?

Pratique, Murienne remarqua :

— Y a plus d'fleurs en c't'e saison. Et pis, c'te pas un rendez-vous d'amourette, quand même.

Le garçon se rembrunit aussitôt. Juste ! Il se laissait emporter par son émoi, imaginant ce qu'il avait envie de croire.

Deux jours plus tôt, bafouillant, s'embourbant dans ses phrases, rougissant tel un benêt, il avait arraché à Clotilde Loquet l'honneur de discuter avec elle quelques minutes, hors la présence de ses deux cerbères : Raymond, son frère ; Ghislain, son père. Clotilde avait hésité. Elle avait fini par accepter, à la condition qu'aucune parole déplacée ne soit proférée et que le rendez-vous se tienne devant l'église, peu avant sexte*, heure d'affluence dans le lieu saint qui garantissait à ses yeux une parfaite tenue. Robert en avait été satisfait, au-delà de ses espoirs. Enfin, il aurait l'occasion de lui parler, si du moins sa timidité dès qu'il était face à la jeune fille ne lui clouait pas les mots au palais. De plus, son étouffant amour pour elle naissait aussi du fait qu'elle était de belle réputation et pas le genre à accepter des rencontres galantes avec le premier venu dans les arrière-ruelles.

Bouchonné[1] telle une jument de marché, habillé de ses plus beaux vêtements, Robert se mit en route avec une heure d'avance. Il ne cessa de se répéter son beau discours tout le chemin. Du sentiment, mais point trop n'en fallait afin de ne pas affoler Clotilde, un peu de fermeté, de la prestance. Après tout, il était maintenant un homme, plus un jouvenceau échauffé et maladroit.

Il patienta devant l'église, ressassant pour la millième fois les mêmes phrases. Dès qu'elle parut, belle comme un

1. Nettoyé, récuré. De bouchon, la tresse de paille avec lesquelles on frottait la robe des chevaux.

cœur, il se sentit mollir de l'intérieur et plus aucun mot ne se forma dans son esprit. Elle était ravissante, emmitouflée dans son mantel à capuche de belle laine sang-de-bœuf doublée de lapin, coiffée d'un coquet bonnet de linon[1] empesé qui traduisait l'aimable aisance de sa famille. Il se porta un peu trop vivement à sa rencontre et elle recula de trois pas précipités en le saluant d'une inclinaison de tête.

— Euh... vot'... votre pardon... euh, damoiselle Clotilde...

— Le bonjour, Robert.

— Euh... oui-da... l'bon... le bonjour à vous aussi.

Il remarqua la jolie bague de turquoise qu'elle portait au majeur gauche, son anneau de pouce serti de petites opales tout comme le lourd crucifix d'argent et d'améthyste pendu à son cou. Son père la gâtait.

Tortillant son bonnet de feutre entre ses mains, se dandinant d'un pied sur l'autre, il resta là, muet, ne sachant plus que dire. Clotilde l'observait, dissimulant son amusement. Sentant qu'il risquait de tourner les talons et de prendre la fuite, en grand dadais qu'il devenait devant elle, elle se décida à prendre le mors[2] aux dents[3].

— Bien, Robert... vous aviez choses d'importance à me dire ? Me voici ! J'attends.

Il se sentit rougir jusqu'aux cheveux et se maudit de sa maladresse, de sa bêtise.

— Certes... tout à fait... à l'évidence... euh....

— Je ne mords point. Robert... je ne pourrais, voudrais mentir une deuxième fois à mon cher frère Raymond pour

---

1. Tissu fin de lin puis de coton.

2. Le mors existe depuis environ deux mille ans avant l'ère chrétienne. Il fallut attendre 750 av. J.-C. pour mettre au point le mors en fer.

3. L'expression signifiait tout à la fois « s'emballer, se révolter » ou « se décider à un important effort ». En revanche, l'expression comparable « prendre le taureau par les cornes » date du XVIIe siècle.

le décourager de m'accompagner. C'est fort vilain et j'en ai conçu honte. Aussi, de grâce, parlez ! Je ne puis m'attarder trop longtemps.

La gentille semonce porta et le jeune homme se lança :

— Eh ben… bien, voilà ! J'com… je comprendrais que vous vous gaussiez, que… vous m'éclatiez d'ri… de rire au nez, me traitiez de fat et de fol… Je… enfin, j'ai conçu un vif, très vif attachement à votre égard… comme tant d'aut'… d'autres gars du coin. Je sais que rien, aucune parole, aucun regard de votre part ne m'y a incité. Toutefois, ainsi sont les choses. Je pense… je ne pense qu'à vous. Je sais également, que j'ai ben… bien peu de fortune, rin… rien à vous offrir qui puisse rivaliser, même de loin, avec votre train, celui que vot'… monsieur votre père vous permet. D'ailleurs, y'm'… il me botterait le derrière, ou pis, si jamais je manifestais mes sentiments et…

Elle l'interrompit d'un petit geste en souriant :

— Vous connaissez bien mal mon père, Robert. On le prétend sévère, sans doute parce qu'il n'est guère plaisantin, mais il est homme juste et bon. De plus, il a longue mémoire. Il doit à son labeur acharné et à son intelligence – et à ceux de ma mère, une admirable femme décédée trop tôt – d'être devenu fermier aisé après avoir sué sang et eau sur un lopin de terre à peine plus avantageux que le vôtre. Il s'en souvient. Il ne vous rossera ni ne vous toisera si vous êtes probe, travailleur et pieux. Surtout s'il se convainc, peu à peu, que vous traiterez sa fille chérie ainsi qu'il l'exige.

Robert crut qu'il allait s'affaler au sol tant l'émotion, le bonheur, l'espoir le suffoquaient. Cependant, une dernière crainte le rongeait.

— Mais… euh… Et vous… enfin… qu'en pensez-vous… j'veux… je veux dire… ai-je l'heur de vous… plaire un peu… ?

Elle écarquilla les yeux, ahurie par sa candeur.

— Enfin, Robert… réfléchissez ! Si vous « n'aviez pas l'heur de me plaire un peu », je vous aurais aussitôt éconduit, avec courtoisie, mais fermeté. Je n'aurais pas, pour la première fois de ma vie, menti à mon frère pour vous retrouver céans !

Dieu du ciel ! Robert crut qu'il allait s'envoler de félicité. Tout ce qu'il trouva de pertinent à répondre fut :

— Ah bon… ah… bien… Quel immense soulagement… Eh bien…

Il tirait tant sur son bonnet qu'il allait finir par le mettre en pièces. Bien que peu au fait des joutes sentimentales, Clotilde, en femme déjà achevée, sentit que si elle ne prenait pas les choses en main, elle serait vieillarde avant qu'il demande sa main à son père. Or, il lui plaisait beaucoup et elle surveillait son approche de limaçon depuis d'interminables mois, se demandant s'il ferait un jour le premier pas.

— Robert… pourquoi ne pas nous attendre au porche, après la messe de dimanche prochain ? Je vous présenterai mon père et mon frère.

Une pénible déglutition puis :

— Oui-da. Tout à fait. Bien volontiers. Mon plaisir et mon honneur, damoiselle.

— À vous revoir bien vite, donc.

Elle tourna les talons sur un joli sourire et disparut d'une démarche dansante.

Robert demeura là, terrorisé à l'idée de rencontrer bientôt Loquet père et fils, comblé par l'aimable complaisance de la jeune fille à son égard alors qu'il s'était rongé les sangs depuis des mois en imaginant une verte rebuffade.

LXX

Maison de l'Inquisition, Alençon, novembre 1306

Dans la longue salle sombre qui faisait suite à l'ouvroir[1], Foulques de Sevrin, évêque d'Alençon, bénit d'un geste machinal le chef des gardes de la prison, un genou en terre.

— Monseigneur, monseigneur, bafouilla celui-ci, à la fois surpris et inquiet de cette inhabituelle visite. Quel honneur... quel incommensurable honneur...

Foulques avait appris qu'Éloi Silage repartait pour Rome. Aussi avait-il décidé de profiter de cette absence pour mener la première étape de son plan à bien. Les geôles souterraines de la maison de l'Inquisition, qui s'étendaient jusqu'à la Sarthe non loin, renfermaient les prisonniers condamnés ou en attente de jugement pour des actes commis contre l'Église, qu'ils relèvent ou non de l'Inquisition. L'évêque s'était fait remettre la liste des jugements par lui prononcés et qu'il avait totalement oubliés. Un nom avait retenu son attention, celui de Michel Loiselle, ancien secrétaire de notaire, qui savait donc lire et écrire, et

1. Première pièce donnant sur l'extérieur, en général de taille modeste.

dont on pouvait espérer une certaine vivacité d'esprit. Le court rapport attaché à son nom le décrivait comme pieux, honnête et de commerce plutôt agréable, vertus qui lui avaient épargné la mort au moment des faits.

— Relevez-vous, mon fils, que la paix soit en vous et que Dieu vous garde. Votre sentiment sur ce détenu, un certain Michel Loiselle, condamné à périr de sa mort naturelle en prison ?

Le grand gars, au visage lourd et d'un rouge violacé qui prouvait son goût de la boutille, se redressa et commença d'un ton d'embarras.

— C'est que, Monseigneur... Si vous l'avez condamné... sûr, qu'il était coupable...

— L'Église est bonne et octroie le bénéfice du doute. Or, je ne sais par quel cheminement, m'est venue une interrogation au sujet de cette condamnation.

Une admiration sans borne se peignit sur le visage de l'autre qui souffla :

— Oh, quelle merveille... quatre ans plus tard. Vous vous êtes souvenu de lui... un si haut prélat avec tant d'charges pesant sur ses épaules...

— Si fait, mon fils, si fait... Ma charge primordiale consiste à me montrer juste et à reconnaître une erreur. Dieu l'exige de moi. Or donc, ce Loiselle a rossé un chanoine jusqu'à lui briser l'épaule et le poignet, au motif qu'il avait tenté de trousser son épouse, laquelle s'était vivement défendue avant de fuir, s'épargnant l'outrage final.

— De juste. Frapper un chanoine d'la sorte !

— Certes, mais un chanoine scélérat, à l'évidence. Loiselle a fait montre de grande démesure. Toutefois, le sang a dû lui bouillir à la narration de son épouse.

— Ben oui, approuva le garde qui ne savait sur quel pied danser.

Il attendait de comprendre ce que souhaitait l'évêque afin d'éviter de prendre une position pouvant se révéler contraire à la satisfaction du prélat, donc à ses intérêts à lui.

— Le vil chanoine projetait un viol. Inacceptable, surtout de sa part.

L'évêque envisageait-il la grâce de Loiselle ? Fort bien, se félicita le chef des gardes, car, de fait, le bonhomme Michel Loiselle était plutôt du genre placide. Toutefois, si l'inclinaison de l'Évêque avait été inverse, le garde se serait fait fort de lui fournir d'aussi bons arguments pour pendre le condamné.

— Mon fils, en votre âme et conscience, et puisque vous le « côtoyez » depuis quatre ans, que pensez-vous de ce Loiselle ? Avant tout, est-ce un bon chrétien ?

— Oui-da, sur ma foi ! Il prie chaque jour. Jamais un blasphème contre Dieu tout-puissant ou contre l'Église.

— Fort bien. Il me faut m'entretenir avec lui en confidence, afin de sonder son âme. Menez-moi.

— C'est que, ça pue à dégorger en bas, Monseigneur. La pourriture, les excréments, la moisissure. Pas la place d'un prélat, si m'en croyez.

— Le gentil fils qui s'inquiète de mon confort, le flatta l'évêque. Que faire, alors ?

— Ben, l'est pas dangereux. J'puis l'entraver et le pousser céans. Vous pourriez vous installer en aise sur les bancs, précisa-t-il en désignant la longue table en bois presque noir. Moi, j'resterai en bas pour m'assurer qu'on vous dérange pas. Ce s'ra comme une confession, non ?

— Si fait. Belle solution. J'attends cet homme.

Crasseux, amaigri, ravagé par ses quatre ans de captivité dans une geôle putride, dans laquelle il n'avait pas revu la lueur du jour, s'était contenté des rations de famine qu'on voulait bien lui porter, Michel Loiselle se tenait voûté, debout devant l'évêque. La tête basse, clignant des yeux tant la lumière soudaine le blessait, il murmura :

— J'ai eu grand tort, Monseigneur.

— Certes. Assoyez-vous, mon fils. Discutons. Nos paroles resteront en stricte confidence. Je l'exige.

Loiselle obtempéra. Murmurant toujours, il avoua :

— Je ne m'en voudrais jamais assez. D'autant que j'ai laissé mon épouse seule, avec deux petiots à élever. C'est elle qui souffre le plus.

— Cette remarque vous fait honneur. Je me suis levé un matin, en pensant à vous, mentit Foulques. M'est soudain venue la conviction que j'avais été trop sévère, manqué de charité. Après tout, ce chanoine aurait violé votre femme si elle ne s'était âprement défendue. L'intention coupable se trouvait donc de son côté.

Loiselle leva le regard et le considéra, sidéré, n'osant parler. Foulques poursuivit :

— Cela étant, votre acte était répréhensible. Toutefois, ainsi que le disait saint Paul, « que le soleil ne se couche pas sur votre colère ». Le pardon nous est enseigné par le Divin Agneau. Qui serais-je donc, si je ne pardonnais pas ? Le rachat de votre péché en échange de votre grâce. Voilà ce que je me sens obligé de vous proposer.

Le cœur de Michel Loiselle s'emballa. Sortir de ce lieu, antichambre de l'enfer où l'on entendait les hurlements de bêtes des suppliciés, soumis à la Question. Un lieu que Dieu et les hommes avaient déserté. Un lieu où l'on devenait une pauvre bête ou une bête méchante, luttant pour sa survie. Retrouver sa femme, ses enfants. Retrouver la lumière, le monde des vivants. L'objet de toutes ses prières depuis des années. Dieu l'avait-il entendu ? L'exauçait-il enfin ?

— Le rachat ? À l'instant. De vous, il ne peut qu'être noble.

— En effet, mon fils. Il s'agit de sauver du pire une jeune femme, belle, pieuse et probe. Dans la plus grande discrétion. Pour la satisfaction de Dieu. Je ne vous cacherai pas que ses ennemis sont… puissants et que la tâche sera dangereuse et ardue.

Loiselle sentit que les portes du cul-de-basse-fosse où il avait été jeté s'entrouvraient. Tout valait mieux que d'y rester prisonnier.

— À votre ordre, sans retenue ni hésitation, Monseigneur. Pour la satisfaction de Dieu et la vôtre.

— Bien. Votre grâce provisoire sera prononcée demain. Votre épouse, devenue orfraiseuse afin de nourrir vos enfants, recevra une généreuse bourse. En revanche, vous n'aurez pas droit de la rejoindre, sous peine d'être emprisonné à nouveau, avant d'avoir mené à bien votre tâche : retrouver cette jeune femme pour la mettre à l'abri. Jurez sur Dieu, Son Fils, la Très Sainte Vierge et votre âme.

— Je le jure. Sur la tête de mes enfants et de ma femme aussi.

L'évêque se leva en faisant le signe de croix.

— Soyez béni. Que Dieu vous escorte dans votre mission. À vous revoir dès demain pour vous confier les détails de votre mission. Pas un mot de tout ceci. Il y va de votre grâce.

LXXI

La Loupe[1], *novembre 1306*

Aliénor de Colème soupira d'exaspération, ce qui ne fit qu'accroître la nervosité de Florence, la servante qui l'habillait. La jeune fille tremblait tant qu'elle dut s'y reprendre à trois fois pour nouer les manches rapportées aux épaules de la cotte d'épais cendal safran de sa dame. Bafouillant, elle suggéra comme chaque matin :

— Vous êtes de si belle silhouette, madame, que la pose de votre touret serait facilitée si vous condescendiez, de grâce, à vous asseoir devant votre table de parure.

De fait, en dépit de son âge déjà avancé, puisqu'elle aurait trente-six ans dans quelques mois, Aliénor de Colème avait fière allure et frais minois. Une très jolie dame, à la peau pâle et fine, aux traits fins, aux épais cheveux châtain foncé que les fils blancs épargnaient encore, aux yeux d'un bleu sombre mouvant.

1. L'origine du nom de cette commune du Perche est incertaine. En a-t-elle hérité en raison des loups, très nombreux à cette époque, ou du gigantesque chêne druidique millénaire qui s'y trouvait et que l'on appelait *quercus de lupa* ? Longtemps terre de l'église de Chartres, elle passa dès le XIVe siècle de famille en famille : les Melun, les Préaux, les Larivière, les Angennes.

Elle jeta un regard de mépris à Florence et s'exécuta. L'autre récupéra le touret de soie rouge vif et le posa sur les tresses enroulées en couronne autour de la tête de sa maîtresse, avant de passer délicatement la barbette[1] sous son menton. Élégante, au fait de la dernière mode, Aliénor ne portait plus le voile. Certaine de ce qui allait se passer, puisque la scène se reproduisait presque quotidiennement, Florence se recula à temps et évita la gifle mauvaise. Sa maîtresse feula :

— Nigaude ! Tu me pinces. Faut-il être sotte pour être incapable de poser un touret !

Florence baissa la tête en la suppliant de la bien vouloir pardonner.

— Sors, vilaine niaise[2]. Ta vue m'offense. Et que font les cuisines ? J'attends le panier. Dois-je descendre afin de les tancer ?

Florence déguerpit sans demander son reste. Elle dévala les deux escaliers qui menaient aux cuisines, afin de mettre en garde Anchier, le cuisinier.

— Fais vite. Elle est mauvaise pis qu'une teigne, ce matin.

— Elle est toujours mauvaise, rectifia le cuisinier, aussitôt approuvé par les hochements de tête du souillon et de son aide Suzanne. Allez, Suzanne, c'est ton tour d'lui monter le panier de vivres. J'me demande bien ce qu'elle en fait. Parce que j'la soupçonnerai jamais de charité et d'les offrir aux pauvres.

À la perspective d'approcher leur maîtresse, le sourire de Suzanne s'était évanoui, et elle passa à contrecœur l'anse à son bras.

1. Large bande de tissu qui passait sous le menton et permettait de maintenir le touret en place.

2. Il s'agissait à l'origine d'un terme de fauconnerie désignant un fauconneau pas encore sorti du nid et donc incapable de se débrouiller seul. Par extension et au figuré, il a pris le sens que nous connaissons aujourd'hui.

— Lui adresse pas la parole, conseilla Florence. Baisse les yeux, plie-toi en révérence et décampe au plus preste. Vu son humeur de bile, elle va bien trouver un prétexte pour te chercher noise.

✣

Aliénor de Colème s'enfonça dans le lacis de ruelles situé à l'est du bourg. Indifférente aux regards surpris des passants, étonnés qu'une belle dame de sa mise s'aventure sans escorte dans un quartier qui sans être mal famé attirait quand même les petits coupe-bourse et les trucheurs[1], sans oublier les piliers de gargote, elle progressa d'un pas vif. Elle pila soudain et se retourna d'un bloc afin de vérifier si la curiosité avait poussé l'un des membres de sa mesnie à la suivre. Un sourire lui vint. Il eût fallu être bien outrecuidant et peu sage ! Elle les terrorisait et nul n'aurait songé à contrevenir à ses ordres. Quant aux petits voyous de cette ville basse, elle n'en ferait qu'une bouchée. Elle jouissait d'une inébranlable protection. Une protection qu'elle avait payée fort cher, sans jamais le regretter.

Elle dépassa l'échoppe du chanevacier[2], puis celle du boulanger[3], prenant garde de ne pas trébucher dans les derniers pièges à mouches[4] qui ponctuaient le bas des murs

1. Ceux qui mendiaient par paresse.
2. Marchand de toiles et d'articles en lin ou en chanvre.
3. Vendeur de pain qui l'achetait en général à un fournier de campagne. La profession était très règlementée et le nombre des boulangers limité.
4. Les mouches étaient une plaie dans les villes, en raison des fosses septiques ouvertes et des immondices qui s'accumulaient. Aussi les habitants et commerçants installaient-ils chez eux et, parfois dans les ruelles particulièrement infestées, des pièges, sorte de cuvettes remplies de lait, de fiel ou d'eau au miel.

des maisons jusqu'à l'hiver. Elle tourna à droite juste après l'enseigne du mouleur[1]. Enfin, en bout de ruelle, elle parvint devant la porte défendue par deux serrures d'une maisonnette à un étage.

Aliénor de Colème récupéra les lourdes clefs glissées dans le panier de vivres. L'odeur de crasse, d'excréments et de pourriture alimentaire la saisit à la gorge au fur et à mesure qu'elle avança dans le long couloir aveugle et sombre. Elle tira de sa manche un mouchoir de linon, parfumé d'essence de mauve, et l'appliqua contre son nez. Elle héla :

— Hervi ! Au service, à l'instant !

✠

Une énorme masse apparut à l'autre bout du couloir, brandissant une esconce. La brute se précipita au-devant d'elle et la salua bas. Elle regarda le visage grêlé, défiguré par la variole[2], avec une moue de dégoût et demanda d'un ton de menace :

— Dormais-tu ?

— Nan.

D'un geste sec, elle lui intima de la précéder.

Ils s'arrêtèrent devant une porte basse et Hervi bascula la traverse. Aliénor lui arracha l'esconce des mains et descendit

1. Mesureur de bûches.

2. La variole, maladie virale très contagieuse qui tuait environ une personne sur trois, était déjà mentionnée en Chine au Ve siècle de notre ère. Certains historiens pensent que le virus aurait été en fait responsable de la terrible épidémie qui s'abattit sur l'Italie lors du règne de Marc-Aurèle et qui fut baptisée peste antonine. Elle est éradiquée depuis quelques décennies, expliquant qu'on ne vaccine plus contre elle. Récemment, des inquiétudes sont nées. Elle ferait une arme bactériologique d'une effroyable efficacité justement puisqu'on ne vaccine plus contre elle.

à pas prudents l'escalier de bois qui menait à une cave dont le soupirail avait été muré des années auparavant.

Elle déboucha dans la pièce de petite taille, l'odeur était devenue intenable. S'y ajoutaient maintenant les relents de moisissure des murs de pierre.

✣

Un sourire ironique flotta sur ses lèvres lorsqu'elle détailla la femme maigre, vêtue de hardes souillées, assise sur le matelas de paille jeté à même le sol de terre battue humide. La lividité de son visage contrastait avec la noirceur de ses prunelles. En dépit de la crasse qui la couvrait, de ses cheveux sales maladroitement nattés, une sorte de puissance émanait d'elle.

— Comment te portes-tu, chère Laig ? susurra Aliénor.

L'autre la fixa sans mot dire. Elle étendit ses jambes, arrachant un cliquetis aux maillons de la chaîne de quelques pieds scellée au mur et dont l'anneau serrait l'une de ses chevilles.

Aliénor de Colème tira sa courte dague du fourreau pendu à sa ceinture et prévint :

— Pas de geste inconsidéré, ma bonne. Fichtre, ça pue à dégorger !

Elle approcha, ne lâchant pas l'autre du regard, et posa le panier non loin d'elle avant de reculer.

— Je te pose à nouveau la question. Où se trouve-t-elle ? La pierre rouge est-elle en sa possession ?

Laig leva les yeux vers le plafond voûté, sans répondre.

Un soupir désolé salua son mutisme, puis :

— Laig, ma bonne Laig, tu lasses ma patience.

— Vous m'en voyez fort marrie, lâcha la prisonnière, sans l'ombre d'une crainte.

— Ta désinvolture te jouera un jour un vilain tour, rétorqua Aliénor en tentant de dissimuler son exaspération. Ne souhaites-tu pas revoir ta chère Paderma ?

— Qui me dit que vous n'allez pas l'occire dès après que je vous aurais obéi ? rétorqua Laig.

— Ne peux-tu le prédire… ? Ne vois-tu pas qu'elle est en belle santé, là où je l'ai cachée ? Au contraire, tes divinations ne t'indiquent-elles pas que je l'égorgerai de mes propres mains si tu persistes dans ton obstination ?

— Il existe tant de passés et de futurs possibles.

— Oh, épargne-moi ces sornettes de bonimenteuse de foire ! Le passé est… eh bien, passé. Quant au futur, il est ce qu'on en fait. Où se trouve-t-elle ? La pierre rouge est-elle en sa possession ? martela à nouveau Aliénor.

— Que pourriez-vous tenter ? Occire Paderma ? Vous n'apprendriez plus rien de moi et je concentrerais mes forces pour une ultime et dévastatrice malédiction. Me tuer ? De quelle aide vous serait un cadavre ? Paderma est encore bien trop jeune pour vous être d'un quelconque secours. Réfléchissez.

✢

Aliénor de Colème détestait les échecs, et encore plus qu'on lui résiste. Pourtant, sa prisonnière avait raison. Contre mauvaise fortune, garder la face à défaut d'un bon cœur.

— Que veux-tu en échange de ton aide ?

— Ma fille, des vêtements propres et de quoi me laver[1].

— Que nenni pour ta première exigence. Paderma demeure où elle se trouve. Elle s'y amuse bien. Bah, je cède

1. Le Moyen Âge était une période relativement « propre ». On se lavait et il existait des étuves, sorte de bains publics parfois mixtes, dans toutes les villes.

sur le reste. Ma bienfaisance me perdra. D'autant que mes visites deviendront un peu moins… nauséabondes. Dieu que ça pue !

— Tel ne serait pas le cas si votre répugnant nervi[1] nettoyait. À ce sujet, il tourne parfois autour de moi lorsqu'il me croit endormie. Les remugles de sa sueur de verrat en rut me réveillent. Qu'il ne s'avise pas à des indécences. Le rendre encore plus laid relèverait de la prouesse. En revanche, je puis le tuer et vous en tenir rigueur au point que vous n'obtiendriez plus rien de moi.

Un lent sourire malfaisant étira les jolies lèvres d'Aliénor qui déclara :

— Il n'esquissera pas un geste dans ce sens. Il sait de quoi je suis capable. Bien, ma parole, au sujet des vêtements et du bain. Dis-moi où elle se trouve et si elle détient la pierre rouge.

Un pouffement étouffé lui répondit, puis :

— Votre parole ? Quelle est donc plaisante, celle-là ! Sur votre honneur, votre foi, peut-être ? Allons, madame, un peu de sérieux ne nuirait pas. Le bain d'abord.

Laig se tourna vers le mur et Aliénor comprit qu'elle n'en tirerait plus rien.

1. Homme de main, tueur.

LXXII

Nogent-le-Rotrou, novembre 1306

Le chafaud avait été dressé sur la terrasse qui s'étendait face au donjon du château Saint-Jean. La populace s'y pressait au point que des gens d'armes durent bousculer commères et compères pour permettre au chariot amenant Philippe Barbette, vil criminel, seigneur de Saint-Denis-d'Authou en usurpation, de progresser. La bonne humeur était à son comble en dépit du crachin glacial qui tombait depuis le petit matin. Les quolibets, les obscénités fusèrent dès que Barbette parut. Un gars hurla :

— Paraît qu'on l'a bien roide quand le nœud s'resserre. Réjouis-toi !

— Pourquoi faire ? répondit une bonne femme. Mettre le diable qui l'attend ?

— C'est plutôt le diable qui va l'mettre, ma bonne. Et comme il en a une bien longue et épaisse comme mon bras, ça doit coincer, cria un troisième plaisantin.

Des éclats de rire joyeux saluèrent l'échange.

Philippe n'en avait cure, lui qui aurait cassé en souriant le col de ces lamentables pitres quelques années auparavant pour leur faire ravaler leurs injures. Les poignets et les chevilles entravés, il se tenait droit dans le chariot tiré par deux bœufs. Son visage tuméfié, son chainse déchiré et souillé de sang sec prouvait que sa courte incarcération n'avait pas été douce, ceci bien que le seigneur bailli, Louis d'Avre, ait décidé l'exécution des sentences déjà prononcées dans le royaume, sans tourment supplémentaire. Une façon de régler rapidement le sort du vaurien plutôt que de se lancer dans un nouveau procès.

Le regard de Barbette scrutait la foule dense. Son amour, sa mie Ivine, où se cachait-elle ? À l'évidence, ce gredin de bailli l'avait empêchée de le venir visiter dans sa geôle, alors qu'il l'avait attendue chaque minute. Pauvre, cher cœur. La terreur, l'inquiétude la devaient ronger. À cause de lui, elle allait perdre la rente qu'il lui avait allouée par acte de notaire. Heureusement, droit de sang obligeait, la seigneurie revenait maintenant à son frère André, et Philippe avait prié pour qu'il accueille sa jeune sœur veuve avec tendresse et générosité. Sans doute s'était-elle déguisée en bourgeoise ou en commerçante afin de ne pas se faire remarquer dans la foule. Barbette dévisagea les uns et les autres.

Un des hommes du bailli clama la sentence au moment où Barbette était jeté sans ménagement hors du chariot.

— Barbette Philippe, reconnu coupable de moults crimes déhontés, inimaginables et impardonnables, condamné trois fois à mort par contumace dans le royaume, coupable de surcroît de forfaiture et d'usurpation de noblesse, sera pendu, jusqu'à ce que vie l'abandonne. Son cadavre sera exposé au gibet[1], pour que s'en repaissent les freux. Ses os tombés au sol seront ensuite dispersés.

Lorsque, poussé brutalement par un garde, Barbette grimpa la courte échelle qui menait au chafaud, il épiait

1. Il était de coutume d'exposer les condamnés coupables de crimes graves à l'époque, pendus à un gibet, en leur refusant l'enterrement.

toujours la populace, cherchant Ivine. Tout à son obsession de l'apercevoir une dernière fois, d'emporter dans la mort une ultime vision de son visage d'ange, il sentit à peine la corde lui enserrer le cou. Lorsque le plancher du chafaud bascula, lorsqu'il ne parvint plus à respirer, il pria de toute sa vile âme pour que Dieu, dans Son infinie mansuétude, la protège toujours. Quant à lui, il était de taille à se frotter au diable !

✣

Sur la route d'Orléans, au même moment,
novembre 1306

— Dieu du ciel, qu'il est amusant ! s'esclaffa Ivine en désignant Drostan qui courait tel un fol et pirouettait de bonheur. Ne trouves-tu pas, ma chère Aude ?

— Si fait, madame. Drôle et tendre. Et il vous aime tant qu'il se croit votre preux défenseur en dépit de sa petite taille. Quelle crête forment ses poils dès qu'il vous pense menacée !

— Sais-tu que j'ai eu... une pensée bien mauvaise à son égard, qui me procure grande honte.

— Vous « mauvaise », madame ? Allons, invraisemblables billevesées que cela, s'indigna Aude.

— Si... j'ai pensé à offrir Drostan avant notre départ. Je ne voulais emmener aucun souvenir, aucun cadeau du pourceau soudard. Oh, j'aurais eu grand tort.

— À l'évidence, madame. Souvenez-vous comme Drostan détestait l'immondice Barbette. Il grondait dès son apparition, ce qui lui valut de vicieux coups de pied.

— Tu as raison, ma bien chère. Au diable Barbette, si le diable en veut, et il ne se montrerait pas difficile !

Effaçons-le de nos esprits à tout jamais. Qu'il meure en vil voyou, ainsi qu'il le mérite. Quant à nous, nous venons de retrouver la vie, la joie de nous éveiller chaque matin, de nous coucher chaque soir, d'exister sans peur. J'ai belle faim, moi qui me suis forcée à manger toutes ces années de captivité afin de ne pas dépérir tout à fait, car je n'ai jamais perdu la foi. Une collation et nous reprendrons notre route. Sois-en certaine, mon amie, la Sapaudia te charmera. Nos hommes sont beaux, valeureux et pour certains… très galants, pouffa la dame de Saint-Denis-d'Authou en tendant la main vers Aude qui la saisit en gloussant à son tour.

LXXIII

Carcassonne, novembre 1306

Alard Héritier avait écouté le messager de messire Guillaume de Nogaret avec une mine sérieuse et attentive alors que l'envie de danser l'estampie[1] le démangeait. M. de Nogaret, un benêt qui avait cru à ses pathétiques mensonges ! Cette constatation réjouissait l'Héritier lorsqu'il empocha la lourde bourse tendue par le messager.

Les ordres, verbaux – le conseiller du roi se montrant bien trop méfiant pour les confier à une plume – ravirent le coquin. Surveiller, à lui tout seul, les frontières des royaumes d'Italie et d'Espagne ? Oui-da. Que ne ferait-il pour plaire à M. de Nogaret ?

Une fois le messager reparti, soupesant la bourse grasse, additionnant ses gains au jeu et ses autres entourloupes, Héritier songea que la vie était bien belle. Il avait menti, triché et gagné encore. Et envers un conseiller royal dont tous vantaient l'immense intelligence et la méfiance, alors même que nombre d'entre eux l'auraient volontiers poussé

1. Danse médiévale pratiquée du Xe à la fin du XIIIe siècle. On ignore ses figures, contrairement au « branle » qui lui fit suite.

dans un cul-de-basse-fosse, ou pis. Cela ne faisait-il pas de lui un être d'exception ? Dieu du ciel, qu'il était satisfait de lui !

Meule, meule, mon bon frère, comme notre père avant toi. Use-toi l'échine au travail. Fais des enfants à ta bonne femme. Prie Dieu de te tenir compte de tes bonnes actions. Quant à moi, je m'amuse et en viens à remercier notre père de m'avoir déshérité. Que cette vieille peau rôtisse en enfer, quand même !

Dans son arrogance de petit calculateur, Alard Héritier ignorait un détail d'importance : sa vie ne tenait qu'à un mince fil. Le fil ténu ? Hugues de Plisans, qui cherchait à occuper M. de Nogaret aux frontières pendant que ses frères d'ordre s'acharnaient à retrouver Héluise Fauvel avant les autres, en Perche. Une fois Héluise saine et sauve, protégée de ses pires ennemis, Plisans était fermement décidé à lâcher les chiens de Guillaume de Nogaret contre la triste ordure d'Héritier. Le chevalier templier détestait les parasites sans foi ni loi.

Plisans et ses frères avaient tué, pour la gloire de Dieu. Un Héritier de plus ou de moins, la belle affaire ? Le monde ne pourrait que s'en porter mieux.

En vieillissant, le chevalier templier rejoignait parfois l'élitisme de son oncle, le seigneur abbé de Tiron, Constant de Vermalais. Parfois, seulement. Dieu, occupé par Son plan, auquel nul des imparfaits humains ne pouvait prétendre comprendre quoi que ce fût, avait placé Ses créatures chéries, Ses élus face à des simulacres, des bipèdes qui n'avaient d'homme que l'apparence. Dieu éprouvait Ses élus, cherchant à déterminer ceux qui lutteraient, perdraient la vie pour défendre Sa lumière.

Héritier, à l'instar d'autres, était un simulacre. À ce titre, sa vie et sa mort ne revêtaient guère d'importance.

LXXIV

En direction de l'est, novembre 1306

Ils marchaient depuis une bonne heure, s'étant contentés de quelques commentaires sur les signes avant-coureurs de l'hiver. Brise soufflait parfois de bien-être. L'air vif et la lente promenade revigoraient la belle jument de Perche qui aurait pu les porter sans faillir jusqu'à l'autre bout de la terre[1].

Druon repensa à ses adieux d'avec Louis d'Avre. Le devoir quitter l'avait peiné. Un homme d'honneur et de droiture, d'intelligence et de perspicacité. De bienveillance, aussi. S'y ajoutait sa ressemblance physique avec son père. Un homme dont on savait qu'il ne trahirait jamais. Lorsque le bailli, dans un moment d'émotion, l'avait étreint, il avait murmuré à son oreille :

— Miresse, je vais vous regretter. Un aveu que j'ai fort peu fait dans ma vie. Si d'aventure… l'envie de revoir Nogent-le-Rotrou vous prenait, ne manquez pas de me venir visiter. J'en concevrai immense plaisir. Bonne route à tous deux. Dieu vous garde.

---

1. Nombre des chevaux qui menèrent les croisés jusqu'en Terre sainte étaient des percherons.

Bouleversé, Druon avait retenu ses larmes, se contentant de hocher la tête en signe d'acquiescement.

✣

Comme s'il lisait ses pensées, Huguelin lança soudain d'une voix grave :

— Ben… euh… Eh bien moi, je l'avais en grande estime, le seigneur bailli. Pourtant, ce sont gens qui inspirent méfiance et crainte.

Druon sourit. Soudain, il se décida :

— Te souviens-tu, jeune homme, que je t'avais promis la vérité, alors que nous jouissions de… l'hospitalité de la baronne d'Antigny ?

— Hospitalité ? couina le garçonnet. Vous voulez dire que nous étions ses prisonniers ! (Sa curiosité le rattrapa.) Et, mon maître ?

— Te souviens-tu que tu as juré sur Dieu, la Très Sainte Vierge, ton âme et ton honneur de ne jamais révéler mon véritable genre à quiconque ?

— Oui-da. J'ai même ajouté que si je me parjurais, j'irais rôtir en enfer et que tous pisseraient sur ma tombe !

— L'heure de t'éclairer est venue. Huguelin, sache que je pèse mes mots : pour notre sauvegarde à tous deux, ne répète jamais ce que tu vas entendre, à quiconque, pas même à un prêtre.

✣

Druon se perdit dans ses souvenirs, le regard fixé au loin. Il lui narra la douce et magnifique vie d'Héluise aux côtés de son incomparable père, Jehan Fauvel. L'Inquisition, le garde qu'elle… il avait soudoyé afin d'abréger les horribles souffrances du mire en son cul-de-basse-fosse. Puis, son travestissement en Druon, sa fuite. Sa certitude que l'évêque d'Alençon, Foulques de Sevrin, avait trahi son père, l'ami de toujours.

Un long reniflement lui fit tourner la tête. Huguelin pleurait, essuyant ses larmes de sa manche. Il balbutia :

— Oh… c'est affreux, si beau… C'est de là que vient votre amour, de votre père. Celui que vous m'avez accordé, celui que vous avez instillé en moi. Merci, Tendre Vierge, d'avoir permis que nos routes se croisent. Peut-être serais-je mort aujourd'hui sans vous, ou peut-être serais-je un vaurien ?

Druon caressa les cheveux doux comme de la soie et poursuivit :

— Je savais que mon père poursuivait une quête. Il s'en était ouvert, à mots prudents, de crainte de me mettre en danger. Igraine… Igraine a vu son bûcher, su que j'étais fille. Elle m'a parlé d'une pierre rouge, aussi rouge que le sang qu'elle a fait verser, et que je dois retrouver coûte que coûte afin d'en percer la signification. Elle a également évoqué une femme très belle, très redoutable, dont je me devais défier.

— Et… qu'est cette pierre rouge ?

— Je l'ignore. Il me faut également confronter Sevrin, lui extirper la vérité.

— N'est-ce pas bien périlleux ? demanda Huguelin d'une faible voix.

— Si fait. Aussi mes confidences sont-elles devenues nécessaires. Huguelin… Je crois qu'il est préférable que nos chemins se séparent céans. Nous partagerons ma bourse. Je ne puis, en mon âme et conscience, t'exposer ainsi aux menaces. Car elles sont bien réelles. L'Inquisition est sur mes talons. Peut-être d'autres aussi.

Certes, Huguelin n'avait nulle envie de se faire navrer, ni surtout jeter dans les prisons de l'Inquisition que son jeune âge n'arrêterait pas s'il était reconnu complice de son maître. Ils prétendraient qu'il était un démon ayant pris apparence d'enfant pour attendrir et mieux séduire les pauvres créatures humaines, et le tour serait joué. Cependant, il aimait Druon. Il aimait la métamorphose de sa vie. Et puis, qui, hormis son jeune maître, se préoccupait de lui ?

Très ferme, presque guerrier, il déclara en se redressant de toute sa petite taille :

— Oh, que nenni ! À moins qu'il s'agisse d'un congé, que vous m'abandonniez vilement... car ce serait bien vil après m'avoir communiqué l'espoir de m'améliorer, de devenir *aesculapius* à votre image... je demeure à vos côtés ! Des périls ? Certes, je ne suis pas bien grand, mais grâce à vous mon esprit s'est éveillé et je puis vous être d'aide !

Druon s'immobilisa, aussitôt imité par Brise qu'il menait par la bride. Il détailla le garçonnet, roide sur ses ergots, tel un valeureux petit coq. Une incontrôlable émotion le submergea. Dieu que la vie était parfois magnifique !

Il plaqua l'enfant contre lui et lui embrassa les cheveux, murmurant :

— Quelle étonnante chance j'ai. Je m'interdis à jamais de me plaindre. Ce serait offense. Je t'autorise à me tancer si j'en venais un jour à geindre de quoi que ce soit. Huguelin... je crois que... Non, je suis certain que Dieu a voulu notre rencontre. Ce serait affreux péché de Lui désobéir. Allons, notre route est longue.

Brève annexe historique

Abbaye de la Sainte-Trinité de Thiron-Gardais : elle fut édifiée au XIIe siècle (charte de fondation de 1114) par saint Bernard de Ponthieu, né près d'Abbeville en 1046, ancien abbé de Saint-Cyprien de Poitiers, une élection décidée presque contre sa volonté puisque les honneurs ne l'intéressaient guère. Bernard souhaitait revenir à la stricte observance de la règle de saint Benoît, grâce, entre autres, à la protection de l'évêque Yves de Chartres et de Rotrou III le Grand, comte du Perche.

La réputation de sainteté de Bernard se propagea vite, et l'abbaye fut soutenue par de nombreux souverains, dont Henry Ier d'Angleterre. Elle connut très vite un grand rayonnement, au point que l'on parla de l'ordre de Thiron, et une expansion très importante puisque vingt-deux abbayes et plus de cent prieurés lui furent rattachés, notamment en Angleterre, en Écosse et en Irlande. À la mort de saint Bernard en 1116, l'abbaye était déjà royale, privilège accordé par Louis VI le Gros, roi de France, en échange du fait qu'elle devait accueillir d'anciens soldats invalides comme frères laïcs.

Une des abbayes filles de Tiron, l'abbaye de Kilwinning en Écosse, fondée en 1140 environ par Hugues de Morville, est, selon la tradition, le berceau de la franc-maçonnerie écossaise.

L'extrême richesse de l'abbaye lui valut ensuite d'acerbes critiques dont on trouve la trace dans le *Roman de Renart*.

La guerre de Cent Ans, puis les guerres de religion, et leur inévitable cohorte d'incendies et de pillages, lui causèrent beaucoup de dommages. Elle connut un nouvel éclat au XVIIe siècle, avec l'arrivée d'Henri de Bourbon comme abbé. D'autres bâtiments furent alors construits. Un siècle plus tard, le collège devint une école préparatoire à l'école militaire de Paris.

L'abbaye fut à nouveau incendiée et pillée durant la Révolution.

Il n'en subsiste aujourd'hui qu'une magnifique église abbatiale.

BONIFACE VIII (BENEDETTO CAETANI) (VERS 1235-1303) : cardinal et légat en France, il devint pape sous le nom de Boniface VIII. Il fut le virulent défenseur de la théocratie pontificale, laquelle s'opposait au droit moderne de l'État. Il fut également l'auteur de lois anti-femmes et fut soupçonné, sans qu'il existât de preuve, de pratiquer la sorcellerie et l'alchimie afin de préserver son pouvoir. L'hostilité ouverte qui l'opposa à Philippe le Bel commença dès 1296. L'escalade ne faiblit pas, même après sa mort, la France tentant de faire ouvrir un procès contre sa mémoire.

CHARLES DE VALOIS (1270-1325) : seul frère germain de Philippe le Bel*. Le roi lui montra toute sa vie une affection un peu aveugle et lui confia des missions au-dessus des possibilités politiques et diplomatiques de cet excellent chef de guerre. Charles de Valois, père, fils, frère, beau-frère, oncle et gendre de rois et de reines, rêva toute sa vie d'une couronne qu'il n'obtint jamais.

CLÉMENT V (BERNARD DE GOT) (VERS 1270-1314) : il fut d'abord chanoine et conseiller du roi d'Angleterre. Ses réelles qualités de diplomate lui permirent de ne pas se fâcher avec Philippe le Bel* durant la guerre franco-anglaise. Il devint archevêque de Bordeaux en 1299 puis succéda à Benoît XI* en 1305, sous le nom de Clément V. Redoutant d'être confronté à la situation italienne qu'il connaissait mal, il s'installa en Avignon en 1309. Il temporisa avec Philippe le Bel dans les deux grandes affaires qui les opposèrent : le procès contre la mémoire de Boniface VIII et la suppression de l'ordre du Temple. Il parvint à apaiser la hargne du souverain dans le premier cas et se débrouilla pour circonscrire le second. Clément V est connu pour sa prodigalité vis-à-vis de sa famille, même distante. Il dépensa sans compter les deniers de l'Église afin de faire construire en son lieu de naissance (Villandraut) un château somptueux qui fut achevé en six ans, un temps record à cette époque, preuve des moyens mis en œuvre.

CONTRACEPTION : la recherche de moyens de contraception, voire d'avortement très précoce, à quelques jours de gestation, est vieille comme l'humanité, les plantes utilisées ayant en général les deux effets. Soulignons que les femmes tombaient enceintes pratiquement chaque année, souvent dès l'âge de quatorze-quinze ans, dans un environnement médical primaire où nombre d'entre elles décédaient, ainsi que beaucoup de nouveau-nés et de jeunes enfants[1]. S'ajoutaient à cela la pauvreté ou la grande misère de la plupart, incapables de nourrir leur progéniture, ce qui explique les abandons fréquents (en forêt, aux portes des maisons ou monastères), les « ventes » de très jeunes enfants comme main-d'œuvre esclave, et les infanticides. Jusqu'au XIXe siècle, des traités de médecine abordèrent ce

1. Une moitié seulement des enfants parvenait à l'âge de 5 ans.

dernier point, notamment les nombreux infanticides par étouffement ou noyade dans les rivières ou les fosses septiques. La lecture de ces traités prouve que les coupables d'infanticide, puni de la peine de mort, étaient très majoritairement les mères et qu'elles avaient, dans la plupart des cas, été poussées à cet acte terrible par le désespoir et leur incapacité à nourrir et élever l'enfant.

On ne connaissait pas à cette époque, ou alors de façon isolée, le cycle de la femme, et on ignorait que la période fertile se situait aux alentours de l'ovulation. On croyait, au contraire, au Moyen Âge, que la période la plus « faste » pour la conception se situait juste avant ou après les menstrues.

Diverses plantes furent utilisées au cours des millénaires, afin de prévenir les grossesses ou de provoquer des avortements à quelques jours de gestation. La plupart de ces « remèdes » étaient toxiques, parfois même à dose modeste, et occasionnèrent de nombreux décès.

Les « faiseuses d'anges » (les avorteuses) furent vite assimilées à des sorcières et poursuivies à ce titre.

Des trafics très discrets mais très intenses eurent lieu. Ainsi la plante silphion, une ombellifère de la famille du fenouil, qui poussait dans un endroit limité de la Lybie, un très efficace contraceptif dont Hippocrate avait décrit les effets, fut tant utilisée, notamment dans la Rome antique (d'autant qu'elle soignait également les ulcères et désinfectait les plaies), commercialisée à outrance et à des prix prohibitifs, arrachée sans précaution, qu'elle finit par disparaître totalement peu après le début de l'ère chrétienne.

Des études, ponctuelles, non officielles, sont en cours à l'heure actuelle pour évaluer l'efficacité de certains de ces contraceptifs naturels, non hormonaux, dont les graines de carotte sauvage, utilisées depuis fort longtemps, ainsi que leurs éventuels effets indésirables.

GRANDS MÉDECINS, HIPPOCRATE ET GALIEN

HIPPOCRATE OU HIPPOKRATÈS (VERS 460-377 AV. J.-C.) : médecin grec. Il fut le grand initiateur de l'observation clinique et de l'expérimentation. Sa théorie médicale reposait sur l'altération des quatre humeurs de l'organisme. Ainsi, selon lui, l'épilepsie n'atteignait que les sujets de tempérament flegmatique. Étrangement, et alors que ladite théorie n'a aucune base scientifique, il en déduisit une approche logique de la médecine, considérée comme un pilier durant plus de mille ans. Hippocrate fut le premier médecin à rejeter la superstition et l'idée que les maladies étaient occasionnées par des causes surnaturelles, voire divines. Ce précurseur de la diététique a été le premier à décrire les symptômes du cancer du poumon. Il fut également très ferme sur le devoir et l'éthique des médecins, d'où le fameux serment d'Hippocrate.

CLAUDE GALIEN OU CLAUDIUS GALENUS : médecin grec, né en Turquie (vers 131-vers 201 de notre ère). Philosophe, mathématicien et biologiste, il fut le médecin de Marc Aurèle et de son fils Commodus. Il fut très admiré des grands médecins perses et arabes qui prolongèrent son œuvre, notamment Avicenne et Avenzoar. Galien aborda la chirurgie du cerveau et des yeux qui fut ensuite oubliée pour presque deux mille ans. Disciple d'Hippocrate, il fut tenant de l'observation clinique, du pragmatisme et de l'expérimentation et lui aussi défenseur de la théorie des quatre humeurs. En dépit d'erreurs – par exemple sur le rôle du cœur – bien compréhensibles avec les moyens de l'époque, il découvrit que les vaisseaux ne transportaient pas de l'air mais du sang et que celui des veines était différent de celui des artères. Il décrivit le parcours de l'influx nerveux depuis le cerveau et son rôle, notamment dans le contrôle de la voix. Il laissa également le souvenir d'un des grands vivisecteurs de l'histoire puisqu'il pratiqua sur des animaux, surtout des singes, mais aussi un éléphant, et, si l'on en croit la légende, sur des gladiateurs vaincus[1].

Galien régna sur la médecine occidentale jusqu'au XVIIe siècle grâce, entre autres, à la caution de l'Église. Le fait qu'il était un ardent défenseur du monothéisme n'y est sans doute pas étranger. Il est considéré comme un des pères de la pharmacie. D'ailleurs le serment des apothicaires – équivalent du serment d'Hippocrate prêté par les médecins – qui vit le jour au début du XVIIe siècle, fut rebaptisé « serment de Galien » au XXe siècle.

INQUISITION MÉDIÉVALE : il convient de distinguer l'inquisition médiévale de la Sainte Inquisition espagnole. Dans ce dernier cas, la répression et l'intolérance furent d'une violence qui n'a rien de comparable avec ce que connut la France. Ainsi, plus de deux mille morts sont recensés en Espagne durant le seul mandat de Tomas de Torquemada.

L'inquisition médiévale fut d'abord exercée par les évêques. Le pape Innocent III (1160-1216) posa les règles de la procédure inquisitoire par la bulle *Vergentis in senium* en 1199. Son projet ne fut nullement l'extermination d'individus. Pour preuve le concile de Latran IV, un an avant sa mort, soulignant l'interdiction que l'on applique l'ordalie aux dissidents. Le souverain pontife visait l'éradication des hérésies qui menaçaient les fondements de l'Église en brandissant, entre autres, la pauvreté du Christ comme modèle de vie – modèle peu prisé si l'on en juge par l'extrême richesse foncière de la plupart des monastères. Elle devint ensuite une inquisition pontificale sous Grégoire IX, qui la

1. Cette légende est à prendre avec grande prudence. En effet, la vivisection sur humains et l'autopsie étaient interdites par le droit romain. Quant à la vivisection sur animaux, aussi ignoble soit-elle, elle fut admise jusqu'à assez récemment.

confia en 1232 aux dominicains et, dans une moindre mesure, aux franciscains. Les mobiles de ce pape étaient encore plus politiques lorsqu'il renforça les pouvoirs de l'institution pour la placer sous sa seule autorité. Il lui fallait éviter à tout prix que l'empereur Frédéric II ne s'engage lui-même dans cette voie pour des motifs qui dépassaient largement le cadre spirituel. Ce fut Innocent IV qui franchit l'étape ultime en autorisant le recours à la torture dans sa bulle *Ad Extirpanda*, le 15 mai 1252. La sorcellerie fut ensuite assimilée à la chasse contre les hérétiques.

Cela étant, on a exagéré l'impact réel de l'Inquisition qui, étant entendu le faible nombre d'inquisiteurs sur le territoire du royaume de France, n'aurait eu que peu de poids si elle n'avait reçu l'aide des puissants laïcs et bénéficié de nombreuses délations.

En mars 2000, soit environ huit siècles après les débuts de l'Inquisition, Jean-Paul II demanda pardon à Dieu pour les crimes et les horreurs qu'elle avait commis.

GUILLAUME DE NOGARET (VERS 1270-1313) : ce docteur en droit civil enseigna à Montpellier puis rejoignit le conseil de Philippe le Bel en 1295. Ses responsabilités prirent vite en ampleur. Il participa, d'abord de façon plus ou moins occulte, aux grandes affaires religieuses qui agitaient la France. Nogaret sortit ensuite de l'ombre et joua un rôle déterminant dans l'affaire des Templiers* et dans la lutte du roi contre Boniface VIII. Nogaret était un homme d'une vaste intelligence et d'une foi inébranlable. Son but consistait à sauver à la fois la France et l'Église. Il devint chancelier du roi pour être ensuite écarté au profit d'Enguerrand de Marigny, avant de reprendre le Sceau en 1311. Il semble que M. de Nogaret ait été un homme austère et probe.

MOYEN ÂGE, UNE PÉRIODE « DOUCE » ? Bien que les estimations puissent varier, le Moyen Âge s'étend approximativement du VIe au XVe siècle.

« L'historien » amateur est souvent troublé par une affirmation qui revient, portée parfois par des spécialistes de la période : le Moyen Âge ne serait pas l'époque dure[1] qu'on en a fait. Certes, tout est affaire d'appréciation et de point de comparaison, peut-être aussi de « sous-période » du Moyen Âge (haut ou bas Moyen Âge). Toutefois, à l'époque où se situe ce roman (XIVe siècle), les caractéristiques politiques et sociales de la France n'encouragent pas le contemporain à considérer cette époque comme « douce », même si nombre de ses « vertus » fascinent à juste titre.

S'ajoute au servage (état de non-liberté, une forme d'esclavage) assez généralisé, aux multiples et lourds impôts pesant sur le peuple, aux conditions de confort presque inexistantes, aux épidémies, aux famines ravageant le pays assez souvent, à la torture[2], à l'Inquisition, à la justice souvent très dure et expéditive, à l'état presque permanent de dénutrition, à la faible longévité[3], à la mortalité des enfants, aux balbutiements de la médecine, à l'extrême pauvreté de la plupart, à la condition des femmes[4], très

1. La remarquable historienne, grande spécialiste du Moyen Âge, Claude Gauvard (*Le Monde*, 7 mai 2010), évoque la « violence de la société médiévale ».

2. Le métier d'exécuteur des supplices et peines de mort, donc de bourreau, ne vit le jour que vers le XIIIe siècle, peut-être un peu plus tôt dans certaines grandes villes, preuve qu'il y avait du « travail » !

3. Au Moyen Âge, 10 % des adultes parvenaient à 60 ans, contre 96 % en 2000. Il est vrai que le premier pourcentage est abaissé par le nombre considérable de femmes qui décédaient en période périnatale.

4. Après avoir quitté la tutelle de son père, la femme mariée était frappée d'incapacité juridique. Son statut était, bien sûr, meilleur lorsqu'elle était personnellement fortunée, même si les maris géraient les biens de leurs épouses. Cependant, entre le Ve et le Xe siècle, l'Église

délabrée, le fait que la France sera encore plus lourdement éprouvée par la Grande Peste (1347-1352) qui décimera 20 à 25 % de la population, puis par la guerre de Cent Ans, que subiront cinq générations, par épisodes. D'autres épidémies de peste auront aussi lieu.

ORDRE DU TEMPLE : créé à Jérusalem, vers 1118, par un chevalier, Hugues de Payns, et quelques chevaliers de Champagne et de Bourgogne. Il fut définitivement organisé par le concile de Troyes en 1128, sa règle étant inspirée – voire rédigée – par saint Bernard. L'Ordre était dirigé par le grand maître dont l'autorité était encadrée par les dignitaires. Les possessions de l'Ordre étaient considérables (3 450 châteaux, forteresses et maisons en 1257). Avec son système de transfert d'argent jusqu'en Terre sainte, l'Ordre devint au XIIIe siècle l'un des principaux banquiers de la chrétienté.

Après la chute d'Acre – qui, au fond, lui fut fatale –, le Temple se replia surtout en Occident. L'opinion publique finit par considérer ses membres comme des profiteurs et des paresseux. Diverses expressions de l'époque en témoignent. Ainsi, « on allait au Temple », lorsqu'on se rendait au bordel. Jacques de Molay, grand maître, ayant refusé la fusion de son ordre avec celui de l'Hôpital, les templiers furent arrêtés le 13 octobre 1307. Suivirent des enquêtes, des aveux (dans le cas de Jacques de Molay, certains historiens pensent qu'ils n'ont pas été obtenus sous la torture), des rétractations. Les enquêteurs, versés dans l'art de la rhétorique, n'eurent guère de peine à obtenir des déclarations incriminantes de la part de templiers dont bon nombre étaient des paysans ou de petits seigneurs. Par exemple,

---

limita les cas d'annulation de mariage et interdit la simple répudiation (le mari étant le seul à avoir la capacité de rompre l'union), rendant un peu moins précaire la situation des femmes.

certains ne perçurent pas la différence religieuse cruciale entre « idolâtrer » et « vénérer » et furent, bien sûr, accusés d'idolâtrie.

Clément V, qui craignait Philippe le Bel pour d'autres motifs, dont le procès posthume qu'exigeait le souverain contre la mémoire de Boniface VIII, décréta la suppression de l'Ordre le 22 mars 1312. Jacques de Molay revint à nouveau sur ses aveux et fut envoyé au bûcher, avec d'autres, le 18 mars 1314. Certains templiers parvinrent à fuir à temps, notamment en Angleterre ou en Écosse.

Il semble acquis que les enquêtes sur les templiers, la saisie de leurs biens et leur redistribution aux hospitaliers coûtèrent davantage d'argent à Philippe le Bel qu'elles ne lui en rapportèrent, preuve que les mobiles du souverain étaient avant tout politiques, d'autant que l'ordre de l'Hôpital, aussi riche que celui du Temple, ne fut pas inquiété.

PHILIPPE IV LE BEL (1268-1314) : fils de Philippe III le Hardi et d'Isabelle d'Aragon. Il eut trois fils de Jeanne de Navarre, les futurs rois Louis X le Hutin, Philippe V le Long et Charles IV le Bel, ainsi qu'une fille, Isabelle, mariée à Édouard II d'Angleterre. Philippe était courageux, excellent chef de guerre. Il était également connu pour être inflexible et dur, ne supportant pas la contradiction. Cela étant, il écoutait ses conseillers, parfois trop, notamment lorsqu'ils étaient recommandés par son épouse.

L'histoire retint surtout de lui son rôle majeur dans l'affaire des Templiers, mais Philippe le Bel fut avant tout un roi réformateur dont l'un des objectifs était de se débarrasser de l'ingérence pontificale dans la politique du royaume.

PROCÉDURE INQUISITOIRE : la conduite du procès, ainsi que les questions de doctrine posées à l'accusé sont tirées et adaptées de Eymerich Nicolau & Pena Francisco, *Le*

Manuel des inquisiteurs (introduction et traduction de Louis Sala-Molins, Albin Michel, 2001).

Les procès inquisitoires étaient truqués, bien sûr. Pour plusieurs raisons. Il ne fallait pas que l'Église soit soupçonnée d'avoir accusé un innocent. Les inquisiteurs pouvaient s'absoudre les uns les autres. En d'autres termes, nul, hormis eux-mêmes, ne les jugeait. De surcroît, les inquisiteurs étaient payés sur les biens des condamnés. Certains n'avaient donc aucun intérêt à ce que les prévenus soient innocentés. De plus, il y a eu dans leurs rangs, de toute évidence, des psychopathes. Au point qu'en dépit du peu de cas que l'on faisait à l'époque de la vie humaine, seule l'âme comptant, des évêques ont eu le courage de s'élever contre les exactions effroyables de certains inquisiteurs. Des émeutes populaires eurent lieu.

Parmi les multiples machinations, expliquées dans les manuels d'inquisition, citons-en quelques unes. On questionnait de pauvres gens, ne sachant ni lire ni écrire, sur de délicats points de doctrine chrétienne. Leur ignorance devenait la preuve formelle de leur hérésie. S'ils se trompaient, n'était-ce pas la démonstration sans équivoque que le diable lui-même leur avait troublé l'esprit ? La deuxième ruse consistait à refuser à l'accusé le secours d'un avocat et à tenir secrète l'identité des témoins, ou plutôt des délateurs. L'ultime déloyauté se jouait en salle d'interrogatoire. L'inquisiteur intervertissait noms et déclarations de témoins, le plus souvent inspirés par la vengeance, l'envie ou la crainte de représailles de la part des inquisiteurs. Cependant, le piège le plus sournois, donc le plus efficace, revenait à convaincre l'accusé que tout était tenté afin de le disculper. Se connaissait-il des ennemis acharnés au point de se parjurer pour le noircir, auquel cas leurs dénonciations seraient traitées avec la plus grande circonspection par le tribunal inquisitoire ? S'il omettait les noms de ses détracteurs les plus zélés, l'inquisiteur avait beau jeu de prétendre ensuite que leurs témoignages étaient au-dessus de tous soupçons puisque l'accusé lui-même avait reconnu l'objectivité de ces gens à son égard.

Quant à un recours, mieux valait n'en rien espérer. Un appel au pape n'avait une chance de parvenir à Rome – évitant qu'une main ne le fasse disparaître à tout jamais – que lorsqu'un puissant s'en faisait le messager. Requérir la récusation de l'inquisiteur en espérant que les arbitres nommés pour en débattre l'acceptent ? C'était illusoire. Nul ne tenait à se mettre à dos un inquisiteur ou l'évêque associé à la procédure.

Glossaire

Les offices liturgiques (il s'agit d'indications approximatives, l'heure des offices variant avec les saisons, donc le cycle jour/nuit) :

Outre la messe – et bien qu'elle n'en fasse pas partie au sens strict –, l'office divin, constitué au VIe siècle par la règle de saint Benoît, comprend plusieurs offices quotidiens. Ils réglaient le rythme de la journée. Ainsi, les moines et moniales ne pouvaient-ils souper avant que la nuit ne soit tombée, c'est-à-dire après vêpres.

— Vigiles ou matines : vers 2 heures 30 et 3 heures.

— Laudes : avant l'aube, entre 5 et 6 heures.

— Prime : vers 7 heures 30, premier office de la journée, sitôt après le lever du soleil, juste avant la messe.

— Tierce : vers 9 heures.

— Sexte : vers midi.

— None : entre 14 et 15 heures.

— Vêpres : à la fin de l'après-midi, vers 16 heures 30-17 heures, au couchant.

— Complies : après vêpres, dernier office du soir, vers 18-20 heures.

S'y ajoutait une prière de nocturnes vers 22 heures.

Si l'office divin est largement célébré jusqu'au XIe siècle, il sera ensuite réduit afin de permettre aux moines/moniales de consacrer davantage de temps à la lecture et au travail manuel.

Les mesures de longueur :

La traduction en mesures actuelles est ardue. En effet, elles variaient avec les régions.

— Lieue : équivaut environ à 4 kilomètres.

— Toise : de longueur variable en fonction des régions, de 4,5 m à 7 m.

— Aune : de longueur variable en fonction des régions, de 1,20 m à Paris à 0,70 m à Arras.

— Pied : équivaut environ à 34-35 cm.

— Pouce : environ 2,5-2,7 cm

Monnaies :

Un véritable casse-tête ! Elles différaient en fonction des règnes et des régions. De plus, elles ont été – ou non – évaluées par rapport à leur poids réel en or ou en argent et surévaluées ou dévaluées.

— Livre : unité de compte. Une livre valait 20 sous ou 240 deniers d'argent ou encore 2 petits-royaux d'or (monnaie royale sous Philippe le Bel).

— Petit-royal : équivalent à quatorze deniers tournois.

— Denier tournois (de Tour) : il devait progressivement remplacer le denier parisis de la capitale. 12 deniers tournois représentaient 1 sou.